HEYNE <

Das Buch

Für Leutnant John Owens und sein Justifiers-Team sieht zunächst alles nach einem ganz normalen Auftrag aus: das Shuttle mit einem TransMatt-Portal beladen, Sprung auf einen unbekannten und ungesicherten Planeten namens Tordesillas vollziehen, den Planeten für den Konzern *Stellar Exploration* in Besitz nehmen und das Portal aufbauen. Reine Routinearbeit. Doch schon beim Start geht alles schief – die Raumstation explodiert, das Shuttle kann sich mit knapper Not auf den Planeten retten, und bei der Bruchlandung geht auch noch das Portal verloren. Auf Tordesillas kommt es schließlich zur Katastrophe, als ein Crewmitglied nach dem anderen auf mysteriöse Weise verschwindet. Sind es intelligente Aliens, die ihnen so feindlich gesinnt sind, oder verbirgt sich hinter den Angriffen eine noch schrecklichere Wahrheit? Jetzt müssen John Owens und seine Justifiers zeigen, was sie am besten können – überleben. Doch der Planet hat noch einige Überraschungen auf Lager ...

Der Autor

Christoph Hardebusch, geboren 1974 in Lüdenscheid, studierte Anglistik und Medienwissenschaft in Marburg und arbeitete anschließend als Texter bei einer Werbeagentur. Seit dem großen Erfolg seiner Romane »Die Trolle« und »Sturmwelten« ist er als freischaffender Autor tätig. Er lebt und arbeitet in Heidelberg.

Der Herausgeber

Markus Heitz, 1971 in Homburg geboren, ist einer der erfolgreichsten deutschen Autoren. Zahlreiche seiner Bücher standen monatelang auf allen Bestsellerlisten. Mit dem Roman »Collector« hat er das Tor in das JUSTIFIERS-Universum geöffnet. Heitz lebt mit seiner Familie in Zweibrücken.

Der Umschlagillustrator

Oliver Scholl, geboren 1964 in Stuttgart, ist Production Designer in Hollywood und hat an vielen großen Science-Fiction-Filmen wie *Independence Day*, *Godzilla*, *Time Machine* und *Jumper* mitgearbeitet.

Mehr Informationen unter: www.justifiers.de

CHRISTOPH HARDEBUSCH

JUSTIFIERS®

MISSING IN ACTION

Roman

Mit einer Kurzgeschichte von
Markus Heitz

WILHELM HEYNE VERLAG
MÜNCHEN

JUSTIFIERS®

im Wilhelm Heyne Verlag
Herausgegeben von Markus Heitz

MIX
Papier aus verantwortungsvollen Quellen
FSC® C014496
FSC www.fsc.org

Verlagsgruppe Random House FSC-DEU-0100
Das für dieses Buch verwendete FSC®-zertifizierte Papier
Holmen Book Cream liefert Holmen Paper, Hallstavik, Schweden.

Originalausgabe 11/2010
Redaktion: Catherine Beck

Printed in Germany 2010
Umschlagillustration: Oliver Scholl
Umschlaggestaltung: Nele Schütz Design, München
Satz: Christine Roithner Verlagsservice, Breitenaich
Druck und Bindung: GGP Media GmbH, Pößneck

ISBN 978-3-453-52718-8

www.justifiers.de
www.heyne-magische-bestseller.de

JUSTIFIERS®

MISSION REPORT

4967351-SE1279A

Sicherheitsfreigabe: streng vertraulich
(Konzernleitung Knowledge Alliance)
Beteiligte Organisationen: *Stellar Exploration, ARStac*
Aufgabe: TransMatt-Portal-Installation auf ungesichertem Planeten
System: unbekannt
Planet: Tordesillas
Zeit: unbekannt
Autor: Christoph Hardebusch

ADDENDUM 4967351-SE1279A-ADD_1
Autor: Markus Heitz

ATTACHMENT 4967351-SE1279A-GLS

CHRISTOPH HARDEBUSCH

MISSING IN ACTION

Ich widme dieses Buch allen Weltraumhelden,
die ihre Pistolen tief tragen und zuerst schießen –
Malcolm Reynolds, Han Solo, Northwest Smith:
Dies ist für euch.

1

Die erste Explosion verursachte kaum Schaden. Tatsächlich war sie so winzig, dass sie nur durch den Ausfall einiger Systeme bemerkt wurde. Lange Minuten erkannte niemand die Tragweite der Ereignisse, und zu allem Überfluss fielen just in diesem Moment einige Warnsysteme aus, die den Technikern Hinweise hätten geben sollen.

Als die Reparaturcrew einige Minuten später am Ort des Geschehens eintraf, wusste sie nicht, was sie erwartete, sondern glaubte noch an eine simple Fehlfunktion.

Die Tür zum Kern öffnete sich sanft – was sie angesichts der Situation nicht hätte tun sollen, aber wegen der Fehlfunktionen doch tat –, und den Männern und Frauen schlug ein Plasmaball entgegen, der ihnen innerhalb von Sekunden das Fleisch von Knochen brannte und nicht einmal Asche zurückließ. Weitere Minuten vergingen, bevor dem Techniker-im-Dienst auffiel, dass sich die Crew noch nicht gemeldet hatte.

Zu diesem Zeitpunkt wusste noch immer niemand, dass die Sprungstation *Farspace Horizon* im System van Maanens Stern, 13,8 Lichtjahre vom Sol-System entfernt, bereits zum Untergang verurteilt war.

Es drohte einer dieser Tage zu werden. John massierte sich mit Daumen und Zeigefinger die Nasenwurzel, aber die Kopfschmerzen wollten nicht nachlassen. Dass sich in dem schon engen Shuttle gut zwei Dutzend Menschen tummelten, verbesserte seine Laune nicht. Gegen sein Team und die Techniker hatte er nichts, und auch die Arbeiter, die das Shuttle mit Ausrüstung beluden, hatten in seinen Augen gute Gründe, an Bord zu sein.

Es war der Anzugträger mit seiner Entourage, der John die Kopfschmerzen bescherte, obwohl sich Simon Reinhards bislang nur lobend über alles in Sichtweite geäußert hatte. Aber John wusste, dass diese Art von Konzerndrohne Leuten wie ihm lächelnd erklären würde, wie wichtig ihre Arbeit für *Stellar Exploration* sei, während sie gleichzeitig die Kündigung unterschrieben. Wenigstens die Presseleute waren wieder verschwunden, nachdem sie einige Aufnahmen im Shuttle gemacht hatten.

Doch was es mit dem ganzen Auftritt überhaupt auf sich hatte, hatte John natürlich niemand erklärt. Jedenfalls war es das erste Mal, dass jemand von so weit oben der Karriereleiter herabstieg, um einem einfachen Justifier-Team vor seiner Mission einen Besuch abzustatten.

»Und im Prinzip leben sie dann alle in diesem Shuttle, bis sie das TransMatt-Tor fertiggestellt haben?« Simon Reinhards zeigte seine blendend weißen Zähne in einem sicherlich gut einstudierten Lächeln, das besser in eine Pressekonferenz als in die überfüllte Messe gepasst hätte.

»Ähm, nein, nicht direkt, Sir«, erwiderte John steif. »An Bord befinden sich ein Besprechungsraum, eine kleine Krankenversorgungsstation und eine Kombüse. Je nach Lage schlagen wir ansonsten Zelte auf oder versuchen, in einem der Laderäume Kojen einzurichten.«

»Kojen im Laderaum?« Eine perfekt in Form gebrachte Augenbraue glitt in die Höhe. »Das klingt recht ... nun ja, eng?«

»Sicher, Sir, aber wir haben nun mal ein Platzproblem. Das Shuttle muss durch das TransMatt-Tor passen.« John warf einen Blick auf die schlanke Frau im Anzug, die eine vollverspiegelte Sonnenbrille trug und immer einen Schritt hinter Reinhards blieb. »Wir sind das gewöhnt, Sir. Wir sind sogar froh, Sir, denn *SE* schickt größere Teams als so manch anderer Konzern.«

Ein leichtes Zittern ging durch das Shuttle, als habe die Lüge die ganze Station erbeben lassen. Alarmiert sah sich John um, ebenso wie Reinhards' Leibwächterin, aber der Manager ließ sich nicht aus dem Konzept bringen, sondern schenkte John ein weiteres 1000-Watt-Lächeln.

»Das ist eine sehr schöne Bestätigung unserer Konzernpolitik, bei der wir das Wohl unserer Angestellten immer im Blick haben, egal, wie schwierig die Marktlage auch sein mag. Seit fünfzehn Jahren ist *Stellar Exploration* ein Teil der *Knowledge-Alliance*-Konzernfamilie, und diese Union hat Synergien freigesetzt, deren Durchschlagskraft uns ermöglicht, ganz vorne mitzuspielen.«

Reinhards war noch nicht fertig, aber Johns Gehirn begann bereits, den verbalen Müll auszusortieren, den der Manager gekonnt verbreitete. Im Nebel der Worte nahm er noch Begriffe wie Strategische Allianz, Initiativbewegung und Ermöglichungspotenzial wahr, die er mit einem kurzen Nicken quittierte, während er eigentlich damit beschäftigt war, sich nach Bull umzusehen. Doch der große Beta war nicht zu entdecken. Vermutlich befand er sich in den Laderäumen und überwachte das Beladen. Der Sergeant war in dieser Hinsicht ein Kontrollfreak, und da John bewusst war, dass jeder noch so kleine Fehler nicht nur zum Scheitern der Mission, sondern zum Tod seiner Leute führen konnte, ließ er ihn gewähren. Just in diesem Augenblick hätte er ihn aber gern bei sich gehabt, und sei es nur, um ihm im Buzzword-Gewitter des Managers einen vielsagenden Blick zuwerfen zu können.

Das Shuttle zitterte erneut; diesmal so stark, dass die Tasse Kaffee, die sie Reinhards angeboten hatten, über den Stahltisch glitt und am Boden zerschellt wäre, hätte John sie nicht aufgefangen.

»Ist das üblich?«, erkundigte sich Reinhards' Leibwächterin – ihre erste Wortmeldung überhaupt, seit sie an der Seite ihres Bosses in das Shuttle getreten war.

»Was?«

»Diese Vibrationen.«

Jetzt spürte John sie auch. Anstatt ganz zu verschwinden, hatte sich das Zittern in ein unterschwelliges Vibrieren verwandelt, das ihm das Rückgrat hinaufkroch und ein mieses Gefühl bescherte.

»Zum Teufel, nein«, knurrte er, spürte dann aber Reinhards' missbilligenden Blick und lächelte gezwungen.

Die Frau vom Personenschutz beugte sich vor und flüsterte: »Wir sollten gehen, Sir.«

»Sofort«, entgegnete der Manager glatt und gab John die Hand. »Leutnant Owens, vielen Dank für Ihre Geduld. Ich bin mir bewusst, dass Sie mitten in den Vorbereitungen für diese Mission stecken und eigentlich keine Zeit für Besichtigungstouren haben.«

John wollte abwinken, auch wenn die Worte nur allzu wahr waren, aber Reinhards hielt seine Hand in einem erstaunlich festen Griff gefangen. Der Konzerner trat einen Schritt an ihn heran.

»Wir hatten in den letzten Monaten mit einigen Rückschlägen zu kämpfen, Leutnant Owens ... John. Der Vertrag, nach dem wir mit unserem Konkurrenten *ARStac* diesen Sektor aufgeteilt haben, hat sich als nicht so profitabel erwiesen, wie wir uns erhofft hatten. Deshalb bin ich hier. Ich will Ihnen nicht nur die rückhaltlose Unterstützung durch *Stellar Exploration* zusichern, sondern Sie auch an die Wichtigkeit einer erfolgreichen Mission auf Tordesillas erinnern. Sie haben ein gutes Team, und wir geben Ihnen alles, was Sie an Materialien brauchen. Unsere Astronomen und Analysten zeigen, dass der Planet optimal für Besiedlungen geeignet ist. Enttäuschen Sie uns nicht, John.«

John nickte stumm. *ARStac* war der Hauptkonkurrent von *SE* und noch dazu Teil der *Knowledge Alliance*. In letzter Zeit hatte *SE* gegenüber *ARStac* weiter und weiter an Boden verloren. John sammelte seine Gedanken für eine angemessen unterwürfige und dennoch selbstbewusste Antwort, aber die einzigen Worte, die ihm einfielen, waren wieder mal ein herzliches *Fuck you*.

Dann plärrte eine Sirene los und zerstörte die Magie des Augenblicks.

Eigentlich hätte die Katastrophe ein simpler Zwischenfall bleiben können, denn die Schotts sollten ein Ausbreiten verhindern – hätte nicht hochkomprimierter Wasserstoff entgegen allen Sicherheitsvorschriften viel zu nah am Kern gelagert. Die erste Explosion war kaum zu spüren, aber als der Wasserstoff austrat und sich in einer Knallgasexplosion entzündete, die eine tiefe Wunde mitten ins Herz der Station riss, wurde den Technikern bewusst, dass etwas mächtig schieflief.

Nur war die Katastrophe zu diesem Zeitpunkt bereits nicht mehr aufzuhalten. Sie hatte die wichtigsten Systeme der Raumstation erfasst und ausgerechnet jene zerstört, die für den Kampf gegen Unfälle gedacht waren. Alles, was die Technikercrew jetzt noch tat, hatte keinen Einfluss mehr auf die Ereignisse.

»Was bedeutet das?« Reinhards' Worte klangen weniger besorgt als vielmehr konsterniert.

John zuckte mit den Schultern, aber Shakey rief vom Cockpit aus den schmalen Gang hinunter: »Technische Probleme auf der Station.«

»Welche?«, fragte John.

»Ist das nicht der Feueralarm?«

Der Ex-Soldat wandte sich an Reinhards: »Scheint ein Feueralarm zu sein, Sir. Kein Grund zur Besorgnis. Ich bin sicher, es wird sich bereits darum gekümmert.«

»Mr. Reinhards, wir sollten gehen«, meldete sich die Leibwächterin wieder zu Wort. »Unser Transport ist an Schleuse 19 angedockt; wenn wir uns beeilen, können wir in fünf Minuten dort sein.«

Reinhards nickte, wie John erleichtert zur Kenntnis nahm. Was auch auf der Station los sein mochte, es erlöste ihn von dem Manager und seinen geschliffenen leeren Worten. John nahm Haltung an und salutierte, gab sich dabei aber keine große Mühe. Ein Zivilist wie Reinhards würde den Unterschied zwischen einem ernst gemeinten und einem nachlässigen Salut sowieso kaum erkennen. Dagegen zuckte der Mundwinkel der Leibwächterin kurz, aber sie sagte nichts.

»Vielen Dank, Leutnant. Richten Sie Ihrem Team meine besten Wünsche aus. Wir zählen auf Sie!«

Obwohl John so tat, erfüllte ihn das Gerede keinesfalls mit Zuversicht oder gar Zuneigung zu seinem Arbeitgeber.

»Danke, Sir. Wir werden Sie nicht enttäuschen.« Die Floskel ging ihm glatt über die Lippen. Hundertmal gesagt, hundert kleine Lügen. *Regel Nummer 1: Erzähl den Anzugträgern immer genau das, was sie hören wollen. Alles andere interessiert sie eh nicht.*

Der Alarm hallte weiter durch das Shuttle, während John den Besuch zur Schleuse führte. Hinter sich hörte er, wie ein Teil seines Teams im Besprechungsraum Platz nahm. Vermutlich wurden bereits die ersten Witze über Reinhards gerissen, und auch wenn es eigentlich Johns Aufgabe gewesen wäre, das zu unterbinden, hatte er nichts dergleichen vor. Im Gegenteil – in Gedanken suchte er schon selbst nach einer passenden spöttischen Bezeichnung für den arroganten Manager. Seine Finger huschten über das Kontrollpad der Schleuse.

Hier war noch alte Technik im Einsatz, mechanische Teile, aber die Shuttles erlebten so viele harte Einsätze, dass simple Technik oft die bessere Wahl war. Die andere Seite der Sache war natürlich, dass der Konzern ungern viel Geld in Ausrüstung investierte, deren Überlebenschancen gering war. Das erklärte auch Johns Gehalt – der einzige Pluspunkt war die Tatsache, dass er davon nicht leben musste, da er die meiste Zeit auf Einsätzen, in der Vorbereitung und den Nachbesprechungen verbrachte. Und währenddessen musste sich *Stellar Exploration* um die Verpflegung kümmern.

Die Schleuse öffnete sich nicht.

»Augenblick«, murmelte er und gab die Zahlenfolge erneut ein. Keine Reaktion – das Licht blieb auf rot.

»Shakey! Was ist mit der Schleuse los?«

»Gibt es Probleme, John?«, erkundigte sich Reinhards.

»Die Schleuse nimmt den Code nicht an«, erklärte John geduldig das Offensichtliche. »Wir kümmern uns darum.«

Er wandte sich ab und ging in Richtung der winzigen Pilotenkanzel, als erneut der Boden schwankte, diesmal wie bei einem Erdbeben. John fluchte leise, während er sich an der Wand abstützte. Obwohl das Shuttle größer war und mehr Platz bot als manche der alten Vehikel, in denen John schon zu Einsätzen transportiert worden war, blieben die Gänge doch eng und der Raum stark begrenzt. Er spürte Reinhards und seine Leibwächterin dicht hinter sich, als er sich wieder aufrappelte und weiterlief.

»Shakey!«

»Was ist, Boss?«, antwortete der kleine Pilot. Als er jedoch mit großen dunklen Augen über die Schulter sah und Reinhards erblickte, fügte er noch schnell ein »Ja, Sir?« hinzu.

Da der Manager noch hinter ihm war und sein Gesicht nicht sehen konnte, schenkte John seinem Piloten ein gequältes Lächeln.

»Die obere Schleuse öffnet sich nicht. Und was soll das ganze Gewackel?«

»Äh ...« Die Finger des Piloten huschten über die Tasten. Auf einem Bildschirm an der Seite der Konsole tauchte eine schematische dreidimensionale Karte der Station auf, die sich unter Shakeys Kommandos drehte und vergrößerte, bis der Startschacht zu erkennen war.

»Wir hängen fest«, stellte er fest, während sein Blick über die Statusanzeigen huschte. »Irgendwer hat alle

Schleusen und Schotts verriegeln lassen. Könnte auch 'ne Automatik sein, von wegen Alarm und so.«

»Kannst du den zumindest leiser drehen?«

Shakey raste kurz durch einige Menüs, dann wurde der Alarm tatsächlich leiser.

»Sir, wir haben ein Problem beim Beladen.«

Bull trat in den kleinen Raum, den er mit seiner Präsenz komplett auszufüllen schien. Der Beta musste sich bücken, um durch das Schott zu gehen, und selbst so wären die mächtigen Stierhörner fast gegen den Rahmen gestoßen.

»Die Ladeluken sind dicht?«

»Korrekt, Sir.«

Im länglichen Gesicht des Sergeants war keine Regung zu erkennen. Hinter ihm quetschte sich ein junger Mann im blaugrauen Techniker-Overall durch das Schott und stellte sich neben Bull. Im direkten Vergleich erschien er winzig, aber gemessen an dem Bovinae-Beta wirkte selbst John klein und schmächtig. Unter Bulls Uniform wölbten sich mächtige Muskeln, und das kurze Fell des Betas war blauschwarz. Die meisten Menschen wichen instinktiv vor der minotaurusartigen Gestalt zurück, aber Reinhards nickte Bull nur etwas überheblich zu.

»Mit so einer Unterbrechung kann ich nicht garantieren, dass wir rechtzeitig fertig werden. Die Hälfte meiner Leute sitzt draußen fest, die andere hockt in den Laderäumen und dreht Däumchen.«

»Verstehe«, erwiderte John, ohne genau hinzuhören. Stattdessen starrte er auf den Seitenbildschirm, wo auf der Karte der Station Abschnitte plötzlich in grelles Rot getaucht waren. Er tippte mit dem Finger darauf. »Shakey, was bedeutet das?«

Der Pilot verzog das Gesicht. Offenbar war es ihm nicht recht, vor Reinhards mit seinem Spitznamen angesprochen zu werden. »Keine Ahnung, Sir. Könnten die betroffenen Bereiche sein.«

»Feuer auf zwölf Ebenen? Direkt um den Kern? Dreizehn Ebenen, vierzehn ... fünfzehn!«

Inmitten der Anzeige flackerte ein rot eingefärbter Teil der Station kurz auf, dann wurde er schwarz.

»Äh ... das ist gar nicht gut«, erklärte der Techniker. Zum ersten Mal besah John ihn sich genauer. Auf seiner Brust prangte ein Ausweis mit dem 3D-Bild und seinem Namen: Alonzo Garrello.

»Was zum Teufel meinen Sie damit, Garrello?«

»Also entweder sind da alle Sensoren ausgefallen, was schon merkwürdig wäre. Oder die ganze Sektion 33 ist gerade zerstört worden. Verlust der Atmosphäre und das ganze verdammte Programm.«

Jetzt meldete sich Reinhards zu Wort, der bislang geschwiegen hatte: »Eine Verzögerung kommt nicht in Frage. Diese Mission muss termingerecht beginnen. Stellen Sie Kontakt zur Missionskontrolle her.«

»Sofort«, entgegnete Shakey pflichtbewusst und versuchte, einen Kanal zu öffnen. »Control, hier ist Shuttle Zwölf. Shuttle Zwölf an Control. *Farspace Horizon*, hören Sie mich?«

Stille antwortete ihnen. Auf dem Bildschirm wurde eine weitere Sektion schwarz. War John bislang vor allem aufgrund der Verzögerungen und durch Reinhards' Anwesenheit nervös geworden, spürte er nun, wie sich ein eisiger Klumpen in seinen Eingeweiden bildete. Mehr und mehr Bereiche der Station wurden rot, und ein weiterer Teil verschwand in Schwärze.

»Kannst du uns hier rausbringen?«, fragte er Shakey, ohne den Blick vom Bildschirm zu nehmen.

»Negativ. Das hier ist ein Einsatzshuttle, keine Rettungskapsel. Wir hängen am Haken, bis Control uns grünes Licht gibt. Alles läuft auf Autopilot, wie immer.«

Die Stimme des Piloten klang wütend, aber er bemühte sich offenbar, seine Meinung vor Reinhards nicht allzu deutlich zum Ausdruck zu bringen. Dass die Shuttles Sprung und Landeanflug automatisch ausführten, war dem kleinen Piloten ein Dorn im Auge, auch wenn John angesichts von Shakeys Problemen ganz froh darüber war.

»Dann versuch weiter, sie zu erreichen.«

Während Shakey dem Befehl nachkam, sah sich John um. Szenarien rasten durch seinen Kopf, Schreckensbilder von Katastrophen und dem Super-GAU. Was in der Station auch geschah, sie hatten augenblicklich keine Möglichkeit, es herauszufinden, und mussten das Schlimmste annehmen.

»Sergeant, schaffen Sie die ganzen Zivilisten in Sicherheit. Alle sollen sich hinsetzen und anschnallen. Wie ist der Status des Teams?«

»Wir haben vier auf der Station, Sir, glaube ich. Der Rest ist an Bord.«

»Das Team soll versuchen, die Ladung zu sichern,

soweit möglich. Aber kein Risiko. Wir halten Sie auf dem Laufenden.«

Bull nickte, dann wandte er sich an Reinhards: »Wenn Sie und Ihre Begleiterin mir bitten folgen würden, Sir?«

Der Manager hob abwehrend die Hände und versuchte, Abstand zu dem Beta zu gewinnen, was aber in der kleinen Kanzel kaum möglich war. »Ich bleibe hier, bis die Situation geklärt ist.« Er sah sich um und deutete auf den Behelfssessel des Copiloten. »Ich nehme dort Platz.«

Bull warf John einen Blick zu, den der ehemalige Soldat mit hochgezogener Augenbraue quittierte. Dann schüttelte er kaum merklich den Kopf. Einen Autoritätsstreit vom Zaun zu brechen, war im Moment ziemlich sinnlos, und mit ein wenig Glück waren sie Reinhards ohnehin bald los.

»Gut«, brummte der Beta. »Der Rest kommt aber mit. Ich zeige Ihnen, wo Sie sich hinsetzen können, und erkläre Ihnen alles.«

Ziemlich haarig für eine Stewardess, schoss es John durch den Kopf, und er hatte Mühe, ein Grinsen zu unterdrücken.

Diesmal war es die Leibwächterin, die protestierte: »Ich halte das für keine gute Idee, Mr. Reinhards.«

»Schon gut, schon gut, gehen Sie mit. Ich glaube nicht, dass mir hier irgendeine Gefahr droht.«

Der Konzerner wedelte mit der Hand, als gelte es, einen unangenehmen Geruch zu vertreiben.

»Ist das ein Befehl?«

»Ja, verdammt!«

Zum ersten Mal sah John einen Riss in der ansonsten so perfekten Fassade des Managers. Hinter dem ewigen Lächeln blanke Nerven zu entdecken, gefiel ihm ausgesprochen gut. Die Leibwächterin zeigte keine Regung, sondern nickte nur bestätigend und folgte Bull dann in den Korridor. Der junge Techniker schickte sich an, es ihr gleichzutun, als Shakeys Kontaktversuche unvermittelt von Erfolg gekrönt waren. Alle hielten einen Moment inne, denn plötzlich drangen Worte durch das Rauschen der Kommunikationseinheit.

»Äh ... Shuttle Zwölf? Hier ist Control«, antwortete eine männliche Stimme.

»Na endlich«, blaffte Shakey. »Was ist denn bei euch da oben los?«

»Wir haben ziemliche Probleme. Ein Feuer, glaube ich.«

»Was heißt hier: glaube ich?«, mischte sich John ein. »Sortiert mal euren Laden.«

»Ich ... wir ... Es tut mir leid. Robertson ist mit dem Notfallteam weg, und ich ... Sie sind alle im Einsatz.«

Verblüfft ob der offenkundigen Verwirrung des Mannes, schwieg John.

Stattdessen redete Alonzo Garrello: »Barry, bist du das?«

»Ja! Wer ist da?«

»Garrello. Was bedeutet das, sie sind alle weg?«

»Wir haben den Kontakt zu den Rettungsteams verloren«, sprudelten die Worte mit einem Mal nur so aus dem Lautsprecher. »Die Sensoren spielten verrückt. Es gab niemanden vor Ort, der etwas tun konnte. Robertson ist mit allen Leuten los, um zu helfen und den Einsatz zu leiten. Er sagte, ich solle hierbleiben, es würde eh nichts passieren. Ich ... ich weiß doch gar nicht ...«

Die Stimme verklang. Garrello beugte sich zu John hinüber und sagte: »Barry ist frisch an Bord. Macht gerade den praktischen Teil seiner Ausbildung.«

»Wollen Sie mir sagen, dass da oben ein Azubi an den Kontrollen sitzt?«

Garrello zuckte mit den Schultern und nickte. Sein Gesichtsausdruck war eine Mischung aus Besorgnis und der ganz speziellen Form der Freude, die man empfindet, wenn man selbst nicht die Schuld an einer Misere trägt.

»Bull«, sagte John, und der Beta verstand sofort und führte die Zivilisten aus dem Cockpit. Aus den Lautsprechern drang nur leises Rauschen und das entfernte Heulen des Alarms, und John brauchte einige Momente, um sich zu sammeln.

»Hören Sie, Barry. Wir sitzen hier fest. Können Sie die Klammern lösen? Wir haben Gäste an Bord und würden die *Farspace Horizon* gern verlassen, bis die Lage geklärt ist.«

Es laut auszusprechen, machte John plötzlich bewusst, wie ernst die Situation war. Es gab nur einen Grund, die sichere Andockposition zu verlassen: bei akuter Gefährdung der Station.

»Ich ... negativ. Sie brauchen eine Freigabe und ...«

»Das ist eine Notsituation, Barry«, unterbrach ihn

John. »Wir haben keine Zeit für Freigaben. Ich bin sicher, dass man Ihren Entschluss loben wird, wenn die ganze Sache vorbei ist.«

Schweigen.

»Barry?«

»Ich kann nicht.«

»Öffnen Sie die verdammten Klammern! Hier spricht Simon Reinhards, ich besitze die notwendige Autorität!«

»Ich kann nicht«, wiederholte der Techniker. »Ich weiß nicht, wie!«

Resigniert schüttelte John den Kopf. Robertson würde gehörigen Ärger dafür bekommen, einen vollkommen unerfahrenen Techniker allein gelassen zu haben.

Falls er noch lebt. Warum verlässt er den Kontrollraum überhaupt? Weil sie da oben so sehr in der Scheiße stecken, dass er keine andere Wahl hat. Die Erkenntnis sandte einen Adrenalinstoß durch Johns Adern.

»Finden Sie es heraus, Barry. Wir zählen auf Sie. Sie sind dafür ausgebildet worden, Sie schaffen das.«

»Ich versuche es«, kam die wenig ermutigende Antwort, in deren Tonfall bereits die Gewissheit der Niederlage mitschwang. Dann aber hörten sie einen triumphierenden Aufschrei. »Ich hab es!«

Unvermittelt wechselte die Beleuchtung im Shuttle von normal auf Rotlicht. Die Sprungwarnungssirene ertönte. Shakey fluchte.

»Das war es nicht«, gab John möglichst ruhig zurück, auch wenn er am liebsten in das Mikro gebrüllt hätte.

»Das Tor ist heiß«, murmelte Shakey unnötigerweise. Die blechern klingende Stimme des Hauptcomputers hatte bereits mit dem Countdown begonnen: »Sprung in T minus 10.«

»Oh, tut mir leid.« Barry wirkte zerknirscht. »Ich suche weiter. Moment, hier habe ich was. Ich ... was? Nein! Ihr Götter, nein!«

Nun rauschte der Lautsprecher nur noch; selbst die Alarmsirenen waren verstummt.

»Sprung in T minus 9:30.«

»Barry? Control, hören Sie uns? Barry?«

Während John noch versuchte, die Verbindung wieder herzustellen, tippte Shakey mit dem Finger auf den Bildschirm. Es dauerte einen Moment, bis John begriff, was er dort vor sich sah. Das Herz der Station war komplett schwarz, so, als existiere es gar nicht. Und das leuchtende Rot fraß sich rasend schnell in Richtung der Außenbereiche. *Auf die Schleusen und Startröhren zu. Verdammt!*

»Wir müssen hier weg, Boss«, stellte Shakey fest, und in seiner Stimme schwang Angst mit.

»Ich weiß, ich weiß.« Fieberhaft suchte John nach einem Ausweg. Es gab keine Rettungskapseln im Shuttle. Jeder Kubikzentimeter wurde für die Mission benötigt, und ein Ausstieg im All war ohnehin nicht vorgesehen. »Wenn wir die Klammern absprengen, kannst du uns rausschaffen?«

Shakey warf einen unsicheren Blick auf die Monitore. »Das Tor ist heiß. Wenn wir jetzt durchfliegen ...«

»Das Tor wird nicht lange heiß bleiben.« John wies

auf den Bildschirm. »Irgendwann bricht die Energieversorgung zusammen. Vermutlich schon ziemlich bald.«

»T minus 9.«

»Was geht hier vor, Leutnant?«, wollte Reinhards wissen, aber John achtete nicht auf ihn. Sie hatten genug Sorgen, auch ohne den Konzerner.

»Die Sicherheitssysteme müssen manuell bedient werden«, erklärte Shakey. Auch wenn er das Shuttle niemals flog, hatte er es als Pilot der Missionen für seine Aufgabe gehalten, sich genauestens damit auszukennen. Er rief eine schematische Darstellung des Shuttles auf. »Hier und hier. Das sprengt die Klammern auf. Vermutlich genügt der Rückstoß, um uns aus der Röhre zu schießen. Wie eine Pistolenkugel.«

Sie starrten wieder auf den Bildschirm. Johns Blick wanderte vom Shuttle zur Station und wieder zurück.

»T minus 8:30.«

»Ich mach's«, erklärte er.

»Was machen Sie? John? John, was?«

»Ich hole uns hier raus ... Sir«, erwiderte John. Seine Miene war grimmig. »Und beten Sie, dass das Portal dann nicht mehr heiß ist.«

»Sonst springen wir«, fügte Shakey leise hinzu. »Direkt nach Tordesillas.«

»Nein, John. Das werden Sie nicht tun. Das ist ein Befehl!«

Jetzt schwang Panik in Reinhards' Stimme mit. Ein Sprung auf einen unbekannten, nicht gesicherten Planeten war vermutlich ein völliger Albtraum für den

Manager, auch wenn das unter normalen Umständen ein ganz normaler Job für die Justifiers war.

Die Verlustraten auf solchen Missionen waren atemberaubend, und Reinhards kannte die Zahlen vermutlich. Selbst wenn Justifier-Aufträge unter günstigeren Voraussetzungen begannen, kehrte oft genug niemand aus einem Team zurück, und *SE* musste die Operation als Verlust von der Steuer absetzen.

»Dies ist meine Mission, Sir. Ich sage, wir versuchen unser Glück. Oder wollen Sie lieber darauf warten, dass wir davon erwischt werden?«

Er wies auf die Darstellung der Station. Inzwischen war mehr als die Hälfte schwarz, und das rote Leuchten kam den Startröhren bedrohlich nahe. Eine weitere Sektion wechselte die Farbe, während der tote Bereich im Herzen der Station wuchs. Reinhards schluckte, schwieg aber.

»T minus 8.«

Mit einem gemurmelten »Dachte ich mir« wandte sich John ab und lief den schmalen Korridor entlang, bis er die Leiter erreichte, die in den Ladebereich führte.

»Bull! Alle in Startposition!«, brüllte er, noch während er die metallenen Griffe packte und die Leiter einfach hinabrutschte. Seine Stimme hallte durch das gesamte Shuttle.

»Jawohl, Sir!«, kam die Antwort dumpf von unten.

John brauchte keine Rückversicherung, ob der Beta seinen Befehl ausführte. Bull war der beste Sergeant, den er je gehabt hatte, und er vertraute ihm blind. Sobald seine Füße den Boden berührten, rannte John weiter. Das Shuttle bebte nun durchgehend, fast so, als würde es unter Beschuss stehen. John hatte mehr als einen Raumkampf mitgemacht, und er glaubte, die Bewegungen eines sterbenden Schiffs zu erkennen. Selbst wenn es vielleicht nur Einbildung war, trieb es ihn zu noch größerer Eile an.

John rannte durch die halb befüllten Laderäume. Techniker und Justifiers liefen herum, und mittendrin stand Bull wie eine Statue, die Arme vor der Brust verschränkt. Sein Bass dröhnte durch das Shuttle: »Startpositionen! Hepp! Hepp!«

Hinter den Laderäumen, am Heck, gab es einen kleinen Bereich mit Betriebsräumen, Generatoren, Technikkonsolen und dergleichen. Mit den meisten Anzeigen konnte John nichts anfangen. Seine Hände glitten über Warnhinweise, Schalter, Anzeigen.

»Notstart«, murmelte er. »Sicherheitssysteme. Sprengkapseln. Verfluchte Scheiße!«

Sosehr er auch suchte, er fand die Steuerung nicht. Wut stieg in seiner Kehle auf, und begleitet von einem Schrei schlug er mit den Fäusten gegen die harte Wand.

»T minus 7:30.«

»Shakey!« In seinen Ohren klang seine eigene Stimme unsicher und rau.

»Hier«, erklang es hinter ihm.

Garrello zwängte sich an ihm vorbei und wies auf eine eingelassene Klappe.

»Sie sollten auf Ihrem Sitz sein«, erwiderte John,

während er die Klappe öffnete. Dahinter befand sich ein langer Hebel, der in den beruhigenden Warnfarben Gelb-Schwarz gehalten war.

»Erst herausziehen, dann nach unten. Mit Schwung«, erklärte Garrello ungerührt.

John packte den Hebel mit beiden Händen und zog ihn aus seiner Halterung. Die Bewegung war glatt, dann rastete er ein. Innerlich zählte er von drei runter, dann riss er den Hebel hinab.

Das ohnehin bebende Shuttle bewegte sich ruckartig, als ein ungeheurer Knall durch den Raum peitschte und von den Wänden widerhallte. John verlor den Halt und hielt sich an dem Hebel fest, während Garrello zu Boden stürzte.

John spürte, wie das Shuttle die Startröhre entlangglitt. Kaum bewusst bat er eine höhere Macht, zu der er normalerweise nicht sonderlich viel Vertrauen hatte, darum, dass das Tor nicht mehr aktiv war. Nur unter Schwierigkeiten rappelte sich Garrello wieder auf, denn alles vibrierte nun so sehr, dass um sie herum Metall ächzte und Plastik quietschte.

»Wir müssen zu den Sitzen«, presste John hervor, packte Garrello und zog ihn mit sich.

Der Techniker wirkte völlig desorientiert und machte aus eigenem Antrieb kaum einen Schritt, als habe er sich beim Sturz den Kopf angeschlagen. Also hob John ihn einfach empor und lief zum Laderaum. Durch die ungleichmäßigen Bewegungen des Shuttles und das zusätzliche Gewicht auf seiner Schulter konnte er nur mühsam das Gleichgewicht halten und wurde immer wieder gegen Wände geschleudert. Blaue Flecken waren derzeit allerdings seine geringste Sorge.

Ungesicherte Ladung polterte um sie herum, eine Kiste schlitterte über den Boden, traf John schmerzhaft an der Wade und ließ ihn erneut stolpern. Er ignorierte das Brennen und lief weiter.

»T minus 7.«

Sie erreichten den vorderen Bereich, in dem hauptsächlich Sensoren und Technik untergebracht waren, aber auch kleine Räume mit Sitzen. John warf Garrello in einen hinein, packte die Lehne des anderen und zog sich selbst unter Aufbietung aller Kräfte darauf zu.

Das Shuttle glitt durch das Tor. Entgegen Johns Wünschen war das Tor noch heiß, und als das Shuttle es passierte, wurde es von gewaltigen Kräften durch den Kosmos geschleudert, legte eine unvorstellbar große Entfernung zurück und landete im Orbit eines weit entfernten Planeten.

Farspace Horizon befand sich noch zwanzig Sekunden im Todeskampf, bevor der Kern endlich explodierte und alles, was sich an Bord befand, in seine atomaren Einzelteile zerlegte. Die Zerstörung war so gewaltig, dass bei *Stellar Exploration* lange Zeit niemand wusste, was überhaupt geschehen war.

2

Die Welt um ihn herum war grau und verschwommen, doch das dauerte nur einen Moment lang an, dann lichtete sich der Nebel, und das Universum kehrte zurück. Shakey hatte in seinem Leben schon viele Sprünge mitgemacht, aber noch immer revoltierte sein Magen jedes Mal. Hinter sich hörte er Würgegeräusche, vermutlich verursacht von den anderen Passagieren, die die Sprünge weniger gewohnt waren, aber er schenkte ihnen keine allzu große Beachtung.

Auf seinen Anzeigen erschien der Planet. Viel zu groß und viel zu nah. *Wir sind zu früh gesprungen*, schoss es ihm durch den Kopf. *Die Berechnungen sind alle falsch!*

Der Autopilot versuchte, den Eintrittswinkel anzupassen, aber noch bevor Shakey die Anzeigen studieren konnte, wusste er schon, dass sie zu steil in die Atmosphäre stießen. Wie ein Stein würden sie in Richtung Planetenoberfläche stürzen und entweder verglühen oder zu stark beschleunigen, um rechtzeitig in einen kontrollierten Landeanflug zu gehen. Warnsignale flammten auf, die Anschnallzeichen wirkten gegen das plötzliche allgegenwärtige Rot der Bildschirme geradezu putzig.

Im Bruchteil einer Sekunde traf er eine Entscheidung. Für solche Augenblicke hatte er einst trainiert. In über hundert Kampfeinsätzen hatte er im richtigen Moment richtig gehandelt, oder zumindest richtig genug, um heute noch zu leben und während der Justifier-Missionen für gewöhnlich den Autopiloten bei der Arbeit zu beobachten. Andere waren im Krieg von Autokanonen zerfetzt oder von Strahlen verdampft worden, aber Shakey hatte seinen Hintern immer wieder heil aus dem Gefecht geschafft.

Es dauerte wertvolle Sekunden, die manuelle Steuerung zu aktivieren und das Shuttle unter Kontrolle zu bringen. Sekunden, in denen sie wie ein Pfeil in die obersten Schichten der Atmosphäre eindrangen. Das kleine Schiff wurde bereits wie von einer Riesenfaust durchgeschüttelt. Die Alarmsignale wurden hektischer, größer, nahmen jetzt fast alle Bildschirme ein.

»Shakey? Was ist denn da los?«, dröhnte Johns Stimme blechern durch das InterKom.

Der kleine Steuerknüppel vibrierte in Shakeys Hand. Er zog ihn mit aller Gewalt nach hinten, auch wenn mehr Kraft nicht mehr Kontrolle bedeutete. Er fletschte die Zähne und schrie, als könne er das Shuttle allein durch die Kraft seiner Gedanken auf den richtigen Kurs zwingen.

»Zu schnell«, knurrte er, unsicher, ob irgendwer ihn hören konnte. Das Shuttle bebte und ächzte unter den Qualen, die er ihm aufzwang, und das gequälte Metall übertönte mit seinem Kreischen selbst die Angstschreie der Menschen hinter ihm.

»Sie bringen uns um!«, brüllte Reinhards voller Panik. Der Manager fummelte an seinem Sicherheitsgurt herum, als wollte er ihn öffnen, aber die G-Kräfte pressten ihn gnadenlos zurück in den Sitz, wofür Shakey einigermaßen dankbar war.

Während er mit der Linken weiterhin versuchte, die Nase des Shuttles aufzurichten, schob er die Rechte Zentimeter um Zentimeter näher an die Konsole heran. Er fühlte sich, als würde er mit einem Rhino-Beta Armdrücken veranstalten, und seine Muskeln schienen vor Anstrengung bersten zu wollen, aber schließlich gelang es ihm, die Konsole zu erreichen und einige Knöpfe zu drücken.

Ein harter Schlag ging durch das Shuttle, und als sie ein Luftloch trafen, fiel es innerhalb eines Herzschlags um einige Dutzend Meter. Shakeys Mageninhalt wurde nach oben und in seine Kehle gepresst. Er würgte, konnte sich aber noch zurückhalten, während sich Reinhards neben ihm in hohem Bogen übergab.

Kräftige Winde packten das hilflose Gefährt, schleuderten es herum. Shakey steuerte gegen. Er hatte die Augen geschlossen und versuchte, die Bewegungen des Shuttles nur zu erahnen. Der Ausblick war sowieso wenig hilfreich. Irgendwo hinter ihm riss Metall, und er hörte lautes Knallen, als Nieten aus den Wänden platzten und wie Geschosse durch den Innenraum rasten. *Der verdammte Computer hätte die Kiste in einem flachen Winkel lassen sollen, dann wären wir wie ein Kiesel auf einer glatten Wasserfläche von der Atmosphäre abgeprallt und hätten einen zweiten Anflug probieren können.* Die Erkenntnis, dass er besser flog als der Autopilot, bereitete ihm ausnahmsweise keine Freude. In diesem Moment hätte er alles dafür gegeben, dass die Maschine richtig handelte.

Wolkenformationen tauchten auf seinen Anzeigen auf. Die Sensoren an der Außenhülle zeigten erst irrsinnige Temperaturen an, bevor sie dann einfach ausfielen. Vorsichtig gab er Gegenschub, aber sehr sanft, denn das Shuttle konnte nicht mehr viel aushalten und drohte, einfach mitten in der Luft auseinanderzubrechen.

Wie ein Meteor tauchte das Shuttle in die Wolken ein. Shakey wusste, dass sie vom Boden aus spektakulär aussehen würden: ein brennendes Stück Metall, das die Wolken mit seinem Halo erhellte und mit Überschalldonnern über den Himmel zog. *Immer noch zu schnell.*

Wieder erbebte das Shuttle, schüttelte sich wie ein nasser Hund. Viel hielt es nicht mehr aus. Shakeys Finger tanzten über die Konsole, er bewegte den Steuerknüppel langsam, fast zärtlich.

»Komm schon, Baby. Bitte. Lass uns nicht im Stich.« Seine Stimme war ein Flüstern, und irgendwo tief in sich wusste er, dass das Shuttle ihn hörte und verstand. Es war sein Schiff, ein wenig beeindruckender Klumpen Metall im Vergleich zu den Jägern, die er früher geflogen war, aber immerhin seins.

Behutsam hob sich die Nase des Shuttles – keinen Moment zu früh. Sie durchbrachen die Wolkenschicht, die tiefer gehangen hatte, als Shakey bewusst gewesen war. Auf seinen Anzeigen raste ein grünbrauner Wald auf ihn zu, dann eine graue Wasserfläche, gefolgt von ockerfarbenen Felsen. Hügel türmten sich vor ihm auf, wuchsen zu rostroten Bergen – an deren Flanken sie zerschellen würden, wie er im Bruchteil einer Sekunde erkannte.

Hektisch suchte er nach einem Ausweg, aber die wenig aerodynamische Form des Shuttles war nicht für gewagte Atmosphärenmanöver gedacht. Die Felsen ragten in die Höhe, schroff, abweisend, tödlich.

Dann sah er eine winzige Lücke, ein schmales Tal. Instinktiv riss er den Steuerknüppel herum und gab noch mehr Schub. Das Shuttle legte sich in eine wilde Kurve, die Antriebe brüllten auf. Noch hielten sie auf den Felsen zu, das Schiff bewegte sich zu langsam, zu träge, folgte Shakeys Befehlen nur unwillig.

Sie rasten zwischen den Felswänden hindurch. Ein furchtbares Kreischen ertönte, als sie einen Felsen streiften und Metall mit furchtbarer Gewalt über Stein gerieben wurde. Das Shuttle wehrte sich einen Moment lang gegen Shakeys Befehle, dann hatte er es wieder unter Kontrolle. Doch als er auf die Anzeige sah, war der Bildschirm schwarz; die Sensoren waren ausgefallen.

Fluchend suchte er nach Auswegen, seine Finger

huschten über das Kontrollpad, doch das Einzige, was er zu Tage brachte, war eine Höhenanzeige.

»Heilige Scheiße«, murmelte er, als er begriff, dass er blind landen musste.

Das Shuttle bockte und wurde herumgeschleudert, als befinde es sich im Griff eines titanischen Kindes, das *Absturz* spielte. John klammerte sich an den Lehnen seines Sitzes fest, obwohl er rational wusste, dass menschliche Muskeln diesen Kräften nichts entgegenzusetzen hatten – nicht einmal, wenn sie wie seine über künstliche übermenschliche Stärke verfügten.

Es war nicht der Autopilot, der das Shuttle flog, so viel war sicher. Und auch wenn John Shakey als Mitglied seines Teams vertraute, fühlte er sich in den zuckenden Händen des ehemaligen Kampfpiloten nicht vollkommen sicher. Für die leichten, motorisierten Erkundungsgleiter mochte Shakey noch genug Saft haben, aber ein Shuttle in dieser Höllenlage war eine ganz andere Liga.

In den Frachträumen schlugen Kisten gegen die Wände, wurden mit jeder Bewegung wie tödliche Geschosse umhergewirbelt. Johns Zähne klapperten, als das ganze Shuttle zu vibrieren begann. Er presste den Kopf gegen die Kopfstütze, aber dennoch schlug sein Nacken immer wieder schmerzhaft dagegen, wenn das Shuttle wieder einen Satz machte.

So will ich nicht sterben. Der Gedanke kam ungebeten, verdrängte alle anderen aus seinem Geist, nistete sich ein. Eigentlich hatte John immer vermutet, dass er bei einer Mission draufgehen würde, vielleicht von fremder Fauna gefressen oder an einer der tausend Gefahren krepiert, auf die Justifiers zwangsläufig trafen. Früher war er sicher gewesen, dass irgendwo eine Kugel auf ihn wartete, die ihn früher oder später finden würde. Aber immer hatte er sich vorgestellt, dass er aufrecht stehen würde, wenn es so weit war. Sterben in den Stiefeln halt, und zwar, solange man noch nicht zu alt war – wenigstens das sollte ein Soldat wohl erwarten können. Von der beschissenen Pension, die das Militär oder *SE* zahlten, konnte sowieso keine Sau leben.

Eine Reihe wilder Schläge ging durch das Shuttle, und dann ertönte ein langes, unerträglich schrilles Geräusch, so laut, dass John das Gesicht verzog. Plötzlich wurde die Luft zu einem Orkan, wirbelte um ihn herum, riss an seinem Haar, an der Uniform, stahl den Schrei von seinen Lippen.

»Fuck!«

Für mehr war keine Zeit. Das Shuttle sackte ab, so dass John der Magen bis an den Gaumen stieg, dann legte es sich auf die Seite, drehte sich wieder.

Und schlug auf.

Der Aufprall fuhr John durch Mark und Bein, sandte glühende Schmerzwellen am Rückgrat empor. Seine Hände wurden von den Lehnen gerissen, wie Puppenarme in die Luft geschleudert. Die Gurte schnitten sich durch den Stoff in sein Fleisch, pressten ihm die Luft aus den Lungen. Er wollte fluchen, schreien, aber er konnte nicht einmal atmen.

Noch ein Schlag, weniger heftig, aber stark genug, um John von links nach rechts zu werfen. Seine Schulter prallte gegen die Bordwand, sein Kopf ruckte herum. Um ihn dröhnte die Kakophonie eines Höllenritts. Metall kreischte, als es wie Papier riss. Trümmer segelten durch die Luft, schlugen gegen die Wände und ließen sie wie Kanonen donnern. Von allen Seiten drangen Schreie an seine Ohren. Die meisten seiner Mitflieger hielten sich ziemlich schlecht.

Etwas Großes flog an John vorbei; Garrellos Sitz, mit den Techniker noch darin. Für einen kurzen Moment sah John sein Gesicht mit vor Entsetzen geweiteten Augen, einen offenen Mund. Dann prallte das grässliche Geschoss gegen ein Schott. Das Geräusch traf John härter als der Anblick, ein widerliches, dumpfes Klatschen.

Die Nase des Shuttles hob sich, und John wurde nach hinten geworfen. Garrellos Sitz segelte auf ihn zu, John duckte sich, und die Leiche des Technikers verfehlte ihn bloß um Haaresbreite.

Das Shuttle schlug erneut auf, weniger hart diesmal, aber John hatte auch keine Widerstandskraft mehr. Sein ganzer Körper war ein einziger Schmerz, er spürte, wie ihm Blut über das Gesicht lief. In seinen Ohren dröhnte es, während das Shuttle über den Boden rutschte, gegen Hindernisse prallte und schließlich mit einem letzten furchtbaren Schlag zum Stehen kam.

3

Einige gnadenvolle Momente lang schwebte John in der unwirklichen Zone zwischen Erwachen und Schlaf. Seltsame Gedanken zuckten durch seinen Geist; er wollte eine Einkaufsliste schreiben, weil er doch Besuch bekam, dann wieder suchten seine Füße Halt auf einem Boden, der zu wenig stofflich war, um ihn zu tragen. Und dann kehrte die Wirklichkeit zurück – mit rasenden Schmerzen und Übelkeit, die durch seinen Körper jagte. Er öffnete die Augen, zumindest das eine, das nicht zugeschwollen war, und sah sich um.

Um ihn herrschte totales Chaos. Aufgebrochene Ladecontainer hatten ihren Inhalt verstreut, Trümmerstücke bedeckten den Boden, und direkt vor ihm steckte ein armlanges Stück spitzes Metall in der Wand, das seinen Kopf wohl nur um Haaresbreite verfehlt hatte. Er selbst hing in seinem Stuhl, nur von den Kreuzgurten aufrecht gehalten, die sich in sein Fleisch gruben. Stöhnend hob er den Arm und fingerte lange Sekunden am Öffnungsmechanismus herum, bevor er endlich den Hebel fand und sich befreien konnte. Er drohte aus dem Stuhl zu kippen, drückte sich aber mit den Beinen wieder hoch und saß schließlich still.

Einige langsame Atemzüge später versuchte John aufzustehen. Inzwischen kostete ihn nicht mehr jede kleinste Bewegung seine ganze Kraft, aber bis er schließlich an die Wand gelehnt dastand, dauerte es eine ganze Weile, und mit den zittrigen Knien und tanzenden, hellen Flecken vor den Augen kam er sich vor wie ein alter Mann.

Der erste Schritt war noch qualvoll, aber schon beim zweiten ging es besser. Zwar hielt er sich noch an der Lehne des Stuhls fest, den er umrundete, aber er hatte nicht mehr das Gefühl, sofort umfallen zu müssen, wenn er diesen Halt verlor. Vorsichtig suchte er sich einen Weg zwischen den Trümmern hindurch. Unter den Sohlen seiner Kampfstiefel knirschten zerbrochenes Plastik und verschmortes Plexiglas. Seine mit allerlei Technik aufgemotzten Muskeln hielten ihn auf den Beinen. Die Modifikationen waren nach modernen Maßstäben überholt, aber noch leisteten sie ihm halbwegs gute Dienste.

Vor ihm lag ein weiterer Stuhl, halb auf die Seite gedreht. John hatte schon viele Tote gesehen, aber Garrellos Anblick verstärkte das flaue Gefühl in seinem Magen dennoch um ein Vielfaches. Der Techniker war noch an den Stuhl geschnallt, aber es hatte ihm wenig genützt. Seine Gliedmaßen lagen in unnatürlichen Winkeln da, teilweise mehrfach gebrochen. Aus seiner Schulter stach ein weißes Stück Knochen hervor, umgeben von gerissenem rotem Muskelgewebe. Doch es war das Gesicht, oder besser das, was von ihm übrig war, das John trocken schlucken ließ: Es war vollkommen zerschmettert, jeder Knochen schien gebrochen zu sein, und aus der rohen Fleischmasse troff immer noch Blut. Es stank erbärmlich. John konnte den Techniker nur an seinem blutverschmierten Haar erkennen, und weil er wusste, dass er es sein musste.

Mit einem langen Schritt stieg er über das grausige Hindernis hinweg. Von weiter hinten erklangen Stimmen, und er folgte ihnen durch das Schott in den vorderen Laderaum, der aussah, als habe eine Abwrackcrew ihr ganzes Können gezeigt.

John hatte Schwierigkeiten, geradeaus zu laufen, und benötigte einige taumelnde Schritte, um zu bemerken, dass das Shuttle auf die Seite geneigt dalag. Im Boden des ersten Lagerraums waren mächtige Dellen zu sehen, aber diese Schäden waren nichts gegen den zweiten Laderaum, bei dem ein Teil des Bodens und der Außenwand einfach fehlten – dort befand sich nur ein riesiges, gezacktes Loch, durch das viel zu grelles Licht schien.

Mit immer noch unsicheren Schritten ging John zu der neuen und wenig verheißungsvollen Öffnung und blinzelte gegen das helle Licht der Sonne an, das einen gelben Stich hatte. Er kletterte hinaus, stand auf der aufgewühlten Erde, sah sich um und verlor in Sekundenschnelle den Kampf gegen die Übelkeit.

Das Essen in der Kantine auf *Farspace Horizon* war

nicht besonders gut gewesen, billigstes Fleischimitat aus den Zuchttanks mit Formgemüse aus Algen und Geschmacksstoffen. Es hochzuwürgen war allerdings noch unangenehmer, als es runterzuschlingen. John ging in die Knie und würgte, bis sich sein Magen beruhigt hatte. Als seine Atmung wieder langsamer wurde, hielt ihm eine große Hand einen mattglänzenden Flachmann hin. Bull stand neben ihm, der Schattenriss einer verdammt großen, gehörnten Gestalt vor der gleißenden Sonne. John wollte ihm danken, aber er brachte kein Wort heraus, sondern nickte nur. Der erste Schluck kühles Wasser spülte den sauren Geschmack aus seinem Mund und belebte seinen Geist, so dass er ihn fast an die Kampfdrogen erinnerte, die es früher so oft auf Einsätzen gegeben hatte. *Nur Wasser im Flachmann für Bull. Der trockengelegte Wasserbüffel.* Beinahe hätte er gekichert, dann fasste er sich an die Stirn. *Der Absturz hat mich ganz schön mitgenommen.*

»Wie schlimm ist es?«, fragte er schließlich, nachdem er den Flachmann halb geleert hatte.

»Ich habe noch keinen genauen Überblick, aber es sieht nicht gut aus, Boss. Wir haben eine Handvoll Verluste, einige Verletzte, das Shuttle ist Schrott, und von der ohnehin nicht vollständigen Ladung haben wir das meiste beim Absturz verloren.«

»Tote?« John musste an Garrello denken. »Irgendwer von uns?«

»Nicht, soweit ich weiß.«

»Wer war alles an Bord?« Innerlich betete John, dass

es mehr von seinem Team in das Shuttle geschafft hatten, als er gesehen hatte, aber Bulls Aufzählung zerstörte seine Hoffnungen: »Sie, Shakey, Cao, Rourke, Jamie und ich.«

»Die anderen?«

»Sind wohl an Bord der Station geblieben. Über ihre Situation weiß ich nichts, Boss.«

»Fuck.«

John stand auf. Zwar schien der Boden unter seinen Füßen noch zu wackeln, aber er konnte sich jetzt keine Schwächen erlauben. Er sah sich um. Die Landschaft war fremdartig. Ein dunkler, fast schwarzer Boden war vom Absturz aufgewühlt worden, und um sie herum gab es unmöglich bunte Vegetation. Hohe Bäume und kniehohe Sträucher leuchteten in Purpur, Orange, Rot und Gelb. Faserige Blätter bewegten sich in einem warmen Wind zwischen fleischig wirkenden Stängeln, vereinzelt waren schwarz-grün gefleckte, runde Früchte zu Boden gefallen. Zumindest nahm John an, dass es Früchte waren – alle anderen Vermutungen waren auch nicht appetitlicher. Einige der baumartigen Pflanzen hatte große, rote Blätter, die direkt aus dem Stamm wuchsen und in langen Bögen hinabhingen. Auf den ersten Blick war kein größeres Lebewesen zu sehen, aber das war nicht verwunderlich; immerhin war gerade ein Shuttle abgestürzt, und der Lärm dürfte alles Getier vertrieben haben.

»Schnapp dir Jamie, Cao und Rourke«, sagte er halblaut zu Bull, als er sich von dem Anblick losriss. Er konnte sich keine Ehrfurcht und schon gar keine

Furcht erlauben. »Holt euch Waffen und sichert die Landezone.« *Absturzzone wäre wohl passender, aber scheiß drauf.* »Standardprozedur, aber seid verdammt noch mal vorsichtig. Zweierteams, keiner geht allein.«

»Das mit den Waffen ...«

John horchte auf. Bull war normalerweise direkt, aber sein Tonfall ließ nichts Gutes hoffen.

»Ja?«

»Wir waren gerade erst dabei, sie einzuladen. Und sie waren in Laderaum Zwo.«

»Doppel-Fuck!«

»Ich sehe, was wir finden können, Sir.«

»Keine Heldentaten, Sarge. Wir müssen erst einmal ankommen. Und ich brauche bald Meldung über unseren Status.«

»Verstanden, Sir.«

Bull lief um das Shuttle herum. Seine Uniform in grünem Flecktarn fiel vor dem bunten Hintergrund ziemlich auf. *So viel zur Tarnung auf Planet Disney.* John schüttelte den Kopf, um klarer zu werden, was die rötlichen Formen nur vor seinen Augen verschwimmen ließ. Es war heiß, und die Sonne brannte ihm schier unerträglich auf den Schädel. Jedes Mal, wenn sich eine der Pflanzen in einer leichten Brise bewegte, zuckte sein Blick dorthin. Innerlich erwartete er, jeden Moment angriffslustige exotische Kreaturen aus dem fremdartigen Wald auf sich zustürmen zu sehen. Er rieb sich den Nasenrücken, schloss kurz die Augen und atmete tief durch. Dann ging er auf die Stimmen zu, die er gehört hatte.

Er musste das Shuttle ebenfalls umrunden, allerdings in die andere Richtung. Auf dieser Seite befanden sich die Ausstiegsluken fast zwei Meter über dem Erdboden, und eine kleine Gruppe hatte sich versammelt, hauptsächlich Techniker und Ladearbeiter. Drei Gestalten lagen auf dem Boden, zwei regungslos, während sich eine unablässig bewegte und dabei leise wimmerte.

Etwas abseits entdeckte John Simon Reinhards, der sich ein Stück Stoff auf die Schläfe presste. Die linke Hälfte seines Gesichts war blutverschmiert, aber er wirkte nicht besonders angeschlagen. Im Gegenteil, mit der freien Hand gestikulierte er wild, deutete auf das Shuttle, den Himmel und immer wieder mit einem anklagenden Finger auf Shakey, der mit gesenktem Kopf vor dem Konzerner stand. Allein die Flecken von Erbrochenem auf seinem Anzug, der vermutlich mehr kostete, als John in einem halben Jahr verdienen mochte, zerstörten den Eindruck eines Mannes, der auch in Notsituationen alles unter Kontrolle hatte. Dennoch war er dafür, dass sie sich auf einem fremden, unerforschten Planeten befanden, erstaunlich gefasst. Er schien die fremdartige Umgebung kaum wahrzunehmen, achtete nicht auf die seltsamen Pflanzen, den zu grellen Himmel, nicht einmal auf die kleinen Insektenwesen, die um sie herumschwirrten.

Die Leibwächterin hatte sich hinter Reinhards aufgebaut. Sie wirkte, als habe der Absturz ihr keine größeren Probleme bereitet, selbst ihr Kostüm saß noch immer perfekt. Aber John bemerkte ihre Blicke, mit denen sie die Umgebung musterte, und er sah, dass sich ihre Hände immer nah bei den Waffen befanden, die sie vermutlich trug. Möglicherweise war es ihr hier zu bunt, um ungefährlich zu sein. Anders als Reinhards war sie sich der Tatsache bewusst, dass sie sich jederzeit in Gefahr befanden.

Ein metallisch glänzendes Insekt, vielleicht halb so groß wie eine von Johns Fäusten, näherte sich surrend und ließ sich auf dem Verwundeten am Boden nieder, fast als wolle es Johns Befürchtungen sogleich bestätigen. Der Verletzte schrie leise auf und schlug nach dem Tier, das gleichmütig davonflog.

»Shakey«, rettete der Leutnant seinen Piloten vor der Tirade aus Anschuldigungen, die auf ihn einprasselte. »Bericht.«

Die Dankbarkeit stand dem kleinen Mann ins Gesicht geschrieben, als er zu John hinüberlief.

»Wir kamen zu heiß rein«, erklärte er mit leiser Stimme. »Ich musste die Kontrolle übernehmen.«

»Er hat uns alle fast umgebracht«, bellte Reinhards, der jetzt zu ihnen trat. »Ein verfluchter Crash, mitten auf einem fremden, unbefriedeten Planeten! Weitab von jeder Hilfe oder Zivilisation. Der Mann ist eine Gefahr für uns alle!«

»Der Autopilot kam nicht klar. Ich musste es tun.«

John nickte. Shakeys Tonfall war flehentlich.

»Das wird ein Nachspiel haben, wenn wir zurückkehren«, ereiferte sich Reinhards weiter. »Ihnen wird zumindest die Lizenz entzogen. Sie werden nicht mal mehr Modellflieger steuern, Sie Kretin! Wenn ich Sie nicht direkt vor ein Konzerngericht stellen lasse. Fahrlässige Tötung und ...«

»Falls wir zurückkehren«, unterbrach ihn John, der den Blick nicht von Shakey ließ.

Der kleine Mann war bei jedem von Reinhards' Worten zusammengezuckt, als würde man ihn schlagen. »Entschuldigen Sie uns einen Moment, Sir, wir müssen den Einsatz besprechen.«

Jetzt sah er den Konzerntypen doch an. Er bemerkte, dass Reinhards widersprechen wollte, aber dann schwieg er, nickte herablassend und trat zur Seite.

»Du sagst, es war notwendig?«, fragte John leise, als er mit Shakey allein war.

»Ja, Boss. Sonst wären wir direkt beim Eintritt in die Atmosphäre verglüht.« Der Pilot blickte sich nervös um. »Schlimmer als ein Meteoritenstück.«

John wusste, dass Shakeys Zeiten als Kampfpilot lange hinter ihm lagen. Er sah auf die Hände des kleinen Mannes, die unablässig zitterten.

Shakey bemerkte den Blick und verschränkte die Arme vor der eingefallenen Brust, aber dadurch übertrug sich das Zittern nur auf seinen ganzen Körper. Die Einsatzdrogen hatten seine Nervenbahnen in Mitleidenschaft gezogen – zumindest hatte Shakey das Zittern einmal so erklärt, und John hatte keinen Grund, an der Aussage des kleinen Mannes zu zweifeln oder groß nachzuhaken. Man landete nicht bei den Justifiers, wenn man eine saubere Vergangenheit und großartige Karrierechancen hatte, und zumindest in diesem Team gab es die unausgesprochene Vereinbarung, dass Vergangenes auch vergangen blieb.

»Dann musst du nichts befürchten. Die Aufzeichnungen der Sensoren werden dir Recht geben. Und wir sagen für dich aus. Okay?«

Shakey nickte. Dankbarkeit zeichnete sich in seinen Zügen ab. Fast hätte es ein Lächeln auf seine Lippen geschafft, aber dann schoss er einen verstohlenen Blick auf Reinhards ab, und seine Miene wurde wieder düster. Schweiß stand ihm auf der Stirn.

John schloss die Lider und wischte sich über das Gesicht. Es war zu heiß für seinen Geschmack. Als er die Augen wieder öffnete, tanzten für einen Moment schwarze Flecken durch sein Sichtfeld.

»Rekrutier ein paar von den Technikern und überprüf die Krankenabteilung. Schau nach, was kaputt ist, welche Vorräte wir noch haben und so weiter.« John kam eine Idee. »Der Schamane ist nicht hier, also frag bei den Neuen nach, ob jemand mehr drauf hat als eine standardmäßige Erste-Hilfe-Lektion.«

»Alles klar, Boss.«

John nickte, und der kleine Mann lief davon, mit einer Aufgabe, die ihn von seinen Sorgen ablenken würde. Das Letzte, was John jetzt gebrauchen konnte, waren Querelen innerhalb ihrer kleinen Gruppe. *Wir werden auch so genug Probleme haben.*

Ein weiteres großes Insekt näherte sich ihm, vielleicht angezogen von den Schweiß- und Blutstropfen auf seiner Stirn. Er beobachtete es noch, als er auch schon einen scharfen Stich oder Biss an der Schläfe spürte. Ärgerlich verscheuchte John das Vieh mit der Hand. Es wich mühelos aus und surrte davon.

»Sir?«

Er ging zu Reinhards hinüber, obwohl er auch auf diesen Blutsauger wenig Lust hatte.

»Was gibt es, Leutnant?«

»Wir sind hier schlecht runtergekommen, wie Sie vielleicht auch schon bemerkt haben, und uns fehlt die Hälfte des Teams. Zudem war nur ein Teil der Ladung an Bord, und einiges davon haben wir noch beim Absturz verloren. Kurz, die Situation ist derzeit gefährlich, und ich würde Sie und Ihre Begleiterin bitten, sich erst einmal nicht vom Shuttle zu entfernen, bis wir alles unter Kontrolle haben.«

Reinhards' Gesichtsausdruck verriet John, dass der Konzerner nicht glaubte, dass sie in der Lage waren, irgendwas zu kontrollieren, geschweige denn gleich die ganze Situation. Aber er antwortete erst nicht, sondern warf einen Blick auf seine Leibwächterin, die kaum merklich nickte. Zu gern hätte John den Mann angeschrien und so gepackt, dass er sich ihre Umgebung ansehen musste. Alles war fremd, die Gerüche, die Geräusche, die Farben. Sie waren nicht mehr auf gewohntem Terrain, aber Reinhards schien das kaum zu bemerken.

»Gut, machen wir das so. Verschaffen Sie uns Unterkünfte und vielleicht demnächst etwas zu essen, Leutnant. Das dürfte die Lebensgeister anregen.«

John schwieg, während er sich seine nächsten Sätze zurechtlegte, von denen er wusste, dass sie besser weder *Wichser* noch *aufgeblasenes Arschloch* enthalten sollten. Befehle von einem Mann entgegenzunehmen, der nicht nur keine Ausbildung, sondern auch null Erfahrung hatte, stand nicht weit oben auf seiner Prioritätenliste. Also erwiderte er, was man in so einem Fall eben sagte: »Ich werde sehen, was wir tun können.«

»Ihr Team war nicht komplett an Bord?«, meldete sich unvermittelt die Leibwächterin zu Wort. »Was ist mit Ihrem Sanitäter?«

»Der Schamane ist nicht dabei.« Schon während er es aussprach, bereute John, den informellen Namen seines Teammitglieds genannt zu haben. Er schob es auf das fortwährende Klingeln in seinen Ohren, das ihn an den Schlag auf den Kopf erinnerte. In bester Verfassung wäre ihm ein solcher Lapsus sicher nicht unterlaufen. »Also unser Doktor. Er ist ein Beta. Adler.« John fühlte sich, als würde er sich immer weiter in einem Netz verstricken, aus dem es keinen Ausweg gab, und seine Erklärungen halfen ihm nicht. »Er glaubt, dass seine menschlichen Gene von Ureinwohnern Nordamerikas stammen, deshalb nennt er sich ... Aber das ist jetzt nicht wichtig. Wichtig ist nur, dass er nicht hier ist.«

Die Leibwächterin nickte. Zum ersten Mal nahm sie eine Hand aus der Nähe ihrer verborgenen Waffen und strich sich mit einer erschöpften Geste über das kurzgeschnittene braune Haar. Sie war fast so groß wie John, aber schlanker und durchtrainiert. »Ich bin ausgebildete Feldsanitäterin.«

»Gehört das zum Training? Für den Personenschutz?«

»Nicht unbedingt. Aber ich habe dreiundzwanzig Kampfeinsätze hinter mir, und dabei musste jeder im Team mehr als eine Rolle ausfüllen können. Unter anderem kann ich Ihren vermissten Schamanen vertreten.« Sie deutete auf den Wimmernden. »Soll ich?«

»Ja, sicher. Herzlichen Glückwunsch, Sie wurden soeben offiziell zum Doc dieser Truppe befördert.«

Bevor sie ging, sah sie Reinhards an. Diesmal war es der Manager, der nickte.

Fantastisch. Vermutlich müssen sie sich gegenseitig erlauben, aufs Klo zu gehen! Wie rührend. Äußerlich ließ sich John jedoch nichts anmerken.

»Sir, mir wäre wohler, wenn Sie bei der Gruppe bleiben würden.« Einer Eingebung folgend, schlug er vor: »Es wäre gut, wenn Sie die Nicht-Justifiers zusammenhalten könnten. Wir wissen nichts über mögliche Xeno-Bedrohungen, und es wäre besser, wenn sie alle zusammen blieben. Vielleicht gibt es sogar intelligente Ahumane. Auf Sie hört man wohl.«

Auf den letzten verlogenen Satz war John ganz besonders stolz, aber Reinhards erwiderte: »Erst einmal lasse ich meine Verletzungen versorgen, Leutnant.«

»Natürlich, Sir.«

»Das wäre dann alles.«

Reinhards wandte sich ab und ließ den verdutzten John einfach stehen.

Das wäre dann alles? Für was hält der sich eigentlich? Oberst Arschtritt?

Aber eigentlich war er froh, den Konzerner los zu sein, weshalb er schwieg und sich daran machte, das

Shuttle wieder in Richtung der zerstörten Laderäume zu umrunden. Das Klingeln in seinen Ohren wurde lauter und das Licht der Sonne schwächer. Seine Beine protestierten gegen die Belastung, und er sank an der Außenwand des Shuttles hinab, um sich ein wenig auszuruhen. Inzwischen hörte er nichts mehr außer dem Klingeln, und um ihn herum schien es Nacht zu werden, denn der Planet war mit einem Mal in Dunkelheit gehüllt.

John glitt in die Nacht hinein.

4

»Können Sie mich hören?«

John schlug so pflichtgemäß die Augen auf, als sei die Frage ein Befehl. Er versuchte zu antworten, aber sein Hals war rau, und so nickte er nur kurz, während er das Gesicht verzog. Noch konnte er kaum etwas erkennen, zu hell war es um ihn herum, und er senkte die Lider.

»Trinken Sie was«, empfahl die Stimme, und er spürte eine Berührung an den Lippen, dann rann kühle Flüssigkeit in seinen Mund. Vorsichtig trank er winzige Schlucke.

»Danke«, brachte er hervor. Behutsam öffnete er die Augen erneut, und diesmal dauerte es nur einige Momente, bis sie sich an das Licht gewöhnt hatten. Ebenso lang benötigte er, um sich zu erinnern, was geschehen war. Zuletzt war er draußen gewesen, aber nun schien er im Shuttle zu liegen.

Reinhards Leibwächterin stand neben ihm, fühlte seinen Puls und sah dabei auf ihren Chronometer. Bull hielt John noch einmal eine Tasse mit Wasser hin, aber der schüttelte den Kopf.

»Bericht«, krächzte er stattdessen.

»Sie waren etwa zwanzig Stunden ausgeknockt, Sir. Wir haben Sie am Shuttle gefunden.«

»Irgendein Alien-Virus?«, vermutete John, und seine Finger fuhren zu dem Insektenstich an seiner Schläfe.

Die Leibwächterin ließ von seinem Handgelenk ab und sah ihn an. »Wohl eher die Beule an Ihrem Kopf. Ich habe Sie mit den Mitteln, die mir hier zur Verfügung standen, ruhiggestellt, aber ich glaube, jetzt ist die Gefahr vorbei. Trinken Sie, essen Sie, und dann sind Sie vermutlich gleich wieder auf den Beinen.«

Sie nickte ihm zu, als er dankbar lächelte, drehte sich um und verließ den Raum.

»Weiter, Sarge«, befahl John und schloss die Augen.

»Rourke und Cao sind draußen und halten Wache. Wir haben an Sensoren aufgestellt, was wir auftreiben konnten. Es ist verflucht warm da draußen, aber wir haben noch keine Lebewesen gesehen, die größer sind als ein Hund, Boss. Ein ziemlich kleiner Hund sogar. Und die Viecher haben bislang Abstand gehalten, ganz anders als die verdammten Mückendinger, die uns bei lebendigem Leib auffressen.«

Bull machte eine Pause und kratzte sich den massigen Schädel, bevor er den Bericht fortsetzte. »Jamie sichtet gerade gemeinsam mit Shakey die Ladung; ein paar der Overalls helfen ihnen dabei.«

Bei dem abwertenden Begriff für Techniker und

sonstiges ziviles Personal musste John grinsen. »Status unserer Waffen?«

»An Waffen haben wir fast alles, was nötig wäre, bis auf das ganz schwere Zeug, also Granatwerfer und so.«

»Das ist doch eine erfreuliche Nachricht.«

»Nicht ganz, Sir. Die Munitionskisten waren noch nicht an Bord. Wir haben vielleicht zweitausend Schuss, so alles in allem. Nicht mal die Energiepacks für die Blaster sind dabei.«

John stöhnte. Die Antwort auf die nächste Frage wollte er eigentlich gar nicht hören, aber er musste sie stellen: »Das Portal?«

»Laut Frachtmanifest vollständig eingeladen. Allerdings in Laderaum Zwo. Wir haben einige Module gefunden, Kleinkram nur, aber alles andere muss beim Absturz verloren gegangen sein. Vier Container. Shakey meint, sie könnten es überstanden haben …«

»Bedeutet, bis auf weiteres sitzen wir hier fest.«

John öffnete die Augen. Es gab viel zu tun, und er konnte nicht in einem Krankenbett liegen bleiben. Vor allem nicht, da es nur eine schmale, unbequeme Liege in dem winzigen Raum war, der euphemistisch Krankenstation genannt wurde. Ohne auf das Schwindelgefühl zu achten, setzte er sich auf und schwang die Beine über die Bettkante.

»Sarge, ich bin nackt«, stellte er fest.

»Wir haben leider keine Pyjamas dabei, Sir, und Ihre Uniform musste in die Wäsche, mit Verlaub. Voller Blut und so.«

John ging nicht weiter darauf ein, sondern sah den

Stier-Beta an. »Besorgen Sie mir etwas zum Anziehen, Sarge.«

»Sofort, Sir. Sie sollten erst einmal einen Moment aufrecht sitzen bleiben. Nina sagt, dass in den nächsten Stunden Schwindel und Orientierungsverlust auftreten können. Nebenwirkungen der Medikamente.«

»Nina?«

»Miss Grasse. Unser neuer Doc.«

John nickte unbestimmt. Als sich Bull nicht bewegte, wiederholte er: »Kleidung, Sarge.«

Während sein Sergeant den kleinen Raum verließ, rieb sich John über die Augen und massierte einen Moment lang seine Schläfen. Er bewegte den Kopf und spürte mit grimmiger Befriedigung das Knacken der Wirbel. *Dieser Job wird uns alles abverlangen, was wir haben*, dachte er. *Und ich trete ihn nackt an.*

John blickte in die Runde. Er konnte spüren, wie sich die Muskeln in seinem Nacken verhärteten. Alle sahen ihn an, und alle wollten von ihm wissen, was nun geschehen würde, was zu tun und was unbedingt zu lassen war. Und mit wenigen Ausnahmen war niemand dabei, der die Wahrheit hören wollte – was John entgegenkam, denn das Letzte, was er erzählen würde, war die Wahrheit. Im Besprechungsraum des Shuttles war es viel zu eng. Selbst für das reguläre zehnköpfige Team gab es kaum genug Platz, aber jetzt mussten fünf der fünfzehn Versammelten auch noch stehen.

»Ich will euch nicht anlügen«, begann er mit ruhiger Stimme, so wie er es auf einem der Seminare zur Menschenführung gelernt hatte. »Unsere Situation ist nicht rosig.«

Es war nur eine kleine Unwahrheit. Hinter ihr verbarg sich die hässliche Fratze der Realität: Ihre Situation war katastrophal, und seit er wieder auf den Beinen war, gab es fast stündlich schlechte Nachrichten. Genau das war der Grund, warum er alle Überlebenden zusammengerufen hatte. Die Stimmung war schlecht und drohte noch weiter zu kippen.

»Wir Justifiers sind nicht vollzählig. Ihr anderen habt keine Ausbildung. Uns fehlt ein Teil unserer Ausrüstung. Ihr alle kennt die Details.«

Er sah Nicken, gerunzelte Stirnen, Sorge in den Augen. Nur seine Justifiers waren Monumente der Ruhe und Sicherheit inmitten der verängstigen Versammlung. Bull, stoisch und vertrauenerweckend wie immer. Direkt neben ihm Jamie, lässig an die Wand gelehnt, mit einem Blick, als ginge sie das alles nichts an. Ihre dunkle Haut bildete einen Kontrast zu dem hellgrauen, hautengen Overall, den sie trug. Rourke hatte sich gesetzt, und seine breiten Schultern sorgten dafür, dass die Techniker neben ihm kaum Platz hatten. Es schien den ehemaligen Söldner nicht zu stören; im Gegenteil, er lehnte sich zurück und fläzte sich in den Stuhl, wohl wissend, dass seine vernarbte Visage allein ihm allen Platz verschaffte, den er wollte. Cao stand hinter ihm und war im Stehen kaum größer als Rourke sitzend. Der Otter-Hybride lächelte John zu und präsentierte dabei seine spitzen Zähne.

Zwei der Verletzten lagen noch in der winzigen

Krankenstation und würden diese wohl auch nicht mehr verlassen, wenn man sie nicht zurück in die Zivilisation und in medizinische Obhut schaffte. Die Zeit arbeitete gegen die beiden, und John gab ihnen kaum eine Chance, hier dank ein paar Schmerzmitteln und Kohletabletten zu überleben.

Vom Rest der Mannschaft musste er so viele wie möglich durchbringen, und das war keine leichte Aufgabe.

»Zuerst werden wir uns hier einrichten, denn dieses Shuttle wird wahrscheinlich für eine gewisse Zeit unser Zuhause sein. Meine Leute kümmern sich um die Sicherheit, aber wir werden noch heute Teams bilden.«

Sein Plan war, Techniker, Arbeiter und Justifiers zusammenarbeiten zu lassen. So konnten die Erfahrenen ihr Wissen an die Neulinge weitergeben, und es verhinderte irgendeine Form der Grüppchenbildung.

»Oberste Priorität hat die Sicherheit der Landezone. Wir werden unsere Ausrüstung sichten. Die Erkundung des Planeten ist derzeit zweitrangig. Wir kümmern uns nur um die nähere Umgebung. Es gibt Regeln, nach denen wir Justifiers vorgehen, und Sergeant Bull wird Ihnen die wichtigsten erläutern. Sarge.«

Bull trat neben ihn und ließ den Blick über die Runde schweifen. Dann hob er den Zeigefinger. »Niemand geht allein. Niemand, niemals. Teams bestehen mindestens aus zweien, besser mehr. Was ihr auch tut, was auch euer Grund ist: Ihr geht niemals allein.«

Nun streckte Bull Zeige- und Mittelfinger in die Luft. »Befehle werden befolgt. Keine Diskussionen, kein

Abwarten. Es werden Leben davon abhängen, dass Befehle schnell und sauber ausgeführt werden. Eure Leben und meins, um es mal klar zu sagen.«

Der Daumen kam dazu.

»Die Rationen sind heilig. Wir alle müssen von unseren Vorräten leben, und niemand bekommt mehr als die anderen. Gleiches gilt für Trinkwasser. Wir recyceln so viel wie möglich, aber unsere Vorräte sind nicht unendlich.«

»Danke, Sarge«, übernahm John wieder. Für mehr Regeln würde es heute Abend nicht reichen. »Prägt euch ein, was hier gesagt wurde. Bull und ich werden die Teams noch heute einteilen. Bis dahin geht niemand ...?«

»Allein?«, murmelten ein, zwei Stimmen.

Nicht genug, befand John.

»War das eine Frage? Niemand geht ...?«

»Allein!«

Ein schmächtiger junger Techniker grinste, als John bestätigend nickte.

»Bleiben Sie in der unmittelbaren Umgebung des Shuttles. Wir kümmern uns um den Rest. Weggetreten.«

Während sich die Versammlung auflöste, kam Reinhards zu John. In der Miene des Konzernmanns stand sein Missfallen deutlich geschrieben.

»Ich gehe davon aus, dass ich zu Ihrem Team gehören werde, nicht wahr, John?«

»Sicher, Sir«, entgegnete er emotionslos.

Neben ihm tippte sich Bull mit einem Finger, der

doppelt so kräftig war wie Johns eigener, an einem schwach beleuchteten Bildschirm durch die hastig erstellten Dossiers aller Gestrandeten. Er und Shakey hatten die Techniker und Arbeiter befragt, um ein wenig mehr über ihr Können und ihre Kompetenz in Erfahrung zu bringen.

Schon auf den ersten Blick war John aufgefallen, dass die meisten weder den Hintergrund noch das Zeug dazu hatten, Teil einer solchen Mission zu sein. Aber fluchen half nichts, er konnte sich sein Team nicht aussuchen.

»Das Portal ist unser wichtigstes Ziel«, befand Reinhards. »Alles andere ist nebensächlich. Ich will, dass Sie Ihre Energien darauf verwenden.«

John nickte, aber das schien dem Manager nicht zu reichen.

»Habe ich mich klar ausgedrückt?«

»Ja, Sir«, erklärte John schneidig und salutierte. Innerlich war er längst dabei, sich um die Myriaden Probleme zu kümmern, die vor ihnen lagen. Das Portal war nur eines darunter, und ganz sicher nicht das drängendste. Durch ein Sprungtor konnte man nur gehen, wenn man noch am Leben war.

»Gut.«

Das Sonnenlicht war noch immer grausam hell, und John ließ den Blick zum Horizont wandern, um festzustellen, ob sich der Sonnenstand überhaupt verändert hatte. Tatsächlich glaubte er, eine Verschiebung wahrzunehmen, ganz sicher war er sich aber nicht. Die Tage hier waren länger als ein Standardtag, fast dreißig Stunden, genau wie es die Astrophysiker von *SE* bei der ersten Missionsbesprechung angegeben hatten. *Viel Zeit für diese verdammte Sonne.* Innerlich dankte John den selbstpolarisierenden Gläsern seiner Einsatzbrille.

Lange Tage bedeuteten aber auch, dass er darauf achten musste, dass die Mannschaft gewisse Schlaf- und Wachzeiten einhielt. Bei anhaltendem Licht tendierten Menschen und Betas dazu, ihre Körper zu überfordern, was ziemlich seltsame Auswirkungen auf die Psyche haben konnte. *Und eine weitere Komplikation, die ich absolut nicht gebrauchen kann.*

John saß im Schneidersitz auf dem Dach des Shuttles. Rourke und Cao hatten hier oben eine Beobachtungsstation eingerichtet, die nur über eine schmale Wartungsluke erreicht werden konnte. Hier konnte man einerseits die fremde Umgebung auf sich wirken lassen und ein Gefühl für den Planeten bekommen, und andererseits halbwegs ungestört sein. Noch hatten sie keine Erkundungen der näheren Umgebung gestartet; es war zu früh dafür. John hatte lediglich um das Shuttle herum einen Teil der Vegetation entfernen lassen, um einen freien Bereich zu schaffen. Wenn sie genügend Zeit hatten, würden sie den Bereich noch erweitern. Shakey hatte behauptet, bei ihrem Anflug einen grünen Wald gesehen zu haben, aber hier schienen sich alle Pflanzen, wenn man sie denn so nennen wollte, im rötlichen Teil des Spektrums zu bewegen. Vom höchsten Baum bis zur Flechte war alles rot, orange, braun, teilweise glühend rot im Sonnenlicht, teilweise ein mattes Braun im Schatten. Die Erde war mit einem weichen Bewuchs bedeckt, wie Pilz, der unter jedem Schritt nachgab.

Ein leises Keckern wehte aus dem Wald herüber. Sie hatten den Ruf schon einige Male gehört, aber bislang den Verursacher noch nicht gesehen. John konnte nur hoffen, dass es sich nicht um einen gefräßigen Räuber handelte.

Bull saß hinter der einfachen Barrikade aus mit Erdreich gefüllten Säcken, das Sturmgewehr greifbar neben sich. Der Beta hielt Wache, und so war seine Aufmerksamkeit nach außen gerichtet, was John ganz recht war. Er nahm das Datenpad in die Hand und begann, schnell durch die Dossiers zu blättern, die Bull erstellt hatte. Das Pad war unhandlich, hatte aber wenigstens einen Touchscreen. Im zivilisierten Teil des Universums hätte man sich mit so einem altmodischen Gerät lächerlich gemacht; es war sicher fingerdick und wog über hundert Gramm. Bis auf Retrokids, die mit unmodischen Frisuren, Klamotten und Gadgets ihren Stil zeigten, hätte niemand so einen Dinosaurier benutzt.

Hier hingegen war es im Vergleich zum Rest der Ausrüstung überraschend modern, und Johns Daumen glitt immer wieder über den Screen, um weiterzuscrollen.

Namen und Bilder huschten vorüber, jeweils mit einer kurzen Tabelle und einem knappen Text, in dem Bull Ausbildung, Erfahrung und eine kurze Einschätzung zusammengefasst hatte. Der Sergeant hatte John das Ergebnis seiner Überlegungen bereits mitgeteilt;

es fiel nicht gut aus, und John war geneigt, seiner rechten Hand zuzustimmen. *Wenn wir eine interplanetare Spedition aufmachen wollten, wären das genau die richtigen Leute,* dachte er mit Blick auf die ganzen Ladearbeiter, die sich durch Zufall während des Sprungs an Bord befunden hatten. *Oder vielleicht eine Outpost-Kaschemme mit angeschlossener Reparaturwerkstatt.*

Schneller und schneller ließ John die Dossiers erscheinen und wieder verschwinden. Die Gesichter wurden zu einer Art Daumenkino, alle vor dem Hintergrund des Besprechungsraums fotografiert, im künstlichen Licht kränklich wirkend.

»Bewegung«, murmelte Bull und griff nach seiner Waffe. John legte das Datenpad zur Seite, glitt auf alle viere und bewegte sich zu dem Sergeant hinüber. »Auf drei Uhr.«

John berührte das Gestell seiner Brille, fand die winzige Erhebung des Rädchens und vergrößerte die Ansicht. Tatsächlich entdeckte er etwas zwischen den fleischigen violetten Stängeln einer Xenolebensform, die er gedanklich als Pflanze einsortierte. Die Auswüchse schwankten. Genaueres konnte er nicht erkennen. Seine Hand fuhr zum Holster an seiner Seite, während Bull per Funk die anderen Justifiers in Alarmbereitschaft versetzte.

»Vermutlich nur irgendein größeres Viech«, murmelte John, während er seine Pistole zog. Er nahm sie fest in die Hand und spürte das kurze, leichte Zittern, mit dem sie ihm mitteilte, dass sie nun entsichert war.

»Auf Galata Prime sahen die Mistdinger auch nur

wie dumme Viecher aus«, erwiderte Bull ruhig, ohne den Blick vom Zielgebiet zu lassen. Er hatte das Sturmgewehr inzwischen angelegt. »Und besonders groß waren sie auch nicht. Dafür schnell.«

John nickte. Innerhalb von fünf Minuten hatten sie damals ebenso viele Mitglieder ihres Teams verloren, und nur der Einsatz von Splittergranaten hatte noch Schlimmeres verhindert. Die Erinnerung daran war übel, und ihm fiel ein, dass ihre Granaten diesmal noch auf der Station gewesen waren, als sie gesprungen waren.

»Team Zwo hier«, erklang Rourkes tiefe Stimme im winzigen Ohrstöpsel. »Sind auf Position.«

»Team Eins. Auf Position.«

John wollte seinen Leuten sagen, dass sie kein Risiko eingehen sollten, aber ihm fiel ein, dass er ihnen befohlen hatte, ihre Waffen nicht vollautomatisch abzufeuern. Wenn sie angegriffen wurden, waren kurze Salven ihre einzige Erwiderung – sie mussten Munition sparen.

»Vorsichtig sein und gute Jagd«, flüsterte er dennoch in sein Kehlkopfmikro.

Bull behielt die Bewegung im Pflanzenmeer unbeirrt im Visier, während John den Blick einmal um dreihundertsechzig Grad schweifen ließ. Der erste Kontakt war immer der schwierigste.

»Sonst alles klar«, meldete John seinem Sergeant und zoomte wieder auf die Stelle. Tatsächlich bewegte sich dort noch immer etwas zwischen den Stängeln, aber er konnte keinen genauen Blick erhaschen.

Dafür sah er, wie Rourke und Cao noch ein Stück

vorrückten. Der bullige ehemalige Söldner wirkte neben dem zierlichen Otter-Hybriden wie ein Oger, auch wenn er kaum eine Handbreit größer war als John.

»Scheucht es mal auf«, befahl John leise, und Cao kam seinem Befehl nach.

Der Beta bückte sich, nahm einen faustgroßen Erdklumpen auf und warf ihn überraschend weit. Man konnte leicht vergessen, wie stark dieser Körper war, wenn man nur auf seine geringe Größe achtete.

Der rote Erdklumpen schlug präzise in das Gewirr aus Stängeln ein. Ein hohes, pfeifendes Trillern ertönte, und John bildete sich ein, dass es erschreckt klang. Er vertrieb den Gedanken sofort; eigene Maßstäbe auf Fauna oder Flora unbekannter Welten anzulegen, war immer ein Fehler. Und wenn er Fehler machte, mussten andere dafür bluten.

Unvermittelt sprang ein Wesen aus dem Busch und schien die Justifers mit einem Blick zu fixieren, auch wenn John erst einmal keine Augen erkennen konnte. Die Kreatur war etwa einen Meter groß, mit einem gedrungenen Leib auf zwei langen, abgewinkelten Gliedmaßen, die offenbar zur Fortbewegung dienten. Auf dem Rumpf saß ein schmaler Kopf. Darüber ragten zwei weitere, längere Extremitäten auf, die dem Teil entsprangen, den John als Rücken bezeichnet hätte. Um den kurzen Hals war ein Kranz aus blattartigen Gliedmaßen angeordnet, die aufgeregt wedelten. Der ganze Leib war in einem Braun gehalten, das von Beige bis Dunkelbraun changierte und mit dem Hintergrund verschmolz.

Wieder ließ das Wesen sein Trillern vernehmen, das anscheinend aus Öffnungen unterhalb des Kranzes ausgestoßen wurde. Es machte einige unbeholfen wirkende, aber weite Hopser fort vom Shuttle. Schon wollte John Entwarnung geben, als ein zweites Wesen in einiger Entfernung auftauchte. Und dann ein drittes und ein viertes. Und immer mehr.

»Fuck«, murmelte er, während Bull knurrte: »Galata Prime mal wieder.«

»Das wollen wir nicht hoffen«, erwiderte John, dann gab er per Mikro den Befehl: »Team Zwo, in Deckung zurückziehen.«

»Roger«, bestätigte Rourke, und die beiden Justifiers gingen vorsichtig zurück in Richtung Shuttle, wobei sie die Wesen nicht aus den Augen ließen. Die Läufe ihrer Waffen blieben auf die potenzielle Gefahr gerichtet.

Eines der Wesen sprang an dem zuerst aufgescheuchten Exemplar vorbei. John schätzte, dass es gut zwei Dutzend waren, die sich dort versammelten und das Shuttle und die seltsamen Neuankömmlinge betrachteten. Das Wesen stoppte kurz, dann sprang es weiter; es bewegte sich schneller als Cao und Rourke und würde sie einholen, bevor sie die Deckung erreichen konnten.

Vielleicht war es der Mut der fremden Kreatur, der seinen Begleitern ein Beispiel war, vielleicht verständigten sie sich auf eine Weise, die John nicht erkennen konnte. Jedenfalls setzte sich die ganze Gruppe in Bewegung und lief hinter dem Anführer her. Die wippenden Gliedmaßen und der seltsame Gang hätten sogar komisch wirken können, wenn sie John nicht tatsächlich an die Kreaturen von Galata Prime erinnert hätten, die auch nach menschlichen Maßstäben eher humorig ausgesehen hatten – bis sie ihre Hornschneiden in das Fleisch eben jener amüsierten Menschen geschlagen hatten.

»Bull, Feuer!«

Der Sergeant kam der Order sofort nach. Sein Sturmgewehr bellte auf, als es drei Kugeln in schneller Folge verschoss. Bull machte sich nicht die Mühe, Warnschüsse abzugeben. Die erste Salve traf den Anführer direkt unterhalb des Halses und schleuderte die Kreatur nach hinten. Auch Rourke und Cao feuerten, und dann stimmten die Waffen von Team Eins mit ein.

Das Feuergefecht war kurz, heftig – und einseitig. Die Justifiers feuerten gezielt und schnell, und die Wesen fielen wie Getreide vor einem Megadrescher.

»Feuer einstellen!«

Es dauerte einen Moment, bis der Befehl angekommen war und das Knattern der Waffen verstummte. Auf dem kleinen Stück freiem Feld zwischen der Vegetation und dem Shuttle lag ein Dutzend der Kreaturen, anscheinend tot oder sterbend. Die restlichen flüchteten in weiten Sprüngen, wobei sie wild trillerten. Aus den Wunden der Getroffenen lief eine helle, fast durchsichtige Flüssigkeit und färbte den Erdboden noch dunkler.

»Zone gesichert«, meldete Jamie mit ihrer ruhigen, emotionslosen Stimme.

John starrte auf die toten Wesen hinab. *Kein Scheiß.*

»Team Eins, holt ein paar Techniker und kümmert euch um die Überreste.«

Die Bestätigung des Befehls trudelte ein, während Bull sein Sturmgewehr wieder an die Seite legte.

»Kein Galata Prime«, entfuhr es John, und der Beta schnaufte.

»Aber Vorsicht ist besser als Leichensack.«

John beobachtete, wie seine Leute die Kadaver der Kreaturen aus der Sonne zogen und begannen, sie abseits der Landungsstelle zu vergraben. Das Letzte, was sie wollten, waren Raubtiere, die durch die Leichen angelockt wurden. Ein Exemplar wurde in eine Plastikplane – für John einer der wichtigsten Ausrüstungsgegenstände überhaupt – gepackt und in das Shuttle getragen. Aus seiner Physiognomie ließen sich vielleicht Rückschlüsse auf die generelle Art der Xenowesen ziehen.

Eines hatte ihr kurzer, hektischer Angriff jedenfalls erreicht: Um das Shuttle herum war es nun still, und John nahm keine Bewegung mehr wahr. Selbst der Wald schien ruhiger geworden zu sein. Er konnte allerdings nicht sagen, ob er das gut oder schlecht fand.

»Was können Sie mir darüber sagen?«

John blickte auf den Kadaver hinab. Es stank erbärmlich, was ihn wenig überraschte. *Das Viech braucht sich wohl nicht mehr darum zu kümmern, wie es riecht. Vielleicht wäre das in seiner Nase auch Rosenduft.*

»Es ist tot«, erwiderte Nina Grasse, die mit vor der Brust verschränkten Armen neben John stand. Inzwischen hatte sie ihr schickes Kostüm gegen einen grauen Kampfoverall getauscht, der eigentlich aus Jamies Fundus stammte. Anders als den meisten Frauen gelang es ihr irgendwie, darin nicht vollkommen asexuell auszusehen, aber den Gedanken, warum das so sein mochte, schob John lieber in den hintersten Winkel seines Hirns.

»Äh, so viel konnte ich mir auch schon zusammenreimen«, sagte er. »Ich meinte eher biologische Funktionen, Aufbau der Organe und so weiter.«

Grasse musterte ihn mit spöttischer Miene. »Hören Sie, Leutnant, ich habe eine Ausbildung zur Feldsanitäterin. Wenn das Ding noch leben würde und Schmerzen hätte, könnte ich ihm eine Spritze dagegen verabreichen. Aber da das Viech nun einmal tot ist, kann ich es höchstens noch aufschneiden und versuchen, aus seinen Eingeweiden das Wetter für morgen vorherzusagen. Mehr aber auch nicht. Ich bin keine Ärztin, und erst recht keine Xeno-Biologin.«

Überrascht sah John sie an. An ihren Augen konnte er erkennen, dass sie zornig war, und das verunsicherte ihn. Also nickte er nur stumm und starrte wieder auf das Wesen hinab. Im Tod sah es nicht weniger grotesk aus als zu Lebzeiten. Dadurch, dass seine langen und biegsamen Extremitäten verdreht dalagen, wurde der Eindruck nicht gerade besser.

»Unter dem Kranz da sind Öffnungen«, erklärte Grasse schließlich doch. Ihre Stimme klang nun wieder völlig neutral. »Vielleicht sind sie für die Atmung bestimmt, zur Nahrungsaufnahme oder zur Kommunikation. Sichtbare Sinnesorgane sind nicht vorhanden, aber ich frage mich, ob diese Lappen am Kranz vielleicht etwas Derartiges darstellen.«

John musterte die Stellen. »Danke.«

Die Kreatur wirkte nicht gefährlich. Es mangelte ihr an Krallen oder ähnlichen wirkungsvollen Waffen, und John konnte auch keine Zähne oder gar Fänge entdecken.

»Sie sollten mich einem Team zuteilen«, stellte Grasse unvermittelt fest.

John hob abwehrend die Hände und blickte ihr forschend ins Gesicht. Er hoffte, dass seine Antwort sie nicht gleich wieder auf die Palme bringen würde.

»Ich brauche einen Doc. In Sicherheit.«

»Kann schon sein, aber den gibt's hier nun mal nicht«, erwiderte sie. »Aber was es gibt und was Sie ebenso dringend brauchen, Leutnant, sind Leute, die mit Waffen umgehen können und schon einmal Kampfsituationen erlebt haben. Mehr als die Hälfte der Leute an Bord würde in einer brenzligen Situation eher den eigenen Partner als ein Ziel treffen.«

Obwohl John wusste, dass sie damit nicht unrecht hatte, bemühte er sich, eine optimistische Miene aufzusetzen. »So schlimm ist es nun auch wieder nicht. Wir schleifen die Leute schon zurecht.«

»Unsinn.« Unwillig schüttelte Grasse den Kopf. »Dazu haben wir zu wenig Zeit, und es gibt viel zu viel zu lernen.«

Auf ihrer Stirn hatten sich Falten gebildet. Der graue Stoff ihrer Montur klebte wegen der Hitze an einigen

Stellen an ihrem Körper. Vitale Bereiche waren mit dünnen Schichten Panzerung geschützt, die aber flexibel genug war, um die Bewegungen kaum einzuschränken. Jamie präferierte einen schnellen Stil.

»Woher wissen Sie eigentlich so verdammt viel über militärisches Standardvorgehen?«, fragte er, hauptsächlich um das heikle Thema zu wechseln, aber auch, weil ihn der Hintergrund von Grasse neugierig machte.

»Ich habe nicht immer Personenschutz gemacht, Leutnant.«

»Erzählen Sie mir mehr. In Ihrem Dossier stehen nur vage Andeutungen.«

»Das liegt vermutlich daran, dass meine Einsätze meist als geheim oder streng geheim klassifiziert waren. Es sollte genügen, wenn ich Ihnen sage, dass ich Teil eines Teams war, das für *SE* die Kohlen aus dem Feuer geholt hat.«

Das war eine ziemlich freundliche Umschreibung für die ganze Palette illegaler Aktivitäten, die ein großer Konzern wie *Stellar Exploration* unter der Hand durchführen ließ. Extraktionen, Sabotage, selbst kleine Kriege um Rohstoffe und Investitionsmaterial fielen in den Bereich der nicht öffentlichen Geschäftsvorfälle. Wenn Grasse mit dem Dreck befasst gewesen war, den *SE* am Stecken hatte, dann verfügte sie über mehr als genug Erfahrung in Kampfeinsätzen. John glaubte ihr, dass sie ausgebildet und erfahren war, aber sie war auch Reinhards' direkte Untergebene. Und der Konzerner war derzeit eher ein Problem als eine Hilfe.

»Ich habe mich als Sanitäterin angeboten, weil es sonst niemand konnte«, fuhr sie fort. »Sie wissen sehr gut, wie leicht die Moral einer Gruppe kippen kann.«

John nickte. *Vermutlich in irgendeinem Psycho-Seminar aufgeschnappt, was? »Gruppendynamische Prozesse erkennen, analysieren und nutzen«. Fernbleiben ist nur mit Krankschreibung 2 b möglich.*

Er grinste bei der Vorstellung, wie Grasse dieselben langweiligen Seminare besuchte, die ihm selbst verschrieben worden waren, verkniff sich das Lachen aber rasch wieder, als er ihren irritierten Blick bemerkte.

»Schon gut«, erwiderte er nach kurzem Nachdenken. »Sie bekommen Ihre Chance noch früh genug. Sobald mir Bull grünes Licht gibt, dass die Rekruten so weit sind, teilen wir die Teams neu ein, und ich werde Sie nicht vergessen. Aber jetzt gerade stehen nur drei Teams, und die sind eingespielt und Profis. Ich stecke da keinen Neuling zu, nicht mal, wenn er die verdammte Sartis WestBorder im Alleingang verteidigt hat.«

Grasse suchte Johns Blick, und er zuckte mit keiner Wimper, als sie ihn ansah. Schließlich brach sie das kleine Duell zuerst ab.

»Verstanden, Leutnant.«

John nickte noch einmal, lächelte kurz und kaum gequält und wandte sich ab.

»Ihre Profis sind keine besonders effizienten Schützen, oder?«, fragte Grasse ruhig. »Drei Salven für ein Xeno.«

John drehte sich wieder um.

»Meine Profis haben schon erlebt, was passiert, wenn man Xenos falsch einschätzt und ihnen eine Kugel zu wenig verpasst. Jeder von uns hat schon auf einem halben Dutzend Planeten Kameraden in Leichensäcke gesteckt und verbuddelt.«

Ohne ein weiteres Wort verließ er Grasse. Noch im schmalen Gang kam ihm Shakey entgegen, der vor Aufregung ganz hibbelig wirkte und breit grinste.

»Gute Neuigkeiten, Boss.«

»Das wurde ja auch langsam mal Zeit«, erwiderte John trocken. »Welche?«

Shakey deutete zur Leiter, die in die untere Ebene führte. »Wir haben das Ultraleicht gefunden. Hat ein bisschen was abbekommen, aber sieht nicht allzu schlimm aus.«

John folgte dem Piloten die Sprossen hinunter in die Frachträume. Im vorderen Laderaum hatte die Mannschaft inzwischen ein großes Stück freigeräumt, in dem nun mehr schlecht als recht Betten aufgebaut worden waren. Ein paar Feldpritschen waren bereits an Bord gewesen, und John hatte großmütig verfügt, dass diese den Zivilisten zur Verfügung gestellt werden sollten. Er und seine Leute hatten sich jeweils aus zwei Decken und den zusammengerollten Ersatzklamotten ein Lager gebaut. *Nicht gerade eine Luxusunterkunft auf At Lantis. Aber Scheiße: Wenn jemals einer meiner Leute jammert, weil das Bettchen nicht weich genug ist, dann ist es wirklich und wahrhaftig Zeit für den verfickten Ruhestand.*

Einige der Techniker hielten sich in der aus ein paar

zusammengeschobenen Kisten improvisierten Messe auf, die an das Matratzenlager angrenzte, aber Shakey führte John weiter in Laderaum Zwei, wo die Einzelteile des kleinen Fluggeräts aus ihren Kisten geholt worden waren.

Ein schmächtiger Techniker mit vage asiatischen Zügen und kinnlangen schwarzen Haaren untersuchte gerade ein leicht verbogenes Gestänge. John hatte sein Gesicht in den Dossiers gesehen und versuchte nun, sich an den Namen zu erinnern. *Aki ... aber wie weiter? Aleung? Nein, Aleong, Aki Aleong.*

»Status?«, fragte er knapp, woraufhin der junge Mann überrascht auffuhr und ihn mit großen Augen ansah.

John wartete einen Moment, aber als keine Antwort kam, führte er aus: »Wie ist Ihre Einschätzung?«

»Das kriege ich hin«, erwiderte der junge Mann mit kratziger Stimme. »Die Transportkiste ist an einer Seite eingedrückt, und dabei sind ein paar Teile beschädigt worden, aber die strukturelle Integrität ist erhalten geblieben. Wenn ich den Querrahmen ein wenig verstärke ...«

»Danke«, fiel John ihm ins Wort, da er befürchtete, dass sich der Techniker gerade warmredete. Die vielen Stunden Anspannung und körperlicher Arbeit hatten John erschöpft, und er hatte weder Zeit noch Lust, dem Schraubendreher bei seinem Lieblingsthema zuzuhören. Er sah auf das Ultraleicht hinab, das momentan eher wie ein komplexes Puzzle wirkte. Shakey kniete neben Aleong nieder und nahm ein Stangengelenk in die Hand.

»Das könnten wir zur Not ersetzen«, meinte er und drehte es unschlüssig in den Fingern.

Aleong legte bedächtig den Kopf schief, und die beiden begannen, über Fluggeräte zu fachsimpeln.

Schon wollte sich John abwenden, da kam Reinhards durch das Loch in der Bordwand, das sie mit einer Plane abgehängt hatten. Der Konzerner blickte mit so unverhohlener Verachtung auf Shakey herab, dass sich John augenblicklich genötigt fühlte, sich schützend vor den kleinen Piloten zu stellen.

»Wir haben das Ultraleicht gefunden und werden es bald einsatzbereit haben, Sir«, erklärte er, noch bevor Reinhards den Mund aufmachen konnte. Dabei versuchte er, tatsächlich ein wenig Enthusiasmus in seine Stimme zu legen. »Unser Pilot könnte uns dann aus der Luft unterstützen.«

»Falls er das Ding nicht auch zum Absturz bringt«, erwiderte der Manager, was Shakey zusammenzucken ließ.

Er schaute nicht einmal auf, aber John sah, dass das Zittern seine Hände stärker wurde.

Reinhards achtete nicht auf die Auswirkungen seiner Worte, sondern trat zu John. »Haben wir keine unbemannten Drohnen an Bord? Flug-KI? Irgendwas Ferngesteuertes, das verlässlicher ist als dieser Freak?«

Beinahe hätte John gelacht, aber er riss sich zusammen.

»Negativ, Sir. Unbemannte Drohnen wurden als zu teuer eingestuft.« *Lieber ein abgehalfterter Pilot in einem Ding, das aussieht wie eine Kreuzung zwischen Camping-*

zelt und Libelle, als ordentliche Technik. So was Ähnliches hatte er gedacht, als man ihm sein neues Schiff zum ersten Mal gezeigt hatte.

»Ah, ja.«

Reinhards nickte abwesend. Vermutlich erinnerte er sich gerade daran, wie er die Anfrage irgendeines Ausrüstungsbeschaffungsausschusses abschlägig beantwortet hatte. John wünschte allen Bürokraten bei *Stellar Exploration*, selbst auf einem lebensfeindlichen Planeten notzulanden, auf dem sie aggressive Aliens mit einem Dosenöffner bekämpfen und Morsezeichen als Notsignal verwenden mussten.

»Haben wir endlich Kontakt zu den Satelliten?«, riss ihn Reinhards' Stimme aus seinen Wunschträumen.

John schüttelte den Kopf. Seit ihrem Absturz versuchten sie, die automatisch im Orbit gestarteten Satelliten zu erreichen, die ihnen mit ihren Sensoren eine große Hilfe wären. Die Logs zeigten, dass die Orbiter ordnungsgemäß ausgesetzt worden waren, und eigentlich sollte das Shuttle längst ihre Signale empfangen. Stattdessen herrschte auf den Frequenzen jedoch Funkstille, und derzeit konnten sie nicht einmal feststellen, ob das Problem bei ihrer Kommunikationseinheit oder bei den Satelliten lag.

»Bislang kein Glück, Sir. Die Orbiter schweigen. Könnte an den atmosphärischen Störungen liegen, die wir feststellen, aber so stark sind die eigentlich nicht.«

»Das ist nicht akzeptabel, Leutnant.«

John hielt dem Blick des Konzernmanns stand, auch wenn dieser offensichtlich versuchte, ihn niederzustarren. Schon das zweite Blickduell heute, und er hatte vor, dieses ebenso zu gewinnen wie das letzte. *Wenn das nicht akzeptabel ist, Sir, dann warten Sie kurz, bis ich meine Mondleiter ausgepackt habe und in den Himmel steige, Sir, Arschloch, Sir.*

»Wir versuchen es weiterhin«, erwiderte John und schluckte seine ursprüngliche Antwort hinunter. »Der Absturz hat die Systeme ordentlich durchgeschüttelt.«

Halb rechnete er damit, dass Reinhards wieder einen gehässigen Kommentar in Shakeys Richtung abschießen würde, aber der Konzerner begnügte sich damit, zu nicken und ein Taschentuch hervorzuziehen, mit dem er sich über das Gesicht strich. In dem simplen Overall eines Technikers hätte er eigentlich fehl am Platze wirken sollen, aber Reinhards perfektes Gesicht mit den strahlend weißen Zähnen und seine auf natürliche Weise selbstsichere, schon fast arrogante Art ließen ihn selbst in der unförmigen, unmodischen Kleidung wie einen Mann wirken, der eine Uniform mit mächtig vielen Sternen, Litzen und Goldtressen trug. Selbstverständlich zerstörte Reinhards den Eindruck in Johns Augen jedes Mal, wenn er den Mund öffnete, was er zum Ungemach des Ex-Soldaten viel zu oft tat.

»Kümmern sie sich darum«, beschloss Reinhards das Gespräch und ging an John vorbei, ohne Shakey eines weiteren Blickes zu würdigen.

»Wann ist das Ultraleicht einsatzbereit?«

Shakey sah immer noch nicht auf. »Vier, fünf Stunden.«

»Meldung, wenn ihr so weit seid.«

Damit ging er zurück zur Leiter. Selbst wenn das Ultraleicht nicht gerade den höchsten Stand der Technik repräsentierte; bei der Suche nach ihrer verlorenen Ausrüstung und der Sicherung ihrer Position konnte es unschätzbare Dienste leisten.

Oben wartete bereits Bull auf ihn. Der Sergeant schwieg, bis John ihm zunickte.

»Ich habe die Teams neu eingeteilt, Boss. Wir haben zwei Techniker dabei, aus denen was werden könnte: Namh und Lela Sukarno. Beide scheinen zumindest Talent am Gewehr zu haben. Mit ein wenig Übung ...«

»Wir haben kaum genug Munition, um den Einsatz so zu überstehen, falls wir noch mal auf etwas schießen müssen«, unterbrach ihn John. Er rieb sich über das Kinn und fühlte die Stoppeln. Er brauchte eine Rasur. Und davor Schlaf. *Wie lange bin ich jetzt ununterbrochen auf den Beinen?* Er warf einen Blick auf seinen Chronometer, der noch auf Standardzeit eingestellt war, und der zeigte an, dass es mitten in der Nacht war. *Mitten in irgendeiner Nacht, um genau zu sein,* denn John konnte nicht einmal sagen, wie lange sie schon festsaßen. *Keine Ahnung.*

»Ohne Übung können wir im Kampf nicht auf sie zählen«, gab Bull zu bedenken, und John nickte seinem Sergeant zu, aber das änderte nichts an den Umständen.

»Wir wissen weder, wie gefährlich dieser verfluchte Planet ist, noch, wie lange wir's hier aushalten müssen. Unter diesen Umständen kann ich keiner Trainingseinheit mit scharfer Munition zustimmen.« Dann hatte er plötzlich eine Art Geistesblitz. »Geh mal unsere Greenhorns durch, ob jemand dabei ist, der Ahnung von Waffentechnik haben könnte. Unsere Mittel sind begrenzt, aber wir haben Werkzeug. Vielleicht können wir ja was zusammenbasteln?«

»Ich glaube nicht, dass wir an Bord Patronen für die Gewehre herstellen können.«

Es war Bull sichtlich unangenehm, John zu widersprechen, aber der schätzte genau dies an seinem Untergebenen. Ja-Sager gab es genug.

»Hüllenlose Munition, die uns nicht um die Ohren fliegt, wenn man den Abzug zieht? Keine Chance. Aber wir haben ja nicht nur da Defizite. Wir haben keine Granaten, keine Minen, nichts. Vielleicht lässt sich ja was hinkriegen, mit dem wir uns verteidigen können.« John grinste Bull zu. »Ich verlange ja keine wärmesuchenden Hi-Ex-Splittergranaten. Eine Büchse mit ein paar Nägeln drin tut es auch. Zumindest irgendwas, mit dem unsere Neuen ein paar Probeschüsse abgeben können, ohne dass dabei ihre Waffe explodiert.«

Bull tippte sich mit der mächtigen Pranke an die Stirn. »Wird erledigt, Boss.«

John warf noch einen Blick auf die Uhr, ohne jedoch zu einer neuen Erkenntnis zu gelangen. Er gähnte herzhaft. Obwohl sein Gehirn bis eben noch ganz ordentlich funktioniert hatte – genug war genug. Er hatte keine Lust, so lange auf den Beinen zu bleiben, bis er Grasse *Schätzchen* nannte und Reinhards *Mama*.

»Ich hau' mich mal aufs Ohr«, erklärte er Bull. »Aber mach sofort Meldung, falls irgendwas ist. Um Null-

Sechshundert soll Team Eins bereitstehen: Wir machen einen kleinen Ausflug und schauen uns mal die nähere Umgebung an.«

»Roger. Ich bereite alles vor. Ist 'ne gute Sache, Boss, dass du dich mal hinlegst«, setzte er nach kurzem Zögern hinzu. »Wenn ich es mal so ausdrücken darf, siehst du nämlich echt beschissen aus.«

John nickte, dann schlug er dem Beta dankbar mit der Hand auf die Schulter. Die Müdigkeit ließ ihn die Erschöpfung seiner Muskeln spüren, das leichte Ziehen im Nacken, die angespannten Armmuskeln vom Kisten tragen und Gräben schaufeln. Die Wunde an seiner Schläfe pochte, aber es war nicht der dumpfe Schmerz einer Entzündung, sondern einfach nur seine nachlassende Wachheit.

Ohne ein weiteres Wort stieg er hinab in den Laderaum, suchte seine zerknüllten Decken in der Ecke und setzte sich hin. Er schaffte es gerade noch, seine Stiefel aufzuschnüren und auszuziehen, bevor ihn das nächste Gähnen so heftig überfiel, dass er sich fast den Kiefer ausgerenkt hätte.

Tausend Gedanken stürzten auf ihn ein, Probleme, die gelöst, Ideen, die umgesetzt, und Schwierigkeiten, die beseitigt werden mussten, aber in seinem Kopf wurde alles zu einem einheitlichen Film, dem langsam, aber sicher der Ton abgestellt wurde.

Der Lärm um ihn herum störte ihn nicht mehr, als er sich auf den Rücken legte und die Augen schloss.

5

John wischte sich mit einer Hand den Schweiß aus den Augenbrauen und öffnete mit der anderen den Verschluss des Karabinerhakens an seinem Gürtel, um die Wasserflasche zu lösen. Es waren geübte Gesten, die weder sein Sichtfeld einengten noch seine Aufmerksamkeit beanspruchten, Bewegungen, bei hundert Einsätzen erlernt. Diese Art von Multitasking war typisch für alle, die lange genug Einsätze für die Konzerne oder das Militär überlebt hatten, und man eignete sie sich von ganz allein an.

Dabei ließ er den Blick nie von seiner Umgebung abschweifen. Sie waren jetzt von fremdartigen Pflanzen umgeben. Wie die anderen auch hielt John Abstand. Sie kannten sich hier nicht aus, und damit war alles eine potenzielle Gefahr. Die kleinen roten Büsche mit den orangefarbenen Spitzen an ihren Auswüchsen ebenso wie die Stämme der großen Bäume, die so dick waren, dass es zwei oder drei seiner Leute gebraucht hätte, um sie zu umfassen. In der Luft hing ein Staub, von dem John vermutete, dass es Ausdünstungen der Fauna waren. Immer wieder reizte er ihn zum Husten. Insektenhafte Wesen schwirrten um sie herum, sie hatten verwirrende Formen und Farben.

Während John mit dem Erkundungsteam das sanft ansteigende Plateau emporstieg, das durch den allmählich dichter werdenden Bewuchs bis hinauf in den dichten Dschungel führte, dachte er über seine Ausbildung nach, und wie wenig sie ihn doch eigentlich auf Situationen wie diese vorbereitet hatte.

Während seiner Offiziersschulung hatte er Tests über Straßenverkehrsregeln auf Stützpunkten schreiben müssen. Vermutlich war das auch wichtig, im Großen und Ganzen, besonders für die Jungs, die niemals von einer Station herunterkamen, aber die interessanteren Regeln des aktiven Dienstes hatte er direkt vor Ort gelernt. Von anderen, die sie ihm – bewusst oder unbewusst – beigebracht hatten. Die Theorie einer Erkundungsmission, ja selbst die Übungen auf den Trainingsplätzen hatten nur bedingt mit der Realität zu tun. Und noch weniger mit der Situation auf einem unbefriedeten fremden Planeten.

Ein langgezogenes, seltsames Keckern ertönte vor ihnen, und die kleine Gruppe kam zum Stillstand. Aus dem kniehohen, bräunlichgrauen Schilf- und Farndickicht, durch das sie wateten, stiegen plötzlich zwei kleine, vogelähnliche Kreaturen auf. Farblich unterschieden sie sich kaum von den Gräsern der Umgebung, doch ob ihre Körper mit Federn oder etwas anderem bedeckt waren, konnte John nicht erkennen.

Mit weiteren aufgebrachten Rufen stiegen sie rasch über den Köpfen des Erkundungsteams auf. Sie flogen so schnell, dass John ihre Gestalt nur erahnen konnte, aber sie schienen zwei Paar Flügel zu haben, die in irrwitziger Geschwindigkeit schlugen.

»Ob man die fangen und fressen könnte?«, überlegte Rourke laut. Der Ex-Söldner nahm sein Kopftuch mit dem *Stellar-Exploration*-Logo – die Buchstaben S und E in Blau vor einer stilisierten silbernen Galaxie – ab und strich sich über die verschwitzten Stoppeln auf der Glatze. Er grinste und zwinkerte Jamie zu. »Ihr wisst doch, was sie auf den Stationen sagen – wenn du genug Hunger hast, schmeckt jedes verdammte Vieh wie Hühnchen, und jeder Beta sieht aus wie 'ne Frau.«

Jamie deutete einen Sprungtritt in Rourkes Richtung an, grinste aber selbst.

Alle Blicke richteten sich auf John.

»Leute, noch haben wir keinen echten Mangel an Proviant. Unsere Epas und die Einsatzkekse enthalten genug Kohlenhydrate und Proteine, um uns vermutlich noch ein weiteres Jahrzehnt am Laufen zu halten ...«

»Falls man den Epas nicht den Freitod vorzieht«, warf ein Witzbold ein, doch John überging die Bemerkung. »... und wir haben keine Ahnung, ob die hiesigen Vögel vielleicht Batteriesäure statt Blut in den Adern haben. Also, zunächst mal könnt ihr eure Jagdscheine in der Tasche lassen.« Mit der Hand gab er das Zeichen, weiterzumarschieren.

Cao ging an der Spitze ihres Trupps. Der kleine Beta war unermüdlich, schnell auf seinen kurzen Beinen und zeichnete sich durch hohes Wahrnehmungsvermögen aus; sein Bewusstsein für seine Umgebung war außergewöhnlich, und das machte ihn zu einem herausragenden Scout. Sein dichtes, eng anliegendes Fell war in der schwülen Hitze nicht optimal, aber John hatte ihm erlaubt, auf den größten Teil seiner Uniform zu verzichten. So verschmolz er fast mit dem Hintergrund, in dem ebenfalls braune Töne dominierten. Zumindest war die Tarnung des Otter-Hybriden weitaus besser als der unpassende helle Flecktarn der meisten anderen Justifiers.

John lief in einigem Abstand hinter Cao. Die Mündung seines Gewehrs wanderte von rechts nach links, jederzeit bereit. Direkt hinter Cao lief Rourke, meist Partner des Hybriden. Der bullige, vierschrötige Söldner konnte sich fast lautlos bewegen, was man seinem massiven Körper kaum zutraute. Auch er war ein Veteran, der sein Handwerk von der Pike auf gelernt hatte, und John vertraute ihm auf Missionen bedingungslos. Runde Schweißränder in Tellergröße hatten sich auf seinem Uniformhemd unter den Achseln gebildet, und John ahnte, dass er selbst kaum anders aussah.

Jamie hingegen schien nie zu schwitzen. Sie hatte sich die kurzen Rastalocken ebenfalls mit einem Kopftuch zurückgebunden, und ihr dunkles Gesicht wirkte aufmerksam, aber nicht übermäßig beunruhigt. Sie trug ihre übliche Einsatzkleidung, einen hautengen, anthrazitfarbenen Anzug, in den dünne Schichten Panzerung eingearbeitet waren. Dieser Anzug bot kaum Schutz vor Kugeln, außer den kleinsten Kalibern, aber genug, um lästige Stiche und vielleicht auch größere Gefahren aus dem Königreich der Tiere abzuhalten. Sie lief zu Johns Linken, etwa fünfzehn Meter von ihm entfernt, und er bewunderte sie für ihre Ruhe. Selbst in den übelsten Gefechten verlor sie ihre Gelassenheit nicht. Ihre ganze Körperhaltung drückte eine Entspannung aus, die angesichts der Umgebung und der Situation, in der sie sich befanden, kaum echt sein konnte, aber John wusste, dass sie im Notfall in der Lage war, im Bruchteil einer Sekunde umzuschalten und zu einer äußerst präzisen Killermaschine zu werden. Was *Stellar Exploration* auch mit ihr gemacht hatte, es hatte sie zu einer verdammt guten Soldatin geformt. Warum man sie aber zu den Justifiers geschickt hatte, anstatt ihre Talente im militärischen Bereich zu nutzen, hatte er nie herausfinden können.

Die Steigung nahm allmählich zu, und ebenso wurde die Vegetation immer höher, bis sie schließlich zu den Kronen der Bäume aufblicken und mit Messern und Werkzeugen Lianen und Buschwerk beseitigen mussten, um überhaupt noch voranzukommen. Das Keckern verschiedener Vögel umgab sie, und irgendeine Spezies gab ein Sirren von sich wie eine mutierte Grille. Die verdammten Moskitos hatten es wieder auf die schwitzende Gruppe von Justifiers und Menschen abgesehen, und John vertrieb mit einem gezielten Schlag ein Insekt von seiner Wange, beinahe ebenso groß wie sein Handteller. Ab und an knackte es im Unterholz vor und neben ihnen, aber größere Kreaturen ließen sich vorerst nicht blicken.

Im Wald war die Hitze noch unangenehmer als auf der freien Fläche um das Shuttle. John schätzte, dass manche der Bäume fünfzig Meter oder höher in den Himmel ragten. Feuchtigkeit stand zwischen den gewaltigen Gewächsen, und die Kronen waren so miteinander verwoben, dass kaum Licht hindurchfiel und sich die Wärme darunter sammelte. Die Bäume wirkten ebenso beeindruckend wie fremdartig, denn das, was John als Blätter bezeichnet hätte – lange rote oder braun-graue Stängel –, wuchs direkt aus den Mehrfachstämmen und war teilweise länger als zehn Meter. Diese Blätter hingen wie riesige, dunkle Zungen über ihnen und spendeten Schatten, der jedoch bei der schwülen Luft wenig half. Richtiges Unterholz gab es hier nicht, nur einige Büsche in seltsamen Formen und Farben. Dafür war der rote Erdboden mit einer pilzartigen Flechte bedeckt, die sogar ein, zwei Meter die Stämme anderer Pflanzen emporwuchs. Sie federte die Schritte der Justifiers ab und fühlte sich unter Johns Stiefeln weich und nachgiebig an.

Eine Bewegung zu seiner Rechten jagte Adrenalin durch die Adern des Leutnants, aber dann sah er, dass es nur ein schillerndes insektenartiges Wesen war, das auf einem Stamm hockte und zwei lange Stacheln in diesen bohrte. Es war so groß wie ein Gyroskop, mit vier ledrigen Flügeln, die es um den Leib geschlungen hatte, so dass man wenig von der eigentlichen Kreatur erkennen konnte. John hatte schon einige davon fliegen sehen, und er wusste, dass sich unter den Flügeln vier lange Beine verbargen, die im Flug herabhingen.

Jamie hatte die Bewegung ebenfalls bemerkt und bereits ihre Waffe auf das mögliche Ziel gerichtet. Rourke hatte allein aus ihrer Drehung erkannt, dass es einen Kontakt gab, und war schon in der Hocke. Als die beiden begriffen, dass das Wesen keine Bedrohung darstellte, standen sie auf und verfielen sofort wieder in ihren Laufrhythmus.

Alles in allem war es eine gute Truppe, die hier mit ihm durch den verdammten Alienwelt-Dschungel lief, fand John – wenn man von den beiden Neulingen absah, die in einem Gefecht hoffentlich keine zusätzliche Sorge für die Justifiers sein würden. Dabei hatte Bull schon diejenigen ausgewählt, die bei den kurzen Trainingseinheiten die besten Fortschritte gemacht hatten. Eine junge Frau namens Lela Sukarno, die eigentlich Energietechnikerin war, und Namh, ein Ladearbeiter, der irgendwann in seiner Karriere mal einen kurzen Zwischenstopp bei der Konzernsicherheit von Bangash Industries gemacht hatte. Zwar konnte man diese Sicherheitsleute mit ihren nicht-letalen Waffen kaum mit richtigen Gardeuren oder Justifiern vergleichen, bestand ihr Job doch im Normalfall darin, unwichtige Anlagen zu bewachen und bei Gefahr die Leute mit den echten Knarren zu rufen – aber wenigstens hatte Namh schon einmal innerhalb einer festgefügten Hierarchie gearbeitet und kannte infolgedessen einige Grundzüge militärischer Zusammenarbeit und Planung.

John ließ zu, dass ihn die beiden Neuen, die bislang das Schlusslicht gebildet hatten, überholten und nun direkt vor ihm liefen. Er wollte sie ein bisschen ins Auge fassen, auch wenn seine Hauptaufmerksamkeit natürlich der Umgebung galt. Lela war nicht besonders groß und wirkte mit ihren zarten Gesichtszügen und großen Augen nicht sonderlich abgehärtet, aber sie hatte sich bereits am ersten Tag nach ihrer Ankunft das vorher schulterlange dunkle Haar bis auf Fingerbreite abgeschnitten und ertrug die Strapazen bislang klaglos, was John hoffen ließ. Namh hingegen murmelte hin und wieder etwas in einer Sprache, die John nicht verstand, aber die Bedeutungen der Worte waren eindeutig – eine Mischung aus Beten und Fluchen.

Wann immer John einen Augenblick Zeit hatte, sah er nach den beiden unfreiwilligen Rekruten und versuchte, ihre Technik einzuschätzen. Sie hielten ihre Waffen so, wie Bull es ihnen gezeigt hatte, und schritten vorsichtig voran, aber das war in dieser fremdartigen Umgebung nichts Besonderes. Ohnehin war ihr Fortkommen im Wald zu einer ziemlichen Schleichbewegung verlangsamt worden. Ihre Blicke huschten umher, weniger um die Gruppe zu sichern, sondern vielmehr aus Angst, aber das war John egal, solange sie aufmerksam waren.

Plötzlich öffnete sich das Dickicht vor ihnen und gab den Blick auf eine Lichtung frei, die anhand der umgeknickten Bäume und beschädigten Pflanzen auf den ersten Blick als nicht natürlich zu erkennen war.

»Shakey hat eine ganz schöne Furche geschlagen«, bemerkte Rourke mit einem Grinsen, als er sich neben John in die Schneise stellte. Mehr als zweihundert Meter war sie lang, und das Shuttle hatte sich teilweise bis auf Felsen in den weichen Boden gegraben.

Niemand antwortete dem Söldner, aber Rourke störte sich nicht daran, sondern nickte sich selbst zu.

John hob die Hand und gab ein Signal, das von Rourke an Cao weitergeleitet wurde. Innerhalb weniger Minuten hatte der Beta eine geeignete Stelle für eine Rast ausgemacht, und das Team versammelte sich.

»Jamie, Augen auf«, befahl John, und sie quittierte es mit einem Nicken und verschwand zwischen den Stängeln zweier Bäume. Nach vielleicht dreißig Sekunden konnte er kaum noch ihre Silhouette ausmachen.

Die restlichen Mitglieder des Teams hockten sich in den Schatten eines großen Baumwedels und atmeten durch. Es war eine gewisse Erleichterung, den Blick über die Schneise schweifen lassen zu können. Ohne die Neulinge wäre John vielleicht dennoch weitermarschiert, aber die beiden brauchten mehr Pausen. Es war nicht die Marschstrecke; bislang waren sie nicht weit vom Shuttle entfernt, kaum vier Kilometer. Es war die ständige Anspannung, die an den Nerven zerrte und den Geist ermüdete.

»Trinken Sie«, ordnete John an und nahm als Vorbild selbst einen Schluck warmes Wasser, das nach dem chemischen Reinigungsmittel schmeckte, das die Tanks sauber und das Wasser trinkbar hielt. Seinen Leuten musste er solch grundlegende Befehle nicht geben, aber er wollte lieber nicht riskieren, dass die beiden Rekruten vor Aufregung vergaßen, die Pause dafür zu nutzen.

Namh hob die Augen zum Himmel, bevor er die Feldflasche an die Lippen setzte, und flüsterte etwas, während Lela John dankbar zunickte, während sie trank.

Da sie immer noch keinen Kontakt zu den Satelliten hatten, stand ihnen auch kein Kartenmaterial zur Verfügung, aber der Zweck ihrer Mission war auch weniger, einen bestimmten Ort zu erreichen, sondern eher, ein Gefühl für diesen Planeten zu bekommen und dem ängstlichen Haufen am Shuttle den Glauben zu geben, dass sie das Heft immer noch in der Hand hatten.

Genau aus diesem Grund versuchte John, Kontakt mit dem Shuttle aufzunehmen: »Funke an Herdfeuer, Funke an Herdfeuer. Bitte kommen.«

Einige Momente lang geschah gar nichts, dann meldete sich Shakey: »Hier Herdfeuer. Sprechen Sie, Funke.«

»Wir legen bei ca. vier km eine Pause ein. Bislang alles sauber.«

»Roger, Funke. Bestätige: alles sauber.«

»Wie ist Ihr Status, Herdfeuer?«

»Alles ruhig.«

»Roger.«

John nickte seinem Team zu und gestattete sich ein schmales Lächeln. Er versuchte, den Grad der Erschöpfung an den Gesichtern abzulesen, begriff aber schnell, dass er sie noch zu wenig kannte.

»Weiter geht's«, erklärte er schließlich und stand auf. Er konnte spüren, wie sich dabei der Schweiß auf seinem Rücken in Bewegung setzte. Langsam rannen die Tropfen seine Haut hinab.

Als ob sie seine Worte gehört hätte, tauchte Jamies schlanke, dunkle Gestalt lautlos zwischen den fremdartigen Bäumen auf und reihte sich in die Kolonne ein. John folgte seinen Leuten, immer sowohl die Umgebung als auch die beiden Neuen im Blick.

So legten sie noch etwas mehr als einen Kilometer zurück, immer vorsichtig und wachsam. Bei ihrem jetzigen Tempo – John hatte Cao angewiesen, es locker angehen zu lassen – würden sie für den Rückweg noch einmal drei Stunden benötigen, und John beschloss, es dabei zu belassen. Er hob die Faust und gab das Signal zum Anhalten.

Als sich der Trupp versammelt hatte, nickte er ihnen zu.

»Das reicht für heute. Wir kehren um.« Er sah die beiden Rekruten an. »Das bedeutet aber nicht, dass wir in unserer Wachsamkeit nachlassen. Volle Konzentration, bis wir sicher wieder beim Shuttle sind.«

Lela nickte, während Namh ihn nur anstarrte, also fügte John sicherheitshalber hinzu: »Ist das klar?«

»Ja«, erwiderte Namh, während Lela noch ein schnelles »Sir« anfügte.

Gut genug, befand er. *Sie schlagen sich ganz tapfer.*

»Fünf Minuten Pause, dann marschieren wir zurück.«

Diesmal ging John selbst einige Schritte von ihrer Position weg und sicherte. Bislang waren sie auf nichts gestoßen, das bedrohlich wirkte, aber man konnte niemals sicher sein. Rourke hatte eine Gruppe kleiner, katzenartiger Geschöpfe entdeckt, die aber so schnell wieder im Unterholz verschwunden waren, dass es unmöglich war, mehr über sie herauszufinden. *Nicht mal, ob man sie essen kann,* dachte er grimmig, *oder ob wir Reinhards eines davon als Spielkameraden mitbringen sollten.*

Die Gefahren einer solchen unbekannten Landschaft erkannte man meist erst, wenn die Bewohner versuchten, einem das Bein abzubeißen.

»Sir?«

Es war Lela. Als er sich umdrehte und zur Gruppe zurückkehrte, vermutete er schon das Schlimmste. Ein kurzer Wink mit zwei Fingern in Rourkes Richtung ließ den Söldner Johns Sicherungsposition übernehmen.

»Was gibt es?«

»Ich habe etwas auf dem Scanner entdeckt ... Sir«, sagte sie unsicher.

John blickte sich um. Jeden Moment erwartete er, Xeno-Monster zwischen den Bäumen hervorbrechen zu sehen.

»Reden Sie!«

Ihre Stimme gewann an Selbstsicherheit. »Ich habe da einen Ausschlag, Sir. Kaum zweihundert Meter, in diese Richtung. Metall.«

»Metall?«

Ungebetene Erinnerungen stiegen in John auf. Einmal waren sie auf eine Lebensform gestoßen, die auf metallartigen Verbindungen basierte, wie man ihm nachher erklärt hatte, als zwei Ärzte seine Wunden versorgten und jede Menge mikrofeiner Metallsplitter aus seiner Haut zogen.

»Eine ungewöhnliche Ansammlung verschiedener Metalle, Sir. Ich bin mir nicht sicher, aber ich glaube, es könnte von uns sein.«

»Teile unserer Fracht?«

»Möglich. Ich will mich nicht zu weit aus dem Fenster lehnen, aber die Zusammensetzung ... das sieht nach etwas aus, das eine Menge Energie schlucken könnte.« Sie sprach nicht weiter, aber John war auch so klar, was sie meinte. Ihre Entdeckung konnte bedeuten, dass sich Teile des TransMatt-Tors vor ihnen befanden.

Bislang war ihre Miene zweifelnd gewesen, aber jetzt stahl sich ein kleines, selbstzufriedenes Lächeln auf ihre Lippen. John war das egal. Wenn sie tatsächlich Bauteile des Portals entdeckt hatte, stand ihr jede Art von Selbstzufriedenheit zu.

»Gute Arbeit, Rekrut. Team, ihr habt die Lady gehört. Da vorn liegt vielleicht unser Ticket nach Hause. Gehen wir hin und sehen es uns an.«

Er konnte dieselbe Euphorie, die durch seine Adern strömte, nun auch in ihren Gesichtern sehen – mit Ausnahme Jamies natürlich. Aber der Rest schien Strapazen und Angst vergessen zu haben. Bislang saßen sie auf dem Planeten fest. Mit dem Tor hatten sie eine reelle Chance, wieder nach Hause zu kommen. *Vielleicht wird das hier doch kein komplettes Desaster.*

Das Tempo erhöhte sich von ganz allein, als Cao seine Schritte beschleunigte und mehr Druck machte. John ließ ihn gewähren, denn alle wollten jetzt schneller vorankommen, und die Erschöpfung schien einfach von ihnen abgefallen zu sein. Dennoch achtete er darauf, dass sie nicht übermütig wurden; noch befanden sie sich in potenziellem Feindgebiet und mussten jede Sekunde mit einem Angriff rechnen.

In diesem Abschnitt des Waldes waren die Bäume niedriger, und zwischen ihnen standen häufiger andere Gewächse, vor allem etwa vier bis fünf Meter hohe Büsche, die aus verflochtenen Stauden bestanden, aus denen handtellergroße, orangefarbene Blätter sprossen. Über Kopfhöhe spalteten sich die Stauden voneinander ab und bildeten so eine grob runde Krone. Manchmal bewegten sie sich, obwohl John sicher war, dass kein Wind wehte, aber bislang gaben sie keinen Hinweis darauf, damit auf die Anwesenheit der Justifiers zu reagieren.

»Noch fünfzig Meter«, meldete Lela, die ihren Scanner in der Hand hielt.

Bulls Einschätzung hatte sich wieder einmal als richtig erwiesen: Die junge Frau war fähig. Auch jetzt schien sie – trotz der schwülen Hitze – einen kühlen Kopf zu bewahren.

»Stopp!« Auf Johns Befehl hin hielten alle inne. »Jamie, Rourke, schauen Sie nach.«

Die beiden nickten zur Bestätigung, dann verschwanden sie zwischen den Gewächsen. John hockte sich hin, in Richtung des Wegs, den sie gekommen waren. Es dauerte nur wenige Minuten, bis die beiden Scouts zurückkehrten.

»Da vorne hat es ein paar Bäume umgeknickt. Wir sind nicht ganz rangegangen, aber da liegen tatsächlich Transportcontainer«, meldete Rourke und warf einen abschätzenden Blick auf Lela, während er hinzufügte: »Fettes *SE*-Logo, Boss. Zwei mindestens.«

Zwei, dachte John erfreut. *Wir brauchen alle vier, aber zwei wären ein guter Anfang.*

»Beschädigungen?«

»Auf den ersten Blick keine, aber wir konnten nicht alles sehen und haben natürlich nichts untersucht. Ansonsten ist die Lage ruhig. Keine Xenos, nichts zu sehen oder zu hören, bis auf die beschissenen Mücken, Sir.«

John stand auf und gab den Befehl weiterzugehen. Die Sorgen der letzten Stunden fielen mit jedem Schritt von ihm ab. Seit ihrer Ankunft hatte es nicht allzu viele gute Neuigkeiten gegeben, und diese hatten das Potenzial, sehr gut zu sein.

Sie erreichten eine weitere Lichtung, die allerdings ebenso künstlich war wie die erste. Die Container hatten beim Absturz Bäume umgeknickt und Büsche zermalmt, bevor sie sich mit Wucht in den weichen Erdboden gegraben hatten. Langsam umkreisten sie die Stelle, bevor John Rourke und Jamie als Wachen einteilte und sich weiter näherte.

Halb im Boden steckten zwei Container. Das helle, zerschrammte Blech hob sich deutlich vom dunkleren Waldboden ab. Das Konzern-Logo prangte auf allen Seiten, genau wie Rourke gesagt hatte. Als John herantrat, entdeckte er zu seiner Freude hinter den beiden Behältern einen dritten, der sich noch tiefer in die Erde gebohrt hatte.

Fuck, ja!, schoss es ihm durch den Kopf. Alle Container wiesen zwar Dellen und Beulen auf, aber er konnte keine größeren Beschädigungen entdecken.

»Lela, Namh, kommen Sie her. Kennen Sie sich mit dem Portal aus?«

Der Ladearbeiter schüttelte den Kopf, sagte aber: »Ich kenn' vielleicht die Nummern.«

»Ist nicht ganz mein Fachgebiet«, erklärte Lela. »Ich habe noch an keinem gearbeitet.«

»Namh, schauen Sie nach den Containernummern und versuchen Sie, sich zu erinnern, ob das alles Teile unseres Tors sind. Und Sie, Lela, öffnen Sie den hier und überprüfen Sie den Inhalt. Rourke geht Ihnen mit dem Dreck zur Hand.« Der Angesprochene nickte und trat vor. Prüfend musterte er die Außenkanten und schlug schließlich mit dem Knauf seiner Waffe auf eine der Schweißnähte ein.

Während er die beiden noch aus den Augenwinkeln beobachtete, versuchte John gleichzeitig, mit dem Shuttle Kontakt aufzunehmen. »Herdfeuer, hier Funke, bitte kommen.«

Statisches Rauschen. Keine Antwort. John wiederholte seine Worte.

»Funke, Herdfeuer hier«, hörte er plötzlich die durch das Knistern verzerrte Stimme seines Piloten.

»Shakey, wir haben Teile des Sprungtors gefunden. Bis zu drei Transportcontainer. Wir verifizieren das noch, aber es sieht gut aus.«

»Bei den Göttern: Ja! Ich meine, Roger, Funke.«

John grinste. »Sag Bull Bescheid, dass wir morgen

eine Bergungsmission organisieren müssen.« Er betrachtete die großen Frachtcontainer, in denen mit etwas Glück ein Großteil der Bauteile für ihr Portal steckten. »Das wird harte Arbeit.«

»Hauptsache, wir kommen zurück nach Hause.«

»Roger, Herdfeuer. Funke aus.«

6

Als Shakey im Pilotensitz Platz nahm, quietschte das Gerüst verdächtig, aber er ließ sich davon nicht einschüchtern. In mühevoller Arbeit hatten sie die verbogenen Teile gerichtet und sie verstärkt, wo es notwendig gewesen war. Das würde die Flugeigenschaften des Ultraleichts kaum verbessern, aber als er die zusammengebaute Maschine das erste Mal gesehen hatte, waren Shakeys Sorgen verflogen. Sein Piloteninstinkt sagte ihm, dass das Ultraleicht sicher war und er sich ihm anvertrauen konnte.

Mit souveränen Handgriffen überprüfte er die Instrumente. Benson stand neben ihm und beäugte die Ausstattung des Fliegers kritisch. Der Ladearbeiter hatte sich in der Vorbesprechung als Hobbyflieger geoutet und freiwillig als Pilot zur Verfügung gestellt, doch Shakey hatte darauf bestanden, den Jungfernflug mit dem Ultraleicht selbst zu übernehmen. *Irgendwann kannst du das Baby bestimmt auch mal fliegen, aber nicht heute,* dachte er und wartete sehnsüchtig darauf, dass

Benson seine Inspektion beendete und endlich fünf Schritte zurücktrat.

Aki lief um den kleinen Flieger herum. Die Wangen des jungen Mannes waren vor Aufregung gerötet. Der schlaksige Techniker hatte den größten Anteil an der Reparatur übernommen, und er schien fast genauso wild darauf zu sein, ihr Werk endlich fliegen zu sehen, wie Shakey selbst. Für den Piloten war es aber mehr als Stolz auf eine ordentliche Arbeit und der Wunsch, dass sich die investierte Zeit lohnen möge.

Es war zu lange her, dass er geflogen war. Die Schwerkraft lastete auf ihm wie eine schwere Hand, die ihn niederdrückte – stärker als jeden anderen. Das war selbst auf diesem Planeten so, wo sie weniger als Standard – ein G, in Ehrung der guten alten Mutter Terra – betrug. Fliegen war Shakeys Bestimmung, seine Sehnsucht, sein Leben und seine Flucht. Am Boden war er nur der klägliche Rest eines Kampfpiloten, ein von Drogencocktails und zu langen Einsätzen gezeichnetes Wrack. Am Steuerknüppel einer Flugmaschine hingegen – und wenn es nur ein Ultraleicht war – konnte er den zitternden Junkie hinter sich lassen und er selbst sein.

»Zündung!«

Der Ruf war sinnlos, aber er hatte mal eine Simulation über die Geschichte des Fliegens mitgemacht, und da hatten die Piloten ihrer Bodencrew ähnliche Befehle gegeben, wenn sie die Motoren durch Anwerfen der Rotoren starten ließen. Aki hob den Daumen und grinste, als Shakey ganz unromantisch und eher modern den kleinen Daumenhebel umlegte, der die beiden Motoren des Ultraleichts zum Leben erweckte.

Sofort ging eine gleichmäßige, beruhigende Vibration durch die ganze Maschine, in die sich Shakeys Puls perfekt einzufügen schien. Noch liefen die Rotoren nur locker, aber schon spürte der kleine Pilot, dass sein Baby hungrig nach mehr war. Er zog die Einsatzbrille von der Stirn über die Augen – sein Helm war nicht aufzufinden gewesen. Entweder hatte er es nie an Bord geschafft, oder er war beim Absturz verloren gegangen.

Beim Gedanken an ihre Ankunft auf dem Planeten zuckte Shakey kurz zusammen. Reinhards ließ keine Gelegenheit aus, ihn daran zu erinnern, dass er ihm die Schuld an ihrer Misere gab, und so sah Shakey einer Heimkehr in die Zivilisation durchaus mit gemischten Gefühlen entgegen.

Um sich abzulenken, verfiel er in die Routine der Startvorbereitungen. Er kontrollierte die Leistung der beiden Elektromotoren, ließ die Rotoren ein paar langsame Bewegungen durchführen, ebenso wie die kleinen Klappen, die ihm zur Verfügung standen. Die Rotoren waren beweglich gelagert, so dass er den Großteil der Steuerung einfach über sie ausführen konnte, aber bei komplizierteren Flugmanövern waren die Klappen eine gute Hilfe.

Alle Systeme zeigten grün, und auch Aki, der die Prozedur aus nächster Nähe und verschiedenen Positionen beobachtet hatte, hob erneut den Daumen, um ihm zu signalisieren, dass aus seiner Sicht alles in Ordnung war. Shakey erwiderte das Signal gut gelaunt und löste die Radbremse. Gleichzeitig gab er mehr Gas, und das Ultraleicht setzte sich mit einem Ruck in Bewegung.

Natürlich wusste er, dass Fliegen nur die Anwendung physikalischer Prinzipien war, eine Ansammlung von Kräften, die mit- und gegeneinander wirkten. Aber das Gefühl auf einem Flug war anders. Es war eine Welle in seiner Magengrube, die ihm bis in die Kehle stieg und als Jauchzen über seine Lippen drang. Er fühlte sich schwerelos, obwohl die Gravitation ihn nicht aus ihren Klauen ließ, schwereloser, als er es im Weltraum jemals gewesen war.

Mit lockerer Hand leitete er eine lange Kehre ein und zog einen Halbkreis um das Shuttle. Unter ihm hüpfte Aki auf und ab, winkte und rief etwas, das Shakey im Brausen der Luft nicht verstehen konnte. Er bedauerte den erdgebundenen Techniker, hob aber den Arm zum Gruß und drehte dann ab.

Von oben sah die Absturzstelle aus wie die Kulisse eines Holofilmspektakels in einem titanischen 3D-Cube. Eine breite, dunkle Spur im Wald, aufgewühlte Erde, umgestürzte und umgeknickte Bäume, und am Ende der Schneise das Shuttle, das sich schräg in den Boden gebohrt hatte. Um das Shuttle herum war die Vegetation abgeholzt worden, und der Leutnant hatte eine freie Fläche schaffen lassen, auf der einige Zelte aufgebaut waren. Vor dem Loch in der Flanke des Shuttles war ein kleiner Vorbau aus Zeltplanen errichtet worden, der das Innere vor dem bislang jedoch ausbleibenden Niederschlag schützen sollte. Seit ihrer Ankunft hatte Shakey nicht mehr als fasrige Wolkenfetzen am Himmel gesehen; manchmal war es diesig, aber bislang deutete wenig darauf hin, dass es bald regnen könnte.

Einen letzten Schlenker noch, dann richtete Shakey das Ultraleicht aus. Sein Flug folgte der Spur des Shuttles in dem Wald. Er hielt das Ultraleicht hoch über den Bäumen und achtete genau auf seine Umgebung. Die Maschine war relativ fragil, und er konnte sich noch gut an den schrecklichen Absturz auf Nada V erinnern, als eine Schar echsenähnlicher Flugwesen ihn mit ihrem Mittagessen verwechselt hatten. Obwohl sie bislang keine größeren fliegenden Kreaturen gesichtet hatten, blieb er vorsichtig.

Für die Strecke von wenigen Kilometern, die unter ihm durch unwegsames Gelände führte, benötigte er nur einen Bruchteil der Zeit, die das Bodenteam brauchte. Aber sie waren schon an ihrem Ziel angekommen, wie Shakey feststellte. Die abgestürzten Container hatten eine kleine Lichtung geschaffen, auf der sich die zehn Justifiers bewegten – wenn man die Ansammlung von Technikern, Arbeitern und sonstigen Fremdkörpern denn überhaupt als Justifiers bezeichnen wollte. Bulls massige Gestalt ragte aus der Gruppe hervor. Der Beta stand auf einem der Container, den muskulösen Oberkörper unbedeckt, und schien Anweisungen zu geben. John war nicht zu sehen. Vermutlich sicherte er mit einer Handvoll Leute die Arbeitenden.

Die beiden Elektromotoren des Ultraleichts waren

nicht laut, aber Shakey wurde dennoch bemerkt und, wie ihm schien, freudig begrüßt. Er kippelte die Flügel kurz, um den Gruß zu erwidern, dann begann er mit einer langsamen Spirale um die Container. Die ganze Zeit über behielt er sowohl Himmel als auch Boden im Blick.

Von oben wirkte der Wald nicht weniger exotisch. Die Gewächse sahen wie nichts aus, das Shakey kannte, und er hatte auf mehr Welten Dienst geschoben, als er sich erinnern konnte. Er war froh, in diesem Moment nicht bei den anderen unten zu sein. Er hasste es, inmitten der Fremdartigkeit an den Boden gebunden zu sein, in seinem kleinen, dürren Körper gefangen, der so schlecht auf die Gefahren fremder Planeten vorbereitet war. Jetzt flog er, und das war seine Welt. Hoch über dem Dschungel, dessen Farbe für Shakey immer blutrot war. Er hielt sein Geschick in Form des Steuerknüppels in den eigenen Händen, war nicht ausgeliefert an fremde Mächte, sondern kontrollierte selbst, was geschah.

Fast hätte er sich im Gefühl des Fliegens verloren, aber es gelang ihm immer wieder, seine Aufmerksamkeit nicht schleifen zu lassen. Aus dem Augenwinkel nahm er eine Bewegung wahr, einen flüchtigen Hauch nur. Sofort legte er das Ultraleicht in die Neige und suchte im Gewirr der rötlichen Pflanzen nach Auffälligkeiten. Zuerst sah er nichts, aber dann erspähte er wieder ein Huschen – einen dunklen Schemen, der sich unter den fleischigen Blättern zu bewegen schien. Kurz darauf noch einen, und dann einen dritten.

Shakey drosselte die Geschwindigkeit, bis er sich kaum noch vorwärtsbewegte. Die Rotoren des Ultraleichts drehten sich nach oben, unterstützten den Gleitflug. Im Ernstfall konnte das kleine Fluggerät fast auf der Stelle schweben.

Unter sich sah Shakey eine Reihe von Kreaturen, die sich schnell und geschickt durch das Gewirr des Waldes bewegten: dunkelrote Schatten, die fast mit dem Hintergrund verschmolzen. Und es gab auch keinen Zweifel, in welche Richtung sie liefen. Er führte die Hand zum Kehlkopfmikro.

Die Hitze machte es seinen Leuten schwer, ihre Arbeit zu erledigen, aber John ließ dennoch zu, dass Bull sie zu mehr Eile antrieb. Sie waren nicht auf einem Ausflug der Pfadfinder, sondern mitten in einem potenziell tödlichen Dschungel voller unbekannter Gefahren. Es galt, im Schweiße des Angesichts zu arbeiten, um die Teile des Tors zu bergen. Und es war heiß. Im Schatten war es einigermaßen erträglich, auch wenn sich die schwüle Luft unter den Bäumen staute. Aber auf der Lichtung brannte die Sonne gnadenlos auf die Arbeitenden nieder. Der Staub, der manchmal aufgewirbelt wurde, kratzte in der Kehle, und die Wasserrationen waren kaum mehr als ein Tropfen auf dem heißen Stein.

Drei seiner Leute und er selbst arbeiteten nicht an der Bergung mit, sondern hatten etwas vorgeschobene Positionen eingenommen und gaben dem Rest Deckung. Jamie und Cao sicherten Richtung Shuttle, während John gemeinsam mit Grasse die andere Seite übernommen hatte. Seit er gesehen hatte, wie sie ihr Sturmgewehr mit sicheren Handgriffen auseinandergenommen und gecheckt hatte, war seine Sorge um ihre Fähigkeit als seine Partnerin geschwunden. Und seitdem hatte sie selbst auf dem kurzen Weg zu den Containern bewiesen, dass sie genau wusste, was sie tat. Jetzt hockte sie geduckt hinter einem niedrigen, farnartigen Gewächs und hielt nach möglichen Bedrohungen Ausschau. Sie wirkte gelassen, aber John wusste, dass sie ebenso angespannt sein musste wie er selbst. Der Dschungel schien sie einzuschließen, als wollte er sie umzingeln. Zwischen den Bäumen herrschte ewiges Zwielicht, nur hier und da fielen Sonnenstrahlen wie lange, helle Finger bis auf den roten Boden.

Von den Containern drang Rourkes lautes Fluchen herüber, eine blumige Beschreibung des Gesäßes der Göttermutter. Es gefiel dem Ex-Söldner nicht, dass er zur Bergungsarbeit statt zum Sicherungsteam eingeteilt worden war, aber John hatte nach Sichtung der Lage befunden, dass Rourkes gentechnisch verstärkte Muskeln hilfreich sein würden. Sie hatten nur die zwei Antigrav-Pulsatoren, die von den Arbeitern für das Beladen des Shuttles genutzt worden waren, in der Ladung gefunden; der Rest hätte ganz zum Schluss eingeladen werden sollen. Damit ließen sich die Container halbwegs bewegen – wenn man sie denn aus ihrer Lage befreien konnte. Und das stellte das Hauptproblem dar. Mit ihrem dürftigen Bestand an Werkzeug konnten sie wenig tun, also ließ Bull ganz altmodisch Gerüste und Seilzüge bauen. Dazu bedienten einige der stärkeren Teammitglieder lange Metallstangen als Hebel, die sie unter die Container schoben. Darauf bezog sich auch Rourkes Fluchen, wie John vermutete. Es war Knochenarbeit.

»Papa Bär, bitte kommen. Hier Flughund.«

John seufzte. Shakey hatte auf dem dämlichen Callsign bestanden. Aus irgendeinem Grund hatte der kleine Pilot einen Narren an den possierlichen, fliegenden Haustieren von Atlar Septimus gefressen.

»Flughund, hier Papa Bär. Was gibt's?«

»Bogeys inbound. ETA fünf Minuten. Richtung Nord-Osten.«

Sofort schoss Adrenalin durch Johns Körper.

»Bestätigt. Bogeys beobachten und für Meldung bereithalten.«

Shakeys »Roger« drang kaum noch zu John durch. Er war schon dabei, im Kopf die Verteidigungsstellungen durchzugehen.

»Bull! Kontakt! In fünf!«

Bevor John zu Ende gesprochen hatte, sprang der massige Beta vom Container und brüllte Befehle.

»Flughund, Bericht.«

»Es sind ungefähr ein halbes Dutzend, vielleicht mehr. Ich kann sie durch das Blätterdach nicht gut erkennen. Lange, dunkelrote Viecher. Verdammt schnell.«

»Zeichen von Intelligenz?«

»Nichts gesehen, aber zu wenig Sichtkontakt gehabt.«

»Roger. Bleib über ihnen und gib Meldung, wenn sich was ändert.«

Mit langen Schritten lief John zu Bull, der bereits die Ausgabe und Kontrolle der Waffen überwachte. Er stellte sich neben den großen Stier-Beta.

»Shakey meint, es sind sechs oder mehr Kontakte. Aus Nord-Osten, in vier Minuten hier. Mehr konnte er nicht sagen.«

Bull nickte. Um sie herum standen die Rekruten. Trotz der Drills hielten einige von ihnen die Waffen noch immer eher unbeholfen in den Händen.

»Nehmen Sie defensive Positionen um die Container ein, Sarge. Achten Sie auf Rückendeckung. Team Eins und Zwo beziehen dort und dort Position.« John deutete auf einige Baumstämme in der Nähe des vermutlichen Angriffspunkts. »Wir nehmen sie ins Kreuzfeuer.«

Bull hob den Daumen und begann sofort, die Leute einzuteilen, während John die Wachteams zu sich rief und ihnen in knappen Worten die Situation erklärte.

»Team Zwo, Sie rücken bis zu dem umgestürzten Baum vor. Wir übernehmen die andere Seite. Spät und gezielt feuern! Wenn möglich, lassen wir sie erst auf die freie Fläche.«

Cao nickte und glitt schnell davon, kaum mehr als ein dunkler Schemen vor dem Hintergrund des Waldes. Jamie folgte ihm nicht weniger geschickt. Die beiden tauchten in den Schatten eines Baums ein, suchten sich Deckung und schienen mit der Umgebung zu verschmelzen.

John warf einen Blick auf Grasse, die gerade den Sitz ihres Kampfmessers überprüfte und dann ein Paar fingerlose Handschuhe anzog.

»Fertig?«

»Fertig geboren«, erwiderte sie mit einem schiefen Lächeln.

John lief vor, und sie folgte ihm zu ihrer Stellung. Sie duckten sich hinter einen mächtigen Baum, dessen rote Blätter ihnen Schatten spendeten. Es war dennoch heiß und dabei feucht. Ein letztes Mal checkte John die Anzeigen seines Sturmgewehrs.

»Wir decken Team Zwo«, erklärte er mit einem Blick auf seinen Chronometer leise. »Und die Greenhorns. Je weniger die ballern müssen, desto besser. Wenn nötig, fallen wir zu dem Erdhügel dort zurück.«

Sie nickte. Die Anspannung zeigte sich auf ihrer Miene.

»Kurze, kontrollierte Feuerstöße«, fuhr John fort, dann knackte es in seinem Ohrstöpsel.

»ETA eine Minute«, erklang Shakeys Stimme.

John gab die Meldung sofort per Funk an seine Leute weiter. Immer noch rauschte das Adrenalin durch seine Adern, aber es löste keine Aufregung mehr aus, sondern schien ihm eher kalte Klarheit zu bringen. Er nahm seine Umgebung besonders deutlich wahr, sah jedes noch so feine Härchen auf der Borke des Baums neben sich, spürte den leichten Lufthauch, sah Staubpartikel im Sonnenlicht glitzern. Seine Atmung wurde langsamer, und selbst sein Herz schlug nun ruhig in seiner Brust. Es war, als sei er nicht in einem fremdartigen Dschungel, Sekunden vor einem Angriff, sondern am sichersten Ort des Universums.

Dann zuckte eines der Blätter am Rand der Lichtung, und er fixierte es mit seinem Blick. Wieder bewegte es sich, und John erkannte, dass der ganze Baum leicht zitterte.

Ein dunkelroter Schatten raste unter dem niedrig hängenden Blatt hervor. Die Kreatur bewegte sich so schnell, dass John ihre Gestalt nicht genau erkennen konnte. Sie war langgestreckt und sprang mit einem Satz über die freie Fläche.

»Feuer!«

Das Sturmgewehr bockte in seinem Griff, als es drei Geschosse auf die Reise schickte. Um ihn herum erklang das Knattern der Schüsse. Der Lauf seiner Waffe folgte dem Wesen, das von mehreren Projektilen getroffen wurde, es aber irgendwie dennoch schaffte, auf den Beinen zu bleiben. John feuerte erneut und sah, wie das Wesen zur Seite geschleudert wurde.

Aber die nächsten Kreaturen stürmten bereits auf die Lichtung, ebenso schnell wie die erste. Cao und Jamie auf der anderen Seite nahmen sie unter Beschuss, genau wie Grasse und John, während Bull seine Leute noch zurückhielt.

Es waren zwei weitere Kreaturen, die geduckt liefen. Sie hatten einen flachen Leib, dessen Haut dunkelrot mit etwas helleren Streifen war. Sie schienen sich auf vier Beinen zu bewegen, hatten aber noch zwei weitere, wie Stummelflügel wirkende Extremitäten auf dem Rücken, nahe der Schulterblätter. Ihr Kopf war massig, und sie hatten einen langen Schweif. Doch John hatte keine Zeit, die Eleganz der Kreaturen zu bewundern. Sie bewegten sich extrem schnell und schienen instinktiv zu ahnen, woher sie unter Beschuss genommen wurden. Ihre Häupter zuckten herum, dann rannte eines der Wesen direkt auf John zu.

Er pumpte eine weitere kurze Salve in den Kopf der Kreatur, was diese mit einem schrillen Trillern quittierte. Neben ihm feuerte Grasse, und ihr Treffer warf das Wesen zu Boden.

»Nur drei«, knurrte John leise. »Wo ist der Rest?«

Wieder schoss er, diesmal auf die dritte Kreatur. Er zwinkerte sich den Schweiß aus den Augen, und mit einem Mal sah er die anderen Wesen. Die beiden Bäume, an denen die ersten drei vorbeigekommen waren, zitterten wieder, allerdings nicht, weil Kreaturen unter ihnen entlangliefen. Zwei der Angreifer rannten über eines der fleischigen Blätter, stießen sich mit Kraft ab – und glitten durch die Luft. Die kleinen Fortsätze auf ihren Schultern waren ausgebreitet, viel zu klein, um Flügel zu sein, aber groß genug, um einen langen Sprung in einen noch längeren Gleitflug zu verwandeln.

»Bull, Achtung!«, brüllte John. »DFA!«

Der Beta riss sein Gewehr hoch. Er schien etwas zu sagen, aber John konnte es auf die Distanz nicht verstehen. Die beiden Wesen glitten über die Lichtung. Bull gelang es, noch einmal zu feuern, bevor die Kreaturen mitten zwischen den Containern landeten und sich auf die Rekruten warfen.

»Stellung halten«, befahl John, während er selbst schon losrannte.

Einer der ersten Angreifer hatte sich wieder aufgerappelt. Aus dem Augenwinkel sah John einen dunkelroten Schatten auf sich zufliegen, aber hinter ihm ertönte knallend eine schnelle Serie von Schüssen, und die Kreatur ging neben ihm zu Boden.

Ein Container verdeckte seine Sicht, aber die Schreie und das laute Trillern ließen ihn beschleunigen. Mit dem Sturmgewehr ihm Anschlag rannte er um die Ecke des Metallkastens.

Ihm bot sich ein Bild des Chaos. Der Angriff der Kreaturen hatte die Rekruten auseinandergetrieben. Bull stand in halber Deckung hinter dem zweiten Container und feuerte auf eines der Wesen, das aber zwischen den Menschen umherrannte und so sein Feuerfeld einschränkte. Das zweite war über Namh gebeugt, der mit halb aufgerichtetem Oberkörper dalag. Für einen Moment wirkte es auf John, als wolle es dem Arbeiter einen sanften Kuss auf die Stirn geben, doch die wilden Schreie, die der Techniker ausstieß, zerstörten das Bild.

Noch im Laufen feuerte John eine erste Salve auf die Kreatur ab, die Namh bedrohte. Die Kugeln peitschten das Wesen herum, und es wandte sich John zu. Der Ex-Soldat sah nur Namhs blutiges Antlitz, das leblos nach hinten fiel. John feuerte noch einmal. Das Wesen tänzelte einen Schritt zurück, trillerte erbost, dann duckte es sich und sprang. Reflexartig warf sich John zur Seite, prallte schmerzhaft mit der Schulter gegen den

Container und wurde dann noch von einem Schlag an seinem erhobenen Arm getroffen, der ihn herumwirbelte. Er überschlug sich einmal, hielt dabei die Waffe vor die Brust gedrückt und rollte sich über die Schulter ab.

Mit dem Sturmgewehr im Anschlag warf er sich herum und suchte kniend sein Ziel. Das Wesen stand gut drei Meter von ihm entfernt, den Kopf zu ihm gewandt. Jetzt erkannte John vielleicht eine Handvoll kleiner Mulden an der Kopfseite, in denen sich dunkle Augen zu befinden schienen. Außerdem hatte das Wesen Öffnungen am Hals, aus denen erst ein dumpfes Schnauben und dann wieder das Trillern erklang, das John inzwischen kalte Schauer über den Rücken jagte.

Sein Sturmgewehr beantwortete den Ruf mit zwei schnellen Salven. Als die Kugeln in Kopf und Schulter einschlugen, taumelte die Kreatur, dann trat sie zwei unsichere Schritte zur Seite und fiel endlich um. John hielt seine Waffe noch auf sie gerichtet, aber sie bewegte sich kaum noch, und so warf er einen vorsichtigen Blick über die Schulter.

Bull stand breitbeinig über dem anderen Wesen, richtete den Lauf seines Gewehrs auf den Schädel und schoss einmal und dann ein zweites Mal. Er sah auf, bemerkte Johns Blick und nickte kurz.

John lief zum Container, schwang sein Gewehr am Gurt auf den Rücken, sprang hoch und zog sich auf den Metallkasten. Hastig blickte er sich um, von der Sorge um seine Leute getrieben. Grasse kniete noch immer an ihrer Position, die Waffe im Anschlag, und sicherte ihren Bereich. Beim umgestürzten Baum lag der Kadaver einer Kreatur, und John konnte Jamie und Cao sehen, die ebenfalls unverletzt schienen.

»Rourke, lösen Sie Grasse ab«, befahl John.

Sie würden eine Sanitäterin benötigen, auch wenn er beim Anblick von Namhs blutüberströmtem Kopf kaum glauben konnte, dass hier noch viel zu machen war. Er sprang vom Container und ging vorsichtig zu dem noch lebenden Wesen. Als es sein Nahen spürte, versuchte es, sich aufzurichten, aber es schaffte kaum mehr ein schwaches Aufbäumen. Es schnaubte, und die Luft aus den Öffnungen am Hals wirbelte ein wenig Staub auf. Dunkle Flüssigkeit troff aus den Wunden, und vor den Atemöffnungen hing ebenso dunkler Schaum. John spürte den Blick der Kreatur auf sich. So, wie sie nun dalag, wirkte sie beinahe anmutig. Ein langer, schlanker Leib, glatte, gestreifte Haut, die sich über den Muskeln spannte. Klauen an den Füßen, die dem Wesen bei seiner wahnwitzigen Geschwindigkeit wohl Halt gaben und ganz sicher gefährliche Waffen waren. Allein die Öffnung an der Schnauze fand John abstoßend. Ein kreisrundes Loch mit seltsamen zackigen, hellen Auswüchsen, die unablässig gegeneinanderschabten. Er fühlte sich an einen Fleischwolf erinnert.

»John, was ist da draußen los?«, erklang plötzlich Reinhards' Stimme in seinem Ohrstöpsel.

»Alles unter Kontrolle«, erwiderte er, ohne den Blick von dem Wesen zu nehmen. »Ich erstatte später Bericht.«

»Aber ...«

»Over and out.«

Noch immer schien die Kreatur ihn anzublicken. Ob ansehnlich oder nicht, die Biester stellten eine tödliche Gefahr dar. Ohne den Blick von ihm zu nehmen, richtete er die Mündung seines Sturmgewehrs auf den Kopf und drückte ab. Die Kugel schlug mitten in die Stelle ein, die John für die Stirn hielt. Trotzdem hörte das Schnaufen nicht auf, also schoss er erneut. Endlich lief ein Zittern durch den Leib der Kreatur, und das Geräusch der Atmung verstummte.

Als er sich umsah und feststellte, dass die Gefahr gebannt war, endete sein Adrenalinhoch so abrupt, dass ihm der Kopf ganz leicht wurde. Sein Körper fühlte sich hohl an, als sei er nur ein Ballon. Es kostete John einige Anstrengung, das Sturmgewehr zu schultern und zum Rest der Gruppe zurückzukehren.

Grasse kniete neben dem regungslosen Namh. Allein ihre Körperhaltung verriet John, dass er einen seiner Leute verloren hatte. Als er sich zu ihr gesellte, sah sie kurz auf und schüttelte den Kopf.

»Wie?«

Sie deutete auf eine grausame, blutige Wunde, die das Gesicht des Arbeiters entstellte. Es war ein fast kreisrundes Loch in der Stirn, direkt über dem linken Auge. Man hätte es für eine Schusswunde halten können, so sauber waren die Ränder.

»Das Ding hat sich in Sekunden durch Haut und Knochen gefräst«, erklärte Grasse. »Das Gehirn ist nur noch Brei.«

»Scheiße«, murmelte einer der Techniker neben ihnen, ein breitschultriger Mann namens Gilbert Kay.

»Halten Sie den Mund, Kay«, erwiderte John nicht unfreundlich, dann wandte er sich an Bull: »Verteil seine Munition. Dann schafft ihr die Kadaver dieser Viecher weg.« Leiser fügte er hinzu: »Und dann bringt die Arbeit hier zu Ende.«

Bull nickte zwar, aber Sukarno protestierte: »Wir sollen weiterarbeiten? Er ist tot!«

»Und wir werden ihm ein ordentliches Begräbnis verschaffen«, entgegnete John kälter, als er vorgehabt hatte. »Nach der Arbeit. Wir müssen die Container bis Sonnenuntergang beim Shuttle haben, sonst war der ganze Ausflug hier umsonst – und auch sein Tod.«

Eigentlich war er nicht der Typ für lange Erklärungen, aber er sah die Notwendigkeit dazu in den Gesichtern der Rekruten. Sie hatten Angst. Die Gefahr war vorbei, sie fühlten sich vermutlich ebenso ausgepumpt wie John selbst, und sie wollten nichts dringender als zurück in die relative Sicherheit des Shuttles, um sich auszuruhen.

»Was ist, wenn mehr kommen?« Kay hatte sich neben Sukarno gestellt und sah John herausfordernd an. Der geliehene Kampfanzug spannte über seiner breiten Brust. Die braunen Locken hatte der Techniker mit einem improvisierten Stirnband gebändigt.

»Dann erledigen wir sie«, brummte Bull. Die Stimme des Beta war rau, knurrig, und jetzt stellte er sich neben John und verschränkte die Arme vor der Brust. »Sie haben den Leutnant gehört. An die Arbeit!«

Einen Moment lang glaubte John, dass sich Sukarno und Kay weigern würden, dann schüttelte die Frau den Kopf und drehte sich um, und der Techniker folgte ihr. Langsam ließ John den Blick über die versammelten Leute schweifen. Es wäre besser gewesen, wenn der Rest seines Teams da gewesen wäre, doch die sicherten noch den Perimeter. Einige der Techniker grummelten, aber letztlich hielt keiner lange Johns Blick stand, und so machten sie sich unter Bulls Anleitung wieder an die Arbeit.

»Nicht einfach«, erklärte Grasse leise, die sich wieder erhoben hatte. Sie hatte Namhs Hemd über den Kopf gezogen und so die Wunde verdeckt, aber der sich ausbreitende Blutfleck ließ sich nicht verbergen und verkündete wortlos, was hier geschehen war.

»Sie haben Angst. Kein Wunder. Aber diese Angst darf sie nicht lähmen.«

»Ich hätte nicht gedacht, dass ich noch einmal ein richtiges Gefecht erleben würde.« Grasse lächelte und hob die linke Hand. Ihre Finger waren vollkommen ruhig. »Aber es ist wie Schwimmen: Man verlernt es nicht.«

»Sie haben gute Arbeit geleistet, Grasse.«

»Ich habe Ihnen das Leben gerettet, Leutnant«, entgegnete sie ohne Arroganz, und John nickte.

»Das auch. Aber das war Ihr Job, wir sind ein Team. Und jetzt helfen Sie mir, dieses Ding hier wegzuschaffen.«

Er deutete auf die Überreste des Wesens, das Bull erschossen hatte. Sie packten es an den Extremitäten und schleiften es weg von den Containern. Vielleicht war es das Blut, vielleicht auch nur der normale Geruch des Tiers, aber es lag ein süßlicher Duft in der Luft, so intensiv, dass John schon bald nichts anderes mehr riechen konnte. Abseits der Arbeitenden ließen sie den Leichnam liegen und zogen dann das andere Wesen dazu.

»Fast wie Flügel«, sinnierte Grasse, die eine der Rückenextremitäten in der Hand wog und sie vorsichtig auseinanderzog. Tatsächlich befand sich eine dünne Haut zwischen Rücken und Gliedmaße. Allerdings sah John nun, dass sich dort noch ein weiteres Gelenk befand, an das sich ein Stück Arm anschloss, das keine Flugmembran hatte.

»Patagium«, stellte er fest, und als er bemerkte, dass sie nicht verstand, fügte er hinzu: »Diese Membranen ... wie bei Fledermäusen oder Flughunden. Shakey hat mir davon erzählt.« Er sah ihren amüsierten Blick. »Zwischen den Missionen hat man verdammt viel Zeit und wenig zu tun. Egal. Gehen Sie zu Rourke und halten Sie mit ihm die Stellung. Ich inspiziere den Rest, dann löse ich Rourke ab.«

»Sofort, Sir.«

Sie sprang geradezu auf und salutierte schneidig, als befänden sie sich auf einem Übungsplatz. Ihre Miene war ausdruckslos, aber John glaubte in ihren Augen sehen zu können, dass sie die militärischen Umgangsformen eher parodierte, als sie ernst zu nehmen.

»Dann los, Soldat!«, bellte er in bestem Kasernenhofton. Sie machte auf dem Absatz kehrt und rannte zu

Rourkes Position, das Sturmgewehr vorschriftsmäßig über die Schulter geworfen.

John sah ihr kurz nach, dann lief er selbst zum umgestürzten Baumstamm, wo Cao und Jamie damit beschäftigt waren, einen Kadaver ein Stück in den Dschungel zu tragen.

Dabei funkte er Shakey an: »Flughund, hier Papa Bär. Wie ist die Situation?«

»Hier oben ist alles klar, Boss.«

»Weiterhin Augen auf.« John machte eine kurze Pause. »Und, Shakey – gute Arbeit!«

»Roger, Papa Bär«, ertönte Shakeys Stimme. Er klang gelassen, aber John konnte trotzdem die Freude in seinen Worten hören.

Als Cao und Jamie ihn bemerkten, richteten sie sich auf. Jamie hatte zwei lange Kratzer im Gesicht, die sich von ihrer rechten Augenbraue bis zum Haaransatz zogen. Die beiden Wunden hatten stark geblutet, aber bei Kopfwunden hieß das erst einmal nicht viel. In ihrem dunklen Gesicht und den kurzen schwarzen Haaren klebte jedenfalls noch geronnenes Blut und ließ sie wie eine urtümliche Göttin des Krieges aussehen.

»Alles klar?«, fragte John besorgt, und sie nickte.

»Das Vieh kam von oben«, berichtete Cao mit seiner schnarrenden Stimme. Der Beta zog die Worte oft zusammen, so dass ein solcher Satz wie ein einziges langes Wort klang. »Jamie hat es aufgeschlitzt. Hätte sonst mich aufgeschlitzt.«

John zog eine Augenbraue hoch. Jamie blickte ihn

ungerührt an, dann tippte sie kurz mit zwei Fingern auf das Kampfmesser, das sie hinten am Gürtel befestigt hatte. Mehr Reaktion gab es nicht.

»Lass unseren neuen Doc mal draufschauen«, befahl John.

»Ich hab's desinfiziert«, erwiderte Cao an ihrer statt. »K-Spray.«

»Trotzdem. Wir wollen nicht, dass irgendwelche toxischen Stoffe in die Blutbahn gelangen.«

K-Spray war das Universalmittel der Justifiers. Es desinfizierte, konnte bei Wunden und auch sonst angewendet werden und hatte eine stark kauterisierende Wirkung. Und es brannte wie die Hölle, wenn man es in eine offene Wunde sprühte. Für Jamie musste es sich anfühlen, als ob man ihr glühende Eisenbänder auf die Stirn genietet hätte. John konnte sich gut an seine letzte Behandlung mit dem Spray erinnern. Er hatte versucht, nicht zu schreien, aber das Stöhnen hatte er nicht unterdrücken können. Jamie hingegen schwieg und nickte lediglich erneut.

»Mit dem Kampfmesser?«

John erinnerte sich daran, wie er einer dieser Kreaturen gegenübergestanden hatte. Sie waren groß, wogen bestimmt an die dreihundert Kilo und waren unglaublich schnell.

»Das Sturmgewehr war zu unhandlich«, sagte Jamie und redete damit zum ersten Mal.

»Sie hat den Schatten bemerkt. Ich hab die Knarre noch hochgerissen, aber dann war die Bestie schon dran«, führte Cao ihre knappen Worte aus. »Ich bekam einen Schlag ab, flog zur Seite, aber das Mistvieh hat sich auf Jamie geworfen. Glück für mich, Pech für das Viech.«

»Ihr habt den Job gut gemacht. Sobald ihr hier fertig seid, begebt ihr euch wieder auf die Ausgangspositionen. Shakey wird sich schon melden, wenn was anrückt.«

»Gab's Verluste?«, fragte Cao, und John nickte.

»Ja. Namh, einen der Ladearbeiter.«

»Fuck.«

»Du sagst es.«

Damit wandte sich John ab und trottete zu Grasse und Rourke. Sie waren gerade erst angekommen, hatten schon beim Absturz Tote und Verletzte zu beklagen gehabt, und jetzt hatte Tordesillas das erste Blut gefordert. Ein Angriff, ein Toter. Keine gute Bilanz für die Justifiers.

Johns Blick schweifte über den Dschungel, versuchte, weitere Bedrohungen im durchbrochenen Licht zwischen den Bäumen zu entdecken, bevor sie ihnen gefährlich werden konnten. Er sah nichts, war aber sicher, dass sie da draußen lauerten. Das nächste Mal mussten sie mehr auf Zack sein. Noch so einen Sieg konnten sie sich nicht erlauben.

Mit müdem Blick sah John zu, wie Shakey seinen Flieger erst geschickt auf den wenigen Metern neben dem Shuttle landete und dann vorsichtig parkte. Aki kam ihm sofort zu Hilfe, und die beiden redeten kurz und lachten dann. John war nicht danach zumute, aber er nickte Shakey dennoch zu und rang sich ein Lächeln ab.

»Boss, alles klar so weit«, meldete der kleine Pilot. »Hab' beim letzten Rundflug nichts mehr gesehen.«

»Gut, gut. Schnapp dir eine Ration und ruh dich aus. Wir haben heute zu viele Leute, die total am Ende sind; wir anderen müssen deshalb einige Wachschichten übernehmen.«

Shakey nickte. Er schien sich bereits abwenden zu wollen, dann sah er John noch einmal an. »Tut mir leid, dass es Namh erwischt hat. Ich ...«

»Ist passiert, Shakey.«

»Ich hätte was tun können. Sehen, dass die Biester durch die Blätter rennen. Vielleicht auf eins schießen.«

»Dein Flieger hat nicht mal eine Waffe«, erwiderte John und schüttelte den Kopf. »Es ist nicht deine Schuld. Im Gegenteil, du hast uns rechtzeitig gewarnt und uns die Möglichkeit gegeben, uns zu verteidigen. Ich will gar nicht daran denken, was passiert wäre, wenn sie uns überrascht hätten.«

»Dennoch. Ich hatte meine Pistole dabei. Ich hätte helfen können.«

»Schlag dir das aus dem Kopf«, bat John. Der kleine Pilot wirkte wieder verunsichert, als habe das Gefühl des Bodens unter seinen Füßen ihn seines Selbstbewusstseins beraubt. »Es stimmt nicht, und wenn du dir dumme Vorwürfe machst, bringt es Namh nicht zurück. Die Mistdinger waren verflucht schnell. Wir können froh sein, dass es uns nicht härter getroffen hat.«

Shakey senkte niedergeschlagen den Kopf, rang sich

dann aber ein Nicken ab und salutierte. John verabschiedete ihn und ging dann hinter ihm und Aki um das Shuttle herum.

Zwei der Container bildeten jetzt einen Eingang vor dem Loch in der Außenhülle. Bull hatte sie links und rechts davon platzieren lassen und eine große Plane darüber gespannt. Der dritte stand etwas abseits. Eine Handvoll Leute arbeitete noch an den Containern, wühlte sich durch ihren Inhalt, katalogisierte die Fracht und lud sie vorsichtig aus und in den Laderaum. Noch fehlten ihnen Teile für ein TransMatt-Portal, aber es war ein Anfang.

Der unermüdliche Bull überwachte das Ganze. Wieder einmal bewunderte John den Beta für seine Energie. Er selbst war nach dem Gefecht und dem Rücktransport der Container einfach nur bis auf die Knochen erschöpft, aber Bull merkte man den langen, harten Tag nicht an. An welchen Genen des Beta man auch immer herumgepfuscht hatte, an seiner Ausdauer gab es jedenfalls nichts auszusetzen.

»Wie sieht es aus, Sarge?«

Bull drehte sich zu ihm um. Aus der Nähe sah man die Schweißtropfen auf seinem dunklen Fell und roch den moschusartigen Geruch. Vollkommen ungerührt ließ ihn die Anstrengung nicht.

»Bislang sehr gut. Noch keine Ausfälle zu vermelden.« Der Beta blickte zum schnell dunkler werdenden Himmel. »Wir müssen gleich Schluss machen, aber ich sage mal, dass die Container trotz der Schäden gehalten haben.«

»Das ist gut«, erwiderte John müde. »Sehr gut sogar. Jetzt müssen wir nur noch den letzten finden, und wir können es wirklich schaffen.«

»Ja, Sir.«

»Lassen Sie gleich Pause machen, Sarge. Keine Notwendigkeit, sich zu überarbeiten.«

Bull nickte, aber John sah, dass der Beta weiterarbeiten wollte, und seine Leute auch. Sie waren heiß darauf, das Portal zu bauen. Kein Wunder, war es doch ihr Notausgang von diesem Planeten. Gerade kam Sukarno aus einem der Container. Sie trug einen kleinen Metallkasten auf den Armen, den sie einem ihrer Kollegen reichte. Als sie John sah, kam sie zu ihm.

»Ich wollte vorhin im Wald keine Probleme machen«, erklärte sie ernst und fügte nach kurzer Pause ein »Sir« an. Der militärische Umgangston bereitete einigen der Rekruten noch immer Schwierigkeiten, auch wenn Johns Team im Einsatz eher lax damit umging.

»Keine Sorge. Ich habe Verständnis für Ihre Lage. So etwas ist nie leicht.«

Keiner sprach aus, was alle dachten. *So etwas* war ein netter Euphemismus für den Tod eines Kameraden. Aber man redete nicht in klaren Worten darüber. Es war, als sei das Sterben ansteckend, als könnte man es sich allein durch die falschen Worte zuziehen.

»Ich habe nachgedacht, Leutnant. Wir haben doch die ganzen Blaster in der Ladung gefunden, ja?«

»Blaster ohne Energie«, erinnerte John sie. »Hübsch, aber nutzlos.«

»Nun, vielleicht nicht ganz. Wir haben Energiepacks

dabei. Die Antigrav-Einheiten haben welche, einiges anderes Gerät auch. Scheiße, sogar im Shuttle gibt es unabhängige Energieversorgung für einige Systeme.« Sie errötete leicht. »Entschuldigen Sie meine Ausdrucksweise.«

John zog eine Augenbraue hoch, und er war sicher, wenn Bull dazu in der Lage gewesen wäre, hätte er dasselbe getan. So verschränkte der Beta nur die Arme vor der breiten Brust und verzog einen Mundwinkel zu einem schiefen Grinsen.

»Nicht nötig, Sukarno. Das hier ist keine Teeparty oder so etwas. Auch wenn der gute Bull schlanke Fesseln hat und ein – wie ich höre – feines Tanzbein schwingt, wird ein Kraftausdruck ihn schon nicht in Ohnmacht sinken lassen.«

Jetzt grinste Bull breit und deutete eine Verbeugung an. »Höchstens ein Handkuss vom Leutnant.«

Alle lachten, und für einen Augenblick war ihre missliche Lage vergessen. John wurde als Erster wieder ernst.

»Was wollten Sie uns sagen, Sukarno?«

»Nun, Sir, ich bin Energietechnikerin. Ich kenne mich mit dem ganzen Kram ziemlich gut aus, wenn ich das mal sagen darf. Wir haben die Energie für die Blaster, nur in der falschen Verpackung. Aber mit dem richtigen Werkzeug kann ich daran vielleicht was drehen.«

Ein Funke Hoffnung keimte in John auf. Blaster waren schweres Gerät, durchschlagkräftig und in geübten Händen absolut tödlich. Für *Stellar Exploration* war es eine der größten und teuersten Waffe, die der Konzern auf den gefährlichen Missionen riskierte. *Quasi-Selbstmord-Missionen, nenn sie doch beim Namen.*

»Das klingt gut. Erzählen Sie uns mehr.«

»Na ja, wir müssten die Anschlüsse fixen. Und die meisten Energiepacks sind ziemlich klobig. Wir müssten sie irgendwie an den Blastern befestigen ...«

»Tape«, erklärte Bull und fügte eine alte Justifier-Weisheit hinzu: »Mit Tape fixt man alles.«

»Möglich. Aber das ist das kleinste Problem. Ich bin sicher, ich kann die Sicherheitskontrollen überbrücken und die Packs übersteuern, bis sie die nötige Ladung liefern. Das wird nicht für viel reichen, aber wir können sie am Shuttle wieder aufladen, wenn sie leer sind.«

»Sukarno, wenn Sie das hinbekommen, verleihe ich Ihnen persönlich einen Orden«, erklärte John. »Machen Sie sich gleich morgen an die Arbeit. Sarge, sorgen Sie dafür, dass sie alles bekommt, was sie braucht.«

»Natürlich, Sir.«

Fast hätte John es gewagt, von glücklicher Fügung zu sprechen. Ein Großteil des Portals war gesichert, sie verfügten über eine Möglichkeit, ihr Waffendefizit zu verringern, und er hatte einen ganzen Tag lang kaum Kontakt mit Reinhards gehabt – womöglich der beste Punkt des Ausflugs.

Über ihnen war der Himmel in eine Melange aus Orange und Rot getaucht, aber für John hatte der Horizont jetzt einen Silberstreif.

Grasse trat aus dem Shuttle. Sie sah so müde aus, wie John sich fühlte, hielt sich aber aufrecht. Ihren Bewegungen war jedenfalls keine Erschöpfung anzusehen, sie zeigte sich nur in ihrem blassen Gesicht.

»Zwei Verluste heute«, erklärte sie. »Gerade ist Emily Kim ihren Verletzungen erlegen.«

Einen Moment brauchte John, bis er verstand. Emily Kim war eine der beim Absturz schwerer Verletzten. *Gewesen*, berichtigte er sich selbst. *So viel zum verfickten Silberstreif.*

»Und wenn Talbot länger als zwei Tage durchhält, wäre es ein Wunder. Er hat schwere innere Blutungen.«

»Wir beerdigen die beiden morgen«, befand John schließlich. Vor seinem geistigen Auge sah er die Reihen der Gräber auf Tordesillas immer länger werden.

7

Es war mitten in der Nacht, als Johns Chronometer ihn mit leichten Vibrationen weckte. Er hatte sich das kleine Gerät in den Schlafsack gesteckt, und so musste er noch halb schlafend danach suchen, denn es war bis an seine Füße gerutscht. Es dauerte lange, bis er gänzlich wach war. Seine Träume waren düster und wirr gewesen, und er musste sich erst aus ihnen befreien.

Um ihn herum war es sehr dunkel, aber nach einiger Zeit konnte er grobe Schemen erkennen; das Licht einiger kleiner Kontrolllampen war gerade hell genug dafür. Überall schliefen seine Leute auf ihren Schlafsäcken oder Decken. Bei der Hitze war kaum jemand zugedeckt. So leise er konnte, nahm John sein Bündel und schlich um die liegenden Gestalten herum bis zum Ausgang. Er schob die Plane zur Seite und trat durch das Loch in der Bordwand hinaus in die sternenklare Nacht.

Er streckte sich kurz, ließ den Kopf kreisen, bis seine

Wirbel knackten, dann zog er seine Uniformjacke über, legte den Gürtel an und schulterte sein Sturmgewehr. Mit einer schnellen Bewegung schwang er sich auf den rechten Container und wurde von einem angenehm kühlen Wind überrascht, der über die Wipfel des Urwalds hinwegwehte. Einen Moment lang blieb er stehen und genoss das Gefühl, bevor er weiterging und auf das Dach des Shuttles kletterte.

In der improvisierten Geschützstation fand er zu seiner Überraschung Bull, dessen gehörntes Profil sich unverkennbar gegen den Sternenhimmel abzeichnete, der überraschend viel Licht spendete. Einen Trabanten, der in der Nacht Sonnenlicht reflektieren konnte, hatte Tordesillas nicht.

»Sarge?«

»Ich habe der Wache freigegeben. Morgen ist ein harter Tag, und da werden die Leute all ihre Kräfte brauchen.«

Und du deine nicht?, schoss es John durch den Kopf, aber er sagte nichts. Bull war einfach Bull. Es gab einen Grund, warum die Konzerne die genetischen Kreuzungen durchführten, und der war nicht gerade schön. Billige Sklavenarbeit, erledigt mit übermenschlichen Kräften und Sinnen.

»Alles ruhig?«

John lauschte kurz in die Nacht, als wollte er sich die Frage selbst beantworten. Tatsächlich war es nicht still, sondern genauso laut, wie er es von einem Wald in der Nacht erwartet hätte. Der Wind ließ die Blätter mit grobem Kratzen aneinanderreiben, und immer wieder gab es Geräusche, die ganz sicher tierischen Ursprungs waren. Einmal trillerte es weit entfernt, und die Erinnerung an den Überfall auf die Container jagte John einen Schauer über den Rücken.

»Keine besonderen Vorkommnisse«, erwiderte Bull.

Gemeinsam starrten sie auf den Wald, der das Shuttle in einiger Entfernung wie eine dunkle Mauer umgab. Schon einige Meter vom Schiff entfernt waren die Schatten so tief, dass man nichts mehr erkennen konnte.

»Gönn dir mal eine Mütze voll Schlaf«, befahl John freundlich. »Ich übernehme.«

»Okay.«

Der Beta erhob sich, gähnte und kletterte vom Dach des Shuttles hinab. John blieb allein zurück. Einige Minuten lang war da das unangenehme Gefühl, er wäre dem Planeten ausgeliefert, doch dann gewöhnte er sich daran. Das Innere des Shuttles mochte eine Aura der Sicherheit verbreiten, aber das war ebenso Einbildung wie die Angst im Freien. Aus langer Erfahrung wusste John, dass sie die Umgebung kontrollieren mussten, sich ihr nicht unterwerfen durften. Wenn sie zu viel Furcht empfanden, würde sie das lähmen, und damit wäre die Angst sogar berechtigt. Doch selbst mit diesem Wissen fiel es schwer, gegenüber der fremden Welt nicht zu viel Respekt zu haben.

Die Justifiers waren daran gewöhnt, und sie alle wussten, was sie erwartete, aber die ganzen Rekruten waren ein Problem. Während John Wache hielt, überlegte er, wie er seinem unerfahrenen Team die notwendige Portion Selbstbewusstsein einflößen konnte, die es benötigte, um diesen Höllentrip zu überstehen. *Dass Reinhards dabei ist, macht es nicht gerade einfacher. Genau meine Sorte Pech: eine katastrophale Mission, und dann haben wir auch noch einen Konzern-Arsch im Schlepp, der mir permanent über die Schulter schaut und glaubt, er müsste mir Befehle erteilen.*

Schließlich gelangte John zu der Überzeugung, dass er wenig tun konnte außer dem, was er bereits angefangen hatte. Sie mussten die Ordnung aufrechterhalten, und die Justifiers mussten den Neuen zeigen, dass sie hier draußen überleben konnten. Zwar musste John beim Gedanken daran, dass Jamie oder Rourke für irgendjemand oder irgendetwas Vorbilder sein sollten, lachen, aber er hatte auch noch Bull. Bull, der seinen Job immer erledigte, der die Leute antrieb und ihnen Vertrauen gab, der unermüdlich und ohne Furcht zu sein schien.

John warf einen Blick auf seinen Chronometer und stellte fest, dass seit dem Abgang des großen Beta kaum mehr als eine halbe Stunde vergangen war. Es würde eine lange Nacht werden.

Es war ein gutes Geräusch. Ein lautes, helles Zischen, gefolgt von einem Knall. Der Blaster feuerte, und als er traf, wurden Trümmer des Baumstücks durch die Luft geschleudert. Erfreut legte John die Waffe zur Seite und sah Sukarno an, die ebenfalls von Ohr zu Ohr grinste.

»Gute Arbeit«, erklärte er mit einem Blick auf die Schäden, die der Treffer an ihrer Zielattrappe angerichtet hatte. »Wie viel Saft steckt in so einem Ding?«

»Zehn Schuss bestimmt, vielleicht bis zu fünfzehn, je nachdem. Die Anzeige am Blaster stimmt natürlich nicht.« Sie nahm die schwere Waffe in die Arme, was ihr sichtlich Schwierigkeiten bereitete. Angelegt war das Design eher auf Leute wie Bull oder Rourke. Oder auch John.

Sie präsentierte ihm die Ladeanzeige, die nicht aktiv war. »Ich habe versucht, sie zu kalibrieren, aber dafür fehlen mir einfach das Feinwerkzeug, eine ordentliche Arbeitsstation und die Software. Es gibt aber unten an dem Energiepack eine Kontrollleuchte. Wenn die dunkler wird, ist es bald leer.«

Sie drehte den Blaster und zeigte John die kleine Diode. Die Waffe sah nicht wirklich gut aus. *SE* baute die Blaster in Lizenz; Tau Ceti Prime *Evaporators* waren altmodische Teile, die schon lange von der aktuellen Technik überholt worden waren, aber der Justifier Blaster basierte sogar noch auf einer frühen Version. Doch sie hatten auch Vorteile: Sie waren robust und taten ihren Dienst, ohne zu murren, auch unter extremen Bedingungen. Sie waren einfach zu warten und zu handhaben und hielten trotz ihres elektronischen Innenlebens eine Menge aus.

Der Blaster war kaum länger als ein Sturmgewehr, aber viel massiver. Das Metall war schwarz, was den Eindruck noch verstärkte. Selbst der ummantelte Lauf war so dick wie Johns Unterarm. Jetzt war ein viel zu großes Energiepack mit einigen Lagen Tape daran befestigt worden. Eigentlich saß die Energiezelle in einer passenden Aussparung unter dem Lauf, die bis zum

Griff ging, aber dieses Energiepack war zu breit, so dass Sukarno es darunter geklebt hatte. Kabel führten von den Anschlüssen des Packs in den Blaster.

»Wie viele haben wir?«

»Ich habe drei Packs gefunden, mit denen das funktionieren dürfte. Ich muss sie aber umprogrammieren, einige Sicherheitsroutinen ausschalten und so weiter.« Sie zuckte mit den Schultern. »Sollte aber alles machbar sein.«

»Gut. Fangen Sie gleich mit den beiden anderen an. Können wir die Dinger aufladen?«

»Klar. Dafür muss ich aber die Anschlüsse wieder abmachen, damit sie in die Schächte passen. Und oft wird das nicht gehen. Kay und ich haben das BIOS umgebastelt, damit wir die Packs ordentlich überladen können. Das macht die Hardware nicht lange mit.«

John nickte. Er war dankbar, dass sie darauf verzichtete, ihn mit Techno-Gerede zu überschütten, was sie sicherlich gekonnt hätte. Die Energietechnikerin schien erkannt zu haben, was ihm wichtig war, und erklärte es ihm in verständlichen Worten.

»Ich hoffe, dass wir einerseits die Blaster gar nicht benötigen werden und andererseits unser Aufenthalt hier nicht mehr allzu lange dauern wird. Aber dank Ihnen haben wir jetzt wieder schweres Geschütz im Rücken, was alles in allem ein angenehmes Gefühl ist.«

»Das ist nichts Besonderes«, wiegelte sie ab, lächelte aber wieder. »Ich will ja auch von diesem roten Dreckklumpen weg.«

»Wir alle, Sukarno. Wir alle.«

»Kay hat mir sehr geholfen. Ohne ihn hätte ich es nicht geschafft«, fügte sie noch hinzu.

John nahm ihr den Blaster aus den Händen und legte noch einmal an.

Als er den Abzug ganz sachte betätigte, sirrte die Waffe leise. Noch feuerte sie nicht, aber alles an ihr sagte »Bereit«.

»Sir?«

John nahm den Finger vom Abzug, und das hochtonige Summen erstarb. Bull stand hinter ihm, ganz der aufmerksame, beflissene Sergeant.

»Was gibt es?«

»Wir vermissen zwei Rekruten, Sir.«

Fuck!

»Berichten Sie.«

Bull kratzte sich am Schädel, eine Geste, die der Beta nur machte, wenn ihm etwas unangenehm war. Aber er war nicht der Typ, unangenehme Wahrheiten zu verschweigen.

»Die beiden haben an den Sensoren gearbeitet. Gestern Nacht ist eine Leitung ausgefallen, und sie sollten sie erneuern.«

»Zwei Frischlinge ohne Nanny?«

Bull nickte. »Rourke war oben im Krähennest.«

John wusste nicht, wer den Namen für den Schießstand auf dem Shuttle zum ersten Mal benutzt hatte, aber er hatte sich festgesetzt.

»Hat er was gesehen?«

»Negativ. Ich war gerade mit Jamie an dem Sensor. Da sind irgendwelche Spuren, Sir, aber wir konnten nicht sagen, was genau da passiert ist. Der Sensor ist jedenfalls hinüber.«

John rieb sich über die Augen. *Großartig. Nein, fantastisch!* »Schaffen Sie die Waffen in das Shuttle und fangen sie mit der Arbeit an, Sukarno.« Nach einem Moment des Überlegens fügte er hinzu: »Und sorgen Sie dafür, dass Rourke diese hier bekommt.«

Die junge Energietechnikerin nickte und packte ihr Werkzeug zusammen. John sah ihr dabei zu und nahm dann Bull beiseite.

»Wie schlimm ist es?«

»Der Sensor ist kaputt. Also, als ob jemand einen Stein drauf geschlagen hätte oder so. Sieht nach Absicht aus. Und Jamie meint, sie hätte ... na ja ...«

Bull verstummte, aber John war zu ungeduldig, um auf die Gefühle seines Sergeants Rücksicht zu nehmen: »Spucken Sie's aus, Soldat!«

»Jamie sagt, sie hat Blut gerochen.«

»Fuck!« Diesmal sprach John es aus, aber nur als Zischen.

Um sie herum war sein Team mit der Arbeit beschäftigt, und er wollte auf keinen Fall Unruhe verbreiten. Als er aber sah, dass Sukarno mit großen Augen zu ihnen herüberstarrte, wusste er, dass sich die Nachricht in ihrer kleinen Gemeinschaft ohnehin wie ein Lauffeuer verbreiten würde.

»Volle Alarmbereitschaft«, befahl er dementsprechend. »Wir müssen davon ausgehen, dass wir angegriffen wurden. Lass alles Wichtige in das Shuttle schaffen. Gib die Waffen aus und teil Teams ein. Wir müssen eine Suchmannschaft bilden. So ein Dreck, dass Loop nicht dabei ist.«

Der Wolf-Beta war nicht nur ein guter Soldat, sondern dank seiner Vorfahren auch in der Lage, Spuren zu riechen und zu verfolgen, die man mit bloßem Auge nicht einmal sehen konnte. Aber Loop war, wie die Hälfte des eigentlichen Teams, auf *Farspace Horizon* geblieben. *Hoffentlich sind sie davongekommen.*

»Und Bull, sei behutsam«, fuhr John fort. »Wir können keine Panik gebrauchen.«

Der Beta nickte, dann kam er seinen Befehlen nach. John selbst lief ins Shuttle und legte seine Kampfausrüstung an. Noch wussten sie zu wenig, aber die Implikationen von Bulls Bericht verhießen nichts Gutes. Ein Sensor konnte ausfallen, das war nicht ungewöhnlich – besonders in ihrer Situation. Aber wenn er wirklich mit Absicht zerstört worden war, deutete das darauf hin, dass er irgendjemandem um sich herum ganz und gar nicht vertrauen konnte, und das war in einer Situation wie der ihren wirklich das Allerletzte. Natürlich konnte auch ein Tier einen fremden Gegenstand, der seltsam aussah und roch, angreifen, aber John hatte ein derart mieses Gefühl in der Magengrube, dass er nicht von einem solchen Angriff ausging.

Er rammte ein Magazin ins Sturmgewehr, überprüfte den Ladezustand und die Sicherung der Waffe, dann setzte er seine Brille auf und ging wieder hinaus. Dort erwartete ihn – zu seiner immerwährenden Freude – bereits Reinhards. Der Konzerner trug einen Tarnanzug, von dem man hätte denken können, dass er auf

Maß geschneidert war, aber John wusste, dass es eine ganz normale Standardgröße war. Reinhards wirkte eben selbst in diesem Aufzug wie ein Dressman.

»John, was ist los?«

»Zwei unserer Leute sind verschwunden.«

»Verschwunden? Wohin? Wer? Wann?«

Beinahe hätte John entnervt geseufzt, aber er behielt eine hoffentlich ausdruckslose Miene bei und antwortete: »Zwei der Techniker. Wir wissen nicht, wohin. Sie sollten Sensoren überprüfen. Eigentlich ein Routinejob.«

»Ja ... dann suchen Sie sie doch. Stellen Sie eine Mannschaft zusammen.«

»Schon geschehen, Sir. Sobald alle versammelt sind, erkläre ich die Lage, und wir legen los.«

»Ich würde in diesem Rahmen gern einige Worte an alle richten«, erklärte Reinhards unvermittelt, was Johns düstere Vorahnungen noch dunkler werden ließ. Mit einer fließenden Bewegung strich sich Reinhards eine blonde Strähne aus der Stirn, dann legte er die Hände auf den Rücken und nahm eine Pose ein, die John nur aus Filmen über das Militär kannte.

»Natürlich, Sir, gern«, sagte er das Gegenteil seiner Gedanken, dann nickte er dem Manager zu und lief weiter.

Bull hatte schon damit begonnen, ihre kümmerlichen Truppen auf dem Platz vor den Containern zu versammeln und sie in Teams aufzuteilen. Immer ein erfahrener Justifier und ein Rekrut, so, wie John und er es besprochen hatten. Dass dabei der schlaksige, ungeschickte Aki ebenso als Rekrut galt wie Grasse hätte John unter anderen Umständen ein Lächeln abgerungen.

»Wir haben ein Problem. Zwei unserer Leute werden vermisst. Wir müssen raus und sie suchen. Wir haben keine Zeit zu verlieren. Sergeant.«

Bull trat vor, alles an ihm sagte »Profi«.

»Vermisst werden Billy Ramirez und Ellen Lambert. Wir gehen in fünf Teams und suchen erst einmal die nähere Umgebung der letzten bekannten Position ab. Dann erweitern wir den Radius. Die Teams bleiben in Sichtweite, und ich will volle Aufmerksamkeit. Vermutlich ist nichts, aber wir sollten aus Prinzip vorsichtig sein.«

»Danke, Sergeant.« John hielt kurz inne. »Bevor wir loslegen, möchte Mister Reinhards noch einige Worte sagen.«

John hatte absichtlich eine Floskel gewählt, die eher auf einen Betriebsausflug als auf einen ungesicherten Planeten passte. Es war nicht wirklich despektierlich, würde aber hoffentlich den Respekt verringern, den die Angestellten gegenüber dem Manager empfanden.

Lächelnd trat Reinhards vor, während John einen Schritt zurückging, die Hände vor der Brust verschränkte und sein Steingesicht aufsetzte. Irgendwie hatte Reinhards es geschafft, in der fremdartigen Umgebung genauso heimisch zu wirken wie in einem Besprechungsraum auf Terra. Er ließ den Blick über die versammelten Leute schweifen und nickte hin und wieder kurz, als begrüße er alte Bekannte.

»Männer und Frauen von *Stellar Exploration*«, begann er. »Wir sind in einer schwierigen Lage. Unglückliche Umstände ketten uns aneinander und vor allem an diesen Planeten. Wir sind eine vom Zufall zusammengewürfelte Truppe. Aber wir haben eines gemeinsam.« Der Konzerner ließ einige Momente verstreichen, als erwarte er eine Antwort. Natürlich kam keine, und so fuhr er fort: »Wir alle gehören zu *Stellar Exploration*. Wir sind Teil der Konzernfamilie, der lebendige, wichtige Teil, das Herz sozusagen.«

John fragte sich, ob er wirklich glaubte, was er da redete, aber er schwieg und verbannte die Zweifel aus seiner Miene.

»Unser Konzern hat eine lange, stolze Tradition. Gemeinsam haben wir schon viele Hindernisse überwunden. Wir – *Stellar Explorations* Beste – werden auch auf Tordesillas triumphieren. Das versichere ich Ihnen allen.«

Reinhards deutete auf John.

»Leutnant Owens wurde für diese Mission ausgewählt, weil er unser Top-Mann auf diesem Gebiet ist. Sein Team hat sich wieder und wieder auf lebensfeindlichen, schrecklichen Planeten bewährt. Wir haben die Besten der Besten dabei, meine Freunde.«

Für einige Sekundenbruchteile verlor John seine Contenance und sah verdutzt drein. Dann fing er sich wieder und versuchte, seinen Fehler durch ein grimmiges Nicken wieder gutzumachen. Dass Reinhards ihn lobte, war neu, aber es konnte nur gut sein, wenn der

Konzerner endlich einsah, dass in Anbetracht ihrer Situation John das Sagen hatte.

»Wir werden nach Hause zurückkehren. Und bei *Stellar Exploration* wird man uns als Helden empfangen. Behalten Sie meine Worte im Gedächtnis. Sie werden sich an sie erinnern, wenn man Ihnen zujubelt. Als Ihr XO verspreche ich Ihnen, dass wir sicher nach Hause kommen werden!«

Zu Johns erneuter Überraschung gab es hier und da vereinzelte Yeahs und das eine oder andere Kopfnicken. *Zu früh gefreut. XO – Executive Officer. Damit macht er seinen Führungsanspruch deutlich, die Ratte.* Äußerlich gelassen trat John wieder vor und klatschte dreimal symbolisch in die Hände. »Danke, Sir. Aber jetzt müssen wir aufbrechen, Leute. Wer nicht eingeteilt wurde, hält mit Rourke und Sukarno die Stellung. Shakey, mach deine Maschine klar. Wir brauchen Luftaufklärung. Aki soll im Shuttle an den Kommunikator und dich leiten.«

Ohne auf eine Antwort zu warten, hob John die rechte Hand und ließ sie kreisen. »Auf! Auf! Auf!«

Die Gruppe lief um das Shuttle und sortierte sich dann auf dem kurzen Stück, das sie gerodet hatten. Grasse gesellte sich zu John und hob den Daumen.

»Wir sind Team Eins, Boss.«

John bestätigte und brauchte einen Moment, bis er bemerkte, dass sie ihn auf die vertrauliche Art angesprochen hatte, die normalerweise sein Team benutzte. Er kommentierte es nicht, sondern begann, gemeinsam mit Bull eine Marschroute auszuarbeiten.

Die Sensoren befanden sich ein gutes Stück von ihrer Position entfernt im Wald verteilt. Es waren kompakte, kleine Geräte, die nicht nur audiovisuelle, sondern auch thermographische Daten aufnahmen, speicherten und weiterleiteten, entweder per Funk, oder, wie in dem Setup, das sie hier verwendeten, per Glasfaserkabel. Auf kurze Distanzen war das Kabel einfach besser, da es störungsunanfälliger war. Sie folgten dem Verlauf des Kabels, bis sie zu dem zerstörten Sensor kamen. John ging in die Hocke und besah sich die Schäden. Tatsächlich sah die kleine Metallkuppel mit dem gehärteten Plastikvisier aus, als sei etwas Schweres auf sie gefallen. *Oder als hätte jemand fest mit einem harten Gegenstand darauf eingeschlagen.* Das Visier war zersplittert und das Metall des Sensors verbeult. Einige Bruchstücke lagen um die fünfzehn Zentimeter hohe Kuppel verstreut. Was die beiden Techniker auch gemacht hatten, zur Reparatur waren sie wohl nicht gekommen.

»Da sind Spuren«, meldete sich Grasse zu Wort. »Könnten Fußabdrücke sein.«

Bevor John antworten konnte, knackte es in seinem Ohrstöpsel.

»Flughund hier. Bin in Position.«

»Beginne Standardsuchmuster. Ich will über alles Meldung haben, egal, wie klein.«

»Roger, Sir.«

Ganz kurz konnte John zwischen den Blättern Shakeys Ultraleicht sehen, das über ihnen langsam seine Kreise zog. Die hellen Flügel waren vor dem ebenso hellen Himmel fast unsichtbar.

»Wo sind diese Spuren?«

»Hier.«

Grasse deutete ins Unterholz, und tatsächlich gab es dort die Ahnung einer Spur. John selbst hätte sie niemals bemerkt.

»Okay. Ausschwärmen. Sarge, Sie übernehmen die Koordination. Team Eins bleibt an der Spur, die anderen Teams decken die Flanken ab. Volle Konzentration, Leute!«

Wie um seine Worte zu unterstreichen, hob John das Sturmgewehr und legte es in die Armbeuge. Das beruhigende Gewicht der Waffe schien nicht nur ihn, sondern die ganze Gruppe zu beeinflussen; die Mienen aller waren nicht von Angst, sondern von Entschlossenheit gezeichnet. *Mein Verdienst oder Reinhards' kleine Rede?*, fragte sich John insgeheim.

Ohne einen weiteren Gedanken daran zu verschwenden, befahl er: »Los.«

Grasse folgte der Spur, und John folgte Grasse. Die anderen Teams schwärmten aus, blieben aber in Sichtweite. Noch war es früher Morgen, aber es wurde bereits heiß. Um sie herum war es still, als spüre der Dschungel ihr Eindringen. Die Anspannung war fast greifbar.

»Hier enden die Spuren«, verkündete Grasse und kniete sich hin.

Der Boden war mit dem flechtenartigen, roten Bewuchs überzogen, der sich weich unter den Füßen anfühlte und die Geräusche aller Schritte dämpfte. John warf einen Blick über die Schulter, dann erinnerte er sich wieder an den Angriff der Kreaturen bei den Containern und sah nach oben. Die dicken Blätter der Bäume ließen nur winzige Stückchen Himmel übrig. Es war ein Gewirr, in dem sich alles Mögliche verbergen konnte. John spürte, wie ihm der Schweiß ausbrach.

»Wir gehen in diese Richtung. Achten Sie auf die Umgebung, ich orientiere mich auch nach oben.«

Er wartete nicht auf ihre Antwort, sondern ging langsam weiter. Es war ruhig; zu ruhig, wie er fand. Nicht einmal die verdammten Insektenviecher waren zu sehen. Obwohl er eine gewisse Dringlichkeit empfand, zwang er sich, vorsichtig zu gehen. Das Letzte, was er wollte, war, durch Hast noch mehr Verluste zu erleiden. Mit aller Macht versuchte er, das schlechte Gefühl zu unterdrücken. Er redete sich ein, dass es nur die drückende Atmosphäre des Dschungels war, aber er wusste es besser; die Angst um seine Leute lastete auf seiner Seele. Deshalb wollte er sich instinktiv beeilen, rennen, überall nach ihnen suchen, aber seine Erfahrung sagte ihm, dass sie mit größter Vorsicht vorgehen mussten.

»Status?«, knurrte er ins Kehlkopfmikro.

»Flughund: alles klar.«

»Team Zwei: alles klar.«

Die anderen Zweierteams antworteten ebenfalls. Niemand hatte etwas Auffälliges bemerkt. Die Bäume schienen enger um John zusammenzurücken, und die schwüle Luft stand zwischen ihnen, fast wie ein greifbares Hindernis.

Er folgte Grasse, die geschickt von Deckung zu Deckung wechselte, dabei alle Richtungen abdeckte und John sicherte. Er selbst richtete seine Waffe oft nach oben, konnte aber nichts entdecken.

Sie mussten bereits einen halben Kilometer zurückgelegt haben, ohne die beiden Vermissten zu finden oder auch nur auf eine Spur zu stoßen, als sich Shakey meldete.

»Da ist Bewegung, Boss, 'nen halben Klick direkt voraus.«

»Was und wie viel?«

»Schwierig zu sagen. Irgendwas Dunkles. Hab's nur kurz gesehen.«

John gab die Meldung an seine Teams weiter.

»Äußerste Vorsicht!«

Sie liefen weiter. Grasse zog das Tempo an, als wolle sie unbedingt erwischen, was sich da vorn bewegte. John konnte sich nicht vorstellen, dass es ihre Vermissten waren, aber er ließ sie gewähren.

»Sind wir nah dran?«, fragte er Shakey per Funk.

»Ja, Boss, aber ich hab' seitdem nichts mehr gesehen.«

»Ganz sachte«, flüsterte John Grasse zu. »Sind gleich am Hotspot.«

Jetzt gingen sie langsamer, gaben sich gegenseitig Deckung und rückten von Baum zu Baum vor. Ihre Technik war gut, und ihr schien die Hitze weitaus weniger auszumachen als John. Sie lief gebückt, den Lauf der Waffe immer in Blickrichtung, und war extrem aufmerksam.

John folgte ihr. Ihre Zusammenarbeit erinnerte ihn

an seine Dienstzeit, als er noch geglaubt hatte, als Soldat könne er etwas bewegen, etwas Gutes tun, das Böse bekämpfen und Frieden bringen. Damals war er noch jung gewesen, ein Grünschnabel, der keine Ahnung hatte. Jetzt war er erfahrener, und diese Erfahrung sorgte dafür, dass alle Warnsignale in seinem Kopf ertönten. Sie waren nicht allein hier draußen, das spürte er. Jede Pore seiner Haut zog sich zusammen, zwischen seinen Schulterblättern war dieses kalte Gefühl eines Blicks, der auf ihm ruhte.

»Boss«, schreckte ihn Shakey aus seinen Gedanken. »Ihr seid jetzt da. Ich kann euch sehen. Das ist die Stelle.«

John gab Grasse das Zeichen zum Stopp und sah sich um. Die Stelle wirkte wie jede andere in diesem Dschungel. Er konnte nichts sehen, fand keine Spuren, nichts.

Langsam gingen er und Grasse im Kreis. Zwischen den Bäumen warteten die anderen Teams auf weitere Befehle. John sah ihre geduckten Gestalten, an Stämme gelehnt, hinter Büsche gekauert.

»Sehen Sie etwas?«, fragte er leise, aber Grasse schüttelte nur den Kopf. »Shakey, in welche Richtung war die Bewegung?«

Es dauerte einen Moment, bis der kleine Pilot antwortete: »Von euch weg.«

»Vielleicht sollten wir ...« John verstummte. Die Rinde des Baums war rot gemasert, changierte zwischen einem fast braunen Rot und leuchtendem Feuerrot. Ein Tropfen lief an ihr hinab – ebenfalls rot. Doch diese Farbe kannte John. Grasse folgte seinem Blick.

»Blut«, stellte sie ruhig fest und bestätigte damit Johns Befürchtung.

Er sah hoch. Nicht weit über ihnen war ein breites, rotes Blatt, fast zehn Meter lang und an der breitesten Stelle gut vier Meter breit. Es hatte die Form einer Zunge, die in einer überdimensionierten, frechen Geste herausgestreckt war. Und an seiner Wurzel, dort, wo es aus dem Stamm wuchs, lief ein dünner Faden Blut entlang.

»Geben Sie mir Deckung, Boss«, bat Grasse, schob ihr Sturmgewehr auf den Rücken und lief auf den Stamm zu. Mit einem gewaltigen Satz sprang sie hoch, stieß sich am Stamm ab, drehte sich halb in der Luft wie eine Akrobatin und packte das Blatt mit beiden Händen. Ihre Beine schwangen mit dem Moment der Bewegung unter das Blatt, dann nutzte sie den Rückschwung und zog sich hoch. John war zu verblüfft, um sie zu decken, riss sich aber schnell zusammen und gab Bull per Handzeichen den Befehl, die Teams an seiner Position zusammenzuziehen.

»Grasse? Was sehen Sie?«

Keine Antwort. Nervosität stieg in John auf, dann bebte das Blatt, und ihr Gesicht erschien.

»Wir haben sie gefunden, Boss.«

Mehr musste sie nicht sagen. Ihre Miene verriet, dass es keine guten Nachrichten waren. Dennoch fragte John: »Wie schlimm ist es?«

»Ziemlich schlimm. Wer ... was das auch war, es hat sie übel zugerichtet.«

»Fuck.« John blickte den Teams entgegen, die sich

ihnen näherten. Einerseits konnte er jetzt keine verstümmelten Leichen gebrauchen; das wäre schlecht für die Moral, noch schlechter, als es Tote ohnehin schon waren, und das wollte was heißen. Andererseits gab es kaum eine Möglichkeit, den Fund nicht öffentlich zu machen.

»Sir?«

»Wir haben sie, Sarge. Oder ihre Überreste. Sie sind da oben.« An Grasse gewandt fuhr John fort: »Können Sie sie runterholen?«

»Ich kann sie runterschieben«, erwiderte die Leibwächterin, auch wenn ihre Stimme belegt klang. Sie verschwand wieder, und das Blatt zitterte unter ihren Schritten.

»Flughund, wir haben die Vermissten gefunden. Suche einstellen und uns sichern.«

Ein Arm kam an der Blattkante in Sicht, gekleidet in einen Technikeroverall. Bull trat unter das Blatt, und es gelang ihm, den Sturz der Leiche abzufangen, als Grasse sie über die Kante gleiten ließ.

John brauchte nur einen Blick, um festzustellen, dass sie Recht hatte: Der Tote sah wirklich übel aus. Die Gestalt war über und über mit Blut verschmiert.

John hatte nicht einmal sagen können, welcher der beiden Vermissten es war, denn die Gesichtzüge waren mit tiefen Schnitten entstellt. Der rechte Teil der Gesichtshaut hing einfach lose herunter, als wäre das Fleisch vom Schädel getrennt worden. Doch da es eine männliche Leiche war, musste es Ramirez sein. Die Arbeitskleidung war zerfetzt und fast komplett mit

Blut vollgesogen, das selbst jetzt noch aus den tiefen Wunden lief.

Neben John ertönten Würgegeräusche, dann erbrach sich jemand. Er konnte es niemandem verübeln. Selbst ihm war flau im Magen.

»Verdammte Bestien«, knurrte Bull. »Gottverdammte Bestien!«

Dann streckte sich der Beta und nahm die zweite Leiche entgegen. John dagegen kniete sich neben den ersten Toten und besah ihn sich genauer, ungeachtet des grausamen Anblicks.

Auf die Schnelle war nicht zu erkennen, welche der Wunden tödlich gewesen war. Tiefe Schnitte führten über die Kehle, die Brust, bis hinab zur Lende. Sie waren überraschend sauber. Was immer auch die Verletzung hervorgerufen hatte, es war sehr scharf gewesen. Die Haut war nicht zerfetzt oder zerrissen, sondern glatt zerschnitten worden. John suchte nach Wunden, wie Namh sie gehabt hatte, konnte aber keine finden. Er nahm an, dass die Wesen, die sie angegriffen hatten, normalerweise auf diese Weise töteten, und das Fehlen einer solchen Wunde deutete darauf hin, dass es sich um andere Angreifer gehandelt haben musste.

Sanft legte Bull die zweite Tote neben Ramirez. Die Leiche war ebenso schrecklich zugerichtet. Lediglich ihr Gesicht war weniger zerstört. John hatte bislang kaum ein Wort mit Lambert gewechselt, die still und zurückhaltend gewesen war. Jetzt waren ihre blauen Augen weit aufgerissen, und ihr Mund stand in einem end- und lautlosen Schrei offen.

Zwei Sturmgewehre und ein Rucksack fielen vom Blatt, dann schwang sich Grasse elegant herab und sprang zu Boden.

»Sarge, schicken Sie zwei Teams zurück, die BBs holen sollen.« Die Abkürzung klang harmlos, aber es handelte sich um Leichensäcke. Einer der wenigen Ausrüstungsgegenstände, der in ausreichender Zahl vorhanden war. Vielleicht war es nur Zufall, aber die Leichensäcke waren mit das Erste gewesen, was verladen worden war. *Manchmal ist der Konzern eben sehr großzügig. Alle eine Familie und so weiter. Da kümmert man sich umeinander.* »Alle anderen Teams sichern.«

John erhob sich und streckte seine Glieder. Nie würde er sich an das Gefühl des Versagens gewöhnen, wenn seine Leute starben. Er trug die Verantwortung, sie vertrauten ihm, und er hatte sie ultimativ enttäuscht.

Als er sich umsah, stellte er fest, dass sich Bull mit Jamie und zwei weiteren Leuten entfernte, die anderen aber immer noch gaffend herumstanden.

»Auf Sicherungsposten! Na los! Zack! Zack!«, bellte John so laut, dass sie zusammenzuckten und seinem Befehl hastig nachkamen. Zurück blieb Grasse, die versuchte, das Blut mit einem Tuch von ihrer Uniform zu wischen, was nur dazu führte, dass sie es überall verteilte. Sie sah an sich hinab und erkannte die Sinnlosigkeit ihres Unterfangens.

»Scheiße.«

Es mochte klingen, als beschwere sie sich über die Flecken auf ihrer Kleidung, aber John wusste es besser. *Und* Scheiße *trifft es verdammt gut.*

»Was halten Sie davon, Grasse?«

Sie warf einen unwilligen Blick auf die beiden Leichen, dann zuckte sie mit der Schulter. »Sieht nicht nach den Viechern aus, die wir schon einmal getroffen haben. Die Wunden sind anders. Und ich glaube nicht, dass die mit ihren Krallen solche Schnitte hinkriegen würden.«

John brummte zustimmend.

»Eines irritiert mich außerdem«, fuhr Grasse fort. Als sie nicht weitersprach, sah John sie auffordernd an. Dennoch zögerte sie einen Moment, bevor sie erklärte: »Ich kann mir nicht vorstellen, dass sie freiwillig tiefer in den Wald gegangen sind, aber die Spuren weisen darauf hin. Sie haben keine Meldung gemacht, und wenn es am Sensor irgendeinen Kampf gegeben hätte, hätten wir doch Spuren finden müssen. Blut, Kleidungsfetzen, irgendwas.«

»Vielleicht wurden sie gezwungen, mitzugehen«, sprach John aus, was sie beide dachten. Er musste ihr nicht ins Gesicht sehen, um zu erkennen, dass ihr der Gedanke ebenso wenig gefiel wie ihm.

»Das würde bedeuten ...«

»Eine gezielte Extraktion. Vielleicht wurde der Sensor hauptsächlich zerstört, um jemanden aus dem Lager zu locken.«

»Das spräche für intelligente Problemlösungsstrategien.«

John lachte humorlos. »Schön gesagt. Es würde bedeuten, dass wir auf diesem roten Drecksball nicht allein sind. Wäre nicht das erste Mal, dass man auf

Ahumane trifft. Sie müssen nicht einmal besonders clever sein. So was kann man auch mit Steinmessern anrichten.«

Er deutete auf die beiden Toten. Wenn es wirklich Außerirdische waren, ahumane Wesen, dann war ihre Lage noch einmal deutlich schwieriger geworden. Ein Erstkontakt war schon unter optimalen Bedingungen nicht einfach. Normalerweise wurden auf Missionen, auf denen mit so etwas zu rechnen war, immer Experten mitgeschickt, die in Kommunikationsstrategien und Ethnozeugs geschult waren.

John versuchte sich zu erinnern, was er in dem kurzen Seminar gelernt hatte, das *SE* dieser Problematik gewidmet hatte. Nicht viel, wie ihm auffiel. Einer der Veteranen hatte ihm von der Seite zugeflüstert: *Erst schießen, dann quatschen.* Bislang war John dies immer als unvernünftige Taktik erschienen, aber angesichts der Leichen musste er diese Position vielleicht überdenken.

Sie schwiegen, während sie auf die Rückkehr der anderen Teams warteten. Als sie endlich kamen, sprach niemand. Leise wurden die Toten vorsichtig in die Leichensäcke gepackt. Als John den Reißverschluss vor Lamberts Gesicht hochzog, schnürte sich seine Kehle zu. Dann verschwanden die blonden Locken aus seiner Sicht, und zurück blieb nur ein schwarzer Plastiksack.

Langsam erhob sich John, räusperte sich einmal und sagte dann: »Abmarsch.«

Es brauchte keine weiteren Befehle. Vier Leute packten die Leichensäcke und trugen sie jeweils zu zweit zwischen sich, während der Rest vor und hinter ihnen ging und sicherte. Die Anspannung der Suche war von John gewichen. Auf eine schwer bestimmbare Art ahnte er, dass die Gefahr vorüber war. Seine Justifiers schienen es ebenfalls zu spüren – Instinkt, sagte er sich selbst. Die anderen waren nervös und eingeschüchtert. Es war ein Trauermarsch, der sich den Weg durch den Dschungel zurück zum Shuttle bahnte.

Sie hockten sich etwas abseits des Lagers in einem Kreis zusammen. Blasse Gesichter, unruhige Augen. John zog einen der langen, biegsamen Stöcke aus dem Untergrund der niedrigen Vegetation und begann damit, die Umrisse des behelfsmäßigen Lagers in den ockerfarbenen Staub zu kritzeln.

»Ich hab das mal gesehen, in so 'nem 3DCube«, sprudelte es unvermittelt aus Shakey raus.

»Was?«

»Da sind Leute verschleppt worden. In die Wälder. Und nachher hat man auch nur Leichen oben in den Bäumen gefunden. Und als sie Marines hinterhergeschickt haben, wurden die abgemetzelt, einer nach dem anderen.«

»Und?«, fragte Bull trocken, obwohl ihm bereits klar war, worauf die Geschichte hinauslief.

»Mann, das waren Aliens. So riesige Viecher, mit Klauen, und die hatten so Rüssel am Maul. Die haben die Menschen zum Ausbluten aufgehängt, damit sie besser die Gedärme fressen konnten. War echt eklig.«

Shakeys Gesicht zeigte, dass er es ernst meinte, trotz

der Zuckungen seines linken Auges, die ihn immer wirken ließen, als zwinkere er permanent jemandem zu.

John seufzte. Er sah die besorgten Blicke seiner Leute. Nur Jamie und Bull sahen aus wie immer. Bei Bull lag es daran, dass seine Beta-Gesichtszüge nicht gut damit umgehen konnten, wenn er Gefühle hatte. Und bei Jamie war John unsicher, ob sie überhaupt je etwas fühlte.

»Halt die Klappe, Shakey«, knurrte er schließlich.

»Aber Boss, wenn ich es doch sage. Das hier ist genau wie in dem Film.«

»Du sagst es selbst: Film. Das hier ist aber die Wirklichkeit, klar? Wir sind keine Pappkameraden mit Kanonen aus Plastik, sondern Soldaten. Das echte Ding. Also halt die Klappe, du Wichser.«

Eigentlich hatte er den Piloten nur zurechtweisen wollen, aber die fast schon greifbare Nervosität hatte ihn angesteckt, und er hatte sich in Rage geredet. Innerlich verfluchte er sich dafür, Shakey derart angefahren zu haben. Es war Bull, der mal wieder in seiner unnachahmlichen Art die Situation rettete: »Sir, ohne respektlos sein zu wollen, aber wir sind alle Soldaten.«

»Das sagte ich grade, Sarge.«

»Und demnach sind wir alle, auf die eine oder andere Art, Wichser.«

John blickte in die Runde und sah hier und da zögerliches Grinsen erscheinen.

»Bis auf Jamie«, warf Shakey mit einem anzüglichen Schnalzen ein.

Sie selbst sagte nichts. An ihren Reaktionen hätte man nicht einmal ablesen können, ob sie den Witz verstanden hatte, aber John wusste, dass ihr nie etwas entging.

»Okay«, gestand er, dann wurde er ernst: »Jetzt ist aber Schluss mit der Filmkritik. Da draußen ist etwas, vermutlich ein Tier. Wir müssen es nur vor die Läufe bekommen. Denn wenn man darauf schießen kann ...«

Er ließ das Ende des Satzes in der Luft hängen, und es dauerte nur einen Moment, bis einer ihn aufgriff: »Dann kann man es auch töten.«

»Genau. Und dann ist es gar nicht so schlimm. Rourke, Sie und Cao überprüfen die Sensoren. Kalibrieren Sie die Biester neu. Ich will, dass nichts an ihnen vorbeikommt, was größer ist als ein Hamster, verstanden?«

»Ja, Sir. Solange der Hamster keinen Tarnanzug trägt, kriegen wir ihn.«

Jetzt grinsten fast alle. Es war gut, aber nicht gut genug. Die Neuen zeigten ihre Zähne; einige hoben die Fäuste und schlugen sie aneinander, hier und da gab es ein leises »Yeah!«

Aber es waren nicht die Grünschnäbel, die John Sorgen machten. Die Handvoll Veteranen, die ihm geblieben war, lächelte nicht. Er konnte ihre Unruhe spüren. Da draußen war etwas, so viel war klar. *Aber wenn es ein Tier ist, dann ist es verflucht clever. Zu clever.*

Shakeys Geschichte war für den Moment vergessen, und John begann, die taktische Lage anhand seiner Karte im Dreck zu erläutern, teilte Teams ein und die wenigen Waffen zu. Als er sicher war, dass alle verstanden hatten, was sie tun sollten, entließ er seine Leute zu ihren Pflichten.

Nur Bull blieb noch. Der Beta legte den massigen Kopf auf die Seite und starrte mit seinen seltsam großen und seelenvollen Augen auf die Karte. »Unsere Situation ist fubar, Sir.«

»Ich weiß, Sarge. Snafu halt – Situation normal, all fucked up. Aber wir können nur unseren Job machen und sehen, dass wir ihn richtig machen. Je weniger Leichensäcke wir am Ende brauchen, desto besser.«

»Ja.«

Der Beta wandte sich ab, aber John hatte noch einen Befehl: »Und Bull, sorg dafür, dass Shakey seine Alien-Geschichten für sich behält. Schlimm genug, wenn sich die Rookies in die Hosen scheißen, aber bei dem Pack von Zivilisten können wir das gar nicht gebrauchen.«

Bull hielt inne, schien zu überlegen, dann nickte er. »Ich kümmere mich darum, Sir.«

»Danke.«

John sah dem Sergeant nach, bis er nur noch ein gehörnter Schemen vor dem hellen Nachthimmel war. Dann trat er zwischen die Zelte und verschwand aus Johns Blickfeld. Der besah sich die Karte. *Fubar ... also alles wie immer.*

Laut sagte er: »Aliens. Scheiße ...«

8

Das Bild wackelte kurz. Wellenförmige Störungszeichen fielen wie Regen den Bildschirm hinab. Das Bild wackelte erneut, dann wurde es schwarz.

John richtete sich auf und rieb sich die brennenden Augen. Auf dem im Sensor gespeicherten Video war nicht viel zu erkennen. Die thermographische Aufnahme war verloren; der Speicherchip hatte bei der Zerstörung des Sensors massiven Schaden erlitten. Mit vereinten Kräften hatten die Techniker so viel wie möglich vom Rest wiederhergestellt, aber bislang gaben ihnen die letzten Augenblicke im Leben des Sensors wenig Anhaltspunkte darauf, was im Dschungel wirklich geschehen war.

Was auch immer den Sensor getroffen hatte, es hatte das verlegte Kabel aus der Verankerung im Gehäuse gerissen. Deshalb hatte Bull nur zwei Techniker geschickt, um zu kontrollieren. Der Sergeant hatte geglaubt, dass das Problem nicht am Sensor direkt saß, sondern an einem defekten Kabel. John wusste, dass sich der Beta Vorwürfe machte, auch wenn er nicht darüber sprach.

»Irgendwas ist da«, murmelte Shakey und setzte die Aufnahme ein weiteres Mal zurück auf Anfang. »Kurz bevor die Lichter ausgehen.«

Obwohl sie die Lautstärke heruntergeregelt hatten, war das Kreischen, das jedes Mal ertönte, wenn sie die Aufnahme abspielten, enervierend. Die Tonspur war defekt. Sukarno und Kay wollten später versuchen, das Kreischen herauszufiltern, aber John hatte ihnen bereits bedeutet, sich nicht zu viel Mühe zu machen. Was immer das Problem des Sensors war, die kaputte Tonspur war es sicherlich nicht.

Shakey ließ das Video langsamer laufen und drehte schließlich fast bis auf Einzelbildmodus herunter. Und tatsächlich, ganz kurz, bevor der Screen schwarz wurde, war etwas zu sehen. Ein Fuß oder Huf, der direkt vor dem Sensor stand. Schwarz und konturlos, was aber auch der schlechten Bildqualität geschuldet sein konnte. John kniff die Augen zusammen und versuchte, Details zu erkennen, aber es war nur ein dunkler, unförmiger Umriss auszumachen.

»So ein Pech, dass sie ausgerechnet im blinden Fleck des Sensors ankamen.«

John antwortete ihm nicht. Es konnte Pech sein, aber er war fast versucht zu glauben, dass es Absicht gewesen war. Die Sensoren deckten annähernd dreihundert Grad ab; die Thermographie sogar den kompletten Radius. Dass sich die Angreifer ausgerechnet von der Seite genähert hatten, die ungedeckt war, ließ ihn nicht zur Ruhe kommen. Natürlich waren die Sensoren so ausgerichtet gewesen, dass das Loch in der Aufnahme in Richtung Shuttle lag. Sie waren zum Großteil direkt am Waldrand, maximal ein kurzes Stück in den Dschungel hinein platziert worden.

Warum hat niemand was gesehen, wenn der Angriff aus dieser Richtung kam? Und warum zum Teufel wussten die Bastarde, wie man sich den Sensoren nähern muss?

Fragen über Fragen. Dass es beim Zerstören des Sensors ausgerechnet die Speichereinheit besonders stark erwischt hatte, war vermutlich wirklich Pech. Alles andere würde bedeuten, dass die Angreifer ein so intimes Wissen über menschliche Technologie hatten, dass sie extrem hoch entwickelt sein mussten.

»Vielleicht haben sie uns beobachtet«, fuhr Shakey fort, den die ganze Angelegenheit nicht besonders zu erschuttern schien. »Man könnte schon drauf kommen, wie das geht.«

»Wie was geht?«

»Na, so einen Sensor ausschalten.«

Wieder schwieg John. Während ihres kurzen Aufenthalts auf Tordesillas hatten sie hoffentlich nicht noch mehr über sich und ihre Ausrüstung preisgegeben. Und vor allem nicht darüber, wie man beides ausschalten konnte.

»Wir müssen die anderen Aufzeichnungen prüfen. Alles, was noch von dem hier übrig ist. Und ich will, dass sich ein paar Leute hinsetzen und die Aufzeichnungen der anderen Sensoren ansehen. Vielleicht gibt es ja irgendwo etwas Auffälliges.«

»Hätte die Software dann nicht Alarm gegeben?«

John zuckte mit den Schultern. »Hat sie nicht. Aber ich will sicher sein, dass die Software still geblieben ist, weil es nichts zu melden gab, und nicht, weil sie ausgetrickst wurde. Such dir ein paar Leute und setz sie daran, ja?«

»Alles klar, Boss.«

Shakey verließ das Cockpit.

John starrte weiter auf das Bild. Ein schwarzer Fuß vor rotem Hintergrund. Er versuchte, sich das dazugehörige Wesen vorzustellen. *Wie siehst du aus, du Bastard*? Irgendwie landete er dabei immer bei humanoiden Kreaturen – es fiel ihm schwer, sich intelligente Wesen anders vorzustellen, obwohl er natürlich wusste, dass keineswegs alles intelligente Leben im Universum dem Bauplan des Homo sapiens folgte.

»Leutnant?«

Grasse stand hinter ihm. Er hatte nicht gehört, dass sie sich genähert hatte.

»Was gibt es?«

»Ich habe mir die beiden Toten noch mal angesehen, und da gibt es etwas, das ich Ihnen zeigen möchte.«

Plötzlich war die Luft in dem kleinen Cockpit stickig und drückend, aber John nickte.

»Ich komme.«

Er folgte Grasse durch den schmalen Gang. Das Besprechungszimmer hatten sie als eine Art Not-Leichenzimmer ausgestattet, da sie die winzige Krankenstation kaum dafür benutzen konnten und alle anderen Optionen einfach nicht vorhanden waren; in den Laderäumen schlief die Crew, und niemand wäre auf die Idee gekommen, die Morgue in ein Zelt zu verlegen, zu dem sich die Bogeys oder andere Viecher einfach Zutritt verschaffen konnten.

Zum Glück waren die beiden Leichen mit hellen Tüchern bedeckt, unter denen man nur grob die Gestalt von Menschen erahnen konnte. Grasse ging um den Tisch herum. Unter ihren Stiefeln knirschte die Plane, mit der sie den Raum ausgelegt hatten. Offenbar hatte schon jemand geputzt – in der Luft lag der Geruch von Blut und scharfem Reinigungsmittel.

Grasse zögerte kurz, dann deckte sie eine der beiden Leichen auf. Es war Lambert. Die Haut war jetzt vom Blut gesäubert, aber sie wirkte blass und wächsern. *Tot.* Die Augen waren geschlossen und die Lider mit zwei dünnen Klebestreifen fixiert. Grasse hatte ein Tuch um den Kopf gewickelt, vom Kiefer über die Ohren, damit der Mund zu blieb. Die jetzt blutleeren Wunden wirkten wie schmale Münder im Fleisch. John hatte die Frau kaum gekannt, aber in ihm stieg dennoch Zorn auf. Niemand hatte das verdient.

»Die Schnitte sind ungeheuer sauber. Die Haut und das darunter liegende Gewebe wurden glatt durchtrennt. Kaum Ausfransungen. Die Waffe war auf jeden Fall sehr scharf.«

»Künstlich oder natürlich?«

Sie zuckte mit den Schultern.

»Ich kenne kein Raubtier, das derartige Wunden hinterlässt, aber das hätte ich über Namhs Wunde auch gesagt.«

Natürlich hatte sie Recht. Woher sollten sie wissen, wie sich die Raubtiere dieses Planeten entwickelt hatten und über welche Waffen sie verfügten?

»Es gibt eine Reihe von tiefen Stichverletzungen im Torso«, fuhr Grasse fort. »Bei beiden. Lunge, Magen, Darm, alles mehrfach perforiert. Aber ich glaube, die Todesursache war in beiden Fällen ein Schnitt über die Kehle. Allerdings ist das wirklich nur eine Vermutung. Ich bin keine Pathologin.«

»Ich weiß«, brummte John. »Ich werde nachher eine Trauerrede halten, und ich bin kein Priester. Wir tun alle, was wir tun müssen.«

Sie schluckte, nickte dann aber. Schon tat ihm seine raue Antwort leid. Es war der Anblick der Toten, der an seinen Nerven zerrte. Er konnte gar nicht so genau sagen, warum.

»Weshalb die beiden allerdings tiefer in den Dschungel gegangen sind, kann ich nicht sagen. Die Wunden bieten da keine Hinweise. Es gibt keine Abwehrverletzungen an den Händen, nichts, was darauf hindeuten würde, dass sie sich gewehrt haben.«

»Irgendwelche Drogen?«, vermutete John. »Psychoreaktive Substanzen? Wir waren mal auf einem Planeten, da gab es so eine verfluchte Pflanze, die ein Halluzinogen versprüht hat. Wir hätten uns beinahe gegenseitig abgeknallt, weil wir dachten, der jeweils andere wolle uns ans Leder.«

»Für solche Tests fehlen uns hier an Bord die Mittel. Rein äußerlich und auf Sicht konnte ich nichts feststellen.«

John seufzte. Er hatte von dieser rudimentären Autopsie nicht viel erwartet, aber natürlich dennoch insgeheim gehofft, dass sie ihnen irgendwelche Aufschlüsse über das Geschehen liefern würde. Nun erlosch diese Hoffnung, wie bereits so viele auf Tordesillas.

»Tut mir leid, dass ich Ihnen das zumuten muss«, erklärte er unvermittelt. »Ist wohl nicht gerade das, wofür Sie bei *SE* angeheuert haben, was?«

Bevor sie antwortete, hob sie die Decke wieder über Lamberts Gesicht und nahm dem Raum ein wenig von der drückenden Atmosphäre.

»Wenn ich ehrlich sein soll ...«

»Bitte«, warf John ein, was sie mit einem Lächeln quittierte.

»Justifiers haben keinen guten Ruf.«

Sie sah ihn entschuldigend an, aber der Ex-Soldat winkte ab.

»Als ich mich damals freiwillig gemeldet habe, also für die Armee, meine ich, da habe ich alle Konzernleute für geldgierige, skrupellose Typen gehalten. Justifiers natürlich besonders«, erklärte er. »Hauptsächlich Betas und Verbrecher sind dabei, hieß es, und jeder weiß doch, wie die sind. Ich war strikt gegen jede Art von Chimären-Gleichberechtigung. Justifiers, die waren schlimmer als Söldner, und für uns waren Söldner damals der Abschaum.«

John lächelte, was sie wohl ermutigte zu sprechen. Ihm waren diese Vorurteile nicht gerade neu.

»So ungefähr war es bei mir auch. Sie müssen verstehen, ich habe das komplette Ausbildungsprogramm durchlaufen. Gardeurin, SpecOps, alles. Uns wurde immer eingetrichtert, dass wir die Elite der Truppen sind – die Besten der Besten eben. Und noch auf *Farspace Horizon* hätte ich gesagt, dass Justifiers genau das Gegenteil sind.«

»Der Schleim, der auf dem Schaum schwimmt?«

Jetzt musste sie lachen, und John lachte mit, auch wenn das natürlich keine vorteilhafte Beschreibung war.

»Nicht ganz so schlimm, aber fast.«

»Und jetzt?«

»Jetzt weiß ich, dass ihr auch nur Menschen seid, die ihren Job machen. Oder zumindest nah dran, Menschen zu sein, was einige von euch betrifft.«

John wurde ernst. Sie hatte Recht; sie erledigten alle nur ihren Job. Ihr Blick ruhte auf ihm, und ihre hellen Augen schienen direkt in seine Seele zu blicken. Wie durch ein Vergrößerungsglas nahm er die Einzelheiten ihres Gesichts wahr, die Kurve ihrer Wangen. Sie sah erschöpft aus, aber in ihren Augen spiegelte sich eine Stärke, die ungebrochen war.

»Ich muss mich um die Wache kümmern«, murmelte er noch, dann verließ er fluchtartig den Raum. Sein Herz schlug laut in seiner Brust, und in seinen Ohren rauschte das Blut. Er lief den Gang entlang, zwängte sich an zwei Gestalten vorbei, die er kaum wahrnahm, stieg in den Laderaum hinab und trat durch das Loch in der Bordwand ins Freie. Nach einigen tiefen Atemzügen beruhigte sich sein Körper wieder, sein Puls ging langsamer, und er konnte wieder klar denken.

Sonst machen mich Tote doch nicht so fertig, dachte er. Um ihn herum waren alle Anzeichen des Lebens. Die letzten warmen Strahlen der Sonne auf seiner Haut, auch wenn die Nacht bald hereinbrechen würde, die fremdartigen Gerüche des Dschungels in der Luft. Eine kleine Gruppe stand um einige Teile des Portals herum und beriet sich. Eine Frau sagte etwas, und die anderen lachten. Es war eine überraschend friedliche Szene, die John beinahe vergessen ließ, dass seit ihrer Ankunft auf Tordesillas in ihrem kleinen Lager der Tod umging.

Und als hätte er seine Gedanken gehört, kam Bull durch das Loch nach draußen und beugte sich zu John hinunter. »Ein Sensor ist ausgefallen.«

»Verdammte Scheiße. Das gleiche Spiel wie beim ersten?«

»Ja.«

»Unser Team soll sich fertig machen. Volles Programm. Wenn da draußen jemand ist, legen wir ihn um«, knurrte John und lief wieder in das Shuttle. Er suchte seine Waffen und seine Ausrüstung zusammen. Als er wieder in die Abenddämmerung trat, versammelten sich seine Justifiers bereits. Keine Rekruten – diesmal nicht. Schweigend legten sie ihre Kampfmonturen an und überprüften ihre Waffen. Rourke trug einen Rucksack, dessen Inhalt zwei schwere Energiepacks waren, die Sukarno gekoppelt hatte. Eine mit Tape umwickelte Leitung führte zu dem Blaster, den der Ex-Söldner lässig in einer Hand hielt. Neben ihm zog Jamie zwei Kampfdolche aus ihren Scheiden und steckte sie locker wieder hinein, während Bull den Reißverschluss ihres hautengen Hemds am Rücken schloss. Der große Beta tippte mit dem Finger auf den Ohrstöpsel, und John testete kurz ihre Frequenzen.

»Alle bereit?«

Cao und Jamie nickten, Bull und Rourke hoben ihre Daumen.

»Unsere Situation ist einfach.« John wurde sich der Blicke ihrer Rekruten bewusst und führte sein Team ein Stück vom Shuttle weg. Als sie etwas abseits standen, wurden sie zwar noch beobachtet, aber keiner konnte ihnen zuhören. »Ein Sensor ist ausgefallen. Da draußen ist etwas, und es will, dass wir rauskommen. Diesen Gefallen werden wir ihm gern tun.«

»Munition?«

Jamie musste ihre Frage nicht ausführen. John war sich ihrer schwindenden Vorräte nur allzu schmerzlich bewusst, aber diesmal gingen sie auf die Jagd. Er dachte an seinen letzten Blick auf Lamberts Gesicht, während Grasse das Tuch über sein Gesicht gezogen hatte.

»Ich will, dass ihr sie umlegt. Achtet, worauf ihr schießt, aber wenn ihr ein Ziel habt, dann bringt es zur Strecke. Noch Fragen?«

Keiner sagte etwas, also ließ John den Blick noch einmal über die kleine Runde schweifen, bevor er sagte: »Rock 'n' Roll, Ladys und Gentlemen.«

Cao und Rourke schlugen ihre Fäuste gegeneinander und grinsten sich an. Jamie und Bull wechselten keinen Blick, aber John wusste, dass die beiden zusammenarbeiten würden. Er hatte keinen Partner und würde als Verbindung zwischen den beiden Doppelteams agieren müssen.

»Hey, geht ihr zu 'ner Party?«, erklang Grasses Stimme. Sie trat aus dem Schatten des Shuttles. In ihrer Miene sah John grimmige Entschlossenheit, auch wenn die Augen hinter einer Kampfbrille verborgen waren. Einen Moment lang überlegte er, sie zurückzuschicken, weil er nur sein Team mitnehmen wollte, dann aber erinnerte er sich daran, dass sie jetzt Teil seines Teams war, ob er wollte oder nicht.

»Ja, aber wir haben keine Einladung.«

»Perfekt«, erwiderte sie und lud ihr Sturmgewehr durch. »Ich liebe es, Partys zu crashen.«

Mit knappen Worten erläuterte John die Situation noch einmal, dann liefen sie los. Schon auf den ersten Metern gingen alle in ihren Einsatzmodus. Sie waren schnell und leise, rannten geduckt bis zu den ersten Bäumen, wo jeweils ein Partner in Deckung ging, während der oder die andere vorrückte. John drückte sich an einen Baumstamm und richtete seine Waffe aus. Es waren Augenblicke höchster Konzentration, seine Sinne waren geradezu übernatürlich geschärft.

Mit schnellen, geschmeidigen Schritten lief Grasse an ihm vorbei. Sie bewegte sich so, dass sie sein Schussfeld möglichst wenig einschränkte, und ging dann hinter einem der niedrigen Büsche in Deckung. John lief los, an ihr vorbei und dann zur Seite.

Ein Stück vor sich sah er den Sensor. Wieder war das Äußere der kleinen Kuppel zerschmettert, dunkle Splitter lagen auf dem roten Boden. Während seine

Leute ihm Deckung gaben, ging John vorsichtig darauf zu. Mit zwei Fingern deutete er zu den breiten Blättern über ihnen. Er musste nicht nachsehen, um zu wissen, dass Bull und Rourke ihre Waffen dorthin richteten.

Neben dem Sensor ging er in die Knie. Die Beschädigung ähnelte der ersten. Auch hier war das Gehäuse mit einem harten Gegenstand eingeschlagen worden, und wieder schien der Schaden gezielt angerichtet worden zu sein. John griff vorsichtig durch ein Loch im zerstörten Visier und suchte nach dem Innenleben des Sensors, um den Speicherchip zu bergen, aber er brachte nur Kabelsalat zum Vorschein. Verdutzt sah er genauer nach und musste zu seiner Verwunderung feststellen, dass ein Teil der Elektronik einfach fehlte.

»Alles klar, Boss?«

»Nein«, erwiderte John leise durch sein Kehlkopfmikro. »Sie haben den Sensor ausgeschlachtet.«

Er stand wieder auf und sah sich um. Durch die Bäume konnte man noch das Shuttle erkennen. Das Wrack wirkte plötzlich wie ein sicheres Heim, aber ihr Ziel lag nicht dort, sondern in diesem Dschungel. Zwischen den Bäumen waren die Schatten schon sehr tief. Die Sonne stand nur noch eine Handbreit über dem Horizont, und ihr Licht drang kaum durch das dichte Blätterwerk. Im Zwielicht war der Wald blutrot.

»Los!«

Sie liefen weiter, schweigend, schnell, sicher. Jeder von ihnen hatte solche Missionen bereits Dutzende Male hinter sich gebracht. Auch Grasse fügte sich nahtlos in das Team ein. John musste nicht nach ihr schauen; er wusste, dass sie das Richtige tat, sich richtig verhielt.

Obwohl die Sonne fast untergegangen war, stand die Hitze des Tages noch zwischen den riesigen Bäumen. Kleine Lebewesen schwirrten vorbei, immer wieder raschelte es im Unterholz, wenn sich irgendeine Kreatur hastig aus dem Staub machte. John hatte das unbestimmte Gefühl, beobachtet zu werden, als seien von überall und nirgends feindliche Blicke auf sie gerichtet.

Unvermittelt dröhnte links von ihm eine Salve, dann rief Bull: »Kontakt!«

Weitere Schüsse, dann ein Schrei. John rannte geduckt durch das Blattwerk, dich gefolgt von Grasse. Das charakteristische Zischen des Blasters erklang, dann zerplatzte etwas mit lautem Knall. Fluchend beschleunigte John, sprintete zwischen zwei Bäumen hindurch und stand plötzlich mitten im Gefecht.

Rechts hatten sich Bull und Jamie verschanzt. Der große Beta lehnte mit dem Rücken an einen Baum und presste sich eine Hand auf die Brust. John sah Blut auf dem dunklen Fell. Jamie duckte sich immer wieder am Baum vorbei, suchte ein Ziel. Zwanzig Meter weiter links kniete Rourke, den Blaster im Anschlag, hinter ihm Cao, der mit seiner Waffe die Blätter über ihnen absuchte.

Als Bull John sah, deutete er mit der freien Hand über seine Schulter und hob dann einen Finger. John nickte kurz, rannte dann in einem engen Bogen um Bulls Stellung herum. Irgendwo da draußen im Dschungel waren die Bastarde, die seine Leute abgeschlachtet hatten, und er hatte vor, Gleiches mit Gleichem zu vergelten. Etwas versetzt hinter ihm lief Grasse. Sie suchten den Wald nach Bewegung ab, nach Feinden, nach einem Ziel. Als sie fünfundzwanzig Meter an Bull vorbei waren, bremste John ab und lauschte. Niemand feuerte mehr, und die Kreaturen des Waldes schwiegen. Es war nichts zu hören.

Gemeinsam mit Grasse näherte sich John vorsichtig der Position, die Bull angedeutet hatte. Schweiß lief ihm über die Schläfen. Sein Herzschlag raste, aber die Waffe in seinen Händen hätte auch auf einem Stativ stehen können, so ruhig hielt er sie. Hinter sich spürte er Grasse mehr, als dass er sie hörte. Er drückte ein niedriges Blatt mit der Linken zur Seite, fand dahinter aber nur mehr Vegetation. Vorsichtig gingen sie weiter, die Umgebung sichernd, immer auch nach oben schauend.

»Ich kann nichts erkennen«, flüsterte Grasse.

John fluchte erneut.

»Ich auch nicht. Wir scheinen es verloren zu haben.«

Inzwischen war es fast dunkel. *Scheiße, es wollte uns rauslocken, und genau das ist ihm auch gelungen.*

»Wir kehren um«, befahl John, obwohl sein Jagdinstinkt geweckt war und er eigentlich weitersuchen wollte. Aber er wusste es besser; sie mussten zusammenbleiben, und er musste nach Bull sehen. Ohne in ihrer Aufmerksamkeit nachzulassen, gingen John und Grasse zurück zu der Stelle, wo Bull und die anderen warteten. Cao und Rourke hatten inzwischen defensive Positionen eingenommen, während Jamie beim Sergeant geblieben war. Selbst jetzt, da Bull verletzt war, fand John keine Anzeichen von Emotion in ihrer Miene.

Als sich Grasse neben Bull kniete, winkte dieser ab. »Es geht schon. Es hat mich nicht voll erwischt.«

»Lassen Sie den Doc Ihre Verletzung ansehen, Sarge. Das ist ein Befehl. Wenn Sie sich ablenken wollen, dann erzählen Sie mir dabei, was passiert ist.«

Grasse schnitt mit ihrem Kampfmesser Bulls Uniform auf und machte sich an die Arbeit, während der große Beta berichtete.

»Ich habe eine Bewegung gesehen. Da vorn.«

Er wollte mit der Hand in die Richtung zeigen, verzog aber vor Schmerzen das Gesicht.

»Ganz ruhig, Soldat«, murmelte Grasse. »Still liegen bleiben.«

Bull grunzte zustimmend, dann fuhr er fort: »Ich habe geschossen. Ich bin sicher, dass ich getroffen habe. Aber was es auch war, es hat zurückgeschossen.«

»Wie? Was hatte es für eine Waffe? Welche Technologie?«

»Ich bin mir nicht sicher. Das Geschoss war heiß. Gesehen habe ich nichts.«

»Jamie?«

Sie schüttelte den Kopf, dann neigte sie ihn zur Seite, als überlegte sie. Nach einigen Sekunden sagte sie: »Es war humanoid. Bull hat getroffen, aber als ich gefeuert habe, ist es verschwunden. Kein Treffer.«

»Humanoid? Bist du sicher? Wie groß?«

»Kleiner als ich. Dunkel. Vielleicht dunkelrot. Schwer zu sagen.«

»Haut, Pelz, Kleidung?«

Sie schüttelte wieder den Kopf. Diesmal schwieg sie.

»Wenn wir im Lager sind, musst du alles genau berichten«, befahl John, und er hatte das Gefühl, ihr zu drohen. Lange Reden entsprachen nicht ihrem Naturell, aber ebenso wenig zeigte sie eine besondere Reaktion auf seine Aufforderung.

»Die Wunde ist nur oberflächlich«, stellte Grasse fest. »Und teilweise kauterisiert. Sieht nach Brandwunde aus, aber sehr sauber. Ich kann Ihnen ein Schmerzmittel geben, Sarge.«

»Nein danke. Ich habe meine fünf Sinne lieber beisammen.«

»K-Spray?«

»Zur Hölle, nein.«

»Dann eben nur ein Pflaster«, befand Grasse. Tatsächlich aber legte sie schnell und geschickt einen Verband an, den sie mit Pflasterband fixierte.

John atmete erleichtert auf; Bull schien nicht schwer getroffen zu sein, und er wusste aus langer Erfahrung, dass der Beta so einiges wegstecken konnte.

»Rourke, Status?«

»Alles sauber, Boss«, rief der bullige Mann zurück.

»Können Sie gehen, Sarge?«

Bull nickte, und wie zur Bestätigung seiner Aussage schob er sich an dem Baum empor und kam halbwegs sicher auf die Füße. Zwar war ihm anzusehen, dass ihm die Bewegungen seines linken Arms Schmerzen bereiteten, aber der Beta biss die Zähne zusammen und nickte seinem Leutnant zu.

»Gab es Spuren?«, fragte Bull unvermittelt. »Da drüben?«

John verneinte.

Der Sergeant runzelte die Stirn. »Ich habe es erwischt, da bin ich sicher. Mindestens ein Treffer. Gar nichts? Kein Blut?«

»Nichts, Sarge.«

»Verdammte Scheiße.«

John war geneigt, ihm Recht zu geben, stattdessen befahl er über sein Kehlkopfmikro: »Abrücken.«

Inzwischen war es komplett dunkel, und sie ließen die Lampen an ihren Waffen und Brillen aufleuchten. Kleine Kegel aus Licht, die fremdartige Ökologie zeigten, inmitten der nun allumfassenden Dunkelheit. Sie arbeiteten sich langsam zum Shuttle vor, wobei John darauf achtete, Bull zu schonen. Der Beta würde das nicht wollen, aber John konnte keine Rücksicht auf verletzten Stolz nehmen; auf Verwundungen allerdings schon.

Nach einer gefühlten Ewigkeit erreichten sie die freie Fläche um das Shuttle. Schlagartig fiel die Spannung von John ab, bleierne Müdigkeit ergriff von ihm Besitz. Er wollte nur noch schlafen, aber ein Teil von ihm ahnte, dass das eine Flucht wäre.

Er wollte sich der unangenehmen Wahrheit nicht stellen – man hatte sie heute hereingelegt, obwohl sie ihr Bestes gegeben hatten. Was immer auch da draußen in der Finsternis lauerte, es hatte sich als schlauer und gefährlicher erwiesen, als John geglaubt hatte.

Mit einem Mal wusste er, warum ihm der Gedanke an Lamberts Gesicht so sehr mitnahm. Er hatte eine Ahnung, dass es nicht die letzte Leiche war, die sie auf diesem verfluchten Planeten würden beerdigen müssen.

9

Die Maschine legte sich in eine enge Kurve. Shakey zog sie direkt um den gewaltigen Felsen, der aus dem Urwald ragte. Das Manöver war nicht notwendig, aber er wollte das Ultraleicht testen und an seine Grenzen treiben. Kaum drei Meter von der rechten Flügelspitze entfernt rauschte der bewachsene Fels vorbei. Rostrote Flechten zogen sich über den Stein, bildeten verschlungene Muster, so komplex, dass er sie in der kurzen Zeit kaum wahrnehmen konnte. Dann richtete er die Maschine auf und flog geradeaus weiter.

Ein kurzer Blick auf die Energieanzeige bestätigte ihm, dass er erst zwanzig Prozent verbraucht hatte. Selbst mit einer Sicherheitsreserve von zehn Prozent konnte er seinen Erkundungsflug noch ein ganzes Stück weiter fortsetzen.

Bislang hatte es außer dem sich in alle Richtungen erstreckenden Dschungel nicht viel zu sehen gegeben. Shakey überlegte bereits, höher aufzusteigen, um ein umfassenderes Bild ihrer momentanen Heimat zu bekommen, aber seit dem Absturz hatte er zu großen Respekt vor den höheren Luftschichten über Tordesillas, auch wenn sein Verstand ihm sagte, dass es irrationale Ängste waren. In die Regionen, in denen das Shuttle seinen Absturz begonnen hatte, konnte er mit dem Ultraleicht überhaupt nicht steigen.

Unter ihm zog sich die rötliche, urtümliche Waldlandschaft hin. Hier und da ragten größere Felsen daraus empor, aber alles in allem war die Gegend sehr flach. Manchmal wurde das monotone Rot durch dunkle Seen unterbrochen, deren Wasser aus der Luft so dunkelblau aussah, dass es fast schwarz wirkte. Über dem Dschungel hing leichter Dunst, trotz oder vielleicht wegen der heißen Sonne. Ebenso war der Himmel wieder einmal diesig, auch wenn es keine richtigen Wolkenformationen gab.

In regelmäßigen Abständen machte die fest installierte Kamera einzelne Bilder, die sich später zu einer großen Luftaufnahme zusammenfügen lassen würden. Theoretisch hätte er auch einen Film drehen können, aber die Einzelbilder waren mehr als ausreichend.

Shakey hielt auf einen weiteren See zu. Dieser war recht groß, mehr als einen Kilometer lang und über hundert Meter breit. Der kleine Pilot war so damit beschäftigt, in dem Gewässer nach Spuren von Leben zu suchen, dass er erst verdammt spät erkannte, worauf er noch zuflog.

Einige Klicks vor ihm brach der Urwald unvermittelt weg. Das Land, das sich hinter dieser Grenze befand, lag Hunderte von Metern tiefer. Fasziniert beschleunigte Shakey das Ultraleicht.

Als er über die Kante hinausflog, jubelte er ob des erhebenden Gefühls laut auf. Unter ihm lag eine gewaltige Steilklippe, die senkrecht in die Tiefe stürzte. Der dunkle Fels war nur oben an einigen Stellen bewachsen, weiter unten war die Steilwand zu glatt.

Das Ultraleicht legte sich in eine langgezogene Kurve, die weiter nach unten führte. Am Fuß der Steilklippe gab es wieder Bewuchs, aber hier war nur vereinzelt rote Vegetation zu sehen. Die kleinen roten Punkte verschwanden bald in einem satten, dunklen Grün.

»Papa Bär, hier Flughund.«

»Hier Papa Bär. Sprechen Sie«, antwortete Akis Stimme. Der schlaksige Techniker hatte sich freiwillig gemeldet, um Shakeys Kontrolle im Shuttle zu sein, während sich Benson wieder als technischer Support angeboten und vermutlich immer noch einen Jieper darauf hatte, den Flieger selbst mal zu steuern.

»Unser Landeplatz liegt anscheinend auf einem Hochplateau. Ich habe zumindest einen Rand erreicht. Hier geht es weit runter ... fünfhundert Meter, schätze ich. Unten ist andere Pflanzenwelt, grün statt rot.«

»Grün? Richtige Bäume?«

»Kann ich noch nicht sagen. Ich gehe jetzt runter und sehe mir das genauer an. Ich werde die Klippe ein wenig abfliegen und einen kurzen Abstecher über die Tiefebene machen.«

»Roger, Flughund. Papa Bär Over.«

Shakey grinste. Aki sprach gern so, als leite er einen

Tower, dabei saß er nur mit einem Nährstoffriegel und einem Proteinshake im Cockpit des Shuttles, die Beine im Schneidersitz verschränkt.

Da an der Felswand mit Aufwinden zu rechnen war, hielt Shakey vorsichtig Abstand und machte eine Reihe von Aufnahmen. Die Flanke des Plateaus sah aus wie ein Käse, mit lauter Löchern in anscheinend porösem Gestein.

Kaum einen Kilometer vor ihm bot sich schon bald ein grandioses Schauspiel. Ein riesiger, schier endlos langer Wasserfall ergoss sich in die Tiefe. Das Sonnenlicht funkelte auf den unzähligen Tropfen, die endlos hinabstürzten, nur um sich unten in nebliger Gischt zu verlieren.

Mit angehaltenem Atem flog Shakey näher heran und schaltete die Kamera auf Filmmodus. Er zog das Ultraleicht höher, um einen besseren Blick zu haben, und bemerkte dabei, dass der Wasserfall nicht an der oberen Kante begann, sondern dreißig Meter darunter. Mit Wucht schoss er aus einem Loch in der Felswand, das so breit war, dass Shakey mit seinem Ultraleicht hätte hineinfliegen und darin eine Kehre vollführen können.

»Irre«, murmelte er, als er an dem Wasserfall vorbeiraste und sich ihm dann in einer gestreckten Kurve noch einmal näherte. Er machte noch einen Anflug von der anderen Seite, achtete darauf, gutes Filmmaterial zu produzieren, dann drückte er den Steuerknüppel nach vorn und schoss dem grünen Boden entgegen. Erst im letzten Moment zog er das Ultraleicht wieder hoch und glitt nun kaum zwei Meter über den höchsten Wipfeln her. Grinsend stellte er die Kamera wieder um. Die kleine Vorführung wurde im Shuttle sicherlich gebührend zur Kenntnis genommen werden.

Ohne ein genaues Ziel steuerte er in langsamen S-Kurven über die unbekannte Gegend. John würde so viele Eindrücke wie möglich bekommen wollen. Zu Fuß war die Steilklippe vielleicht zwei oder mehr Tagesmärsche von der Absturzstelle entfernt, und Shakey glaubte nicht, dass sie genug Leute für eine Expedition hatten, aber je besser sie ihre Umgebung kennenlernten, desto höher waren ihre Überlebenschancen.

Das Gelände unter ihm war abwechslungsreicher als der höher gelegene Dschungel. Es gab Hügel und Täler, teilweise richtige Schluchten. Während sie oben noch keinen Wasserlauf gefunden hatten, nicht einmal einen kleinen Bach oder auch nur ein Rinnsal, gab es hier mindestens einen Fluss, der sein Bett in weitläufigen Kurven in die Landschaft gegraben hatte. Sein Wasser rauschte unter Shakey dahin, als er dem Verlauf einige Kilometer folgte.

Es gab zwar Bäume, aber der Bewuchs war keineswegs so dicht wie auf dem Plateau. Bedauernd sah sich der kleine Pilot um. Hätten sie sich ihre Landestelle aussuchen können, wäre diese Umgebung die bessere Wahl gewesen. Frischwasser, offene Stellen, genug Platz für eine kontrollierte, sichere Landung. Mit ein wenig Glück wären sie hier gelandet – aber das Glück war in dieser Mission bislang ja sowieso nicht ihr Partner gewesen.

Eine kleine Unregelmäßigkeit lenkte Shakeys Aufmerksamkeit auf einen See, aus dem ein Fluss entsprang, der sich mit dem inzwischen breiten Strom unter ihm vereinte. Sanft lenkte er das Ultraleicht in die Richtung. Am Ufer des Sees gab es Gewächse, einige niedrige Bäume, die im Wasser standen. Aber da war noch mehr. Eine regelmäßige Struktur, mit auffälligen rechten Winkeln. Noch konnte er nichts Genaueres erkennen, aber er stellte zur Sicherheit die Frequenz der geschossenen Bilder höher.

Der erste Überflug ließ ein Kribbeln in Shakeys Finger aufsteigen, das ihn unangenehm an die Zeiten erinnerte, als er auf Entzug gewesen war. Aber diesmal war es nur Aufregung. Unter ihm war ein Muster zu sehen, zu perfekt, um natürlich sein zu können. Es sah aus, als hätten dort einst Gebäude gestanden. Gebäude mit Mauern, mit Ecken und Eingängen.

Die Kamera schoss Bild um Bild, als Shakey das Ultraleicht wieder heranbrachte und die Geschwindigkeit so weit wie möglich drosselte. Die Rotoren klappten nach oben, und die Flugmaschine glitt nun beinahe geräuschlos dahin. Shakey beugte sich vor, um einen besseren Blick zu bekommen.

Etwa hundert Meter vom See entfernt, auf einem Hügel auf der anderen Seite des Flusses, waren klar und deutlich die Überreste von Häusern zu sehen. Die Mauern waren bis auf den Erdboden abgetragen, aber ihr früherer Verlauf ließ sich noch klar erkennen. Pflanzen waren zwar zwischen ihnen und über ihnen gewachsen, und Shakey vermutete, dass man die Struktur vom Boden aus nur schwierig entdecken konnte, aber aus der Luft war das Muster der steinernen Fundamente ganz eindeutig.

An diesem See hatten vernunftbegabte Wesen Unterkünfte errichtet. Die Lage war perfekt; an genau dieser Stelle wäre Shakey gelandet, wenn er eine Wahl gehabt hätte. Der Hügel bot eine gute Aussicht auf die Umgebung, der See lieferte Wasser und wohl auch Nahrung, man war durch einige Bäume auch halbwegs wind- und wettergeschützt.

Hastig rief er das Shuttle: »Papa Bär, hier Flughund. Bitte melden.«

»Flughund, hier Papa Bär. Was gibt's?«

»Schaff mir den Leutnant ans Komgerät, Aki. Und zwar pronto!«

Es dauerte eine Weile, bis seiner Aufforderung nachgekommen wurde. Als sich der Boss meldete, berichtete ihm Shakey von seiner Entdeckung, während er immer wieder über den Hügel flog und Bilder machte.

John starrte auf die Aufnahmen. Es konnte keinen Zweifel daran geben, um was es sich handelte.

Sie waren im kleinen Kreis zusammengekommen, nur die Justifiers und Grasse, aber John wusste, dass Shakeys Entdeckung bereits jetzt die Runde im Lager machen würde. Ein solches Geheimnis blieb keines, da konnte man noch so sehr auf Verschwiegenheit achten. Aki und Benson hatten mitgehört, und der schmächtige Techniker und sein Kumpel saßen jetzt wahrscheinlich bei ihren Kollegen und berichteten ihnen brühwarm von ihrem Fund.

»Das war nicht groß«, stellte Bull fest und tippte auf eine der schärfsten Aufnahmen, die beinahe direkt von oberhalb der Hügelkuppe geschossen worden war. »Vier Gebäude, keines mehr als fünfzehn, zwanzig Quadratmeter.«

»Zu klein für ein Dorf«, stimmte John zu. »Vielleicht ein Außenposten?«

»Diese Seite des Hügels könnte gerodet worden sein, für einen besseren Zugang zum See. Die anderen Seiten sind dichter bewaldet, bis auf diese kahle Stelle da hinten. Sieht aus, als würde da gar nichts wachsen.«

Bis auf Rourke und Jamie starrten alle auf die Bilder. Die beiden hatten einen kurzen Blick darauf geworfen und sich dann in zwei Stühle gesetzt. Jetzt hörten sie zwar aufmerksam zu, trugen aber selbst nichts zu den Überlegungen bei.

»Wohnen da die Biester aus dem Wald?«

Shakeys Frage war ihnen wohl schon allen durch den Kopf gegangen. Natürlich war sie anders gemeint – derzeit lebte nichts und niemand dort. Aber es war die erste Spur von intelligentem Leben, die sie gefunden hatten.

»Möglich. Aber dann hätten sie einen ganz schön weiten Weg zurückgelegt, nur um uns zu jagen. Vielleicht ist es dieselbe Spezies, aber eine andere Gruppe«, sprach John seine Gedanken aus.

»Wie lange würden wir dahin brauchen?«, erkundigte sich Grasse leise.

»Nach Shakeys Flug würde ich denken, bei richtig schnellem Tempo schaffen wir es in ein bis zwei Tagen zu Fuß bis zur Klippe. Dann müssten wir da irgendwie runterkommen. Und dann ist das Gelände zwar leichter zu begehen, aber es ist bestimmt noch mal ein Zwei-Tages-Marsch.«

»Kann das Ultraleicht Passagiere mitnehmen?«

Shakey schüttelte den Kopf.

»Es gab mal Pläne für einen Zweisitzer, aber die wurden verworfen. Zu teuer.«

Grasse fluchte, und Rourke brummte einen Teil der Konzernhymne vor sich hin: »Und deswegen sage ich Ja zu *Stellar Exploration* und freue mich auf jeden neuen Tag bei der Truppe. Willkommen in der bunten Welt der Justifiers!«

Der Ex-Söldner feixte in die Runde, und John nickte mit säuerlichem Gesichtsausdruck.

»Was mein Kollege hier so blumig sagen will, ist, dass wir keine Flügel haben. Justifiers gehen zu Fuß. Zumindest bei *SE*.«

»Na ja, ich fliege schon«, protestierte Shakey, aber John ignorierte den Einwurf.

»Abgesehen davon würde uns eine Mission dorthin wenig bringen. Das sind Ruinen; nein, nicht einmal das. Wir können kaum hoffen, dort etwas Sinnvolles zu finden oder zu tun.«

»Wir könnten mehr über unsere Feinde herausfinden. Vielleicht, wenn Shakey landet ...«, schlug Grasse vor.

»Und dann?«, fiel ihr John ins Wort. »Mit Spitzhacke und Pinsel eine Ausgrabung macht? Wir brauchen Shakey und seinen Flieger bei uns. Selbst wenn wir ihn entbehren könnten, eine Einzelmission ist viel zu gefährlich.«

Die Zurechtweisung war härter ausgefallen als beabsichtigt, aber die Erlebnisse im Dschungel steckten ihm noch in den Knochen. Er hatte ihre Niederlage noch nicht verdaut, auch wenn sie alles in allem glimpflich abgelaufen war.

»Ich kann Ihren Wunsch verstehen, Grasse«, fügte er also beschwichtigend hinzu. »Ich will auch alles über unsere Opposition wissen. Aber uns sind die Hände gebunden. Das Risiko wäre zu hoch.«

Sie nickte, sagte aber nichts mehr. Bevor sich John darüber Gedanken machen konnte, öffnete sich die Tür. Er wollte den Neuankömmling schon rüde abweisen, da erkannte er Reinhards und schluckte seine Worte runter.

»Sie haben Ahumane gefunden? Wieso wurde ich nicht informiert?«

»Nein, Sir, wir haben keine Ahumane gefunden, sondern nur einen Hinweis auf ihre Existenz. Also nichts wirklich Neues. Und wir wollten erst hier, äh, in Ihrem Krisenstab die Lage beurteilen, um Sie dann umfassend …«

Weiter kam er nicht. Kalt schnitt ihm Reinhards das Wort ab: »Halten Sie mich für dumm, Leutnant Owens?«

Unsicher, ob es eine rhetorische Frage war, schwieg John erst, bis Reinhards auffordernd die Hand hob.

»Nein, Sir.«

Zu meinem Unglück bist du nicht dumm, sondern nur

ignorant, du verdammter Bastard. John bemerkte, wie Grasse beiläufig einen Schritt zur Seite machte und sich so in eine gute Position brachte, sollte die Situation eskalieren. Er spürte einen Stich der Enttäuschung, konnte aber nicht weiter darüber nachdenken, denn Reinhards legte sofort nach.

»Ich bin der Executive Officer dieser Mission, Leutnant. Sie scheinen das manchmal zu vergessen. Aber damit ist jetzt Schluss. Ab sofort werden Sie mich in alle, ich wiederhole, alle Besprechungen einbeziehen. Ich habe hier als höchster Vertreter von *Stellar Exploration* auf Tordesillas die Befehlshoheit, darüber sind wir uns doch einig, nicht wahr? Wenn das nicht in Ihren Schädel geht, werde ich Ihnen das Kommando entziehen und eine geeignetere Person finden. Ist das klar?«

John überlegte einen Augenblick, den Mann einfach anzugreifen und ruhigzustellen. Er warf einen schnellen Blick auf Grasse und sah, wie sie alarmiert die Augen zusammenkniff. Sie würde Probleme machen, aber er hatte seine Justifiers hier, und sie war allein. Andererseits hatte er sie in Aktion gesehen und wusste, dass sie in der Lage war, sich teuer zu verkaufen.

»Haben Sie mich verstanden?«, blaffte Reinhards, dem der brenzlige Augenblick wohl entgangen war.

John salutierte. »Jawohl, Sir.«

»Gut, gut. Ms. Grasse, kommen Sie mit. Sie werden mich über alles informieren.«

Der Manager machte auf dem Absatz kehrt. Obwohl er sich aufgeregt hatte, saß immer noch jede Strähne seines Haars perfekt, und sein Gesicht war nicht im Mindesten gerötet. John, der bereits spürte, wie ihm der Zorn die Wangen in Brand setzte, kam nicht umhin, den Konzerner darum zu beneiden.

Die Tür schloss sich hinter den beiden, Stille kehrte ein. Zu Johns Überraschung war es Jamie, die als Erste das Wort ergriff: »Ich kann sie rausnehmen.«

Woran auch immer die Justifierin erkannt hatte, was John für einen Moment erwogen hatte, sie klang ziemlich überzeugt.

»Ja, lass uns den Arsch kaltstellen«, knurrte Rourke. Der große Ex-Söldner war immer derjenige gewesen, der Johns Befehle als Erster in Frage gestellt hatte, aber sich von einem Manager rumkommandieren zu lassen, schien ihm noch weniger zu gefallen.

»Und dann?«

»Sperren wir ihn und seine kleine Nanny im Shuttle ein und bringen die Scheiß-Mission zu Ende.«

»Und die Techniker? Auf welche Seite stellen die sich? Kommen die alle zu uns?«

Rourke kratzte sich am Kopf. Offensichtlich hatte er an die anderen Menschen keinen Gedanken verschwendet.

»Wer nicht, der kommt halt auch weg. Die sind eh nur Ballast.«

John ließ die Schultern hängen. »Das geht nicht. Wir können uns keinen Krieg untereinander leisten. Wir sind jetzt schon zu wenige für den Job und brauchen ihre Hilfe. Und wenn wir Reinhards angehen, dann spalten wir die Gruppe. Wir müssten ein Gefängnis bauen und es bewachen. Immer mit einem offenen Auge schlafen. Stets von Meuterei ausgehen.«

»Und was ist Ihr Plan, Leutnant?«

Bull betonte seinen Rang überdeutlich. Der Sergeant würde John zur Seite stehen, egal, was geschah. Dessen war sich John gewiss.

»Na was wohl? Wir halten es wie gute Justifiers: stramm stehen ...«

»Und die Arschbacken zusammenkneifen«, antworteten ihm seine Leute im Chor.

John nickte, dann befahl er: »Weggetreten.«

Er folgte den Resten seines Teams aus dem Besprechungszimmer und ging in den Laderaum. Dort sah er Grasse mit Reinhards reden. Die Leibwächterin trug ihr Sturmgewehr auf dem Rücken und hatte ihre Kampfmontur angelegt. Als John eintrat, sah sie ihn lange an. Er erwiderte den Blick stoisch, dann setzte er sich und nahm sich einen Nährstoffriegel. Sie redete weiter mit Reinhards, der schließlich energisch den Kopf schüttelte und dann aus dem Loch nach draußen stapfte.

Grasse kam zu John, blieb vor ihm stehen und sagte: »Ich habe ihm gesagt, dass Sie der richtige Mann für das Kommando sind. Dass Sie der einzige Mann dafür sind.«

»Und die Knarre?«

Für einen Moment sah es aus, als ob sie sich schämte, dann verhärteten sich ihre Gesichtszüge. »Ich war mir über Ihre Intentionen nicht sicher.«

»Keine Sorge. Ich habe nicht vor, einen Bürgerkrieg

anzuzetteln. Ich weiß nämlich tatsächlich, was ich tue.«

Sie strich sich über die Haare, sah zum Loch in der Außenwand, dann nickte sie. »Das hoffe ich, John. Das hoffe ich sehr.«

Als sie ihn verließ, dachte er genau dasselbe.

10

»Hey Leute, ratet mal, was es heute gibt.« Rhodes, ein stämmiger Lagerarbeiter, der auf der *Farspace-Horizon*-Station die Beladung des Shuttles überwacht hatte und so durch Zufall mit ihnen an Bord gewesen war, als das Shuttle den Sprung gemacht hatte, verteilte grau-weißen Brei aus einer viereckigen Metalldose, die er zuvor über einem der Kocher erwärmt hatte.

Zum Essen versammelten sie sich mittlerweile gewohnheitsmäßig in einem abgetrennten Teil des Laderaums, den sie »Messe« nannten, weil Rhodes hier die Mahlzeiten zubereitete und verteilte. Der bullige Mann hatte sich zunächst überflüssig gefühlt, weil er keinerlei Talente besaß, die ihnen auf Tordesillas nützlich sein konnten, doch dann hatte er angefangen, sich um die Erfassung, Verteilung und Zubereitung der Nahrungsmittel zu kümmern, und war dadurch inzwischen zum Smutje geworden.

»Leider haben wir nur noch zwanzig Portionen Huhnaroma, zehn Portionen Rind und Gaugama und ebenso viel Surimi. Da hab ich mir gedacht, ich spare das für den Moment auf, wenn wir was zu feiern haben.«

Die Stimme des Aushilfskochs klang so fröhlich, als würde er ihnen die Speisenfolge eines 3-Gänge-Menüs vortragen, und nicht eine weitere verdammte Einschränkung. »Also kredenze ich euch heute den Grundbrei natur, komplett frei von künstlichen Zusätzen und Aromen. Total gesund. Quasi, äh, probiotisch.«

Mit Abscheu starrte John auf die farblose Masse in seinem Metallnapf. Schon bei normalen Missionen war die Versorgung oft nicht gerade ein Gaumenschmaus – der Nährwert aller Speisen wurde stets als wichtiger angesehen als ihr Geschmack. Aber jetzt gingen ihnen auch noch langsam die Gewürz- und Aromabeimischungen aus. Und das Gehirn konnte noch so oft sagen, dass der Nährstoffbrei alles enthielt, was der menschliche Körper zum Überleben bei harter Arbeit benötigte – es blieb ein Fakt, dass eine Sache fehlte, die zwar vielleicht nicht überlebensnotwendig war, aber dennoch essenziell: Geschmack.

Tatsächlich musste er seinen Unwillen regelrecht überwinden, bevor er einen vollen Löffel in den Mund schieben konnte. Er hätte nicht einmal sagen können, dass es schlecht schmeckte, denn da war ... nichts. Einfach nur das Gefühl klebrigen Matsches auf der Zunge. Lustlos kaute er ein wenig, bevor er die Pampe schluckte. *Reiß dich zusammen! Du hast in deiner aktiven Zeit genug Momente gehabt, in denen du für so eine Schüssel getötet hättest!* Der Gedanke mochte seine Richtigkeit haben, schmackhafter machte er das Essen allerdings auch nicht.

So war John nach einigen weiteren Löffeln regelrecht froh, als Shakey zu ihm trat und sagte: »Boss, wir haben ein Problem.«

Schnell stellte John den Napf zur Seite. »Was gibt es?«

Shakey warf einen Blick in die Runde. In der Messe saß eine Handvoll Rekruten, die ihren Brei mal mehr, mal weniger enthusiastisch aß.

»Lass uns ins Cockpit gehen«, befand John, der Shakeys Blick richtig gedeutet hatte. Er erhob sich und ließ den Napf stehen, obwohl er sicher war, dass der Brei kalt noch ekelhafter sein würde. Aber darum konnte er sich dann kümmern.

Unterwegs fragte er, was das Problem sei.

»Ich habe noch mal nach den Satelliten gesucht«, erklärte Shakey leise. »Ich dachte mir, vielleicht ist nur unser Empfänger defekt. Deshalb hab' ich ein wenig daran rumgebastelt. Ich konnte aber keinen Fehler finden. Sieht aus, als läge es echt an den Satelliten.«

»Und?«

Shakey schwieg, bis sie das Cockpit erreicht hatten. Die Tür war geschlossen, was ungewöhnlich war. Nicht nur das – Shakey hatte sie sogar verschlossen und gab nun eine Zahlenkombination in das Pad neben der Tür ein. John runzelte die Stirn, sagte aber nichts.

Als sich die Tür endlich öffnete, lief Shakey schnell ins Innere, und John folgte ihm. Der kleine Pilot machte hinter ihnen wieder dicht, dann warf er sich in den

Pilotensessel. John musste stehen bleiben, da auf dem Sitz des Copiloten ein großer Werkzeugkasten stand. Der Boden unter den Konsolen war mit einer Decke ausgelegt worden, auf der jede Menge Teile lagen; Werkzeug, Platinen, Kabel, alles durcheinander.

»Ich hoffe, du weißt auch, wie du das wieder zusammenbasteln kannst«, brummte John unwillig, da ihm Shakey immer noch nicht gesagt hatte, warum er ihn eigentlich geholt hatte.

»Klar, Boss.« Der kleine Pilot bückte sich und hob einen ausgebauten Monitor an, der noch mit Kabeln an der Konsole befestigt war. »Ich hab' unsere ganze Kommunikationsanlage durchsucht und aufgeschraubt, und dabei bin ich über das hier gestolpert.«

Auf dem Monitor liefen grüne Zahlen und Buchstaben hinunter.

»Ist nur eine Aufzeichnung«, erklärte Shakey.

Es dauerte einige Sekunden, bis John erkannte, dass es ein Muster gab. Die Sequenz der Zeichen schien sich etwa jeden halben Bildschirm zu wiederholen. Verständnislos blickte John Shakey an.

»G – f – 7 – 1 – P – l – 0«, las er die ersten Zeichen der Reihe vor. »Was soll das bedeuten?«

»Ich weiß es nicht, Boss«, erwiderte Shakey. »Aber wir haben es die ganze Zeit gesendet.«

Verblüfft fixierte John wieder die Sequenz, die vor seinen Augen ablief. Unablässig, mit unerschütterlicher Regelmäßigkeit, scrollte der Bildschirm weiter, und die ganze Zeit schien eine fremde, seltsame Schrift darüber zu laufen.

»Wir senden das?«

»Jetzt nicht mehr.«

»Aber ... warum? Und an wen?«

»Keine Ahnung, Boss. Es ist ein kleines Programm, das in unserer Kommunikationseinheit abläuft. Soweit ich das erkennen kann, tut es nichts, außer immer wieder diese Formel oder Nachricht«, Shakey deutete auf die Sequenz, »auf einer bestimmten Frequenz zu senden.«

»Was ist das? Eine Art Notsignal?«

Shakey schüttelte den Kopf.

»Wir haben natürlich ein SOS, aber das ist nicht aktiviert. Ich meine, warum auch? Ist ja nicht so, als ob die Kavallerie schon nach uns suchen würde.«

John war geneigt, dem kleinen Piloten Recht zu geben. Falls es überhaupt eine Rettungsmission gab, würde die erst in vielen Wochen, wenn nicht gar Monaten hier auftauchen. Wenn ihre Vermutung stimmte, dass *Farspace Horizon* nicht mehr existierte, dann war nicht einmal sicher, ob überhaupt jemand wusste, dass sie vor der Vernichtung der Station gesprungen waren und noch lebten. Und auf gut Glück würde kein Konzern die Ressourcen einsetzen, um eine derartig teure Rettungsmission durchzuführen.

Tatsächlich war Reinhards ihre einzige Hoffnung, dass man sie überhaupt suchen würde, so sehr John der Gedanke auch missfiel. Allein wegen des Managers konnte es sein, dass *SE* doch alle Hebel in Bewegung setzte – wieder vorausgesetzt natürlich, dass man sein Schicksal kannte. Für eine Handvoll Justifiers gab es keinen Plan B.

Doch, zuckte es unwillkommen durch Johns Geist. *Man schreibt uns als Verlust von der Steuer ab.*

»Was zur Hölle ist es dann?«

»Kann's nicht sagen, Boss. Verschlüsselt. Es ist irgendein Code.«

»Kannst du ihn knacken?«

Shakey schüttelte wieder den Kopf. »Ich bin kein Experte, und selbst wenn ich es wäre – die alten Möhren hier im Shuttle haben nicht annähernd genug Rechenpower, um einen vernünftigen Code auch nur anzusehen, geschweige denn zu dechiffrieren.«

»Seit wann läuft das?«

»Jetzt wird es interessant.« Shakeys Finger huschten über die Tastatur. John erkannte, dass die Lösung des Rätsels dem kleinen Piloten auf irgendeine Art Spaß machte. Er konnte nicht sagen, wie und warum, aber es war offensichtlich. »Das Programm wurde kurz nach unserer, ähm, Landung eingeschleust. Seitdem läuft es durchgehend.«

John kratzte sich am Kopf. Seine Haare waren zu lang, sicherlich schon mehr als einen Zentimeter. Es war mal wieder an der Zeit, sie zu schneiden.

»Wieso haben wir es nicht vorher bemerkt? Ich meine, wenn wir die ganze Zeit senden ... das muss doch irgendwie auffallen?«

»Nicht unbedingt. Die ganze Sequenz läuft versteckt. Alle Anzeigen werden unterdrückt, das Programm ist in den Dienstspeicher geladen, als ob es zum OS dazu gehört. Fast wie ... nun ja, wie ein Virus.«

»Ein Virus, der irgendwelches Kauderwelsch sendet?«

»Mit dem richtigen Entschlüsselungsalgorithmus ist es vermutlich kein Kauderwelsch«, gab Shakey zu bedenken. »Sondern mit großer Wahrscheinlichkeit irgendeine Nachricht. Ich wünschte, wir könnten herausfinden, was drin steht.«

Jetzt schüttelte John den Kopf.

»Nein, viel wichtiger ist es, den Empfänger herauszufinden.« Als er Shakeys fragenden Blick bemerkte, erklärte er: »Man sendet doch nicht einfach so. Man sendet an einen Empfänger. Das ist eine Nachricht, und sie ist an irgendjemanden gerichtet.«

»Das ist unmöglich, Boss. Wir sind Lichtjahre von jedem Außenposten entfernt. Selbst wenn die Funkwellen irgendein Ziel hätten, die sind knapp 300k Meter pro Sekunde schnell. Die würden Monate, nein, Jahre brauchen, um ein anderes System zu erreichen.«

John wurde unvermittelt kalt. Shakey hatte vollkommen Recht. Die Funkwellen waren zu langsam. Trotzdem war die Nachricht erst hier ins System gespeist worden. Das war sinnlos – es sei denn, der Empfänger war gar nicht so weit weg. Das ließ nur eine Erklärung zu.

»Das Ziel liegt nicht außerhalb dieses Sonnensystems«, knurrte er.

Shakey riss die Augen weit auf, sein Kinn klappte nach unten.

Wütend schlug John mit der Faust auf die Konsole.

»Wir werden gerade richtig gefickt!«

Es gab keine Zeit zu verlieren, und er konnte niemandem mehr trauen. Theorien rasten durch Johns Gedanken, fügten sich zusammen, wurden bedacht, bewertet und wieder verworfen. Ihm war bewusst, dass ihr Wissen einfach zu gering war, um mehr als haltlose Verdächtigungen anzustellen, aber er konnte nicht damit aufhören. Dazwischen drängten sich immer wieder seltsame Hoffnungen: *Vielleicht gibt es eine harmlose Erklärung. Vielleicht wollte nur jemand eine Nachricht hinterlassen, für den Fall, dass wir alle draufgehen.* Natürlich war dieser Gedanke idiotisch, und John wusste es auch. Es gab keinen Grund für die ganze Geheimhaltung, das versteckte Programm, den Code.

Niemand, der einfach nur seine Familie und die Nachwelt grüßen wollte, musste es derart im Geheimen tun. Wenn jemand mit der Idee eines ungerichteten Hilfesignals zu John gekommen wäre, hätte er vielleicht sogar zugestimmt – was hatten sie schon zu verlieren? Und den Leuten eine Aufgabe und gleichzeitig Hoffnung zu geben, war in ihrer Situation nicht falsch.

Der Leutnant fand Bull im Laderaum, wo der Beta gerade seine Waffen auseinandernahm und reinigte. Ohne ein Wort zu sagen, deutete John mit zwei Fingern nach draußen und wischte dann schnell mit der Hand über das Kinn. Er wartete nicht auf Bulls Reaktion, sondern lief einfach hinaus. Dabei fiel sein Blick auf seine Essenschüssel. Einen Moment lang war er froh, dass Shakey ihn beim Essen gestört hatte. *So hat der Scheiß wenigstens eine gute Seite.*

John führte Bull um das Shuttle herum und außer Hörweite. Vor dem Loch arbeiteten die Leute an dem

Portal, andere aßen dort noch oder unterhielten sich. John konnte sie nicht mehr mit den gleichen Augen ansehen wie noch vor einer Stunde, denn plötzlich war jeder ein potenzieller Feind.

»Was gibt es, Boss?«, fragte Bull mit einem aussagekräftigen Blick über die Schulter. »Probleme mit Reinhards?«

Die Vermutung war naheliegend. Johns Befehl, ohne ein Wort zu folgen, konnte nur bedeuten, dass es etwas zu besprechen gab, das niemand hören sollte. Aber John schüttelte den Kopf und legte dem Beta die brenzlige Situation dar.

Bull schwieg eine volle Minute, bevor er antwortete: »Wir haben ein Wiesel an Bord?«

»Eine Ratte«, bestätigte John grimmig. »Zumindest ist das die einzige Erklärung, die mir einfällt.«

»Aber ... ich verstehe nicht. Wer sollte uns verraten wollen? Und was sollte er überhaupt verraten? Dass wir bis zum Hals im Dreck stecken? Großes Geheimnis! Und an wen?«

»Das ist die Frage, Bull. Der Funkspruch kann nur eines bedeuten: Jemand glaubt, dass da draußen ein Empfänger nah genug ist, damit eine solche Kontaktaufnahme sinnvoll ist. Und das bedeutet, an wen immer die Nachricht gerichtet ist, er sitzt hier im System. Oder sogar auf diesem Drecksplaneten.«

Geistesabwesend rieb sich Bull über die Wunde an seiner Brust. Grasse hatte den Verband entfernt und ein großes, quadratisches Pflaster aufgeklebt, nachdem sich Bull das Fell um die Wunde herum rasiert hatte. Die Justifiers hatten ihren Sergeant gnadenlos verspottet, bis selbst Bull trotz seines sonst so ruhigen Gemüts in Rage geraten war. Dann hatten alle geschwiegen; Bulls Wutausbrüche waren selten, aber legendär. Mit ihnen machte er seinen tierischen Vorfahren alle Ehre.

»Hat Shakey einen Verdacht?«

»Nein. Man kommt einfach an die Komeinheit dran. Es sind keine Zugangscodes notwendig oder so. Warum auch? Das Shuttle ist Wegwerfware, und wer denkt schon, dass es auf einer Justifier-Mission ein Sicherheitsleck geben könnte?«

Beide grinsten kurz, trotz der Situation. Das einzige Sicherheitsproblem war für gewöhnlich die lebensfeindliche Umgebung der meisten unerforschten Planeten. Konzernspionage rangierte auf der Liste der Fährnisse ganz hinten, direkt nach verstopften Toiletten.

»Shakey setzt gerade wieder alles zusammen«, berichtete John. »Das Programm läuft weiter, aber wir haben den Zugriff auf den Sender gekappt. Es sieht also nur so aus, als sei weiterhin alles in Ordnung.«

»Was tun wir jetzt?«

Der Leutnant zuckte mit den Achseln. »Wir haben nicht viele Optionen. Deshalb machen wir erst einmal so weiter wie bisher«, erklärte er. »Aber ich will, dass du, Cao und Jamie jederzeit bereit seid. Informiere die beiden und sorg dafür, dass wir vier innerhalb von Sekunden ausrücken können, wenn es nötig wird.«

»Roger, Boss.«

John verschränkte die Arme vor der Brust und sah zum Waldrand. Im Rot des Dschungels war nichts zu erkennen, aber er wusste jetzt, dass da draußen jemand war. Nicht etwas – jemand.

»Wenn wir eine Ratte in unseren Reihen haben, und das da draußen sind ihre Freunde, dann sollten wir eine Falle aufstellen. Mit dick Käse drin, damit sie nicht widerstehen können. Und wenn sie hineintappen, sind wir bereit.«

Bull nickte, salutierte kurz und lief zurück. John konnte sich darauf verlassen, dass der große Beta verschwiegen sein würde. Jetzt konnten sie nur noch einander vertrauen. Dass sich der Verräter unter seinen Leuten, seinen Justifiers befand, konnte er sich einfach nicht vorstellen.

Immer wieder kehrten seine Gedanken zu Reinhards zurück. *Vielleicht war es kein Zufall, dass er ausgerechnet in dem Augenblick an Bord war, als wir so unverhofft starten mussten.* Dann fiel John noch etwas ein. *Hängt Grasse vielleicht mit drin? Versucht sie nur, sich mit ihrer Tour bei mir einzuschleimen?* John fluchte leise. Er konnte sich auf niemanden außerhalb seiner kleinen Schar verlassen, und das würde ihr Überleben noch viel schwieriger gestalten.

Die Zeit würde zeigen, wer an dem Verrat beteiligt war. John spuckte aus. Und dann musste es Gerechtigkeit geben.

11

Wenn man eine Ratte fangen will, braucht man Geduld. So viel war John klar. Ratten sind scheue Tiere, dabei schlau und mit einem geradezu übernatürlichen Sinn für Gefahr ausgestattet. Mit seiner Geduld war es nicht allzu weit her, aber sein Wunsch nach Rache war so stark, dass er sich dazu zwang. Andere hätten vielleicht in Kategorien von Gerechtigkeit gedacht, aber John kannte sich zu gut, um sich zu belügen. Menschen hatten sie gejagt, Menschen hatten ihnen das angetan, und er wollte sie dafür bluten sehen.

In der Rückschau war alles ziemlich offensichtlich, und John schalt sich selbst einen Narren, dass er nicht früher auf die offensichtliche Lösung gekommen war. Ahumane! Sicher, es gab Außerirdische, Nicht-Menschen, Aliens, wie immer man sie nennen wollte, auf ganz verschiedenen Technologieleveln und mit ganz unterschiedlichen Ausprägungen von Intelligenz. Manche, wie die Collies, die Collectors, waren der Menschheit weit überlegen. Andere wiederum waren einfach nur fremdartig. Aber die Geschichte mit den Ahumanen hatte von Anfang an gestunken; John und seine Leute hatten den Geruch einfach nur ignoriert.

Immerhin hatte die Neuigkeit sein Team wieder fest zusammengeschweißt. Er sah es in ihren Blicken: Wir gegen den Rest der Welt. Justifiers eben, eine eingeschworene Gemeinschaft innerhalb des Teams, misstrauisch gegenüber jedem von außerhalb. Alle anderen wollen dir nur ans Leder, Konzerner, Techniker, Gardeure, fremde Planeten – eigentlich das komplette Universum. Man war nichts wert, Wegwerfware, die nicht einmal im Fall eines unwahrscheinlichen Erfolgs viel Beachtung bekam, geschweige denn einen fairen Lohn. Zu wissen, dass man für den Rest des Universums nur Abschaum war, schweißte irgendwie zusammen.

Der Rest merkte davon nichts. Keiner ließ sich etwas anmerken. John hatte die Einteilung der Wachen noch einmal geändert, so dass mehr Justifiers Dienst hatten. Das bedeutete mehr Arbeit, aber keiner murrte. Im Gegenteil, jeder wollte so oft wie möglich eingesetzt werden, um im richtigen Moment mit der Waffe in der Hand zur Stelle zu sein.

Natürlich hatte Rourke wieder vorgeschlagen, die Rekruten mit den Vorwürfen zu konfrontieren und die Wahrheit aus ihnen herauszuholen, notfalls mit Gewalt. Seine Versicherung, dass er Mittel und Wege kannte, die Ratte zielsicher zu finden, hatte John jedoch nur davon überzeugt, den Ex-Söldner nicht mehr aus den Augen zu lassen.

Allerdings war es Shakey, der besonderen Eifer an

den Tag legte. John vermutete, dass er hoffte, Reinhards würde sich als Verräter outen. Der kleine Pilot hatte bislang mit am meisten unter dem Manager zu leiden gehabt.

Mit dem Sturmgewehr auf der Schulter verließ John das Shuttle. Die Waffe war nun immer an seiner Seite, egal, ob drinnen oder draußen. Er hatte Grasses sorgenvolle Blicke durchaus bemerkt, hoffte aber, dass sie einen Streit zwischen John und Reinhards fürchtete, nicht ihre Entdeckung. Allerdings hatte sie die Ausbildung und das Können, eine verdeckte Operation durchzuführen, was wiederum ihm Sorgen bereitete.

Der Platz vor dem Shuttle war nun weitläufiger. Reinhards hatte mehr Wald roden lassen, was harte Arbeit gewesen war. Aber das Portal musste ein Stück vom Shuttle entfernt aufgebaut werden, auch wenn die Energieversorgung über die dicken Leitungen lief, die sie vom Shuttle zur Baustelle gelegt hatten.

Effektiv hatten sie jetzt zwei Lager zu verteidigen, das eigentliche Unterkunftslager beim Shuttle und das neue Portallager. Die künstlichen Lichtungen bildeten eine grobe Acht, wobei der gerodete Bereich beim Portal deutlich kleiner war.

An der Leitung, die dorthin führte, arbeiteten Sukarno und Kay. Der Programmierer hatte sich ein Tuch wie einen Turban um den Kopf gewickelt und sah aus wie ein seltsamer Guru. Tatsächlich aber war es wichtig, dass die Leitungen genauestens überprüft wurden. Wenn sie das Tor zündeten, würde die Energielast gewaltig sein, und sie wollten die Hardware keinesfalls durch Unregelmäßigkeiten beschädigen. Bis dahin mussten sie allerdings noch die fehlenden Teile finden. *Und den Verräter.*

Es fiel John schwer, die beiden Techniker nicht als potenzielle Feinde zu betrachten. Er ertappte sich dabei, wie er in ihrer Mimik und Gestik nach Anzeichen dafür suchte, dass sie die Verräter sein könnten. Doch wenn sie es waren, verbargen sie es gut. Beide schienen gewissenhaft an dem Kabelstrang zu arbeiten. Kay führte ein Gerät daran entlang, während Sukarno händisch nach Problemstellen suchte.

»Wie kommen Sie voran?«, erkundigte sich John und fügte scheinbar jovial hinzu: »Verdammt heiß hier, was?«

Kay sah zu ihm auf. Das Hemd des Programmierers war schweißdurchtränkt. Er hatte sich einige Tage nicht rasiert, und mit dem improvisierten Turban, den er mit einem dicken Gummiband befestigt hatte, sah er eher aus wie jemand, der auf irgendeiner Welt in einer Einkaufszone mit einem selbstgemalten Das-Ende-ist-nah-Schild herumlief. Sukarno achtete mehr auf ihr Aussehen, aber auch ihr lief der Schweiß in der prallen Sonne über das Gesicht.

»Gut, gut«, keuchte Kay und stellte sein Diagnosegerät ab.

Sukarno setzte sich auf ihre Fersen und nickte bestätigend.

John lächelte freundlich und nahm seine Feldflasche vom Gürtel. »Trinken Sie. Wir wollen doch nicht, dass Sie dehydrieren.«

Dankbar nahmen die beiden sein Angebot an. Sukarno trank so gierig, dass ihr Wasser aus dem Mundwinkel, über ihr Kinn und in den Ausschnitt lief. Kay war beherrschter, aber als er John die Feldflasche zurückgab, war sie fast leer.

»Wenn wir die restlichen Teile finden und das Portal fertig bekommen, ist hier alles bereit«, berichtete Sukarno heiser.

»Shakey steigt morgen wieder auf. Diesmal wird er weiter in Richtung der Berge dort fliegen.« John deutete dorthin, wo an klaren Tagen manchmal eine blaue Bergkette am Horizont zu sehen war, die man auch für Dunst hätte halten können. Es war die entgegengesetzte Richtung zu den Klippen, die von ihrem Hochplateau hinabführten. »Wir finden Container Nummer Vier, und dann geht es ab nach Hause.«

Misstrauisch beobachtete John ihre Reaktionen. Sukarno schien zu erschöpft zu sein, um sich seinem Optimismus anzuschließen, und in Kays Miene zeigte sich kurz Skepsis, die aber bald wieder verschwand und von einem tapferen Lächeln ersetzt wurde. Nirgends sah John Furcht, wie sie ein Saboteur und Verräter doch empfinden musste, wenn er an die Rückkehr in die Zivilisation und in *SEs* Befragungszimmer dachte. Einerseits war es natürlich möglich, dass sich die Ratte für unentdeckt hielt und hoffte, im Falle einer Rückkehr einfach weitermachen zu können. Andererseits ging John davon aus, dass sie verdammt gut schauspielern konnte.

»Dann noch viel Erfolg.«

John zog die Kumpelhafter-Anführer-Nummer durch. Es war eine Rolle, die ihm nicht sonderlich stand, wie er selbst fand, aber momentan war ihr oberstes Ziel, alle in Sicherheit zu wiegen. Die Ratte würde wieder zuschlagen, irgendwann, wenn sie sich unbeobachtet fühlte, und dann würden die Justifiers bereitstehen.

Schnell überquerte John den freien Platz und erreichte den Schatten zwischen den beiden Lagern. Sie hatten nur eine schmale Schneise in den Dschungel geschlagen, mit Hilfe der Antigraveinheiten und ordentlich Muskelschmalz. Die Nano-Kettensägen hatten in Bulls erfahrenen Händen gute Arbeit geleistet. Reinhards hatte überlegt, aus dem zähen Holz Hütten zu bauen, aber John hatte ihn sachte wieder von diesem Plan abgebracht. Das Argument war einfach: Sie wollten sich hier gar nicht erst häuslich einrichten, weil all ihre Anstrengungen auf eine Heimkehr fokussiert sein sollten. So hatten sie eine Menge Holz gehabt, um ihr Lager besser zu schützen.

Es war kein besonders ausgeklügeltes System, aber John hatte aus Holz Barrikaden errichten lassen, die jeweils zwei, drei Leuten Deckung boten. Sie waren überlappend angelegt, bildeten so eine vernünftige erste defensive Linie. Nichts, was eine entschlossene Opposition nicht in wenigen Minuten überrannt hätte, vor allem, da ihre Bewaffnung im besten Fall als mangelhaft zu bezeichnen war, aber immer noch deutlich besser als gar keine Verteidigungslinie.

Das Portal stand zur Hälfte unter einer riesigen Plane, die sie zwischen den verbliebenen Bäumen gespannt hatten. Es sah aus wie ein gewaltiges Spinnennetz, da sie es mit einer Unzahl von Seilen befestigt hatten. Die Plane bot Schatten und schützte das Portal vor Wettereinfluss. Zwar hatte es seit ihrer Ankunft nicht geregnet, aber man wusste ja nie.

Ein Großteil der Techniker arbeitete daran, die Einzelteile zu prüfen und das Portal zusammenzusetzen. Ohne den letzten Container konnten sie es natürlich nicht beenden, aber alle wollten für den Tag bereit sein, an dem sie die fehlenden Teile endlich fanden.

Im Schatten eines großen Baums stand Jamie, die hier Wachdienst schob. John sah ihren Blick auf sich ruhen, aber sie gab kein Anzeichen, dass sie ihn bemerkt hatte. Er nickte ihr kaum merklich zu, und sie erwiderte den Gruß ebenso verborgen.

Aus dem Schatten beobachtete John die Arbeiten. Auch hier sah er keinerlei Zeichen für Verrat, was ihn wenig überraschte. In der Gruppe würde die Ratte natürlich als loyales Konzernmitglied auftreten. John seufzte, die Anspannung wich aus seinem Körper. Er konnte ewig herumstehen und misstrauisch starren; helfen würde es nichts. Eine Weile lang blieb er dennoch und sah zu, wie das Portal langsam Gestalt annahm. Dann machte er kehrt und ging zum Shuttle zurück.

Auf halbem Weg kamen ihm Shakey und Bull entgegen. Als sie ihn sahen, beschleunigten sie ihre Schritte und sorgten so dafür, dass sie ihn abseits aller anderen Menschen erreichten.

»Neuigkeiten?«

»Wie man es nimmt«, erwiderte Bull leise. Er sah sich um, als befürchte er, dass hinter jedem Grashalm ein Verräter verborgen sein könnte. Intrigen lagen dem großen Beta nicht, wie John wieder einmal feststellte. »Rourke hatte eine Idee.«

John verzog erstaunt das Gesicht, und Shakey lachte.

»So hab' ich auch geschaut. Aber sie ist nicht mal schlecht.«

»Dann spuckt sie aus«, knurrte John.

»Er meint, wir sollten die Sensoren des Shuttles nutzen.«

»Ich dachte, die hätten wir beim Anflug verloren?«

Shakeys Grinsen erstarb, aber er schüttelte den Kopf.

»Nicht alle. Ich habe mir den Schaden mal angeschaut. Bislang erschien mir das unnötig, aber ich glaube, wir können ein bisschen was reparieren.«

»Und was machen wir damit? Das Ding wird doch nie wieder fliegen.«

»Nö, aber Rourke dachte, dass unsere Ratte doch bestimmt irgendwann ihren Bau verlässt und das Rudel sucht«, erwiderte Shakey, nun wieder vergnügt. Ihm schien die ganze Jagd nach dem Verräter Spaß zu machen. »Im Wald sind die Sensoren zu nichts zu gebrauchen. Viel zu ungenau, und der Dschungel ist voller Lebewesen. Aber wenn wir uns auf den Bereich direkt um das Shuttle konzentrieren ...« Shakey ließ seinen Satz ausklingen und sah John geradezu herausfordernd an.

»Wir würden mitkriegen, wenn jemand in den Urwald geht?«

»Bingo!«

»Und niemand geht einfach so in diesen verfickten Dschungel«, warf Bull ein. »Niemand, den wir nicht schicken oder der da nicht Freunde hat. Alle anderen haben einfach zu viel Angst.«

»Könnte klappen«, sinnierte John. »Hol' mich der Teufel, tausend Höllenhunde und ein Eisbär: Rourke hatte einen schlauen Einfall. Wann kannst du die Sensoren einsatzbereit haben, Shakey?«

»Heute Abend. Zumindest den Teil, den wir brauchen.«

John sah Bull an. Seine eigene Aufregung spiegelte sich in den Augen des Beta, wenn auch nicht in seiner Miene. Johns Finger kribbelten. Mehrere Szenarien liefen vor seinem geistigen Auge ab.

»Ich will Jamie, Cao und dich heute Nacht bereit haben«, befahl er. »Ich werde auch auf der Hut sein. Wir müssen uns auf die Lauer legen. Kann gut sein, dass es Tage dauert, bis sich was tut. Vielleicht auch nie. Aber das ist eine verdammt gute Chance.«

Bull nickte.

»Ich sorge dafür.«

»Mach dich an die Arbeit, Shakey. Aber unauffällig. Und überleg dir irgendeine Geschichte, die du erzählen kannst, wenn jemand fragt, was du da machst.«

»Ich behaupte einfach, ich wolle die Sensoren des Ultraleichts mit den Überresten des Shuttles pimpen. Dann lass ich ein wenig Pilotenkauderwelsch los, und alles ist gut.« Der kleine Pilot rannte zurück zum Shuttle.

John und Bull blieben stehen. Schweigend sahen sie sich an, denn Worte waren nicht nötig.

Seit zwei Tagen lagen sie auf der Lauer. Die Arbeiten am Portal waren inzwischen mangels weiterer Möglichkeiten eingestellt worden; ihnen waren die Bauteile ausgegangen. John fand dennoch jeden Tag genug, um die Leute zu beschäftigen. Wenn es gar nichts zu tun gab, ließ er Bull Trainingseinheiten durchführen. Ihre verdeckte Jagd durfte sie nicht davon abhalten, ihre mittel- und langfristigen Ziele im Blick zu behalten. Letzteres war die Heimkehr, aber auch das simple Überleben in einer gefährlichen Umgebung.

Shakeys Erkundungsflüge hatten bislang keine neuen Erkenntnisse gebracht. In Richtung der Berge erstreckte sich das Hochplateau mehr als zweihundert Kilometer, und damit auch der rote Urwald. Shakey flog jeden Tag mindestens einmal die wahrscheinlichsten Routen ihres Anflugs ab, aber noch fehlte ihnen das entscheidende Quäntchen Glück.

Für den liebevoll Krähennest getauften Schießstand auf dem Dach des Shuttles teilte John nur noch seine eigenen Leute ein. Das hatte einen simplen Grund: Shakey hatte die Anzeige der reparierten Sensoren dorthin verlegt. Viel hatten sie nicht wieder zum Laufen gebracht, aber es musste reichen.

Im Laufe des letzten Tages war starker Wind aufgekommen, der zum einen Shakeys Start verhindert hatte und zum anderen feinen, ockerfarbenen Staub herantrug, der innerhalb von Minuten überall zu sein schien. Obwohl sie die Eingänge ins Shuttle immer schnell wieder verschlossen, lag bereits eine dünne Schicht auf allen Oberflächen. Das Zeug bildete mit Schweiß einen ekligen Film auf der Haut, schmeckte widerlich bitter und drang gnadenlos in jede Körperöffnung.

»He, Milk-Shakes«, rief Rourke, der sich auf eine Isomatte gefläzt hatte und an die Decke starrte. »Nicht erschrecken, wenn deine Scheiße morgen früh orange ist. Das ist nur dieses Dreckszeug!«

»Danke für die Warnung, aber ich schaue eigentlich nie nach«, entgegnete Shakey, der es hasste, Shakes genannt zu werden, was Rourke natürlich wusste. Der Ex-Söldner war der Einzige, der das manchmal tat, und dann nur, um den kleinen Piloten zu reizen. Diesmal ging Shakey nicht darauf ein.

John hörte den beiden bei ihren Frotzeleien nicht mehr zu. Er spülte den bitteren Geschmack mit einem Schluck Wasser aus seiner Feldflasche runter. Als der Wind aufgekommen war, hatten alle gehofft, dass es regnen würde, aber sie waren enttäuscht worden.

»Ich glaube, es ist eine Art Pollen. Blütenstaub und so«, sagte Grasse unvermittelt, während sie angewidert in ihren Essnapf starrte, wo ihr Proteinbrei langsam eine rötliche Note annahm. »Erde scheint es nicht zu sein.«

John brummte nur. Im Prinzip war ihm die Herkunft egal, solange es nicht gefährlich war. Einige Rekruten hatten zwar besorgt ausgesehen, weil sie befürchteten, dass der Staub giftig sein könnte, aber John hatte sie schnell beruhigen können. Allerdings war er keineswegs sicher, dass es ungiftig war – vielmehr hatte er sie angelogen. Wenn sich der Staub als toxisch erwies, hatten sie ohnehin keine Möglichkeiten, ihm zu entgehen. Ihre Atemschutzausrüstung war entweder auf *Farspace Horizon* geblieben oder mit dem letzten Container abgestürzt.

Draußen war es längst dunkel, und die meisten Besatzungsmitglieder schliefen bereits. Mit einem langen Seufzer stellte Grasse ihren Napf zur Seite und rollte sich in ihren Schlafsack. John sah sie kurz an. *Wirkt so eine Verräterin?* Dann vertrieb er den Gedanken. Es war sinnlos, sich darüber weiter den Kopf zu zerbrechen, schalt er sich zum tausendsten Mal. Er legte sich hin, bettete den Kopf auf die gefalteten Hände und starrte zur Decke.

Als er erwachte, kniete eine dunkle Gestalt über ihm. Einen Moment lang war er benommen, dann erkannte er Bull. Seine Hand griff neben sich und fand den vertrauten Lauf seines Sturmgewehrs. Er hatte nicht einschlafen wollen, aber manchmal machten Körper und Geist einem eben einen Strich durch die Rechnung.

»Rourke ist oben. Die Geräte schlagen an. Jemand schleicht um das Shuttle.« Bulls Stimme war nur ein Hauch, und der Beta hatte sich so weit herabgebeugt, dass seine Lippen beinahe Johns Ohrmuschel berührten.

Sofort fuhr es wie ein elektrischer Schlag durch Johns Körper, er war hellwach. »Wann?«

»Jetzt, Boss. Jamie und Cao sind schon raus.«

John nickte und setzte sich auf. Er ließ den Blick durch den Laderaum schweifen, aber auf die Schnelle war nicht zu erkennen, ob jemand fehlte und wenn ja, wer. Das einzige Licht stammte von einigen LEDs, und es war kaum möglich, mehr als Schemen zu sehen. Kurz blieb sein Blick an Grasses schlafender Gestalt hängen, und irgendwie war er froh, dass sie noch da war.

Einen winzigen Moment lang dachte er, dass er sie wecken und mitnehmen sollte; ihre Fähigkeiten wären sehr hilfreich. Dann verwarf er den Einfall wieder. Noch wussten sie gar nichts, und Grasse konnte in der Sache mit drinstecken.

So leise wie möglich stand John auf, packte seine Ausrüstung mit der einen und die Waffe mit der anderen Hand, dann folgte er Bull, der sich einen Weg zwischen den Schlafenden hindurch bahnte.

Sie schlugen den Vorhang zur Seite und traten in die Nacht. Der Wind hatte etwas abgeflaut, wehte aber noch spürbar. Als sie ins Sternenlicht traten, lösten sich zwei Schatten aus der Dunkelheit, die sich an die Bordwand gedrückt hatten. In Windeseile legte John seine Ausrüstung an und ließ sich von Bull erklären, was los war.

»Eine Person vermutlich. Ist in diese Richtung.« Der Beta deutete auf die andere Seite des Shuttles. »Rourke hatte erst nur eine Anzeige auf den Sensoren, dann hatte er visuellen Kontakt.«

John nickte. »Vorsprung?«

»Keine zwei Minuten. Bewegt sich nur langsam.«

»Schlaues Kerlchen«, murmelte John. »Will nicht entdeckt werden.«

»Oder Frauchen«, sagte Jamie, woraufhin der Ex-Soldat nickte.

»Guter Einwand. Nichts als gegeben hinnehmen.«

Endlich hatte John seine Ausrüstung angelegt und die Waffe bereit. Als sich Bull gegen das Ohr tippte, schüttelte er den Kopf.

»Stöpsel und Mikro anlegen, aber absolute Funkstille halten. Kann sein, dass sie Frequenzscanner haben. Und selbst wenn nicht, unsere Mistdinger senden unverschlüsselt.«

Es war – wieder einmal – einer der Nachteile, dass sie Justifiers waren. Niemand rechnete damit, dass auf einem unbesiedelten Planeten jemand den Funkverkehr mithören könnte.

»Cao, wir sind Team Eins. Ihr beiden seid Team Zwo. Wir übernehmen die Führung.«

Ohne ein weiteres Wort lief John los, und seine Leute folgten ihm. Hatte in den letzten Tagen allein der Gedanke an eine solche Jagd seinen Puls beschleunigt, blieb er jetzt ruhig. Die erhoffte Situation war eingetreten, nun galt es, einen kühlen Kopf zu bewahren.

Sie umrundeten das Shuttle und nutzten die niedrigen Barrikaden als Deckung, um die freie Fläche zu überqueren. Normalerweise stellte der Dschungel das Unbekannte dar, die Gefahr, doch jetzt war es nur willkommenes Gelände, in dem sie schwer zu entdecken waren.

Sie hasteten weiter. Alle paar Meter hielt John an

und suchte die Umgebung ab. Der Restlichtverstärker in seiner Brille arbeitete tadellos. Zwar war es im Wald fast komplett dunkel, aber eben nur fast. Ein wenig Licht von den Sternen kam selbst durch das dichte Blattwerk, und das genügte.

»Da«, hauchte Jamie zu seiner Rechten und wies tiefer in den Wald. Sein Blick folgte ihrer Hand, fand aber nichts als Gesträuch.

»Übernehmen.«

Sie lief los. Bull folgte ihr mit kurzem Abstand. Der große Beta war erstaunlich leise. John hängte sich ebenfalls dran und wusste Cao hinter sich, der nach sechs Uhr absicherte. Jamie war schnell und absolut lautlos. Geschmeidig duckte sie sich zwischen den Büschen durch, so dass sich kaum ein Blatt bewegte. John versuchte, es ihr gleichzutun, aber wenn er schnell genug lief, um sie nicht zu verlieren, konnte er nicht so leise sein. Sein Atem beschleunigte sich. Dann ging Jamie unvermittelt in die Knie und hob die Faust. Alle Justifiers hockten sich hin und sahen sich um. Und dann hörte John es.

»Hallo?«

Eine Männerstimme. Er konnte sie nicht eindeutig zuordnen, aber er wusste, dass er sie kannte. *Bastard!* Ganz vorsichtig arbeitete er sich weiter vor, wobei er Bull und Cao mit Handzeichen zu verstehen gab, das sie die Stellung halten sollten. John ließ sich Zeit. *Jetzt keinen Fehler machen.* Schließlich kniete er neben Jamie, die sich in ein niedriges Gebüsch verkrochen hatte.

Vor ihnen zeichnete sich eine Gestalt auf einer winzigen Lichtung ab. Ein Mann, breitschultrig, mit dem Rücken zu ihnen. Er trug eine ihrer Uniformen, aber er war keiner von ihnen.

»*ARStac!* Hallo?« Seine Stimme klang ängstlich, und John konnte es ihm nicht verübeln. Mitten in der Nacht in den Urwald zu gehen, erforderte immerhin Mut.

»Leise«, zischte es von der Seite.

Der Mann erstarrte, ebenso John. Unbewusst hielt er den Atem an, ebenso unbewusst hob er den Lauf seiner Waffe. Eine weitere Gestalt trat aus dem dichten Dschungel. Sie konnte es nicht ahnen, aber John zielte bereits auf ihre Brust. Sie selbst hatte eine kurzläufige Waffe in beiden Händen, die auf den Verräter zeigte. Ansonsten trug die Person ein komplett schwarzes Outfit, eng anliegend, aber offenbar gepanzert. Über das Gesicht war eine Sturmhaube gezogen, und die Augen wurden von einer Kampfbrille verdeckt, einige Generationen jünger als Johns Modell.

»Hände«, befahl der Neuankömmling barsch.

Der Verräter reagierte nicht sofort, woraufhin der Bewaffnete wiederholte: »Hände! Ich will die Hände sehen!«

Betont langsam hob der Verräter die Hände. Sie waren leer. Auf dem Rücken trug er allerdings ein Sturmgewehr.

»Leg die Waffe hin. Aber ganz langsam.«

Diesmal folgte der Verräter der Aufforderung sofort.

»Tritt sie ein Stück weg, dann hinknien und Hände hinter den Kopf.«

»Ist das wirklich nötig? Ich ...«

»Tu, was ich sage, oder ich schieße.«

Die Stimme des Bewaffneten blieb ruhig, und John wusste, dass er seine Ankündigung wahr machen würde. Der Verräter schien das ebenfalls zu spüren, denn er gab dem Sturmgewehr einen Tritt, der es ein Stück über den Boden rutschen ließ, dann ging er vorsichtig in die Knie, stets darauf bedacht, seine Hände sichtbar zu halten, bevor er sie an den Hinterkopf legte.

»Name?«

»Ghivran, Mann. Alistair Ghivran. Ich bin Ihr Kontakt.«

Der Name sagte John nichts. Offenbar hatte der Verräter sie komplett zum Narren gehalten, von seinem Namen bis zu seiner Loyalität. John wünschte sich, er könnte einen besseren Blick auf das Gesicht des Mannes erhaschen, aber dafür hätte er sich bewegen müssen, und er wollte dem Mann in Schwarz keine Chance geben, ihn zu entdecken.

»Okay, Ghivran, warum sind Sie hier? Sie hatten doch die Order, die Stellung zu halten, bis das Einsatzteam anrückt.«

John hätte beinahe geflucht. Was immer auch in dieser Nacht noch geschah, sie hatten auf jeden Fall mächtigen Ärger. Während er noch versuchte, sich auf die neue Situation einzustellen, traten zwei weitere Personen aus dem Dschungel und bauten sich neben den Bewaffneten auf. Sie waren ähnlich gekleidet und ausgerüstet. Der Mann in Schwarz senkte den Lauf seiner Waffe.

»Ich will eine Extraktion«, erklärte Ghivran. »Ich muss da raus.«

»Was ist los? Warum?«

»Ich glaube, die Justifiers haben Verdacht geschöpft. Ich ... ich bin nicht sicher, aber es gab Veränderungen. Neue Wacheinteilungen und so weiter. Ich kann da eh nichts mehr tun. Die sind am Ende, die Ausrüstung fehlt. Die kommen von Tordesillas nicht mehr runter und werden hier sowieso alle verrecken.«

Vielen Dank für die Blumen, dachte John grimmig.

»Negativ. Eine Extraktion zum jetzigen Zeitpunkt ist nicht möglich. Sie müssen warten, bis das Team kommt. Wir können Sie nicht mitnehmen. Wir haben nicht die Möglichkeiten, einen Zivilisten zu beschützen.«

»Wenn ich entdeckt werde, bringen die mich um! Das sind Tiere«, flehte der Verräter so erbärmlich, dass John ganz warm ums Herz wurde.

»Hören Sie, Ghivran. Wir sind ein Scoutteam. Diese Gegend ist verdammt gefährlich. Wir haben schon einen Mann an diese Raubkatzendinger verloren. Sie sind im Lager sicherer. Sorgen Sie dafür, dass Sie nicht entdeckt werden. Der Oberst stellt das Einsatzteam bereits in der Basis zusammen. Sie müssen nicht mehr lange durchhalten.«

Der Verräter nickte niedergeschlagen.

Gleich kommen mir die Tränen!

»Bleiben Sie bitte in der Nähe. Nur für den Fall ...«

»Natürlich«, erwiderte der Mann in Schwarz beruhigend. »Wir waren die ganze Zeit in der Nähe und haben beobachtet. Als Ihr Signal stoppte, haben wir uns schon Sorgen gemacht und waren bereit einzugreifen, aber dann ...«

»Was sagen Sie da?«, platzte es aus Ghivran heraus. »Das Signal?«

»Das Peilsignal, ja.«

»Es läuft noch«, widersprach Ghivran. »Ich habe es erst heute Abend gecheckt.«

Braver Shakey. Dein Programm hat funktioniert.

»Nein, es brach schon vor einigen Tagen ab. Wir ...«

Der Mann verstummte, hob die Waffe und sah sich ruckartig um.

»Zugriff«, murmelte John in sein Mikro und feuerte.

Ein sauberer Treffer ließ den Mann zur Seite taumeln. Jamie reagierte sofort. Eine Salve aus ihrer Waffe traf einen der drei und warf ihn nach hinten. Dann war sie von Johns Seite verschwunden. Die Mündungen von zwei Waffen richteten sich auf ihn, während sich Ghivran zu Boden warf und hektisch nach seinem Gewehr griff.

Ohne zu überlegen, duckte sich John nach links. Wo er eben noch gekniet hatte, schlugen Treffer ein. Es war irgendeine Art Energiewaffe, die die Blätter zischend verbrannte.

Noch im Abrollen schoss John erneut. Seine Salve war ungezielt, zwang seine Feinde aber in Deckung. Dann waren Bull und Cao heran und nahmen die Gegner unter Beschuss. Der kleine Otter-Hybride hatte einen Bogen um den Treffpunkt geschlagen und nahm sie ins Kreuzfeuer. Bull stand hinter einem Baum, feuerte eine Salve ab, ging in Deckung, lehnte sich wieder vor und schoss noch einmal. Gegenfeuer schlug in den Baum ein, ließ Flammen aus seiner Haut schlagen. Vorsichtig kroch John ein Stück weit, legte sich dann unter einen Busch und zielte zwei Sekunden lang sorgfältig. Sein Einzelschuss traf einen der beiden noch Stehenden mitten in die Kampfbrille. Splitter flogen in alle Richtungen, und der Feind sackte ohne einen Laut zu Boden.

Plötzlich knatterte es laut und lang, als Ghivran unter wüsten Schreien eine vollautomatische Salve über Johns Kopf jagte. Er spürte die Hitze der Geschosse, fühlte ihren Lufthauch, sah, wie der ganze Busch um ihn herum erbebte. Er presste sich so eng an den Boden, wie er konnte.

Das Mündungsfeuer erhellte das Antlitz des Verräters, ließ es wie im Stroboskoplicht flackern. Jetzt endlich erkannte John ihn. Kay! Hinter dem angeblichen Programmierer richtete der letzte Schwarzgekleidete seine Waffe aus – auf den Verräter. Bevor John reagieren konnte, erhob sich im Rücken des Angreifers ein Schatten. Es war eine Bewegung, die so schnell war, dass John nicht einmal sagen konnte, was geschah. Der Schwarzgekleidete wurde herumgewirbelt und fiel. Die Gestalt sprang über seinen stürzenden Körper hinweg, erreichte Ghivran und schlug ihm zweimal hart in die Nieren. Der Verräter schrie auf, dann traf ihn ein Schlag an den Hals, und seine Beine gaben unter ihm nach.

Jamie stand über dem Gestürzten, sah sich kurz um

und hob dann die Hand zum *Alles-klar*-Signal. John atmete einmal tief durch, bevor er sich langsam erhob. Einen irrationalen Moment lang sah er an sich hinab und erwartete, ein Dutzend Einschusslöcher zu sehen, doch der Augenblick verging. Gemeinsam mit Bull und Cao lief er auf die kleine Lichtung.

Kay lag auf dem Boden, die Hände an den Hals gepresst, und blickte mit großen Augen zum Himmel. Er war ausgeschaltet, schien aber nicht schwer verletzt zu sein.

»Sichert den Bastard«, knurrte John, und Bull kniete neben ihm nieder und begann, ihm die Hände mit Plastikband auf den Rücken zu fesseln.

John lief weiter. Der erste der drei schwarzgekleideten Gestalten lag nur zwei Schritte neben Kay. Ihre Augen waren ebenfall offen, aber sie sahen nichts mehr. Die Kehle war von einem Ohr bis zum anderen aufgeschnitten, Blut lief aus der tiefen Wunde. John ging neben der Gestalt in die Knie und schob die Maske hoch. Es war eine junge Frau, glattes Gesicht, helle Augen. Vorher war sie nur ein Feind gewesen, gesichtslos, die Augen hinter der undurchsichtigen Brille. Jetzt war sie, trotz allem, ein Mensch.

Der zweite Gefallene war derjenige, dem John die Brille zerschossen hatte. Dazu hatte er ihm auch das Gesicht zerstört. Es war ein Mann, so viel ließ sich noch sagen, aber John verzichtete darauf, die Reste der Kampfmaske von der blutigen Wunde zu ziehen, die einst seine Augen gewesen waren.

Beim dritten kniete sich John wieder hin. Es war der

Sprecher. Er lag halb auf die Seite gedreht, fast schon wieder zwischen den Bäumen. Als John ihn an der Schulter packte und herumdrehte, rettete ihn nur sein Instinkt. Die Pistole zuckte auf seinen Kopf zu, aber es gelang ihm, sie genau in dem Moment zur Seite zu schlagen, als sich der Schuss löste. Es gab kaum mehr als ein leises Ploppen, aber in Johns Ohren dröhnte es lauter als jeder Donner. Er packte die Waffenhand, drückte sie von sich weg. Zwei weitere Plopps, wie ein unterdrücktes Husten. John schlug zu, trieb dem Gegner seine Faust ins Gesicht. Ein harter, eng am Körper geführter Schlag, in den er sein ganzes Gewicht legte.

Der Kopf zuckte zurück, und John setzte nach, warf sich auf den Oberkörper, presste die Waffenhand auf den Waldboden, lehnte sich zur Seite, hieb mit dem Ellbogen gegen die Wange des Feindes. Endlich erschlaffte die Gegenwehr, und John entwand ihm die Pistole und warf sie über die Schulter.

»Bastard«, murmelte er keuchend, als er sich von seinem Feind herabwälzte.

Jamie war heran, richtete ihr Sturmgewehr auf das Gesicht des Mannes. Jetzt erst sah John, dass sein Gegner schwer verwundet war. Blut hatte seine Kampfmontur befleckt. Zwar hatte sich diese selbständig über den Treffern geschlossen, aber John konnte die Stellen am Torso noch erahnen.

John zog ihm Brille und Maske vom Gesicht. Er war nicht alt, vielleicht Ende zwanzig. Ein dünner Blutfaden lief aus dem Mundwinkel, die hellen Augen waren vor Schmerz verdreht.

»Wer sind Sie? Für wen arbeiten Sie?«

Der Mann atmete bereits flach. Seine Hände zuckten.

»Wir holen unseren Sani«, erklärte John. »Sie kommen durch. Sagen Sie mir, für wen Sie arbeiten? Wie heißt Ihr Oberst?«

»Braddock«, hauchte der Mann. Für einen Augenblick wurde sein Blick klar. »Er holt euch. Ihr seid nur noch totes Fleisch.«

»Welcher Konzern? Wie groß ist die Basis? Wie viele Leute? Gibt es ein Portal?«

Der Mann lachte, wobei ihm Blut die Lippen benetzte. Er schien etwas sagen zu wollen, doch es schoss nur ein breiter Schwall Blut aus seinem Mund. Er riss die Augen auf, und auf einmal lag Angst darin. Aber nur kurz, dann erstarb der Geist in ihnen, und sein Leib hörte auf, sich gegen den Tod zu wehren.

Mit einem Mal überkam John bleierne Müdigkeit. Er stand auf.

»Gute Arbeit. Sagt Rourke Bescheid. Wir brauchen hier draußen ein paar helfende Hände.«

Er hörte zu, wie Bull alles organisierte. Jamie reinigte ihre Kampfmesser, während sich Cao über Kay aufgebaut hatte und den Verräter wütend anfunkelte. John nahm das alles nur am Rande wahr. Er wollte nur noch schlafen und massierte seinen schmerzenden Nacken.

Über die Konsequenzen dieser Nacht wollte und konnte er nicht nachdenken. Er wusste aber, dass sie ihn und seine Leute früh genug einholen würden.

»Wir sollten das Schwein umlegen.«

Der Satz hing in der Luft und war unangenehm wie kalter Rauch. John war dem Gedanken nicht abgeneigt, aber er schüttelte dennoch den Kopf. Kay lag auf dem Boden, halb auf die Seite gedreht. Er wand sich in seinen Fesseln, in seiner Miene lag blanke Panik. Immer wieder wanderte sein Blick zu Bull und Cao, als befürchte er, die beiden würden ihn gleich mit bloßen Händen zerreißen und verspeisen.

Die drei Leichen lagen draußen in einem Zelt. Sie waren so gut wie nackt. John hielt nicht viel von Leichenfledderei, aber die Ausrüstung der gegnerischen Konzernlakaien war modern und gut, während sie selbst nur zweite Wahl dabei hatten, und davon nicht genug.

Als sie den dreien ihre Kampfmonturen ausgezogen hatten, war Bull ein zufriedenes Schnauben entfahren. Der jüngere Konzernsoldat hatte eine versorgte Schussverletzung an der Schulter gehabt, und Bull hatte die anderen darauf hingewiesen und sichergestellt, dass alle wussten, dass er bei ihrer ersten Jagdmission tatsächlich getroffen hatte.

»Wir warten ab«, befand John. »Wir wissen zu wenig, brauchen mehr Informationen.«

Die Nachricht vom nächtlichen Feuergefecht und der Enttarnung eines Verräters war wie eine Bombe im Lager eingeschlagen. Jetzt, einige Stunden später, kurz nach Sonnenaufgang, saßen alle im Laderaum und starrten Kay an. Er schien etwas sagen zu wollen, aber irgendwer hatte ihm silbernes Tape vor den Mund geklebt.

Reinhards trat an John heran. »Leutnant? Einen Augenblick, bitte.«

Sie gingen in den zweiten Laderaum, wo sich außer ihnen niemand aufhielt.

»Sie haben vorhin erzählt, es war ein Glückstreffer?«

In der Miene des Managers konnte John keinen Zweifel lesen, aber in seiner Stimme schwang ein Hauch Unglauben mit.

»Ja, Sir. Rourke hat eine Bewegung bemerkt, und wir sind dem nachgegangen«, log er glatt. Die Justifiers hatten ihre Geschichten abgestimmt und würden nun alle dieselbe Version berichten. John hatte einfach keine Lust gehabt, sich mit Reinhards darüber zu streiten, dass er ihn nicht eingeweiht hatte.

»Warum haben Sie nicht Alarm geben lassen?«

John zuckte mit den Schultern. »Das erschien mir nicht angemessen, Sir. Es hätte auch ein Fehlalarm sein können, und wir wollten keine unnötige Aufregung ins Lager bringen. Hätte ich gewusst, was wir schließlich finden, hätte ich Sie selbstverständlich informiert und Verstärkung mitgenommen.«

Mit ausdrucksloser Miene verschränkte John die Arme hinter dem Rücken. Es war eine der ersten Lektionen, die man bei der Armee lernte: gegenüber Vorgesetzten Unwissen heucheln. Das entspannte so manche Situation, konnte einen vor Latrinendienst retten und verbarg eigenmächtiges Handeln. *Niemals schlauer erscheinen, als du sein darfst.*

Reinhards nickte geistesabwesend. Er deutete ein Lächeln an. »Gute Arbeit, John.«

»Danke, Sir. Ohne meine Leute wäre das nicht möglich gewesen.«

Der erste wahre Satz in diesem Gespräch.

»Natürlich, natürlich. Machen Sie weiter so.«

Damit war ihr kleines Briefing beendet. John grinste einmal freundlich – oder zumindest so freundlich, wie er in diesem Moment grinsen konnte, vermutlich also mit einem hohen Anteil Schadenfreude. Dann folgte er Reinhards in Laderaum Eins.

Dort war immer noch eine wilde Diskussion im Gange, die sich um den gefesselten und geknebelten Kay drehte. John verstand die Aufregung, aber eigentlich war das ein Nebenschauplatz. Viel wichtiger war die Information, dass irgendwo auf diesem Planeten eine Basis existierte, auf der Menschen mit Waffen saßen und von der aus sie wohl in nicht allzu ferner Zukunft angegriffen werden würden.

»Meine Damen und Herren, Ruhe bitte«, rief Reinhards mit befehlsgewohnter Stimme.

Nein, nicht Befehl. Anweisungen. Aber Damen und Herren? Denkt er, wir seien hier in einer Aufsichtsratssitzung?

Aber obwohl es John nicht schmeckte, wurden die Stimmen leiser, verstummten nach einem weiteren Aufruf sogar ganz. Nur Kay sprach noch, allerdings war es durch das Tape nicht mehr als ein gedämpftes Grummeln.

»Als höchstes Mitglied der Hierarchie von *Stellar Exploration* bin ich zurzeit de facto eine Art Gouverneur auf Tordesillas, und damit obliegt mir die Hoheit über die Rechtssprechung.«

Johns Amüsement über die gestelzte Sprache war schlagartig verschwunden. *Fuck! Der hält sich für einen Richter.*

»Ich werde mich dieses Falls annehmen, keine Sorge. Bis dahin ist Mister Kay, Ghivran, oder wie immer er auch heißen mag, unser Gefangener. Wir werden einen der Räume an Bord als Zelle für ihn bereitmachen und mit den Vorbereitungen für ein Tribunal beginnen.«

»Äh, Sir, bei allem Respekt, glauben Sie, dass das schlau ist?«, meldete sich John vorsichtig zu Wort.

»Selbstverständlich, Leutnant. Sie haben in Ausübung Ihrer Pflicht Können und großen Mut bewiesen, aber ich nehme die Sache jetzt aus Ihren Händen. Dies ist eine zivile Angelegenheit. *Stellar Exploration* wurde durch diesen Mann Schaden zugefügt, und wir werden darüber befinden müssen, welche Strafe dafür angemessen ist.«

»Eine Kugel zwischen die Augen«, rief Sukarno. »Verfluchter Bastard.«

Kays Enttarnung hatte sie hart getroffen. Er hatte ihr bei ihren Projekten geholfen, und John vermutete, dass sie mit Lambert befreundet gewesen war. Die kleine Energietechnikerin baute sich über Kay auf und holte zu einem Tritt aus. John war nicht schnell genug, aber Bull packte sie an den Schultern und zog sie zurück, bevor sie den Wehrlosen treten konnte. In den Augen der meisten anderen fand John eher Enttäuschung darüber, dass man sie daran gehindert hatte. Er nutzte die kurze Ablenkung und trat an Reinhards heran.

»Sir, ich habe Ihnen doch berichtet, dass einer der Toten von einer Basis gesprochen hat. Und von einem Einsatzteam. Die wissen, wo wir sind, Sir, und sie stellen gerade die Leute zusammen, um uns auszuräuchern.«

»Diese Dinge können wir in der Verhandlung erörtern«, erwiderte der Manager kühl. Er schien den Triumph, sich in dieser Sache über John gestellt zu haben, regelrecht zu genießen. John hatte aber keine Zeit für Kompetenzgerangel und Konzernintrigen.

»Wir müssen sofort mit Maßnahmen zur Verteidigung beginnen, Sir. Diese Leute waren bestens ausgerüstet und ausgebildet. Hochmotiviert. Das waren keine Nullachtfünfzehn-Justifiers, das waren Konzernkriegsveteranen.«

»Aber Sie haben sie doch einfach erledigt, nicht wahr? So gefährlich können sie also auch wieder nicht gewesen sein.«

Im Namen seines Seelenfriedens und einer vernünftigen Diskussion überging John die Beleidigung geflissentlich.

»Wir hatten Glück. Darauf können wir nicht immer hoffen. Wir werden jeden Mann und jede Frau brauchen, um uns unserer Haut zu erwehren, wenn es hart auf hart kommt.«

Reinhards schien zu überlegen. John hoffte inständig, dass der Konzernmann gesunden Menschenverstand walten ließ und John Recht gab.

»Wir befragen Kay vorab. Sie können ja schon mal die Verteidigung vorbereiten. Ich habe vollstes Vertrauen in Ihre Fähigkeiten, Leutnant.«

John gefiel Reinhards selbstgefälliger Gesichtsausdruck nicht. Der Manager war zu locker, zu unbesorgt angesichts der Gefahr, die ihnen drohte. Es konnte nicht nur an seinem mangelnden Wissen über die militärische Situation liegen; selbst ein Laie musste erkennen, dass sie hoffnungslos unterlegen waren und ein Wunder benötigten, um sich gegen gut ausgebildete und entschlossene Gegner durchzusetzen. Da war noch mehr, aber John konnte es nicht packen, nicht verstehen.

»Ich mache mich gleich an die Arbeit«, sagte er unsicher. Er wurde das Gefühl nicht los, dass Reinhards doch in den Verrat verwickelt war und John nun zum Besten hielt.

»Tun Sie das. Erstatten Sie mir regelmäßig Bericht.« Der Manager verschränkte die Arme vor der Brust und wartete einige Sekunden, bis er hinzufügte: »Das wäre dann alles, Leutnant.«

John salutierte, drehte sich um, schnitt unbeobachtet eine Grimasse und verließ das Shuttle. Er sah sich im hellen Morgenlicht um. Ihre Position war denkbar schlecht. Ungeschützt gegen Angriffe aus der Luft, mit festen Stellungen, die keinem konzentrierten Beschuss standhalten konnten. Im Normalfall hätte John einen Rückzug angeordnet, dazu einige Teams als Guerilla-Einheiten zurückgelassen, um den Vormarsch des Gegners zu stören, aber diese Option hatten sie nicht. Das Shuttle zu halten, war ihre einzige Hoffnung. *Wenn wir in den Dschungel müssen, sieht es stockfinster aus. Wir müssten das Portal zurücklassen und uns in die Wildnis wagen. Keine Besiedlung auf dem Planeten, außer uns feindlich gesonnenen Konzernstreitkräften. Nein, wir müssen unsere Stellung hier halten. Nur wie?* Auf diese Frage wusste John keine Antwort.

»Sie haben Kay schon einige Tage vorher ins Visier genommen, stimmt's?«, meldete sich unvermittelt Grasse neben ihm zu Wort. John hatte gedacht, er wäre allein draußen, aber sie hatte sich lautlos angenähert. »Das erklärt die neuen Einteilungen der Wachen und Ihre Geheimniskrämerei.«

John räusperte sich. Er sah sie nicht an. »Nein. Ich habe lediglich versucht, die Pläne zu entzerren und allen genug Regenerationsphasen zu verschaffen.«

»Sie vertrauen mir nicht.«

In ihrer Stimme klang Enttäuschung mit. Überrascht drehte sich John nun doch um und sah sie an. Sie wirkte nicht nur enttäuscht, da war noch mehr.

»Es musste schnell gehen.«

Obwohl es nur eine halbe Lüge war und hauptsächlich das Auslassen der Wahrheit, fiel es ihm schwerer als die dreisten Lügen gegenüber Reinhards.

Sie verzog das Gesicht und grinste grimmig. »Und das nach allem, was wir schon erlebt haben.«

Sie musste nicht weitersprechen. John war bewusst, was sie meinte. Sie hatten Seite an Seite gekämpft, sich gegenseitig den Rücken freigehalten. Grasse hatte ihm vermutlich das Leben gerettet.

»Hören Sie ...«, begann er, aber sie winkte ab.

»Schon gut. Ihre Mission, Ihr Team, Ihre Spielregeln.«

Damit machte sie auf dem Absatz kehrt und verschwand im Inneren des Shuttles. John sah zu, wie die Plane wieder vor das Loch fiel. Er blieb zurück, wusste nicht, was er denken oder sagen sollte. Die Ereignisse stürzten über seinem Kopf zusammen, kamen wie eine Flutwelle, drohten, ihn unter sich zu begraben und fortzureißen. Es gab zu viele Probleme, zu viele Dinge, die genau jetzt dringend seine Aufmerksamkeit erforderten, und er war müde und erschöpft.

»Hey, Boss, alles klar?«

Rourke stand auf dem Shuttle. Er hatte Wache im Krähennest und war bis zum Rand der Oberseite gekommen. Seine Worte mochten freundlich klingen, aber sein Grinsen war anzüglich.

»Ja. Zurück auf den Posten. Wir können uns keine Unvorsichtigkeiten mehr erlauben.«

Der bullige Ex-Söldner salutierte nachlässig, dann verschwand er aus Johns Blickfeld. Mit Daumen und Zeigefinger massierte sich John die Nasenwurzel und versuchte, seine beginnenden Kopfschmerzen zu bekämpfen. Er wusste genau, was es brauchte, um sie zu vertreiben: eine ordentliche Nacht voller Schlaf und ohne Sorgen. Aber die war nicht in Sicht, also vertrieb er jeden Gedanken daran und machte sich an die Arbeit.

Shakey sah auf die simple Karte hinab, die sie aus seinen Luftaufnahmen gebastelt hatten. Mit den Computern des Shuttles war nur rudimentäre Bildbearbeitung möglich, aber er hatte die gröbsten Stellen geglättet und die wichtigen Linien verstärkt. Es war die direkte Umgebung des Shuttles, mit einem Stück Urwald dabei.

Die beiden Lichtungen bildeten eine schiefe Acht, deren Bauch deutlich größer war als der Kopf.

»Das Portal müssen wir aufgeben«, stellte Bull fest. Sein dicker Zeigefinger deutete auf die entsprechende Stelle. »Wir können es nicht verteidigen.«

»Wenn wir es verlieren, ist unsere Zukunft Asche«, sprach Shakey aus, was alle dachten. »Bye bye Zuhause.«

»Das stimmt; wir können das Portal nicht aufgeben. Aber der Sarge hat trotzdem nicht Unrecht.«

John sah aus wie der wandelnde Tod. Seine Haut war zwar von der Sonne auf Tordesillas gebräunt, aber darunter lag ein fahler Hauch. Unter seinen Augen waren dunkle Ringe, und auf seinen sonst so penibel rasierten Wangen stand der Schatten eines Barts. Er schlief nicht, aß nur wenig und war immer da, wo er gebraucht wurde. Shakey wusste, dass sein Boss Mitte dreißig sein musste, aber heute wäre er glatt für zehn Jahre mehr durchgegangen.

Es waren nur Justifiers im Raum. Das Aufdecken des Verräters hatte einen Keil in ihre kleine Gruppe getrieben, und Reinhards hatte es geschafft, die Rekruten von den Justifiers zu trennen. Aki hatte erzählt, dass im Lager manchmal die Frage gestellt wurde, ob John überhaupt der Richtige war, um sie zu führen. Wie jemand den glatten, schmierigen Laffen Reinhards einem Mann vorziehen konnte, der immer auch selbst tat, was er von anderen verlangte, und sich niemals scheute, für seine Leute in die Bresche zu springen, war Shakey ein Rätsel.

»Also hoffen wir, dass sie das Portal in Ruhe lassen?«, fragte Rourke ungläubig.

»Es ist wertvoll«, erläuterte John langsam. »Es zu zerstören, kann nicht ihre Priorität sein. Wir lassen es abseits stehen, arbeiten nur bei guten Sichtbedingungen und überwacht daran und konzentrieren uns auf das Shuttle.«

Den nächsten Satz musste er nicht sagen. *Wird auch so schwierig genug.* Shakey dachte es, und er sah den anderen an, dass sie es ebenfalls glaubten. Er steckte die zitternden Finger in die Taschen seines Fliegeroveralls.

»Die Scouts hatten doch Granaten dabei, oder?«

Bull nickte.

»Ich könnte ein paar mitnehmen und mit dem Ultraleicht Geschosse von oben werfen.«

»Negativ«, beschied John. »Die haben schwere Waffen. Die schießen deine Maschine aus dem Himmel, bevor du auch nur nahe genug bist, um Hallo zu sagen.«

Sie starrten weiter auf die Karte. Langsam begannen die verschiedenen Schattierungen von Rot und Orange vor Shakeys Augen zu verschwimmen. Selbst die Zelte waren mit Staub bedeckt. Lediglich das Shuttle und das Portal blieben klar und deutlich zu erkennen.

»So wird das nichts«, knurrte Bull schließlich. »Wir müssen mehr über die Opposition wissen. Wie viele, wie bewaffnet. Wir haben nicht einmal eine Ahnung, welcher Scheiß-Konzern dahinter steckt!«

Schweigen hüllte sie ein. Seit Reinhards Kays Tribunal zur Chefsache erklärt hatte, war John der Konfrontation mit dem Manager aus dem Weg gegangen. Auch jetzt sagte er nichts.

»Wir sollten Vorräte und Ausrüstung in den Wald schaffen«, mischte sich Cao ein. Der Otter-Hybride sprach nur selten. Shakey war mit ihm nie richtig warm geworden. Vielleicht lag es daran, dass er oft mit Rourke zusammenhing, und der war ein ziemlich unangenehmer Zeitgenosse.

»Wenn wir das Camp verlieren, werden uns auch ein paar Vorräte wenig nutzen«, gab Bull zu bedenken, aber John schüttelte den Kopf.

»Cao hat Recht. Wir sollten jede Möglichkeit in Betracht ziehen. Kümmere dich nachher darum.«

»Wohin sollten wir gehen, wenn das Shuttle gestürmt wird?«

John seufzte tief.

»Ich weiß nicht. Aber wenn sie uns überrennen, sind wir alle tot, zumindest die Justifiers. Die lassen doch keine gegnerischen Soldaten am Leben. Für die sind wir nichts als ein Risiko.«

»Glaubst du das wirklich, Boss?«

John drehte sich vom Tisch weg und begann, eine Runde im Besprechungszimmer zu drehen. Er lief um den Tisch herum, die Arme hinter dem Rücken verschränkt.

»Wer immer unsere Gegner sind, die sind auf einem Planeten, der nach gültigem Recht *Stellar Exploration* zur Befriedung, zur Besiedlung und zur Vermarktung gehört. Wir haben das Recht auf unserer Seite.« John gestattete sich ein Lächeln. »Und Dreck an den Fingern, aber egal. Wenn wir einfach verschwinden, wird es Monate dauern, bis *SE* einen neuen Versuch startet. Je nachdem, was mit *Farspace Horizon* passiert ist, vielleicht noch länger. Momentan sind wir einfach MIA – Missing in Action. Und die werden dafür sorgen wollen, dass es so bleibt.«

Er hatte seine Runde beendet und beugte sich wieder über die Karte. »Hier geht es um alles oder nichts.«

»Quasi Sein oder Nichtsein?«, fragte Shakey im Scherz, aber die anderen sahen ihn nur verständnislos an, also murmelte er: »Sorry, nicht wichtig.«

Langsam wanderten Johns Finger über die Karte, folgten den Linien, malten imaginäre Verteidigungslinien, suchten nach optimalen Angriffsvektoren und den Möglichkeiten, genau diese zu blockieren. Schließlich schlug er mit der Faust auf den Tisch.

»Verdammt, Sarge, schaffen Sie mir Reinhards her. Wir müssen wissen, was Kay weiß. So geht das nicht weiter.«

Bull salutierte, dann lief er hinaus. Shakey spürte, wie er grinsen musste, und er war nicht der Einzige. Es war gut, den alten Leutnant wieder zu haben.

Nach kaum zwei Minuten kam der Sergeant wieder in den Besprechungsraum, gefolgt von Reinhards und Grasse. Der Manager wirkte ganz entspannt, als sei er nicht gerade in die Höhle des Löwen gegangen. Nach einem Blick auf Johns Gesicht fügte Shakey in Gedanken hinzu: *des angepissten Löwen.*

Grasse blieb neben der Tür stehen und lehnte sich lässig an die Wand. Seit gestern herrschte Eiszeit zwischen ihr und dem Leutnant, und seine Leute ordneten sie dementsprechend Reinhards' Lager zu.

»Was haben Sie aus Kay rausquetschen können, Sir?«

»Oh, wir haben gerade erst mit der Befragung begonnen.«

John warf einen ostentativen Blick auf seinen Chronometer. »Nach über neunzehn Stunden?«

»Es erschien mir opportun, ihn ein wenig im eigenen Saft schmoren zu lassen. Seine geistigen Widerstandskräfte zu senken. Sie verstehen schon.«

»Nein, Sir, eigentlich nicht. Ich verstehe nur, dass wir nicht wissen, wer oder was unser Feind ist, wann er anrücken wird und womit wir rechnen müssen. Wir sind blind und taub ... Sir.«

Das letzte Wort spuckte John aus. Seine Miene war wie in Stein gemeißelt, harte Konturen, entschlossen.

Reinhards strich sich mit der Hand über die Stirn. »Das ist Ihr Job, John. Planen Sie einfach für alle Eventualitäten.«

Es schien, als habe die Ungeheuerlichkeit dieses Satzes John die Sprache verschlagen. Er holte Luft, setzte zu einer Erwiderung an, schwieg, schüttelte den Kopf und knurrte dann: »Das ist nicht möglich. Wir brauchen mehr Informationen!«

»Und die bekommen Sie«, bellte Reinhards sofort zurück. Falls ihn die Anwesenheit der Justifiers einschüchterte, zeigte er das nicht.

Shakey bemerkte, wie sich Johns Muskeln anspannten.

»Wann?«

»Sobald wir sie haben.« Unvermittelt wurde die Stimme des Managers jovial. »Wir sind dran, John. Kay ist vollkommen fertig mit den Nerven. Ich habe dafür sorgen lassen, dass er nicht geschlafen hat. Hunger, Durst, Schlafentzug – diese Maßnahmen tun schon das ihrige. Er wird reden. Haben Sie noch ein wenig Geduld.«

Alle sahen von Reinhards zu John. Das plötzliche Einlenken des Konzerners hatte Shakey überrascht. Vielleicht lief die ganze Angelegenheit doch noch glimpflich ab.

»Nein«, erklärte John ruhig, als lehne er nur eine Einladung zum Tee ab. »Wir machen das jetzt richtig. Wir haben schon zu viel Zeit verloren.«

»John, ich warne Sie. Kay fällt in meine Kompetenz. Ich ...«

»Das hier ist kein Meeting!«, brüllte der Leutnant so laut, dass Shakey zusammenzuckte. »Kein verdammtes Kräftemessen am Pissoir und kein Gerangel um tolle Posten. Hier stehen Menschenleben auf dem Spiel! Das Leben unserer Leute. Meins. Und Ihres auch. Sind Sie zu verbohrt, um das zu erkennen?«

Reinhards war einen halben Schritt zurückgewichen, beeilte sich aber, wieder eine selbstbewusste Pose einzunehmen. Für einen winzigen Augenblick bekam Shakey einen Einblick in die Psyche des Managers. Er baute sich nicht so auf, weil es natürlich für ihn war. Auch nicht aus Instinkt. Es war Berechnung, etwas, das er gelernt, sich antrainiert hatte, wie Shakey seine Flugkünste. Mitgebracht aus einem Seminar, vielleicht der Tipp eines überbezahlten Psycho-Docs.

»Sie vergessen sich. Ich verstehe das; Sie stehen unter hohem Druck. Für eine solche Situation fehlt es Ihnen an Ausbildung und Erfahrung. Beruhigen Sie sich, und ich vergesse Ihren Ausfall, sobald Sie sich entschuldigt haben.«

Für einen Moment sah es so aus, als würde John seine Pistole ziehen und den Mann mitten im Besprechungszimmer erschießen. Shakey hielt den Atem an. Er sah zu Grasse, aber die Leibwächterin lehnte weiterhin einfach unbeweglich neben der Tür.

»Fuck«, zischte John schließlich. »Sie glauben den Scheiß, den Sie verzapfen, wirklich. Ich war bei den Interventionskommandos. Sagt Ihnen das was? Natürlich nicht. *Zuerst rein, zuletzt raus*, das war unser Motto. Immer da, wo es am heftigsten brennt. Ich weiß verdammt genau, was wir tun müssen.«

»Sie wurden unehrenhaft entlassen«, giftete Reinhards zurück. »Wohl kaum ein Grund für Ihr Imponiergehabe und eine stolzgeschwellte Brust.«

»Ah, Sie kennen meine Akte. Aber Sie haben sie wohl nicht ganz gelesen, was?«

Reinhards stutzte.

John setzte ein finsteres Grinsen auf. »Ich wurde nicht unehrenhaft entlassen, weil ich nicht gut war. Nein, ich war verdammt gut, neun Einsätze, sechs Belobigungen, zwei Sonderauszeichnungen. Sie haben mich rausgeworfen, weil ich einen vorgesetzten Offizier ins Lazarett geprügelt habe.«

Reinhards erbleichte. Jetzt war es an ihm, keine Worte mehr zu finden. Die beiden Kontrahenten starrten einander an. Schon sah Shakey den Manager nachgeben. Er hätte es ihm nicht verdenken können. In Johns Blicken lag Mord, und Shakey hätte dem Leutnant in diesem Moment ums Verrecken nicht widersprechen wollen.

Dann summte es plötzlich im Raum. Zwei kurze Töne, eine längere Pause, dann wieder zwei Töne. Und das Signal ging weiter.

»Hab ich Hallus, oder ist das ...«, begann Rourke, und Cao führte den Satz für ihn zu Ende: »Unser Komsignal?«

Shakey schluckte, sein Blick huschte von Reinhards zu John. Das Signal ertönte erneut. Es würde im ganzen Shuttle zu hören sein, und der kleine Pilot konnte sich vorstellen, wie sich alle gleichzeitig verblüfft umsahen.

»Ja«, wisperte er. »Wir werden gerade gerufen.«

12

Wie das Kaninchen vor der Schlange saß John vor der Kommunikationskonsole des Shuttles. Das kleine Licht blinkte die ganze Zeit, und dazu ertönte ein Summen auf einer Frequenz, die menschliche Ohren gerade noch so erreichte und daher ziemlich unangenehm war.

Was ihn lähmte, war nicht die Furcht vor der ankommenden Nachricht, sondern die Tatsache, dass Shakey noch nicht fertig war. Er selbst hatte sich seine Sorgen vor zwei Minuten von der Seele geschrien, als er sich mit Reinhards gestritten hatte. Der Manager war immer noch blass und redete kaum. Allerdings hatte er es sich nicht nehmen lassen, den Sitz des Copiloten für sich zu beanspruchen.

Shakey hob einen Daumen. Die Komeinheit war verkabelt, und alles, was gesendet wurde, konnte mitgeschnitten werden.

Hinter dem Cockpit hatte sich fast das gesamte Lager eingefunden. Keiner sagte etwas. John presste den Finger auf die Taste, und der Bildschirm erwachte flackernd zum Leben.

Die Qualität war nicht gut. Störungen in der Atmosphäre beeinträchtigten das Bild, aber der Ton war halbwegs klar. John sah das Gesicht einer überraschend jungen Frau, die ein großes Headset trug. Es war noch der Kragen einer Uniform zu erkennen, aber sonst keine Zeichen für ihre Konzern-Zugehörigkeit. Sie musste John im gleichen Augenblick auf den Schirm bekommen haben, denn sie zuckte ein winziges Stück zurück.

»Sir, ich habe jemanden.«

Bevor John fragen konnte, was sie meinte, verschwand ihr Gesicht. Nun war die Lehne eines hohen Stuhls zu sehen, dahinter – leider unscharf – ein weitläufiger Raum, in dem Männer und Frauen saßen und standen. Auf den ersten Blick waren keine Betas auszumachen.

Eine neue Person nahm den Platz ein, auf dem zuvor die junge Frau gesessen hatte. Ein Mann mit kurzgeschorenen, grauen Haaren und einem ebensolchen Schnauzbart. Er hatte ein breites Kinn, und sein ganzer Kopf wirkte kantig. Alles an ihm schrie förmlich *Militär.* Er fixierte John mit hellen Augen, deren genaue Farbe allerdings in der Übertragung verloren ging.

»Ich wusste, dass Sie sich melden würden. Mein Name ist Oberst Braddock. Ich bin der Kommandeur von Alpha Point. Mit wem spreche ich?«

Eine leichte Störung beeinträchtigte das Bild, es wurde grau, unscharf. Erst nach einigen Sekunden erkannte John, dass es keine Übertragungsprobleme gab, sondern dass es Rauch war, der auf der anderen Seite von unten hochzog. Wie zur Bestätigung steckte sich Braddock eine Zigarre in den Mund.

»Leutnant John D. Owens, Oberst. Das hier ist mein Kommando.«

Neben John rührte sich Reinhards.

»Sagen Sie ihm nichts, Leutnant«, befahl er flüsternd. John ging nicht darauf ein, aber Braddock nahm die Zigarre aus dem Mund und lachte.

»Sitzt Ihnen ein Zivilist im Nacken, Mann? Ich dachte, als Justifier wäre es Ihr Job, weit weg von denen zu operieren. Ich hatte Sie schon darum beneidet.«

»Für wen arbeiten Sie, Oberst?«, fragte John, ohne auf die Spitze einzugehen. Man konnte nicht wissen, wie lange das Gespräch dauern würde, und in einem hatte Reinhards recht: Der Gegenseite umsonst Informationen zu geben, konnte auf keinen Fall ratsam sein.

Der Oberst zog an seiner Zigarre. Nachdenklich blies er den Rauch in Richtung Kamera. Für einen Augenblick verschwand sein Gesicht vollständig hinter den Schwaden.

»Auf Tordesillas repräsentiere ich *ARStac*«, sagte er dann mit seiner angenehmen, dunklen Stimme. »Dieser Planet gehört uns.«

»Nein«, ereiferte sich Reinhards und lehnte sich zur Seite, so dass er John den Blick auf den Schirm verstellte. »Ihr Vertrag mit *Stellar Exploration* regelt die Aufteilung des Sektors eindeutig. Tordesillas fällt uns zu. Sie befinden sich illegal hier, und ich fordere Sie hiermit im Namen von *Stellar Exploration* auf, sich augenblicklich zurückzuziehen!«

Sachte schob John den Manager ein Stück zur Seite, um Braddocks Reaktion auf Reinhards' Ausbruch zu sehen. Der Oberst gab sich wie erwartet ungerührt von den Anwürfen.

»Um irgendwelche juristischen Spitzfindigkeiten können sich die Eierköpfe aus der Rechtsabteilung kümmern. Die haben viel Legalesisch auf Lager. Sicher gibt es auch einen Fachbegriff für unsere Situation hier, aber bei uns in der Truppe sagt man *wer zuerst kommt, mahlt zuerst.*«

Braddock zeigte zwei Reihen blendendweißer Zähne.

»Dann wird *ARStac* die Konventionalstrafe bezahlen müssen, plus die Ausfälle, die wir zu erleiden hatten. Das wird ein hübsches Sümmchen. Und wir beanspruchen Tordesillas dennoch!«

Ausfälle. So heißt das also im Verhandlungszimmer, wenn zwei Konzerne gegenseitig ihre Mitarbeiter umbringen. Ohne auf Reinhards zu achten, der triumphierend in die Linse der Kamera blickte, wandte sich John wieder an Braddock.

»Sie haben uns doch nicht kontaktiert, um über Vertragsfragen zu sprechen, über die ohnehin keiner von uns beiden zu entscheiden befugt ist. Sie und ich, wir sind hier vor Ort. Also, was wollen Sie?«

»Ich will meine Leute zurück. Unsere Satelliten zeigen, dass sie sich in Ihrem Lager befinden, Leutnant Owens. Ich schlage vor, dass Sie uns meine Leute aushändigen und sich Ihr Team uns ergibt. Dann können wir alle nach Hause gehen, und die Sesselfurzer – wie Ihre Gouvernante da – können ausdiskutieren, wer Recht hat.«

»Was denken Sie, mit wem Sie es zu tun haben?« Reinhards war sichtlich empört. »Ich verbitte mir ...«

»Ja, schon gut. Setzen Sie sich, Mann. Ich werde nur mit Leutnant Owens verhandeln, mit niemandem sonst.« Der Oberst lehnte sich vor, so dass sein Gesicht den ganzen Bildschirm ausfüllte. Extreme klimatische Verhältnisse oder eine Menge Sorgen hatten tiefe Furchen in sein Gesicht gegraben. »Was sagen Sie zu meinem Angebot?«

»Ihre Leute sind tot, Sir. Es gab ein Feuergefecht, und ich bedauere, Ihnen mitteilen zu müssen, dass sie alle drei tödliche Verletzungen erlitten haben. Nummer vier war zu diesem Zeitpunkt bereits KIA.«

»Verstehe. Wie unglücklich«, erwiderte Braddock, ohne eine Miene zu verziehen.

»Sie haben unsere Leute umgebracht. Nicht nur das: Sie haben sie verstümmelt.«

»Psychologische Kriegsführung, Leutnant«, entgegnete Braddock ungerührt. »Aber der haben sie wohl widerstanden. Dann bleibt uns jetzt nur die Verhandlung über die Bedingungen Ihrer Kapitulation.«

»Wir haben Kay. Ich denke, Sie kennen ihn unter dem Namen Ghivran.«

Noch immer zeigte sich keine Regung in Braddocks Gesicht. Er nahm einen Zug von seiner Zigarre. »Den hätten wir ganz gern lebendig wieder. Aber das wäre ohnehin Teil unserer Abmachung. Also, was sagen Sie?

Ihre Leute werden in Gewahrsam genommen, und wir schicken sie zurück in die Zivilisation. Ich kann mir vorstellen, dass Ihr Aufenthalt hier nicht gerade angenehm war. Das Rote Plateau ist ein übler Ort, Leutnant. Wenn Sie nicht kapitulieren, werden Sie da oben noch viele Gräber schaufeln.«

Obwohl diese Aussage ziemlich genau das traf, was John dachte, verschränkte er die Arme vor der Brust und bemühte sich um einen neutralen Gesichtsausdruck. »Wollen Sie mir drohen, Oberst?«

»Nein. Das war nur ein freundlich gemeinter Hinweis. Ich muss Ihnen nicht drohen. Sie haben Augen im Kopf und können sich umsehen. Wenn ich Sie richtig einschätze, dann wissen Sie ebenso gut wie ich, dass es der Wahrheit entspricht, was ich zu sagen habe.«

»Wir müssen das besprechen«, wich John aus. »Wie können wir Sie erreichen?«

»Einfach auf dieser Frequenz, Leutnant. Ich bin immer für Sie da.«

Braddock zeigte erneut seine Zähne. Vermutlich sollte es ein freundliches Lächeln sein, aber auf John wirkte es wie ein Fletschen. Der Oberst lehnte sich kurz vor, dann wurde der Bildschirm schwarz.

Ohne eine Gemütsregung zuzulassen, blieb John sitzen. *ARStac* war ein harter Konkurrent von *SE.* Unter Druck der Konzernmutter hatten beide den noch größtenteils unerforschten Sektor vertraglich unter sich aufgeteilt. Zu lange hatten sich die beiden Firmen Konkurrenz gemacht und dabei mit harten Bandagen gekämpft. Zwar hatte ihr Vertrag keine Auswirkungen auf andere Konzerne, aber in dieser Gegend gab es sonst niemanden mit dem nötigen Material und Know-how. Alles in dem Sektor lief auf *ARStac* und *Stellar Exploration* hinaus. Wenn *ARStac* jetzt im Sandkasten mit *SEs* Förmchen spielen wollte, würde das daheim Ärger geben – den sich Braddock und seine gesichtslosen Vorgesetzten bestimmt ersparen wollten. *ARStac* war nicht gerade als zimperlich bekannt, und John musste wieder an Lambert denken.

»Wir werden über die Übergabebedingungen sprechen müssen«, erklärte Reinhards nach einigen Sekunden des Schweigens. »Was mit dem Besitz von *Stellar Exploration* geschieht und wie er und wir in die Zivilisation zurückkehren können.«

Das ist es, erkannte John. *Deswegen war der Bastard so ruhig. Bei Ares, er denkt wirklich, wir können uns einfach so ergeben!*

»Wie lange läuft der Vertrag?«, erkundigte sich John.

Reinhards hielt kurz inne und überlegte. »Meinen Sie die vereinbarte Laufzeit?«

»Ich meine Fristen, Termine, so etwas.«

»Fünf Jahre.«

»*SE* hat fünf Jahre die Rechte an Tordesillas?«

»Äh, nein, John. So funktioniert das nicht.« Der Manager befand sich nun wieder auf ihm bekannten Grund und bekam sichtlich Oberwasser. »*Stellar Exploration* hat die Option auf den Planeten. Wenn wir ihn nicht in Besitz nehmen, fällt er natürlich zurück ins öffentliche Gut.«

»Wann?«

»Die genaue Frist weiß ich nicht. Standard wäre ein Jahr nach Wahrnehmung der Option.«

»Also nachdem wir ihn für uns beansprucht haben?«

»Genau. Was soll das, Leutnant? Worauf wollen Sie hinaus?«

Es war Shakey, der antwortete, während sich in Johns Gesicht nur ein grimmiges, aber nicht unzufriedenes Grinsen breitmachte.

»*SE* hat die Option wahrgenommen. Deswegen wurde diese Mission gestartet. Hätten wir Erfolg gehabt, wäre alles locker gelaufen. Aber so?«

»Wenn wir nicht zurückkommen, ist Tordesillas wieder frei für alle. Aber niemand außer *ARStac* und *SE* operiert in diesem Sektor. Wenn *Farspace Horizon* zerstört ist, wovon wir ausgehen müssen, wird *SE* Monate brauchen, um überhaupt wieder operabel zu sein. Ich meine, es wurde nicht nur die Station mit ihren Sprungtoren verloren, sondern auch Ausrüstung, dazu vermutlich Techniker, Angestellte, Justifiers, vielleicht ganze Teams. Niemand wird daran denken, eine zweite Mission nach Tordesillas zu planen.«

Keiner sagte etwas. Allen war bewusst, was das bedeutete.

»Natürlich nur, wenn wir nicht wiederkommen. Tun wir das doch, greift der Vertrag. Und *ARStac* hat das Nachsehen.« John ließ nicht locker, auch wenn er sah, wie das Entsetzen in Reinhards' Augen analog zum Begreifen wuchs. »Verschwinden wir, kann *ARStac* ganz legal Tordesillas beanspruchen. Es wird einen offiziellen Termin für eine Justifier-Mission geben und danach die schnellste und angenehmste Mission überhaupt – weil sie hier schon eine Basis samt Bar und Wellness-Bereich vorfinden. Spuren wird es keine geben; der Planet ist riesig, unbesiedelt, der Dschungel dicht, und wo hier die Lichtung war, werden bald wieder Bäume stehen.«

Die Tragweite seiner Worte schien die Luft im Cockpit um fünf Grad herunterzukühlen und ließ alle erstarren. Aber John hörte nicht auf.

»Wenn sie wüssten, wer Mr. Reinhards hier ist, würden sie es vielleicht nicht wagen, ihn umzulegen. Aber das gilt nur für ihn, für keinen anderen von uns. Und vielleicht wäre sein Schicksal auch nicht angenehmer. Ich könnte mir vorstellen, dass ein Dasein als Faustpfand in einem Konzerngefängnis ebenfalls kein Spaß ist.«

Der Konzerner hustete, unterbrach John jedoch nicht.

»Das Einzige, was wir Justifiers und Zivilisten von Braddock und seinen Leuten bekommen, ist eine Kugel in den Hinterkopf. Wenn wir kapitulieren, können wir Braddocks Rat befolgen und gleich schon mal genug Gräber schaufeln.«

»Das kann nicht sein«, protestierte Sukarno. »Er hat uns Konditionen angeboten. Was ist mit seinem militärischen Ehrenwort?«

John lachte bitter. »Der ist Konzerngardeur und nicht beim Friedenscorps. Auf dessen Wort würde ich nicht mal meinen letzten Sold wetten, und den habe ich noch nicht bekommen.«

Eine Sekunde lang hatte er die irrationale Angst, dass die Verbindung noch stand und Braddock alles mitgehört hatte. *Als wenn es einen Unterschied machen würde.*

»Wir ... wir finden eine Einigung«, stammelte Reinhards. »Wir sind zivilisierte Menschen. Das ist doch nur ein Rechtsstreit, es geht doch nur um Geld.«

»Wenn Sie an Braddocks Stelle wären, was würden Sie tun ... Sir?«

Das Schweigen des Konzerners sprach Bände – es erklärte mehr, als Worte gekonnt hätten. In den Blicken der anderen lag Abscheu. Endlich erkannten sie, dass es Typen wie Reinhards waren, die sie wie Gegenstände behandelten. Humankapital, mehr nicht.

Sie waren das Einzige, was der Gewinnmaximierung von *ARStac* entgegenstand, und würden deshalb geopfert, ohne dass man einen zweiten Gedanken an sie verschwendete. Die Justifiers kannten das Gefühl, hatten sich beinahe daran gewöhnt, ersetzbar zu sein und von geringem Wert für ihren Arbeitgeber.

Und jetzt saß Reinhards einmal auf der anderen Seite. Jemand, der dreißig Prozent Verlustquote bei einer Mission sicherlich als *akzeptabel* beschrieben hätte. Er war daran gewöhnt, seine Untergebenen in den Tod zu schicken, für ein paar Tois mehr. Auf einmal war der Spieß umgedreht, und Reinhards fand sich am anderen Ende der Maxime vom maximalen Profit wieder.

Fast hätte sich John noch länger an dem Gedanken erfreut, aber dazu war die Lage zu ernst. *Nein, eigentlich hoffnungslos.* Der Gegner schien bestens ausgerüstet, hatte Satelliten und war ihnen in allen Belangen überlegen. Allein in dem kurzen Moment, als der Stuhl leer gewesen war, hatte John ein halbes Dutzend Menschen gezählt, darunter zwei vollgerüstete Gardeure. *Zahlenmäßige und technische Überlegenheit des Feindes, genau das, wovor meine Ausbilder mich immer gewarnt haben.*

»Wir müssen vorbereitet sein«, erklärte er dennoch und legte dabei so viel Optimismus und Sicherheit in seine Stimme, wie er konnte. »Sarge, wir sehen uns gleich die Stellungen an. Sukarno, holen Sie alles an Saft aus den Energiepacks der Blaster, was geht. Shakey, wir brauchen dich als Aufklärer; ich will einen Plan, wie du so oft wie möglich in der Luft sein kannst. In deinen Freischichten wird Benson dich ablösen.«

Seine Befehle lösten die Starre der Versammelten. Stimmen wurden laut, Diskussionen begannen, aber Bull fing gleich an, Aufgaben zu verteilen, um Körper und Geist aller zu beschäftigen.

»Und wir müssen das verdammte Tor so schnell wie möglich zum Laufen bringen. Erst wenn dieser Planet hinter uns liegt, sind wir in Sicherheit. Zwei Leute werden von jetzt ab nonstop daran arbeiten.«

Nur Reinhards und Grasse blieben bei John im Cockpit, als sich die Besatzung in alle Richtungen zerstreute. Die Leibwächterin beachtete ihren Chef nicht, sondern streckte John die Hand entgegen. »Sie werden mich brauchen, Leutnant. Mich und ein Wunder. Für Letzteres kann ich nicht garantieren, aber wenn Sie einschlagen, haben Sie meine volle Unterstützung.«

Sie ignorierte Reinhards säuerliche Miene. »Ich stehe auf Ihrer Seite.«

Auch John würdigte den Manager keines Blickes, als er ihre Hand nahm und drückte. Nur einen kurzen Moment sahen sie sich an, aber tatsächlich keimte entgegen aller Vernunft so etwas wie Hoffnung in ihm auf.

Es war eine Frage der Einschüchterung, dass John sowohl Bull als auch Rourke zu der Befragung mitnahm. Zu dritt bauten sie sich vor Kay auf. John kniete sich neben den Saboteur und riss ihm umstandslos und ohne Vorwarnung das Tape vom Mund.

Welche Maßnahme auch immer den Gesinnungswandel in Kay bewirkt haben mochte, offenbar war er bereits weichgekocht. Er sah John und seine Begleiter mit geröteten Augen an und krächzte mit brüchiger Stimme: »Ich sage Ihnen alles!«

»Gut«, befand John ohne eine Spur von Freundlichkeit. »Damit kann ich vielleicht arbeiten.«

13

Eine knappe Stunde nach dem Verhör stand eine kleine Gruppe im Besprechungsraum. Rourke und Shakey von Johns Team, Grasse, weil sie gut war, und Reinhards, den der Leutnant als eine Art Friedensangebot dazugebeten hatte. Der Manager ließ sich möglicherweise noch immer Johns Worte und den Auftritt von Braddock durch den Kopf gehen, jedenfalls war er erstaunlich still.

Shakey hatte Benson mit dem Ultraleicht losgeschickt, und Bull besetzte das Krähennest, wie John es angeordnet hatte.

»*ARStac* ist schon seit Monaten hier«, eröffnete der Leutnant seinen Leuten. »Ghivran behauptet, er wisse nicht, warum sie so einen Vertragsbruch im großen Stil riskieren, und selbst Rourkes freundlichste Nachfragen haben das nicht aus ihm herausbekommen, also wird's wohl stimmen. Eigentlich ist das aber auch nicht unser dringlichstes Problem.« Der bullige Ex-Söldner zeigte ein unangenehmes Grinsen, das John zu ignorieren versuchte, bevor er mit seinen Erklärungen fortfuhr.

»Viel wichtiger erscheint mir die Information, dass sie ein Portal haben. Das bedeutet, sie verfügen theoretisch über Nachschub, Personal, das komplette Programm.«

Der Leutnant breitete die Karte auf dem Tisch aus. Sie hatten sie noch einmal größer ausgedruckt, für mehr Details. Die Acht ihres Lagers lag in der Mitte, die Schneise vom Absturz führte auf Shakey zu, was nur Zufall war, aber den kleinen Piloten sichtlich nervös machte.

»Es gibt eigentlich nur einen Weg, um uns hier zu erwischen: durch die Luft. Wir müssen davon ausgehen, dass sie nicht zu Fuß kommen, und Fahrzeuge sind im Urwald eher sinnlos. Das bedeutet, sie werden irgendwo ein Lager errichten, von dem aus sie den Angriff starten. Wir können nur hoffen und beten, dass sie keine Kavallerie haben.«

»Kavallerie?«, fragte Reinhards, und Grasse antwortete schnell: »Lufteinheiten. Eine Air Force. Ich denke, sie werden keine Luft-Luft-Einheiten haben, ebenso wenig Jagdbomber oder Ähnliches. Am ehesten dürfte es Helikopter geben.«

»Wenn sie nicht gerade bei der Befriedung auf indigene Kreaturen gestoßen sind, die so etwas nötig machen, ist die Chance eher gering«, gab Shakey zu bedenken.

John musste an den Einsatz auf LV-65-III denken, als sie festgestellt hatten, dass das größte und gefährlichste Raubtier ein gewaltiges fliegendes Insekt gewesen war, das ohne Probleme einen ganzen Menschen packen und davontragen konnte. Sie hatten Rasczak nie wiedergesehen. »Also sollten wir mehr in Richtung Lufttransport denken. Den werden sie haben, der ist auf frisch besiedelten Planeten einfach unerlässlich.«

»Wissen wir, welche Modelle *ARStac* nutzt? Kennen wir ihren Fuhrpark überhaupt?«

Johns Blick wanderte in die Runde, aber keiner meldete sich zu Wort.

»Rourke, Sie befragen später den Rest unserer Leute. Vielleicht weiß ja irgendwer mehr.«

Der Angesprochene grunzte zustimmend. Sie blickten alle auf die Karte hinab. Wenn sie das Gleiche sahen wie John, mussten sie ebenso wie er nach Ideen suchen. Sosehr er sich auch bemühte, er fand keinen vernünftigen Weg, um das Shuttle zu verteidigen.

»Ich werde jetzt mal sagen, wie ich einen Angriff durchführen würde. Dann können wir überlegen, wie wir dagegen vorgehen.«

»Meinen Sie, dass Oberst Braddock so denkt wie Sie?«

Ein gewisser Widerstand war Reinhards geblieben, aber das war im Moment nicht genug, um John auch nur ansatzweise in die Defensive zu bringen.

»Andere Anhaltspunkte haben wir nicht«, entgegnete er rasch, dann legte er ausführlich dar, wie schnell es möglich war, ihre Verteidigung zu durchbrechen. Er musste sich dafür kaum anstrengen und nicht großartig überlegen; Angriffe auf defensive Positionen hatte er oft genug durchgeführt, und das hier war keine harte Nuss, sondern eher eine weiche Frucht.

Hin und wieder warfen die anderen etwas ein. Grasse und Rourke steuerten ihre Erfahrung bei, während Shakey kommentierte und einige Hinweise aus seinem Fachgebiet gab. Es waren gute Einwände, Korrekturen und Hilfen, und sie sorgten dafür, dass alle ihre Lage nachher als noch hoffnungsloser empfanden.

»John, wir haben ein ziemlich großes Problem«, erklärte Bull, der plötzlich wie aus dem Nichts hinter ihm aufgetaucht war.

Der Leutnant drehte sich mit einem schlechten Vorgefühl zu ihm um. Wenn der Beta begann, ihn beim Vornamen zu nennen, musste die Lage tatsächlich ernst sein. »Was ist los?«

»Benson hat gerade Meldung gemacht. Sie kommen. Drei Flieger.«

»Verfluchte Scheiße«, murmelte John. »So schnell?«

Das war eine echte Katastrophe.

»Er soll sofort zurückkommen. Wer ist noch alles draußen beim Tor?«

»Sukarno und Aki, soweit ich weiß.«

»Hol sie rein. Sie sollen alles stehen und liegen lassen und hierher kommen. Ich rufe alle zusammen, die hier an Bord sind. Wir treffen uns dann in ein paar Minuten in der Messe.«

Wir sind nicht mehr viele, dachte John bitter, als sich schließlich alle noch lebenden Besatzungsmitglieder in dem Laderaum versammelten, in dem Rhodes die Mahlzeiten zubereitete und verteilte.

Vor dem Leutnant saßen Reinhards, Nina Grasse, Cao, Jamie, Bull, Rhodes, Shakey, Rourke und Benson, der das Ultraleicht geflogen hatte.

»Sukarno und Aki sind auf dem Weg«, erklärte Bull gerade. »Sind gleich hier.«

John nickte und ließ seinen Blick über die Anwesenden schweifen. »Für alle, die es noch nicht mitbekommen haben: Uns steht ein Angriff bevor. *ARStac* hat sich offenkundig entschieden, die Spielchen bleiben zu lassen und uns offen anzugreifen. Drei Helis sind auf dem Weg hierher, das bedeutet mindestens zwanzig Mann, aber ich gehe von mehr aus. Und ich schätze, sie werden einiges an Feuerkraft mitbringen.«

»Für diesen Bruch des konzerninternen Abkommens werden Köpfe rollen, das verspreche ich Ihnen«, verkündete Reinhards.

Fasziniert beobachtete John, dass der Konzerner zum allerersten Mal wirklich die Fassung verlor. Er war rot angelaufen, auf seiner Stirn pochte eine Zornesader.

Der Vertragsbruch macht ihn wirklich wütend. Viel mehr als die Tatsache, dass diese Jungs uns vermutlich auf die subatomare Ebene bomben können. Fast hätte er gelacht, aber stattdessen sagte er: »Erst mal müssen wir lange genug überleben, um irgendjemandem davon zu erzählen, Sir.«

»Es muss doch etwas geben, das Sie gegen diese Verbrecher tun können?«, verlangte Reinhards zu wissen. »Wofür werden Sie eigentlich bezahlt, Mann?«

Offenkundig dafür, Arschlöchern wie dir die Haut zu retten, und wenn du es noch so wenig verdient hast.

»Sir, genau dazu dient diese Besprechung – wir müssen planen, was wir jetzt tun. Und genau diesen Job möchte ich jetzt gern zu Ende bringen«, fügte er schnell hinzu, bevor Reinhards noch etwas erwidern konnte.

Der Konzerner nickte mürrisch und ließ sich auf eine der Kisten sinken.

Als Erstes wandte sich John an seinen alten Freund Bull.

»Du kletterst in den Ausguck und beobachtest die Gegend. Ich will sofort wissen, wenn am Horizont irgendetwas auftaucht, das dort nicht hingehört, verstanden?«, ordnete John an.

»Verstanden, Boss.« Der Beta nickte bekräftigend, schob sich ein Komgerät ins Ohr und verschwand. John befestigte das zugehörige Mikrofon samt Empfangsteil ebenfalls an seinem Ohr und wollte gerade wieder die Stimme heben, als er das hydraulische Zischen der Shuttletüren hörte; einen Augenblick später stürzten Aki und Sukarno in die Messe. Die kleine Frau war ziemlich blass um die Nase, beide Techniker rangen nach Atem. *Also hat Bull sie bereits informiert. Gut.*

Sie setzten sich rasch, und John nahm seine Ansprache wieder auf. »Das Shuttle ist eine Todesfalle«, stellte er fest. »Ein geübtes Team nimmt das Schiff gegen unsere Rekruten in weniger als zwei Minuten ein. Und damit meine ich nicht einmal was Exotisches wie Gas. Schockgranaten, Ablenkungen, schnelles Vorgehen.«

»Aber wir sind auch noch da. Nicht nur grüne Rekruten«, warf Grasse ein.

John wiegte nachdenklich den Kopf. »Hängt davon

ab, ob sie Gefangene machen wollen. Dann wird es ein Feuergefecht, und sie erleiden Verluste. Wenn sie uns nur ausschalten wollen, benutzen sie einfach Splittergranaten. Im Shuttle sind die auf diese Distanzen tödlich. Wir können sicher ein paar mitnehmen, wenn wir kreativ denken, aber das Shuttle halten?«

Die Frage bedurfte keiner Antwort.

»Und wenn wir aus dem Wald heraus agieren?«, fragte Reinhards. »Wir fallen ihnen in den Rücken, wenn sie angreifen. Kreuzfeuer.«

Mit ein paar aufgeschnappten Worten konnte der Manager wirken, als verstehe er etwas von der Materie. John war beeindruckt.

»Nein. Ein Feuergefecht auf diesem halbwegs offenen Gelände können wir uns nicht erlauben.«

»Dann bleibt nur eine Option«, stelle Shakey ruhig fest. »Wenn wir nicht bleiben können, müssen wir weg von hier.«

Der Leutnant nickte langsam. »Selbst wenn wir gegen sie kämpfen und sie besiegen könnten, was ich bezweifle, würden sie vermutlich immer neue Truppen schicken, um uns kleinzukriegen. Unsere Kapazitäten an Menschen, Munition und Waffen sind ziemlich begrenzt, und wir müssen einfach davon ausgehen, dass sie viel bessere Ressourcen haben und auf einen bequemen Nachschubweg zurückgreifen können. Deshalb ist eine direkte Konfrontation für uns keine Option. Wir müssen stattdessen das Shuttle aufgeben und versuchen, einen möglichst großen Vorsprung zwischen uns und sie zu bringen.«

Verdammte Scheiße, ich kann nicht glauben, was ich gerade sage! Er sah in die kleine Runde. Keiner widersprach. Damit war es wohl beschlossene Sache. Er wog ihre Optionen noch einmal gegeneinander ab. Das Shuttle konnten sie nicht verteidigen. Blieben noch Kapitulation und Flucht. *Sicherer Tod gegen fast sicheren. Schneller Tod gegen langsames Martyrium. Eine Kugel gegen Verhungern, Klauen, Gifte, Krankheiten. Ich kann mich kaum entscheiden*! Aber tief in seinem Inneren wusste John, dass das nicht stimmte. Im Zweifelsfall würde er sich immer für den Kampf entscheiden; aufgeben lag ihm nicht.

Cao hob die bepelzte Hand. »Boss, wie viel Zeit haben wir noch, bis sie hier sind?«

»Genau weiß ich es nicht, aber vielleicht kann Benson die Frage besser beantworten, immerhin hat er die Einheit beim Überfliegen entdeckt.«

Benson stand auf und kniff die Augen zusammen, als fiele es ihm schwer, den Otter-Hybriden scharf zu sehen. »Ich war so zehn Kilometer weit im Westen, als ich sie gesehen habe. Sie standen auf einer Lichtung; Leute wuselten herum. Ich glaube, ich bin nicht bemerkt worden. Das war vor vielleicht zwanzig Minuten. Die schienen noch nicht fertig zum Ausrücken zu sein, aber ein richtiges Lager war das nicht. Die kommen bestimmt schnell.«

»Ihr seht, uns bleibt nicht viel Zeit«, ergänzte John. »Deshalb werden wir versuchen, in fünfzehn Minuten hier raus zu sein. Viel mitnehmen können wir nicht. Aber jeder sollte mindestens eine Waffe einstecken, mit der er auch umgehen kann. Außerdem eine Wasserflasche, Munition und Proviant. Auf keinen Fall so viel Gepäck, dass es euch belastet. Wir haben keine Ahnung, wie lange wir marschieren müssen.«

John konnte sehen, dass die kleine Crew von der Aussicht auf den Angriff und der Notwendigkeit, das Shuttle zu verlassen, verstört war, aber er sah auch Verständnis in den Blicken. Er glaubte nicht, dass einer von ihnen die Nerven verlieren würde. *Zumindest jetzt noch nicht. Wenn uns erst mal Kugeln um die Ohren fliegen, sieht das vermutlich anders aus. Also sorg' dafür, dass es erst gar nicht so weit kommt,* ermahnte er sich selbst.

»Verdammt schade, dass wir keine Explosivstoffe dabei haben«, sinnierte Rourke, während er aufstand und prüfend die Waffen musterte, die im Laderaum lagerten. »Das würde ihnen ein würdiges Willkommen bereiten.«

John selbst hatte bereits ähnliche Gedanken gehegt, aber Wunschdenken brachte sie im Moment auch nicht weiter.

»Ich könnte die Energieleitungen überlasten«, meldete sich Sukarno plötzlich zu Wort, die neben dem glatzköpfigen Soldaten stand.

»Wie meinen Sie das?«, wollte John wissen.

Sukarno fuhr sich mit der Hand über die Stirn und wählte ihre Worte offenkundig sorgfältig. »Wenn ich die Hauptenergieleitungen für den Antrieb, die Lebenserhaltung und die Gravi koppele, die Drähte an den Öffnungsmechanismus der Tür hänge und kurzfristig die volle Power durch diesen neuen Hauptstrang leite, sollte das reichen, um zumindest den Eingangsbereich des Shuttles sofort in Flammen aufgehen zu lassen«, grübelte sie laut. »Bei *verdammt* hohen Temperaturen. Das ist natürlich keine Explosion, aber immerhin verflucht nah dran.«

John biss sich auf die Unterlippe. Die Idee klang verlockend, denn ohne eine vernünftige Ablenkung wusste er nicht, wie sie überhaupt genug Abstand zwischen sich und die anrückenden *ARStac*-Leute bringen sollten. Er überlegte, wie lange die Technikerin wohl brauchen würde, diesen Plan in die Tat umzusetzen. Das Verkabeln würde sie wertvolle Zeit kosten, andererseits würde die feurige Überraschung ihre Verfolger hoffentlich für eine Weile aus dem Konzept bringen.

»Wie lange würde das dauern?«

»Ich müsste die Verkleidung an mindestens vier Stellen öffnen, das würde wohl die meiste Zeit in Anspruch nehmen. Wenn mir ein oder zwei Leute dabei helfen? Zwanzig, fünfundzwanzig Minuten vielleicht.«

»Gut. Machen Sie es so, Sukarno«, entschied John schließlich. »Shakey und Aki werden Ihnen zur Hand gehen.«

»Wäre es nicht besser, einfach von hier zu verschwinden, statt uns auf dieses Risiko einzulassen?«, zischte Reinhards, die Augen zornig zu Schlitzen verengt.

»Sir, bei allem Respekt: Das hier ist Teil einer militärischen Operation, bei der nach geltendem Konzernrecht allein die Justifiers die Kommandohoheit haben. Steht in den Regeln, Sir. Im Missionshandbuch im Appendix C, wenn ich nicht irre.«

John hatte keine blasse Ahnung, ob das Missionshandbuch überhaupt einen Anhang hatte, und falls ja, ob dieser nach dem Alphabet oder den Namen der Götter benannt war. Aber er wusste, dass er Reinhards unbedingt für eine Weile mundtot machen musste, bevor die Arroganz dieses Typen noch Leben kostete.

Reinhards starrte ihn misstrauisch an.

»Er hat recht, Sir«, mischte sich Grasse plötzlich ein. »Appendix C lässt da keinen Interpretationsspielraum.«

Der Konzerner stieß die angehaltene Luft aus. »Bringen Sie uns lebend hier raus, verstanden?« Mittlerweile hatte sein Gesicht die Farbe einer Bloody Mary angenommen.

John salutierte schneidig. »Aye, aye!«

Dann wandte er sich wieder an seine Leute: »Während Sukarno arbeitet, packen die anderen, so wie ich es gesagt habe. Wenn die Verkabelung steht, sind alle abmarschbereit, verstanden?«

Zustimmendes Gemurmel schlug ihm entgegen. Einige Augenblicke lang beobachtete er, wie seine Crew Waffen prüfte, einsteckte oder umhängte und kleine Taschen und Rucksäcke mit Ausrüstungsgegenständen füllte. Jamie und Cao schnappten sich die Laserwaffen, die sie von den *ARStac*-Soldaten erbeutet hatten, Rourke und Bull versorgten sich mit je einem Blaster.

Grasse öffnete die Erste-Hilfe-Kiste und begann, verschiedene Teile in ihren Rucksack umzupacken. Dann hängte sie sich die letzte verbliebene Laserwaffe an den Gürtel. John nickte ihr anerkennend zu, und sie erwiderte die Geste mit einem kleinen Grinsen.

Er selbst nahm sein bewährtes Sturmgewehr auf und steckte sich zusätzlich noch eine leichte Pistole in den Hosenbund. Die Munition für das Gewehr war begrenzt, aber er hatte keine Wahl; ein Blaster war ihm zu schwerfällig, und die erbeuteten Waffen waren bei anderen besser aufgehoben. Er musste seine Trinkflasche noch an den Kanistern auffüllen und kam dabei an Aki und Sukarno vorbei, die eben eine weitere Platte der Verkleidung abschraubten und aus dem dahinter liegenden Kabelgewirr eines auswählten und herauszerrten. Shakey hielt eine Rolle Tape in den Händen, vom dem er bereits großzügige Mengen um einen dicken Strang Kabel gewickelt hatte.

Wenn ich meine Feldflasche gefüllt habe, muss ich noch ein paar Packs Trockenfutter einpacken, dachte John, *und dann …*

»Boss, ich hab sie jetzt im Blickfeld«, meldete Bull aus dem Ausguck und in Johns Ohr. »Genau wie Benson gesagt hat. Drei Helis. Transporter.«

»Bull, wie lange noch?«

»Höchstens noch ein paar Minuten, dann sind sie hier.«

John fluchte leise. »Sukarno, wie weit sind Sie?«, blaffte er.

»Fast fertig, Sir«, gab sie zurück. Sie kam wieder in sein Sichtfeld und schleppte die zusammengetapte Kabelrolle hinter sich her. Shakey und Aki waren damit beschäftigt, hinter ihr Teile des Kabels mit Draht an neuralgischen Punkten zu befestigen.

»Alle anderen raus hier«, ordnete er laut an. »Los, verdammt, beeilt euch.«

Er warf noch einen Blick auf die drei. *Scheiße.* »Wir kommen nach«, erklärte er dann. »Zieht euch in Richtung Tiefebene zurück; zwischen den Bäumen können sie euch so leicht erwischen. Lauft, so schnell ihr könnt, und versucht auf jeden Fall, so tief wie möglich in den Dschungel einzutauchen, ist das klar? Und schickt uns ein Signal, wenn ihr im Wald angekommen seid, damit wir euch notfalls finden können.«

Seine Leute nickten und verließen in einem geordneten Rückzug das Shuttle.

»Bull, komm sofort hier runter zu uns.«

»Aye, aye, Boss. Bin hier oben sowieso überflüssig – in ein paar Minuten sind wir alle der Ausguck.«

Hastig band Shakey das letzte Stück Kabel mit Draht über der Eingangstür fest und stopfte freigelegte Kabelenden in den offenen Schließmechanismus.

»Lasst uns hoffen, dass sie auch durch diesen Eingang kommen und sich nicht durch die verdammte Außenhülle bohren.«

»Passt schon. Los jetzt. Sukarno, wie starten wir die Überladung?«

»Das ist ein Problem, Sir«, gestand die Technikerin mit unsicherer Stimme. »Ich kann die Überladung ferngesteuert auslösen, aber nicht aus sehr großer Entfernung.«

»Was heißt ›nicht sehr groß‹?«, fragte Bull, der sich eben zu ihnen gesellte und seinen Blaster umhängte.

»Fünfzig, höchstens hundert Meter.«

»Soll das ein beschissener Witz sein? Wir müssen hier wie die Musterschüler in Reihe eins *direkt hinter* dem Shuttle warten, um das Ding auszulösen?«

John musste kurz den Impuls unterdrücken, die Technikerin zu erwürgen.

»Warum haben Sie das nicht gleich gesagt?«

»Sie haben nicht gefragt.«

Klugscheißerei konnte er im Moment wirklich nicht gebrauchen. Einen Streit allerdings noch weniger, also schluckte er eine weitere Antwort herunter.

»Sir, es tut mir leid«, erklärte Sukarno. »Ich ... ich melde mich freiwillig, um das zu tun, Sir. Gehen Sie mit den anderen.«

Er schüttelte den Kopf. »Nein, niemand geht allein in den Dschungel. Wir bleiben zusammen. Sind Sie hier fertig? Dann nichts wie los. Wir warten gemeinsam draußen.«

Sie verließen das Shuttle und kauerten sich in der maximalen Entfernung, die Sukarnos improvisierte Fernsteuerung zuließ, in die schwache Deckung einer ihrer kleinen Palisaden. Alle hatten ihre Waffen im Anschlag und beobachteten mit äußerster Konzentration das Shuttle.

Schon konnte John das Geräusch der herannahenden Helikopter hören, ein dumpfes Wummern. Er fühlte sich wie auf dem Präsentierteller. *Hoffentlich sind wenigstens die anderen schon ein gutes Stück weit weg.*

Die Helikopter schwebten über dem Shuttle. John spähte um die Barrikade herum. Aus den geöffneten Seitentüren starrten die dicken Läufe von Waffen.

Einer verharrte direkt vor dem Shuttle, und aus der Tür ließen sich in rasendem Tempo eine Handvoll Gardeure an Seilen herab und begannen sofort zu sichern. John war beeindruckt. Tempo und Präzision stimmten genau; das waren Profis.

Die anderen Helikopter landeten in dem gerodeten Bereich. Ihre Rotoren wirbelten Staub auf.

Dann wurden Stimmen laut. Eine Frau bellte Befehle und erhielt kurze, zustimmende Antworten. Die Gestalten liefen um das Shuttle herum, verteilten sich. *Sie mussten jetzt auch vor der Shuttletür stehen.*

Dann sah er, wie sich zwei Silhouetten um die linke Seite des Shuttles herumschoben. *Natürlich. Natürlich schickte der Boss dieser Truppe nicht alle seine Leute durch den Vordereingang.* Zwei weitere Schatten auf der rechten Seite rundeten das Bild ab.

Bull sah es natürlich auch und blickte John fragend an. Der Leutnant nickte, und Bull hob seinen Blaster nach rechts, als von links plötzlich ein Warnruf ertönte. Ohne nachzudenken, hob auch John seine Waffe und schoss eine Salve in Richtung der beiden links stehenden Konzernsoldaten ab, die jetzt deutlich in sein Sichtfeld traten. *Standardausrüstung. Leichte Feldpanzerung und Laserkarabiner,* meldete sein Hirn noch, während er schoss. Einer der beiden ging in die Knie, der andere warf sich hinter einer Ausbuchtung des Shuttles in Deckung und eröffnete das Feuer.

Auch von rechts erklangen jetzt Salven, und Aki, Shakey und Bull erwiderten das Feuer, doch John hatte keine Zeit, sich von ihrer Treffsicherheit zu überzeugen. Die ersten Salven seines Gegners schlugen in bedrohlicher Nähe in den Boden ein.

Und dann übertönte ein ohrenbetäubender Knall sogar den Lärm des Feuergefechts.

Eine meterhohe Stichflamme raste aus dem vorderen Teil des Shuttles in den Himmel, gefolgt von Schreien und Rufen.

Kleine Flammen leckten über die Außenhülle, und John merkte, dass die Schützen das Feuer eingestellt hatten.

»Jetzt«, brüllte er und sprang auf.

Die anderen taten es ihm gleich. Sie kamen auf die Füße und begannen, in Richtung Dschungel davonzulaufen.

Einige Meter hatten sie bereits geschafft, als hinter ihnen wieder gefeuert wurde. Mindestens einer, vielleicht sogar zwei der Schützen lebten noch. *Dreck*! Plötzlich schrie Aki auf und ging neben ihm zu Boden. John drehte sich um, hob die Waffe und versuchte, den Schützen anzuvisieren. Er feuerte, war aber nicht sicher, ob er getroffen hatte.

Schmieriger schwarzer Rauch stieg zum Himmel auf, und der Gestank nach verbranntem Plastik erfüllte die Luft.

Rückwärts machte John ein paar weitere Schritte. Zu seiner Bestürzung kamen nun noch mehr Konzerntruppen um das brennende Shuttle herumgelaufen; er sah mindestens fünf weitere Bewaffnete. Bis zu der Stelle, an der der Bewuchs hoch genug wurde, um ihnen auch nur ein Minimum an Sichtschutz zu bieten, war es sicher noch weit genug, um sich ein paar Lasersalven einzufangen. *Das war's dann wohl.*

Shakey stieß einen wilden Schrei aus, vermutlich ebenfalls getroffen. Neben John hatte sich nun auch Bull umgedreht und schoss auf die Angreifer.

Ein harter Schlag traf Johns rechten Arm und warf ihn halb herum. Das Gewehr glitt ihm aus der Rechten, und er packte es automatisch mit links. John spürte keinen Schmerz, sah aber das Blut und wusste, dass ihn ein Partikelstrahl getroffen haben musste. Plötzlich hörte er Schüsse, die aus einiger Entfernung hinter ihm abgegeben wurden. Verwirrt drehte er sich ganz um und sah Grasse, Benson, Jamie und einige andere aus dem Unterholz auftauchen. Sie hatten ihre Gewehre und Pistolen im Anschlag und feuerten, was das Zeug hielt. Ein paar Salven kamen noch vom Shuttle her, dann verstummte das Feuer von dort.

John und die anderen rannten geduckt die letzte Strecke, immer darauf gefasst, neues Feuer auf sich zu ziehen. Endlich, endlich wurden die fremdartigen Pflanzen höher.

Sie gingen in Deckung; der Beschuss vom Shuttle hatte offenbar fürs Erste aufgehört.

Grasse trat zu John und salutierte.

»Verdammt«, keuchte er. »War an dem Befehl, sich in den Wald zurückzuziehen, irgendwas unklar?«

»Wir dachten, ihr könntet ein bisschen Hilfe gebrauchen«, erklärte sie lakonisch.

John blickte sich um. Aki war liegen geblieben, wo ihn die Salve getroffen hatte, und er konnte sehen, dass

Benson in wenigen Metern Entfernung in einer Blutlache lag. Nina schüttelte den Kopf, als sie Johns Blick bemerkte.

Shakey war mit einem lauten Fluch auf die Knie gegangen, sein rechter Oberschenkel blutete heftig, und Jamie hielt sich die Seite, wo ein Loch in der Panzerung zeigte, dass auch sie getroffen worden war. Aber sie stand noch und sah nicht allzu angeschlagen aus; vielleicht war es nur ein Streifschuss.

Wir leben noch, schoss es John durch den Kopf. Er kämpfte sich wieder auf die Füße. »Wo ist Ghivran?«

»Er war bei mir. Er wurde getroffen«, erklärte Rourke mit unbewegter Miene. »Direkt in den Hinterkopf. Die wollten ihn bestimmt extra umlegen. Schweine.«

Das letzte Wort klang ungefähr so wütend, als spräche der Ex-Söldner über einen Mückenstich. John sah sich um. Grasse schüttelte leicht den Kopf.

»Die Feuerpause kann nicht lange anhalten«, erklärte er schließlich. »Und wir wissen nicht, wie viele das Feuer erwischt hat. Wir müssen sofort hier weg. Notfalls tragen wir die Verletzten. Los jetzt!«

14

Vielleicht hätte ich doch mal zwischen zwei Missionen an dem verfluchten SE-Fitnessprogramm teilnehmen sollen, schoss es John durch den Kopf, als er sich den Hügel hinaufquälte. Aber die Hochleistungslaufbänder, die vor den animierten Bildern irgendeines Urlaubsplaneten entlangrollten, waren ihm ebenso zuwider gewesen wie die Leute, die sich meist darauf befanden. Jetzt rächte es sich.

Die Muskeln in seinen Beinen protestierten, und seine Lungen brannten. Die feuchte, drückende Luft tat ein Übriges, um ihre Flucht zur reinen Tortur werden zu lassen. Es kam ihm vor, als seien sie nun schon seit Stunden unterwegs, dabei wusste er, dass höchstens dreißig Minuten vergangen sein konnten, seit sie das brennende Shuttle hinter sich gelassen hatten.

Noch im Laufen wandte John den Kopf, um zu sehen, ob seine Leute zusammengeblieben waren oder ob es Nachzügler gab. Reinhards sah aus, als würde er gleich zusammenklappen. Grasse lief neben ihrem Boss her und schien bereit zu sein, ihn notfalls mitzuziehen. Ihre Montur war schweißdurchtränkt, aber sie pfiff nicht halb so sehr aus dem letzten Loch wie Reinhards. Sukarno und Rhodes befanden sich auf gleicher Höhe wie der Konzerner und seine Leibwächterin. Sie hielten alle noch durch, und das war vermutlich das Beste, was man über ihren Zustand sagen konnte.

Jamie und Cao bildeten die Vorhut, und John vermutete, dass die beiden den strapaziösen Lauf von ihnen allen noch am besten wegsteckten.

Rourke, Bull und Shakey bildeten das Schlusslicht, und ihr Abstand zum Rest des Trupps vergrößerte sich immer mehr. Die beiden kräftigen Soldaten hatten den halb bewusstlosen Piloten zwischen sich gehängt, und das zusätzliche Gewicht und die erforderliche Koordination ließen selbst sie langsam werden. John drosselte seine Geschwindigkeit, fiel vom schnellen Lauf in einen eher lockeren Trab und wartete darauf, dass seine drei Männer aufholten.

Als er den verletzten Piloten ansah, aus dessen Beinwunde sich das Blut über das ganze Bein ergossen hatte, wurde der Drang, einen Finger in das Loch in seinem eigenen rechten Arm zu stecken, ziemlich stark, aber John wusste, dass das nicht nur sinnlos, sondern auch gefährlich wäre. Besser das Adrenalin ausnutzen, das es ihm ermöglichte, jetzt weiterzulaufen, ohne die Wunde überhaupt zu spüren, als darauf zu warten, dass die Schmerzen einsetzten und überdies eine Infektion zu riskieren.

»Owens«, zischte Reinhards zwischen zusammengebissenen Zähnen hindurch. »Müssen anhalten. Kann nicht mehr.«

Grasse nickte John zu.

»Dann geh zum Teufel«, war die Antwort, die John auf der Zunge lag, aber er konnte sehen, dass nicht nur der Konzerner kurz vor dem Kollaps stand. Sukarno und Rhodes ging es kaum besser, und Bull und Rourke konnten mit ihrer zusätzlichen Last ebenfalls nicht ewig weiterlaufen. Das Fortkommen im Dschungel war anstrengend. Teilweise wucherte das Unterholz hüfthoch um sie herum, und sie mussten sich erst mühsam Wege suchen, die uneben und mit Flechten und Wurzeln überwachsen waren.

Der Wald würde ihnen so viel Deckung bieten, wie sie überhaupt erwarten konnten. Misstrauisch ließ John den Blick noch einmal hinter sich und über den Himmel schweifen, doch er konnte keine Verfolger entdecken. *Ich hoffe, diese Bastarde schmoren nach der Explosion allesamt in der Hölle,* dachte er grimmig.

Also nickte er Reinhards kurz zu.

»Cao«, rief er halblaut. »Sobald wir die nächste sichere Stelle sehen, halten wir kurz an.«

Der Beta, der vorher schon langsamer geworden war, drehte sich um, sein kurzes, glänzendes Fell nass vor Schweiß. »Is' gut, Boss.«

Jamie gab in einem letzten Sprint noch einmal alles und verschwand zwischen den dichten Bäumen. John ließ den ganzen Trupp an sich vorüberziehen, wartete, bis auch Rourke, Bull und Shakey ihn passiert hatten, und folgte seinen Leuten dann weiter durch das Gestrüpp des Urwalds. Nach vielleicht fünfzig weiteren Metern gelangte er tatsächlich zu einer kleinen freien Stelle am Waldboden, die dennoch vor Entdeckung von oben durch große Blätter gedeckt war. Einer der fremdartigen Bäume war hier eines natürlichen Todes gestorben und umgefallen. Schon wuchsen kleine Varianten empor, von denen wohl nur ein Exemplar das Rennen zum Licht machen würde.

Auf den Resten des umgestürzten Baums saßen Cao und Jamie. Grasse half Reinhards gerade dabei, sich gegen einen Stamm sinken zu lassen. Der Konzerner rutschte einfach an der mit Flechten bewachsenen orangefarbenen Rinde herunter und blieb dann mit geschlossenen Augen liegen.

Bull bettete Shakey auf eine Art violettes Moos, das hier den Boden zwischen den Bäumen bedeckte. John bedeutete Grasse, ihm zu folgen, und trat zu dem Piloten.

»Er ist ziemlich weggetreten, Boss«, erklärte Bull. Der Atem des Soldaten hatte sich noch kaum beruhigt, sein mächtiger Brustkorb bewegte sich wie ein Blasebalg. Grasse ließ sich auf ein Knie nieder und schob die blutverschmierten Überreste von Shakeys Hose auseinander. Aus dem runden Einschussloch sickerte noch immer dunkelrote Flüssigkeit.

Grasse begann die Wunde zusammenzupressen. Sie ließ ihren kleinen Rucksack vom Rücken gleiten und zog eine Mullbinde aus dem Erste-Hilfe-Pack, das sie eingesteckt hatte.

»Der Schuss ging glatt durch den Oberschenkel und

hat dabei vermutlich eine Arterie verletzt«, konstatierte sie nüchtern, während sie den Verband fest um Shakeys Bein wickelte. »Ich könnte noch was zum Festmachen gebrauchen«, fügte sie dann hinzu.

Rourke nahm wortlos sein *SE*-Kopftuch ab und gab es ihr.

»Er hat eine Menge Blut verloren und bräuchte wahrscheinlich eine Infusion«, erklärte sie, während sie die Mullbinde mit dem Tuch fixierte.

John hob hilflos die Arme. »Die wird er kaum bekommen können.«

»Ich weiß. Aber ich habe keine Ahnung, ob er's auch ohne schaffen wird. Nur, falls Sie mich das als Nächstes fragen wollten.«

Tatsächlich wäre das Johns nächste Frage gewesen, aber er sah ein, dass Grasse weder mehr tun noch mehr sagen konnte. Immerhin war das hier weder eine Sanitätsstation, noch hatte sie irgendwelche Diagnostika zur Verfügung.

Grasse wischte sich die blutbeschmierten Hände an dem Moos ab. »Sie haben selbst was abbekommen«, stellte sie mit einem Blick auf Johns Schulter fest.

»Ja, aber das ist, so die Götter wollen, bloß ein Kratzer. Vielleicht sollten Sie sich lieber Jamie ansehen?«

Grasse nickte und stand auf. Jamie lehnte noch immer an ihrem Baumstamm und trank gierig aus einer Feldflasche, die Cao ihr gereicht hatte.

»Alles in Ordnung?«, fragte John, als er sich neben sie stellte.

Jamie wischte sich über die Stirn, und John sah zum

ersten Mal Schweiß auf der ebenholzfarbenen Haut der Frau.

»Alles gut, Boss. Bin genauso fertig wie alle hier, aber daran können Sie gerade auch nichts ändern, hab ich Recht?«

»Jamie, ich hab gesehen, dass einer der *ARStac*-Schützen Sie erwischt hat«, erklärte John vorsichtig. Seine Augen suchten und fanden das Loch in ihrem Anzug, direkt unterhalb der Rippen, umsäumt von verbranntem Gewebe. *Wie zum Geier kann sie überhaupt noch ...,* dachte er, aber Jamie unterbrach seine Gedanken.

»Ich ...« Sie hustete einmal kurz und trocken, als habe sie ein peinliches Geständnis zu machen. »Teile meiner Haut wurden mal modifiziert, Boss. War ein Weihnachtsgeschenk von *SE*, die irgendeinen neuen Scheiß testen wollten. Hat leider nicht so gut funktioniert und ist auch nie in Serie gegangen. Die Micro-Plättchen haben die Angewohnheit, sich zu lösen, und dann wandern sie manchmal im Körper herum, wenn Sie verstehen, was ich meine. Ziemlich unangenehm. Aber es hat immerhin dafür gesorgt, dass ich von 'ner Kugel nicht so leicht zu erwischen bin.«

Was zur Hölle? Aber wenn es dafür gesorgt hat, dass sie noch lebt, dann kann ich SE diese Scheiße ausnahmsweise nicht mal vorwerfen.

Jamie hielt John die Wasserflasche hin. Er nahm sie und trank einen großen Schluck der lauwarmen Brühe. Dann hielt er die Flasche prüfend in Händen. Mehr als eine Pfütze konnte kaum noch darin sein. Durst würde schon bald ihr dringlichstes Problem werden.

»Dann werde ich hier ja nicht gebraucht«, stellte Grasse lakonisch fest. »Leutnant, aber *Sie* könnten wirklich einen provisorischen Verband vertragen. Ihr Arm suppt immer noch.«

Zögerlich nickte John. Wahrscheinlich hatte sie Recht. Während Grasse einen weiteren Mullverband um Johns Oberarm wickelte, nahm Rourke sein Fernglas vom Gürtel und verschwand zwischen den Bäumen. *Guter Mann.*

John warf einen Blick auf Reinhards, der noch immer mit geschlossenen Augen am Boden lag, und sah dann zu Sukarno und Rhodes. Der Aushilfssmutje hockte neben dem Konzernmann und hatte den Kopf auf die Arme sinken lassen. Halblaut murmelte er Worte vor sich hin, die John für ein Gebet hielt. Sukarno redete auf den ehemaligen Lagerarbeiter ein und hielt ihm ihre Trinkflasche hin, während Cao gerade aufstand und sich zu John und Grasse gesellte. Sukarno gab auf, Rhodes erreichen zu wollen, und kam ebenfalls wieder auf die Füße.

»Das war gute Arbeit am Shuttle«, sagte John zu der Technikerin. »Hat uns vermutlich den Arsch gerettet.«

»Ich wünschte bloß, Aki hätte es auch geschafft, Sir.«

Cao mischte sich ein, bevor John etwas erwidern konnte. »Was machen wir jetzt, Boss?«, fragte der schmächtige Beta erstaunlich ruhig.

John sog scharf die Luft ein. *Ich habe keinen blassen Schimmer.* »Wir ruhen uns kurz aus, dann gehen wir weiter.«

»Aber ...«, begann Sukarno, als sie zu Johns Erleichterung von Rourke unterbrochen wurden. Doch es war klar, dass die Nachrichten, die er mitbrachte, alles anders als erfreulich waren.

»Boss«, zischte Rourke leise. »Der Ärger ist noch nicht vorbei.«

»Verfluchter Dreck. Was gibt es?«

»Mit dem Feldstecher konnte ich ein paar Aufklärungsdrohnen sehen, die diese Wichser uns hinterhergeschickt haben.«

John rieb sich über die schweißfeuchte Stirn. »Die Drohnen sollten im Dschungel Probleme haben, oder? Verdammt viel Getier und so.«

Rourke zuckte mit den Schultern. »Ehrlich gesagt haben wir keine Ahnung, was für Technik diese Arschlöcher haben. Mit Wärmescannern hätten sie zum Beispiel schon mal eine gute Chance, uns zu finden. Und falls nicht – vielleicht schmeißen sie einfach ein paar Brand- oder Gas-Bomben über dem Wald ab, um uns zu erwischen.«

Beide Möglichkeiten erschienen John leider überhaupt nicht abwegig. Wenn er darüber nachdachte, welchen Aufwand *ARStac* bisher betrieben hatte, um sie von Tordesillas herunterzubringen, erschien ihm das umstandslose Abfackeln des Waldes nur als vergleichsweise moderates Manöver. Weswegen diese Arschlöcher auch immer hier waren, seltene Xeno-Hölzer waren sicher nicht der Grund.

John schaute seine verbliebene Truppe prüfend an. Sie waren alle k.o., aber die meisten von ihnen konnten noch laufen. Shakey würden sie tragen müssen, aber das konnten sie schaffen, wenn sie liefen, statt zu rennen. Die Frage war, wie lange sie überhaupt hier draußen durchhalten konnten, mit einem Minimum an Wasser, Proviant und Ausrüstung. *Vermutlich müssen wir jetzt doch herausfinden, wie die örtliche Fauna schmeckt,* schoss es ihm durch den Kopf. Der Morgen, an dem sie Witze darüber gemacht hatten, schien ihm Jahre zurückzuliegen.

Sie brauchten einen Rückzugsort. Einen Ort, an dem sie sich ausruhen und ausprobieren konnten, ob das Wasser auf diesem Planeten kontaminiert oder trinkbar war. Einen Ort, an dem er einen Plan aushecken konnte, der ihnen wieder eine Handlungsoption gab und ein bisschen besser war als *Nichts wie weg hier.*

»Wir müssen aus dem Wald verschwinden«, erklärte er mit halblauter Stimme. »Die Frage ist bloß, wohin.«

»Wir könnten auch erst mal versuchen, diese Bastarde zu stellen. Wir legen einen Hinterhalt und schießen ihnen die Ärsche weg«, schlug Bull vor, den ihre Flucht sichtlich wurmte. John warf ihm einen zweifelnden Blick zu, und der Beta verstummte augenblicklich.

»Wir haben doch diese Höhlen auf den Aufnahmen des Ultraleichts gesehen«, schlug Grasse vor. »An der Kante des Plateaus gibt es Höhleneingänge.«

»Das war ein Wasserfall«, stellte Reinhards skeptisch fest, der sich aufgesetzt hatte und zu ihnen hinüberstarrte.

»Da war noch mehr.«

»So wie's aussah, sind diese Höhlen tief in das Plateau eingegraben, auf dem dieser Dschungel steht«, erklärte

Rourke. »Gut möglich, dass wir erst mal ein ordentliches Stück klettern müssen, bevor wir da reinkommen.«

»Kann sein«, bestätigte John. »Aber das bedeutet auch, dass alles, was uns *ARStac* auf den Hals hetzt, ebenfalls erst mal ein gutes Stück klettern muss. Falls sie uns finden. Damit werden sie nicht rechnen. Es könnte wirklich funktionieren, sie so für's Erste loszuwerden.«

Zu seiner Überraschung lächelte Grasse ihn an. »Klingt für mich nach einem ziemlich guten Plan.«

»Für mich auch, Boss«, stimmte Bull zu.

John betete, dass Reinhards die Schnauze halten möge, und dieses eine Mal schienen die Götter ein Einsehen zu haben. Der Konzerner blieb still.

»Jamie, Cao?«

Der Otter-Hybride schüttelte unschlüssig den Kopf, nickte aber schließlich, und Jamie tat es ihm gleich. Auf einer Mission mochte es ansonsten keine Demokratie geben, aber ihre Situation war so heikel, dass John allen Mitgliedern seines Teams die Möglichkeit geben wollte, ihre Sicht der Dinge beizutragen.

»Dann ist es beschlossene Sache«, verkündete er schließlich. »Wir machen uns auf den Weg in die Höhlen. Rourke, Bull, könnt ihr Shakey noch ein Stück tragen?«

»Haben Frösche einen wasserdichten Arsch?«, wollte Rourke wissen, und John grinste.

»Dann nichts wie los. Je eher wir außerhalb der Reichweite dieser verdammten Drohnen sind, desto besser.«

15

Die Nacht brach so rasch herein, dass John die Vorzeichen kaum mitbekam. Die Schatten wurden länger und tiefer, und als die Sonne den Himmel rötlich färbte, wirkten die Farben für einen Moment sogar noch satter und intensiver. Für einige Sekunden schien der Wald wie in Flammen zu stehen. Er wirkte mit einem Mal unfassbar lebendig auf John, als sei er ein einziges, gewaltiges Lebewesen. Dann verblassten Rot, Braun und Orange zu einem gleichförmigen Grau, und die Magie des Augenblicks erstarb. Nur Minuten später senkte sich bereits die Dunkelheit herab.

Vor einigen Jahren war er als Nachbereitung für eine Mission in einem *Stellar-Exploration*-Speicher auf der Erde gewesen, nahe am Äquator, und nun erinnerte der rasche Wechsel zwischen Tag und Nacht John an die kurze Zeit, die er am Erdäquator verbracht hatte.

Die Mission war ihm in guter Erinnerung geblieben; nicht nur, weil der Bonus hoch gewesen und ausnahmsweise ohne Murren oder Verzögerung ausbezahlt worden war; nein, damals hatte er auch in einem Team mit einer Geparden-Beta namens Ka'lya zusammengearbeitet, mit der er die wenigen Tage auf der Erde hauptsächlich in einem durchgelegenen Hotelbett verbracht hatte. *Was ist wohl aus ihr geworden? Und wie ist es mit der Fellfarbe ...*

John stolperte, ruderte mit den Armen und bekam schließlich eine Art Liane zu fassen, die ihn im letzten Moment davor bewahrte, unsanft auf den Boden zu knallen. Er blieb kurz stehen, atmete tief ein und leuchtete mit seiner winzigen Lampe den Boden ab. Eine armdicke Wurzel war es, die ihn beinahe zu Fall gebracht hatte.

Fast wäre er im Gehen eingedöst, dabei konnte er sich nicht erlauben, in der Konzentration nachzulassen. Um sich herum hörte er die Schritte und den Atem seiner Leute. Erkennen konnte er nur noch schemenhafte Umrisse, die im Licht der wenigen kleinen Stablampen und Knicklichter, die sie um den Hals oder Kopf gebunden bei sich trugen, umherhuschten. Leider hatten sie die Energiepacks ihrer Sonnenkollektorenlampe noch nicht aufgeladen. Es war ein Versäumnis, das Bull sich anlastete, aber John machte ihm keine Vorwürfe; sie alle waren erschöpft, und es war nur ein kleiner Fehler.

Irgendwo über John ertönte ein langgezogener gellender Ruf, wie von einem großen Vogel. Im Unterholz des Urwalds raschelte es nun immer öfter, als würden dessen Bewohner, die tagsüber so scheu und schwer auszumachen waren, nun mit einem Schlag erwachen.

Und vielleicht sind sie nachts auch aggressiver als am Tag. Grund genug, aufmerksam zu bleiben, Owens, ermahnte er sich selbst.

Mit Einbruch der Dunkelheit hatte die Hitze etwas nachgelassen, aber unter dem dichten Blätterdach staute sich noch genug Wärme, um der kleinen Gruppe Flüchtlinge auf ihrem Gewaltmarsch zuzusetzen.

Äste und Zweige knackten, als das Dreigespann aus Rourke, Bull und Shakey durch eine besonders dichte Stelle brach. Hinter John stieß Bull einen Fluch aus, der das Kreativste war, was der Leutnant je über die Anatomie der Göttermutter gehört hatte.

»Wie lange brauchen wir noch bis zur Kante, Cao?«, rief John in die Dunkelheit.

Der Beta, der sie führte, drehte sich um und kam dann ein Stück auf ihn zu. »Mit einem satellitengestützten Pathfinder oder einem Sternenhimmel, den ich kenne, wäre das natürlich alles ein bisschen leichter«, erklärte er und ließ den altertümlichen Kompass, den er stattdessen benutzte, in einer Hand aufblitzen. »Aber weit kann's nicht mehr sein, Sir«, setzte er schnell hinzu, fast so, als habe er gespürt, dass John die Antwort missfiel.

»Gut, dann nichts wie weiter«, ordnete er an.

Drei Augen starrten aus der Dunkelheit direkt in Johns Gesicht, rund und wachsam wie die einer Eule. Er bewegte sich vorsichtig einen Schritt von ihnen weg. Die Augen klappten auf und zu, dann wurde ein Geräusch wie von Krallen oder Zähnen auf Baumrinde hörbar, und die runden Augen verschwanden in der

Dunkelheit. John konnte nur raten, wie viele Wesen ihn eben angestarrt hatten.

Als er sich wieder auf das Hier und Jetzt konzentrierte, wurde ihm plötzlich bewusst, dass sein Arm schmerzte. Außerdem war er müde und hungrig, und seine Füße in den geschnürten Kampfstiefeln schmerzten erbärmlich. Kein Wunder, dass er lieber an laue Sommernächte auf der Erde gedacht hatte, als an ihre jetzige Situation. Aber so etwas war dennoch verdammt gefährlich. Er durfte sich nicht in seinen Träumereien verlieren.

Während die Gruppe weitermarschierte, beschäftigte John seinen Geist damit, die verschiedenen Fragen und Probleme im Kopf zu sortieren, mit denen sie sich vielleicht als Nächstes konfrontiert sehen würden.

Ich hoffe, Cao weiß, was er tut. Wenn er uns in die falsche Richtung führt, verirren wir uns noch im Dschungel, und dann gute Nacht.

Dafür gab es keine Lösung. Wenn der Hybride sie in die Irre führte, konnten sie ihn lediglich bei Tagesanbruch erschießen und dann im Hellen weitersuchen. Kichernd rieb sich John die brennenden Augen.

Er wollte nicht daran denken, was geschehen würde, wenn sie keinen Zugang zu den Höhlen fanden. Scans waren ein wunderbares, großartiges Instrument zur Erfassung einer Planetenoberfläche, aber es war nicht zwangsläufig immer möglich, die theoretisch gewonnenen Erkenntnisse auch in der Praxis umzusetzen. Für üblich reichte es einer Gruppe Justifiers zu wissen, dass es auf einem Planeten Höhlen gab, in denen ihr

Konzern Erz oder Gas zu finden hoffte oder illegale Plasmawerfertests machen konnte. Das schwere Gerät und die Technik, mit der sie unterwegs waren, ermöglichte es ihnen, auch unzugängliche Orte binnen kürzester Zeit zu erreichen.

Aber im Moment war sein Team ganz auf sich allein gestellt, und sie hatten überdies eine Handvoll Zivilisten dabei. Also konnte es sein, dass Hindernisse, die auf einer normalen Mission schlicht keine waren, sich auf einmal als unüberwindlich erwiesen. *ARStac hat uns längst gefunden. Sobald wir einen Fuß aus dem verdammten Dschungel hinaussetzen, werden sie uns abknallen wie Hasen.*

»Halt.« Cao war plötzlich stehen geblieben und hob die Hand. Das kleine Stablicht, das er bei sich trug, hatte er offenbar in die Hemdtasche gesteckt, zumindest wurde sein Gesicht von unten beleuchtet, was ihn noch weniger menschlich aussehen ließ.

»Da vorn ist die Kante«, erklärte der Otter-Hybride. »Bleiben Sie bitte alle stehen, damit ich mich erst mal umschauen kann. Soweit ich es erkennen kann, geht es ganz schön tief runter.«

Tatsächlich standen die Bäume hier etwas weniger dicht als noch vor wenigen Metern, und John konnte über sich den sternenübersäten Himmel erkennen.

Er befolgte Caos Ratschlag und blieb stehen. Neben John legten Rourke und Bull Shakey ab, und auch die anderen kamen nach und nach an, blieben schwer atmend stehen oder setzten sich auf den Boden. Die dünnen Streifen Kunstlicht, die von den Lampen ausgesandt wurden, irrten zwischen ihnen umher. Wenn ein Lichtstrahl eines der Gesichter traf, konnte John die tiefe Erschöpfung darin sehen.

Keiner sagte ein Wort, die Stille legte sich auf seinen Geist. Plötzlich nahm auch er ein gedämpftes Rauschen und Murmeln wahr, das aus der Tiefe zu ihnen emporstieg. Wasser.

Er machte einige Schritte auf Cao zu, um sich mit eigenen Augen von den Worten des Betas zu überzeugen. Als er näher kam, sah er, dass sie tatsächlich auf einer Kante standen, die unmittelbar vor ihnen abrupt abfiel.

Cao hatte sich auf ein Knie niedergelassen und leuchtete mit der Lampe in die Tiefe. John kniete sich neben ihn und verfolgte den Lichtstrahl mit den Augen.

Die Kante wurde von relativ lockerem Erdreich gebildet, in das sich Wurzeln tief eingegraben hatten, die dem Rand dadurch Stabilität gaben. Die verästelten Ausläufer der Wurzeln hingen über den Rand und hangelten sich in die Tiefe. Als John mit einer Hand über die Kante fuhr, konnte er nur wenige Spannen unterhalb des Wurzelwerks Felsen fühlen.

Der Hang führte vielleicht zwei- oder dreihundert Meter in die Tiefe, das war in der Dunkelheit nicht leicht auszumachen, und der dünne Lichtstrahl gab nicht viel von dem preis, was sich unter ihnen befand. John konnte das Wasser, welches sich am Boden der Senke befinden musste, mehr hören als sehen. Obwohl er fest auf der Kante saß, hatte er das Gefühl, als ziehe die Tiefe an seinem Magen.

»Wir müssen erst einmal herausfinden, in welcher Höhe sich ein Eingang zu den Höhlen befindet«, stellte John leise an Cao gewandt fest. »Heute Nacht hat es keinen Sinn, dort hinunterzuklettern.« Dann wandte er sich von der Kante ab.

»Der Eingang zu den Höhlen liegt unter uns«, verkündete er lauter in Richtung seines Teams, obwohl er eigentlich nur vermuten konnte, dass dem so war. »Aber wir werden auf jeden Fall diesen Abhang ein gutes Stück hinunterklettern müssen. Das können wir im Dunkeln aber nicht schaffen, deshalb werden wir auf den Sonnenaufgang warten. Jemand einen eingestellten Chronometer dabei?«

Jamie trat einen Schritt vor und in den Lichtkegel seiner Lampe. »Sonnenaufgang ist um Nullsechshundert, Sir. In ziemlich genau drei Stunden.«

»Dann nutzen wir die Zeit, um ein bisschen Schlaf zu finden«, entschied John. »Esst einen Happen und haut euch aufs Ohr.«

»Was ist mit Wachen, Boss?«, meldete sich Rourke zu Wort.

»Da gilt immer noch die alte Regel: Wer fragt, hat die erste.«

Er hätte es selbst nicht geglaubt, aber einige seiner Leute hatten immer noch genug Energie, um verhalten zu lachen.

»Ich mach die nächste«, bot Grasse an. »Jeder eine Stunde?«

»Dann übernehme ich die letzte«, erklärte John und teilte den Rest entsprechend ein.

Er ging noch ein Stück vom Abgrund weg und suchte sich einen Baum, an den er seine Waffe lehnen konnte, ebenso wie das leichte Marschgepäck, das er auf dem Rücken trug und das ihm mittlerweile wie ein Sack Steine erschien. Dann wandte er sich ab, um auszutreten.

Als er zurückkam und sich neben seine Sachen setzte, erkannte er im Dunkeln die Silhouette von Grasse. Die Leibwächterin hatte offenbar die andere Seite des Baums in Beschlag genommen.

»Ich weise Sie darauf hin, dass ich gleich meine Stiefel ausziehen werde«, sagte John, während er sich neben ihr an dem Baumstamm hinuntergleiten ließ. »Sie hätten also noch gute zwanzig Sekunden Zeit, um sich in Sicherheit zu bringen.«

»Ich habe gerade dasselbe getan und bin daher vorläufig resistent«, gab sie zurück.

Er grinste. »Ihr Risiko.«

Tatsächlich schnürte er seine Stiefel auf, brachte es dann aber nicht über sich, sie tatsächlich auszuziehen.

Grasse kramte in ihrem Rucksack und zog schließlich zwei in Silberfolie verpackte Proteinriegel hervor. »Wie wär's mit Dinner?«

»O Götter, ich glaube, das ist die romantischste Einladung, die ich je bekommen habe. Sie haben nicht zufällig auch noch 'ne Kerze und ein eiskaltes Bier dabei?«

Sie lächelte. »Sollten wir je wieder auf einem bewohnten Planeten oder einer Station sein, gebe ich Ihnen gern ein Bier aus. Solange es kein *SE*-Gebräu ist, zumindest.«

»Dann haben wir einen Deal.«

John wickelte einen der bröseligen Riegel aus und biss in die weitgehend geschmacksneutrale Hülle. Sein Mund füllte sich mit der haferflockenähnlichen Substanz, und er knurrte zufrieden.

»Glauben Sie, dass wir es runter in die Höhlen schaffen?«, fragte Grasse.

John zuckte mit den Schultern. »Vielleicht. Wenn wir so was wie Seile improvisieren können. Die Frage ist aber auch: Was machen wir dann? *ARStac* sitzt uns im Nacken, und wir haben immer noch keine Vorstellung davon, wie wir von diesem beschissenen Planeten herunterkommen. Entschuldigen Sie die Ausdrucksweise«, fügte er hinzu, weil ihm der Kraftausdruck plötzlich unpassend erschien, nur damit ihm einen Moment später die Entschuldigung noch unpassender vorkam.

Grasse lachte leise. Dann ließ sie den Kopf gegen seine Schulter sinken.

John zögerte einen kurzen Moment, doch dann streckte er den Arm aus und legte ihn der Leibwächterin um die Schulter. Offenkundig störte sie es nicht allzu sehr, denn sie sagte nichts mehr und schloss stattdessen die Augen.

Einen Moment später war er ebenfalls eingeschlafen.

Es kam John vor, als habe er gerade erst die Augen geschlossen, da rüttelte bereits eine Hand an seiner Schulter.

»Boss«, flüsterte es halblaut in sein linkes Ohr.

John öffnete die Augen und wurde direkt von einem schmalen Lichtstrahl geblendet.

»Scheiße, runter damit«, murmelte er.

Das Licht wurde gesenkt, und er konnte Jamie vor sich erkennen. Als Nächstes bemerkte er, dass sein rechter Arm eingeschlafen war und Grasse noch immer an seiner Schulter lehnte und wohl eben dabei war, ebenfalls aufzuwachen. Vorsichtig löste er den Arm von ihr und stand auf.

»Alles so weit ruhig, Boss. Hab ein paar Mal irgendwelche Viecher gesehen, aber nichts, was mir bedrohlich erschienen wäre. Obwohl das Kreischen dieser Vögel einen ganz schön nervös machen kann.«

»Ist gut, Jamie«, flüsterte John müde. »Legen Sie sich noch mal hin.«

»Ich bin fit, Boss«, sagte sie. »Hab vorhin, als Rourke mich geweckt hat, noch 'ne Dosis Hallo-Wach eingeworfen. Im Moment könnte ich sowieso nicht schlafen.«

Im Stillen fragte sich John, ob das tatsächlich der richtige Augenblick gewesen war, um sich aufzuputschen, aber auch ohne sich um Jamies Hallo-Wach-Konsum zu kümmern, hatte er genug andere Sorgen, das wussten die Götter.

Gemeinsam gingen sie ein Stück von der Gruppe weg und setzten sich im Schneidersitz vielleicht einen Meter von der Kante entfernt einander gegenüber. John ließ den Blick über seine Leute schweifen, die überall verteilt an den Bäumen lagen und schliefen. Die meisten hatten sich einfach an die Stämme gelehnt, aber einige lagen auch auf der feuchten Erde. Manche schnarchten, andere murmelten im Schlaf vor sich hin, wieder andere lagen ganz ruhig da.

Während John sie beobachtete, fühlte er sich verdammt noch mal für sie alle verantwortlich. So weit waren sie mit ihm gegangen und hatten sich gut geschlagen. Er wollte nicht, dass sie hier im Dreck verreckten oder von *ARStac*-Kugeln durchlöchert wurden. Er wollte sie heil von diesem Planten runterbringen, und dann sicher nach Hause.

Jamies Augen folgten seinen Blicken, aber sie sagte nichts. Im Westen zeigten sich bereits helle Streifen am Horizont, die sich rasch erst rosa, dann rot und golden einfärbten. Die Decke der Nacht wurde zerrissen, und die Sonne ging ebenso rasch auf, wie sie am Abend versunken war.

Das erste Licht des Tages beleuchtete ein atemberaubendes Panorama, das sich unterhalb des Abhangs vor ihnen ausbreitete. Ein gewaltiger Strom floss in der Ebene, sicher hundert oder mehr Meter breit, der mit zahllosen Nebenarmen das ganze Tal beherrschte. Von der breiten Wasserfläche stieg im Tagesanbruch Nebel auf, und aus dem Dunst erhob sich ein riesiger Schwarm grellbunter Vögel, Tausende, die sich wie ein einziger schillernder Organismus in den Himmel schraubten.

Das Sumpfland in den Ausläufern des Stroms wurde von einer üppigen, grün-bunten Vegetation beherrscht, ein undurchdringliches Dickicht von urtümlicher Schönheit.

Der majestätische Fluss floss auf den Abhang zu, auf dem sie sich befanden, und verschwand unter ihnen im Gestein. Und im hellen Licht der aufgehenden Sonne konnte John erkennen, dass der gesamte Fels, der die Ebene in einem gewaltigen Bogen umsäumte, von einer Vielzahl Höhlen und Kavernen durchbrochen wurde.

Tief unter ihm zog eine Gruppe fliegender Kreaturen vorüber. Sie mussten groß sein, aber vor diesem gewaltigen Panorama verblassten sie einfach. Zum ersten Mal, seit sie auf Tordesillas abgestürzt waren, verspürte John einen Moment der Ruhe. Der Anblick vertrieb die Sorgen aus seinen Gedanken, und er setzte sich hin und genoss ihn. Nach all den Schrecken und Entbehrungen ahnte er für einen Augenblick, was dieser Planet seinen neuen Bewohnern bieten konnte.

Dann atmete er tief ein und erhob sich wieder. Die Realität drängte sich in seinen Geist, und er wusste, dass sie handeln mussten.

16

Nach und nach wachte das gesamte Team auf, streckte sich, trank aus den Wasserflaschen und schlüpfte zurück in die Stiefel. Als Nina Grasse an John vorüberging, um sich den Abstieg und die spektakuläre Aussicht darunter anzusehen, lächelte sie ihn kurz an. Oder vielleicht hatte er sich dieses Lächeln auch nur eingebildet. Aber eigentlich war es egal – zumindest für den Augenblick fühlte er sich verdammt lebendig und verspürte den heftigen Wunsch, diesen Zustand auch noch eine Weile aufrechtzuerhalten.

»Wie geht es Shakey?«, fragte er sie leise.

Sie zuckte die Achseln. »Er hat die Nacht überlebt, und ich schätze, das ist schon mal ein gutes Zeichen.«

Tatsächlich richtete sich der Pilot eben unter der Jacke auf, mit der eine freundliche Seele ihn nachts zugedeckt hatte.

»Scheiße, wo bin ich?«, fragte er mit belegter Stimme, sah sich um und murmelte: »Und wie lange war ich weg?«

»Kein Grund zur Sorge, Alter«, erklärte Rourke ruhig. »Du hast dir ein Loch verpassen lassen und den Hauptteil des Spaßes verschlafen, du fauler Sack. Jetzt sitzen wir auf so 'ner Art Plateau rum und warten darauf, runterzuklettern. Du bist also genau im richtigen Moment wieder klargeworden, könnte man so sagen.«

»Hm. Ich komme also zu spät zur Party, ja? Gibt's trotzdem noch Schnaps und Nutten?«

John grinste erleichtert, als er den Schlagabtausch zwischen Rourke und Shakey mit anhörte. Der Pilot klang tatsächlich nicht wie ein Mann, der im Sterben lag, auch wenn er immer noch ziemlich angeschlagen aussah.

Leider hatte sich nicht nur Shakey in den letzten paar Stunden erholt – auch Reinhards war wieder zu Kräften gekommen und so nervig wie immer.

»Owens«, rief er und winkte John zu sich heran. »Könnten Sie mal kurz herkommen?«

Er tat ihm den Gefallen, obwohl er alles andere als Lust dazu verspürte. Der Konzerner hatte sich die zerknautschten Klamotten zurechtgestrichen, und obwohl die Augenringe und Tränensäcke sein gepflegtes Aussehen untergruben und verrieten, wie sehr ihn die Flucht angestrengt hatte, so zeigte seine Stimme, dass er dennoch bereits wieder Oberwasser zu haben glaubte.

»Was kann ich für Sie tun?«

John bemühte sich um einen neutralen Tonfall und fuhr sich mit der Hand durch die verklebten Haare. Er wünschte, er hätte einen Eimer Wasser gehabt, um ihn sich über den Kopf zu gießen. Mit der Sonne kehrte auch die allgegenwärtige Hitze zurück, und er begann bereits wieder zu schwitzen. Ob die dauernde Schwüle vom Fluss verursacht wurde? Immerhin schien es an diesem Ort auf Tordesillas nie zu regnen.

»Wie werden wir weiter vorgehen, Owens? Unsere jetzige Situation erscheint mir ... unhaltbar.«

»Wir werden in die Höhlen runterklettern und schauen, ob wir uns dort ein Weilchen verstecken können. Ich bin mir sicher, dass *ARStac* nach uns suchen wird, sobald sie sich von Sukarnos kleiner Überraschung erholt haben. In den Höhlen haben wir sicher bessere Chancen, ihren Drohnen zu entgehen.«

»Klettern? Uns in Höhlen verstecken?«

Der Konzerner gab ein langgezogenes Seufzen von sich, widersprach John zu dessen Überraschung aber nicht.

»Wir werden es nicht schaffen, von Tordesillas je wieder herunterzukommen, oder?«, fragte er melodramatisch.

»Das weiß ich nicht«, entgegnete John ehrlich. »Aber was mich angeht, habe ich den Plan zumindest noch nicht aufgegeben.« Er lächelte Reinhards aufmunternd an. »Ob Sie weiter daran glauben wollen, ist ja Ihre Sache, Sir«, konnte er sich nicht verkneifen, noch hinzuzufügen. Dann ließ er den Manager stehen, nicht ohne eine gewisse Befriedigung darüber, ihn einmal sprachlos erlebt zu haben.

»Das wird kein Kinderspiel, Boss«, sagte Bull, als er sich neben ihn auf den Rand des Plateaus stellte.

»Hast du schon überlegt, wie wir's angehen sollen?«

John nickte. »Wir haben keine Seile dabei, also können wir bloß aus diesem Lianenzeug etwas basteln. Irgendjemand, der gut klettern kann, muss vorgehen und den Abstieg erkunden.«

»Das ist kein Job für mich.« Bull schüttelte den Kopf. »Rinder sind nun mal keine Bergziegen, Boss.«

Der Leutnant musste lachen.

»Verstanden, Bull.« Er rief seine Leute zusammen und erklärte ihnen die Situation. »Gibt es einen Freiwilligen, den wir zuerst herunterlassen können?«

»Ich.« Jamie trat vor, und John nickte.

Jamie war eine gute Wahl.

Gemeinsam mit Rourke und Grasse suchte er im Dschungel nach Lianen, die belastbar genug aussahen, um auch Bulls Gewicht tragen zu können. Jamie war eher ein Leichtgewicht, aber sie mussten sich bei der Planung natürlich am schwersten in der Gruppe orientieren. Mit seinem Messer säbelte John die faserigen Pflanzen ab und spannte sie prüfend mit zwei Händen. Es war schwierig abzuschätzen, wie viel sie aushalten konnten, wenn ein Mensch an ihnen hing.

»Erst mal haben wir ca. fünfundzwanzig Meter«, verkündete er schließlich. »Und wir hoffen, dass das reicht, um einen Einstieg in die Höhlen zu finden.«

»Sonst gibt es vielleicht weiter unten eine einfachere Klettermöglichkeit«, erklärte Jamie und hob entschuldigend die Schultern.

»Was machen wir eigentlich, wenn das hier klappt, wir die Leute alle abseilen und schließlich nur noch einer hier oben übrig ist, Sir?«, wollte Rourke wissen.

»Das Seil an einen Baum binden. Keine Sorge, ich gehe als Letzter runter«, erwiderte John ruhig. Er hatte ebenso wenig Lust auf eine ungesicherte Kletterpartie wie die anderen, aber als Anführer blieb ihm in dieser Frage wohl keine Wahl.

Sie befestigten das improvisierte Seil um Jamies Taille. Sie schwang sich über den Rand und suchte Halt für ihre Füße. Während der ersten Meter hatten Bull und Rourke, die sie sicherten, kaum etwas zu tun, als ab und an Seil nachzugeben.

»Ab jetzt kann ich nicht weiterklettern«, verkündete Jamie irgendwann. Ihre Stimme drang gespenstisch gedämpft zu ihnen nach oben. »Achtung!«

Mit einem Mal gab es einen Ruck, und die Liane war plötzlich straff gespannt. John, der bäuchlings auf dem Rand lag und abwechselnd Jamie und die Sicherer beobachtete, schloss unwillkürlich die Augen und sandte ein Stoßgebet zum Himmel, dass das improvisierte Seil halten möge. Als er die Augen wieder öffnete, sah er, dass Jamie tatsächlich unversehrt in ihrer Lianenschlaufe hing und inzwischen wieder mit Fingern und Füßen Halt an der Wand suchte. Sie hatten lediglich eine Ausbuchtung im Fels überbrücken müssen.

»Ich sehe ein ziemlich großes Loch vor mir«, verkündete sie. »Noch zehn Meter.«

Rourke und Bull gaben weiter Seil nach. Dann schwang sich Jamie auf einen vorstehenden Felsen, der den weiteren Weg nach unten blockierte.

»Von hier aus kann ich in die Höhle einsteigen. Ich mache mich jetzt los«, rief sie zu ihnen hinauf, und noch bevor John protestieren konnte, hatte sie die Liane bereits von ihrer Taille gelöst. Bull und Rourke begannen, das schlaffe Seil emporzuziehen.

Jamie verschwand hinter dem großen Felsklotz und aus Johns Sichtfeld. Einige Minuten lang war sie nicht zu sehen, dann tauchte sie plötzlich wieder auf.

»Der Eingang führt in einen riesigen Raum«, sagte sie. »Hier geht es sicher Hunderte Meter in den Fels.«

John stand auf und klopfte sich die Erde ab. »Ihr habt es gehört, Leute«, erklärte er. »Lassen wir sie nicht warten.«

Er grübelte einen Moment lang, welche Reihenfolge die beste wäre.

»Reinhards, Sie gehen als Nächster. Und danach Grasse.«

Der Konzerner sah für einen Moment aus, als wolle er sich gegen die Entscheidung wehren, aber dann nickte er und ergab sich in sein Schicksal. Wie ein nasser Sack hing er an den Lianen. Anders als Jamie arbeitete er nicht mit, und Rourke und Bull mussten Schwerstarbeit leisten, um ihn abzuseilen. Am Höhleneingang wurde der Manager von Jamie in Empfang genommen, die ihm eine helfende Hand reichte.

Grasse zur Höhle hinunter zu bekommen, war hingegen kein Problem. Sie hatte ihre Stiefel ausgezogen und über die Schulter gehängt und setzte ihre Finger und Zehen geschickt wie ein Affen-Beta ein, um den Abhang hinunter zu klettern.

Danach ließ John fünf Rucksäcke und die unhandlicheren Waffen zusammenbinden, und nach ihnen folgte Sukarno.

John richtete sich halb auf. »Als Nächstes bringt ihr Shakey runter.«

»Wird gemacht, Boss«, bestätigte Rourke.

»Vom Ultraleicht zum Tragegurt. Was für ein verdammter sozialer Abstieg«, grummelte Shakey, als sie die Lianen fest um seinen Körper wickelten, aber John konnte hören, wie er an die Beschwerde ein gemurmeltes »Danke, Leute« anschloss.

Den Verletzten in die Tiefe zu befördern, erwies sich als leichter, als John befürchtet hatte. Zwar konnte Shakey den Sichernden nicht helfen, und er gab einige Male ein unterdrücktes Stöhnen von sich, wenn sein Bein an Stein stieß, aber der schmächtige Pilot behinderte Rourke und Bull auch nicht bei ihrer Arbeit.

»Der wiegt ja nix«, knurrte Rourke, als Grasse von unten ein Zeichen gab, dass sie Shakey sicher aus dem improvisierten Seil gezogen hatten.

Rhodes war der Nächste. Der Aushilfssmutje schluckte schwer, als Rourke die Liane um seine Taille befestigte.

»Ich hab ein bisschen Höhenangst, Sir«, erklärte er, als hätte seine Leichenblässe ihn nicht bereits verraten.

»Schon gut, Mann.« John legte ihm beruhigend eine Hand auf die Schulter. »Das wird schon.«

Rhodes verschwand unter dem Rand des Abhangs. Das Seil spannte sofort, und John konnte das panische

Keuchen des Mannes hören, als er in der Luft hing. Rourke und Bull gaben fünf Meter Seil zu, zehn – dann passierte es. Ein Ruck lief durch die Liane.

Geistesgegenwärtig brüllte Bull: »Halt dich fest, Rhodes! Halt dich fest, das Seil …«

Doch es war schon zu spät. Mit einem Knallen, das John lauter erschien als der Einschlag einer Kugel, rissen die einzelnen Fasern der Liane.

»O Göööötter«, drang es zu ihnen herauf, dann verkündete ein unheilvoller Knall, dass Rhodes abgestürzt war.

John stürzte zum Rand der Klippe, legte sich wieder darauf und blickte nach unten. Er sah den Körper des Smutje vielleicht hundert Meter unter sich auf einem Felsenvorsprung liegen. Jamie kletterte ein Stück abwärts, wo sie den Abgestürzten besser in Augenschein nehmen konnte. Dann suchte sie Blickkontakt zu John, schüttelte den Kopf und sagte ihm, was er bereits wusste.

»Er ist tot.«

»Verdammte Scheiße.«

John überlegte fieberhaft. Jetzt würde niemand freiwillig als Nächster gehen, das war klar. Auf den Gesichtern derer, die sich noch oben befanden, zeichnete sich der Schock über den Absturz deutlich ab. Einen Moment lang überlegte er, ob es jetzt an ihm war zu klettern, aber Bull nahm ihm die Entscheidung ab.

»Es hat ja keinen Sinn, wenn die beiden Schwersten bis zuletzt hierbleiben«, sagte er halblaut. »Ich könnte als Nächster gehen, wenn wir das Seil repariert haben.«

John nickte ihm zu.

»Wir brauchen erst mal eine neue Liane.«

Keiner sprach ein Wort, als sie wieder in den Dschungel gingen, um ein neues Seil zu improvisieren. Auch ohne dass sie sich darüber absprechen mussten, suchten sie nach noch dickeren Pflanzen als zuvor, die sie drei- und vierfach zusammenlegten.

Schließlich hatten sie genug zusammen, um Bull in die Tiefe zu lassen.

»Wird schon, Leute«, sagte der Beta aufmunternd, als er in die blassen Gesichter von Rourke, John und Cao sah.

Der Leutnant nahm Bulls Platz an der Liane ein und spürte, wie sich das Seil allmählich straffte, als Bulls Gewicht es belastete.

»Hören Sie das auch, Boss?«, fragte Cao im Flüsterton, während sie den Beta in die Tiefe hinabließen.

John wollte schon »Was?« fragen, als er es plötzlich wahrnahm. *Ein leises Summen, wie von einem Insektenschwarm. Von einem Bienenstock, oder ...* Das Summen wurde lauter.

»Verflucht«, bellte er. »Das sind die *ARStac*-Drohnen.«

Er rief über den Rand: »Bull, beeil dich! Drohnen!«

Ein lautes Schnauben war die einzige Antwort. Augenblicke später rief Bull jedoch: »Unten«.

Das metallische Sirren war nun bereits gut zu hören.

»Wir binden das Seil jetzt schon an den Baum und gehen so schnell nacheinander runter, wie wir können«, verfügte John. »Wenn *ARStac* uns jetzt findet, war alles umsonst. Rourke, Sie gehen als Erster.«

Der Ex-Söldner sah alles andere als begeistert aus, aber er widersprach nicht, sondern half John, die Liane zu einem der nächstgelegenen starken Bäume zu ziehen und sie darum zu wickeln.

Dann verschwand er mit einem satten Fluch in der Tiefe. Cao stand zwischen den Bäumen, den sorgenvollen Blick zum Himmel gerichtet.

»Ich glaube, ich kann sie schon sehen, Boss«, erklärte er.

»Rourke ist unten«, verkündete John, der wieder seinen Beobachtungsposten am Rand des Plateaus eingenommen hatte. »Los, Mann, ans Seil!«

Der Vorteil der Situation war, dass ihnen keine Zeit blieb, um über Rhodes' Schicksal nachzudenken. Das war aber auch das einzig Gute, das John am Auftauchen ihrer Verfolger finden konnte.

Der Otter-Hybride kletterte behände das Seil hinab, und John schwang sich über die Kante, genau in dem Moment, als Cao meldete, unten angekommen zu sein.

Er war kein begnadeter Kletterer, aber die Felsen und Vorsprünge gaben ihm Halt. Er tastete mit den Füßen nach Grund und ließ dabei die Liane Stück für Stück durch seine Hände gleiten.

Inzwischen war das Summen so laut, das jeder es hören musste.

»Los, in die Höhlen«, presste John zwischen zusammengebissenen Zähnen hindurch, konnte aber nicht sehen, ob die anderen dem Befehl nachkamen.

Er war vielleicht noch zwei Meter von dem Felsvorsprung entfernt, hinter dem der Höhleneingang lag, als das Sirren direkt über ihm auftauchte. Aus den Augenwinkeln nahm er ein metallisches Glitzern im Sonnenlicht wahr.

Scheiße, fuhr es ihm durch den Kopf. Er atmete einmal tief ein und ließ dann die Liane los.

Sein Sprung brachte ihn bis auf den Felsen, und den Göttern sei Dank konnte er das Gleichgewicht halten.

Er warf sich in Deckung und rollte in dem Moment in den Höhleneingang, als die Drohne surrend über sie hinwegzog.

17

John schlug hart auf dem felsigen Untergrund auf. Caos Hand schoss vor und zog ihn tiefer in den Halbschatten der Höhle, wo sich der Leutnant benommen aufrichtete.

Als er wieder auf den Füßen stand, sah er, dass seine Leute im Eingang der Kaverne kauerten und sich eng an die Wände gedrückt hielten, was angesichts der Drohne vermutlich eine gute Idee war.

»Soll ich sie vom Himmel holen, Boss?«, wollte Bull wissen.

John überlegte einen Moment, schüttelte dann aber den Kopf. »Nein, Sarge, lassen Sie sie ziehen. Wenn das verdammte Ding abgeschossen wird, wird *ARStac* hundertprozentig hier nach uns suchen. So gibt es immerhin die Möglichkeit, dass die Drohne uns gar nicht entdeckt hat.«

»Was ist, wenn die Rhodes' Leiche sehen?«, murmelte Sukarno.

John hatte sich schon dieselbe Frage gestellt. »Das

ist natürlich möglich, und wir können es nicht verhindern, wenn wir die Sonde nicht abschießen. Aber selbst wenn sie Rhodes entdecken, wissen sie nicht, was die Leiche bedeutet oder wie lange sie hier schon liegt. Sie werden ein Team schicken, um den Leichnam zu untersuchen, das ist sicher, aber wenn es keinen Feindkontakt gegeben hat, kommen sie vermutlich nicht gleich mit einer neuen Kommando-Einheit.«

Er legte eine Pause ein und blickte sich in der Höhle um. Der Bereich, in dem sie standen, wurde noch vom Tageslicht erhellt. Wie Jamie gesagt hatte, erstreckte sich die Kaverne sehr weit in den Felsen. Der tiefer liegende Teil verschwand im Dunkeln, aber da die Decke sicher vier Meter über ihnen war, hoffte John, dass es ihnen möglich war, sich weit in den Schutz der Höhle zurückzuziehen.

»Wir sollten jedenfalls nicht hier rumsitzen und abwarten, bis sie kommen. Jetzt atmen wir mal alle tief durch, und dann erkunden wir die Höhle. Sarge, haben Sie den Kollektor aufgeladen?«

Bull nickte und zog eine flaschengroße Lampe aus seinem Rucksack, die ein mattweißes Licht abstrahlte, als er sie einschaltete. Die Lampe würde für zehn oder zwölf Stunden leuchten, je nach Ladestand des Akkus. Wenn sie bis dahin nicht aus den Höhlen heraus waren, mussten sie wieder auf die Stablampen und Knicklichter zurückgreifen, doch im Moment wollte John zunächst die Ressourcen verwenden, die sie irgendwann wieder auffüllen konnten.

Er räusperte sich. »Wir haben leider keine Möglichkeit, Rhodes zu begraben und die anderen zu betrauern, die auf unserer Flucht ums Leben gekommen sind. Dieser Planet fordert verdammt viel von uns, aber wenn wir das nicht geben, könnte jeder der Nächste sein. Sobald wir alle in Sicherheit sind, werden wir der Toten gedenken, das verspreche ich euch. Aber jetzt müssen wir erst einmal zusehen, dass wir uns selbst retten. Wir werden uns jetzt so weit wie möglich in den Berg zurückziehen und uns dort verstecken. Und dann überlegen wir, was wir machen. Alles klar so weit?«

Er blickte jedem ins Gesicht, und einer nach dem anderen nickten sie, fast feierlich. Sogar Reinhards senkte kaum merklich den Kopf, als John ihn ansah.

Rourke und Jamie legten sich Shakeys Arme um die Schulter, Sukarno nahm ihren Rucksack auf, Jamie und Grasse schulterten die Waffen, und Cao ließ seinen Kompass aufspringen.

»Dann mal los, Leutnant Owens«, sagte Reinhards, und John seufzte innerlich. Wenn der Konzerner noch immer meinte, sich mit ihm um die Autorität streiten zu müssen, konnte er ihm genauso gut den Gefallen tun und ihn in dem Glauben lassen, er hätte immer noch etwas zu sagen. *Vermutlich werden wir bald ohnehin gemütlich nebeneinander verrotten, dann ist diese Frage auch egal.*

John schloss zu Bull auf und bildete gemeinsam mit ihm die Vorhut. Schon nach vielleicht zwanzig Metern war das Licht nur noch so spärlich, dass sie die Lampe brauchten, um vor sich überhaupt etwas erkennen zu können.

»Dicht zusammenbleiben«, gab John halblaut nach hinten weiter.

Die kleine Gruppe hielt sich so, dass praktisch jeder einen anderen mit ausgestrecktem Arm hätte berühren können. Bull leuchtete gelegentlich die Wände ab, die immer noch weit voneinander entfernt waren, obwohl sich die Höhle immer weiter zu verengen schien. Das Licht am Eingang war längst nur noch ein kreisrunder heller Fleck irgendwo hinter ihnen.

Mit jedem Meter, den sie zurücklegten, wurde es kühler, was zunächst eine willkommene Abwechslung zu dem ewig heißen und feuchten Klima an der Oberfläche war. John dachte darüber nach, wann ihm zuletzt wirklich kalt gewesen war, konnte sich aber nicht erinnern. Irgendwann, bevor er *Farspace Horizon* betreten hatte, vermutlich.

Mittlerweile hatte sich die Kaverne noch weiter verengt und war zu einem unregelmäßig geformten Gang geworden, der allerdings immer noch so breit war, dass sie auch alle nebeneinander hätten laufen können.

»Wir gehen nach Westen«, erklärte Cao unnötigerweise nach einem Blick auf seinen Kompass. »Tiefer in das Plateau hinein.«

Was soll es uns im Moment schon bringen zu wissen, in welche Himmelsrichtung wir laufen?, fragte sich John, sagte aber nichts.

Er streckte einen Arm aus und berührte die raue Wand zu seiner linken Seite. Als er die Hand zurückzog, waren seine Fingerspitzen feucht. Das Höhlensystem diente also dem Wald als Wasserspeicher, ganz so, wie er es vermutet hatte.

Vier Stunden lang liefen sie immer tiefer in den Berg hinein, wie John nach einem Blick auf seinen nicht synchronisierten Chronometer feststellte – er zeigte immer Standard- und nicht Ortszeit an. Bislang hatte er es einfach vergessen. *Oder war es Absicht? In der Hoffnung, wieder zurückzukehren?* Er wusste die Antwort nicht.

Selbst am längeren Tag auf Tordesillas musste die Sonne mittlerweile im Zenit stehen, aber hier drinnen waren sie von völliger Dunkelheit umschlossen.

Es wurde Zeit, dass sie Rast machten, aber John hoffte, dass sie zuvor eine Höhle erreichen würden. Der Gang, der vor ihnen lag, wurde mal breiter, mal schmaler, doch wohin er führte – oder ob er überhaupt ein Ziel hatte –, konnten sie nicht erkennen.

Gerade als John überlegt hatte, zumindest eine kurze Rast inmitten des Tunnels anzusetzen, öffnete sich der Gang vor ihnen wieder, und sie gelangten in eine weitere große Kaverne. Als Bull die Lampe hob, sahen sie einen weitläufigen Raum voller weißgrauer Tropfsteine, die sich teilweise miteinander verbunden hatten und wie fremdartige Säulen vor ihnen aufragten.

»Boss?« Die Stimme des Beta klang unsicher. »Ich glaube, da vorne ist ... Licht«

»Was?«, entfuhr es John. Dann ordnete er hastig an: »Dreh die Lampe runter.«

Der Beta tat sofort, wie ihm geheißen, und John bedeutete der ganzen Gruppe per Handzeichen, stehen zu bleiben. Jetzt konnte er es auch sehen. Aus der Mitte der Höhle stieg ein schwaches Leuchten auf.

Er entsicherte seine Waffe, legte sie schussbereit an und winkte Bull, ihm zu folgen, während die anderen zurückbleiben sollten. Gemeinsam mit dem Beta trat John auf das grün-bläuliche Leuchten zu.

Im Zentrum der Höhle troff Wasser von einem Stalaktiten in einen beinahe kreisrunden See, von dessen Grund das diffuse blaue Licht auszugehen schien. Aus der Mitte des Teichs wuchs ein weiterer Tropfstein empor. Geschätzte zwanzig Zentimeter und tausend Jahre trennten die beiden Steinsäulen noch voneinander.

Um den See herum standen andere Tropfsteine, die wie Skulpturen aussahen, deren Erschaffer mitten in der Arbeit den Meißel hatte sinken lassen.

»Was ist das, Boss?«, flüsterte Bull und kniete sich vorsichtig neben das leuchtende Wasser.

John schüttelte den Kopf und winkte die anderen heran.

»Ich könnte eine Schnellbestimmung machen«, bot Sukarno an, die prüfend das bläuliche Licht vom Grund des Sees musterte. »Ich habe ein Analysegerät eingesteckt. Ist nicht gerade das neueste Wunderwerk der Technik, kann aber sicher rausfinden, ob das hier Trinkwasser ist oder Säure.«

John war ehrlich überrascht – manche Zivilisten hatten in den Minuten vor ihrer Flucht erstaunlich viel Geistesgegenwart bewahrt. Anerkennend zeigte er der jungen Frau den erhobenen Daumen.

»Dann los.«

Sie zog Wasser in eine Pipette und schob diese in den kleinen Plastikkasten, den sie aus ihrem Rucksack geholt hatte. Das Display leuchtete auf und zeigte H_2O an erster Stelle, darunter noch einige chemische Verbindungen, die John nicht auf Anhieb erkannte.

»Es ist Wasser, Sir«, erklärte Sukarno. »Einige ionische Salze sind darin gelöst, aber das ist nichts Ungewöhnliches. Von dem, was ich hier sehen kann, können wir das problemlos trinken.«

»Wenn das hier ganz normales Wasser ist, warum leuchtet es dann, zum Henker?«

John schossen ungute Bilder einer unterirdischen Strahlenquelle durch den Kopf, die sie vielleicht alle bereits verseucht hatte.

»Ich vermute, dass es in dem Wasser Bakterien oder andere Lebewesen gibt, die biolumineszent reagieren«, sagte Reinhards plötzlich, der ebenfalls vorgetreten war.

John starrte ihn verblüfft an. »Sir?«

»Ich habe Xeno- und terrestrische Biologie studiert, Leutnant Owens, bevor ich mich zu einer Karriere in der Administration entschloss«, erklärte der Konzerner ungeduldig. »Das hier könnten zum Beispiel Kleinstlebewesen sein, die GFP plus Aequorin verwenden, ein Photoprotein. Hat ungefähr die richtige Farbe dafür.«

John, der nur eine vage Vorstellung von dem hatte, was ihm gerade erklärt worden war, nickte vorsichtig.

»Ist dieses Aeko ... wie auch immer, ist es giftig, Sir?«

Reinhards schüttelte den Kopf.

Was soll's, dachte John. *Wer will schon ewig leben?* Er ließ sich auf ein Knie nieder und schöpfte eine Handvoll Wasser aus dem Teich. Dann ließ er es sich vorsichtig in den Mund rinnen. Es war kühl und schmeckte wie ... nun, wie Wasser eben.

»Für's Erste bleiben wir hier«, erklärte er, als er wieder aufstand. »Wenn ich in einer Viertelstunde noch lebe, kann jeder trinken.«

Trotz seines eher spärlichen Wissens über biologische Vorgänge wusste er, dass eine Viertelstunde kaum genug war, um etwas über mögliche toxische Eigenarten dieses Gewässers herauszufinden, aber wenn sie nichts tranken, würde ihnen der Durst ebenfalls bald den Garaus machen.

»Grasse, Cao, Sie nutzen die Zeit, laufen eine Runde um den Block und finden heraus, wie viele Aus- und Eingänge diese Höhle so hat.«

Die beiden Angesprochenen salutierten und machten sich ohne Verzug auf den Weg.

»Sir, das sollten Sie sich ansehen.«

Der Otter-Hybride wisperte leise, aber eindringlich und zupfte John am Ärmel, der an einen Stalagmiten gelehnt dasaß und in das leuchtende Wasser starrte.

»Was gibt es denn?«

»Grasse und ich haben noch eine weitere Höhle gefunden, Sir. Und darin ... ist etwas.«

»Etwas? Cao, können Sie sich nicht noch undeutlicher ausdrücken?«

Cao schien sich beinahe zu winden, bemüht, John

von seinem Anliegen zu überzeugen. »Sir, es wäre mir wirklich lieber, Sie sehen es sich selbst an.«

»Also schön.« John kam auf die Füße. »Wo steckt Grasse?«

»Sie ist noch dort.«

»Ist es gefährlich?«, verlangte John zu wissen, obwohl er wusste, dass Cao dann Alarm geschlagen hätte, statt diese geheimniskrämerische Nummer abzuziehen.

Der Beta schüttelte den Kopf. »Ich glaube nicht, Sir.«

John versicherte sich trotzdem, dass seine Pistole hinten im Hosenbund steckte, dann schaute er zum Rest seiner Leute hinüber, die am Rande des Sees lagen oder saßen, sich leise unterhielten oder einfach ausruhten.

Er folgte Cao in die Dunkelheit, und der Hybrid zog sein Knicklicht hervor. Sie gingen an der Höhlenwand entlang, und ihre Schritte erzeugten einen hohlen Widerhall, der John so vorher nicht aufgefallen war. Schließlich sah er im Lichtschein vor sich eine Öffnung, die aus der Höhle herausführte. Grasse stand vor der Öffnung und wartete auf sie, die Waffe im Anschlag, als rechne sie gleichermaßen mit Feinden wie mit Freunden.

»Grasse«, rief John halblaut. »Was ist denn verdammt noch mal los?«

»Hier geht es in einen weiteren Gang, und Cao und ich wollten eigentlich nur ein paar Schritte hinein machen. Dabei haben wir gesehen, dass es der Übergang zu einer anderen Höhle ist. Drinnen gibt's auch wieder

Wasser mit biolumineszentem Irgendwas, und außerdem gibt es ...« Sie zögerte einen Augenblick, fuhr dann aber doch fort: »... eine Maschine.«

»Eine Maschine?«

Er kam sich wie ein Trottel vor, aber außer einer Wiederholung fiel ihm nichts Kluges ein.

Also trat er in den kurzen Gang, während Grasse und Cao dicht hinter ihm blieben. Vor sich sah John bereits das blau-grünliche Leuchten, ähnlich dem des Teichs in *ihrer* Höhle. Hier schien das Licht jedoch verschiedene kleine Wassertümpel als Quelle zu haben.

In der Höhle gab es keine Tropfsteine. Sie war zwar kleiner als die Kaverne, in der sie lagerten, aber immer noch gewaltig, und in der Mitte erhob sich eine Struktur, die definitiv nicht Wasser und Äonen aus dem Stein gebildet hatten, sondern von intelligenten Wesen gebaut worden war.

Die Struktur, offenkundig aus einem mattglänzenden Metall gefertigt, war konisch geformt. An einigen Stellen bedeckte das Metall die Konstruktion wie eine Haut, an anderen war es abgeschält und gab die Metallstäbe und Querverstrebungen darunter wie ein Skelett frei. Das ganze Gebilde war vielleicht fünf Meter lang und doppelt so hoch wie John selbst – zumindest der sichtbare Teil. In den Fels hinein schien es noch weiterzugehen.

»Wir dachten, Sie würden das sehen wollen, Boss«, murmelte der Beta leise.

»Da haben Sie verdammt richtig gedacht, Cao. Obwohl ich keine Ahnung habe, was das ist.«

John merkte, dass auch er begonnen hatte zu flüstern, konnte sich aber selbst nicht erklären, warum. Grasse, die ein Stück um die Konstruktion herumgegangen war und nun vorsichtig ins Innere starrte, sagte leise: »Ich glaube, es ist ein Schiff, John. Hier drin ist etwas, das wie ein Antrieb aussieht.«

Der Leutnant sog zischend die Luft ein. »Das würde erklären, warum *ARStac* so scharf auf diesen Planeten ist. Ahumanen-Technologie, natürlich. Die heißeste Währung im ganzen verdammten Universum. Ob *Stellar Exploration* davon weiß?«

Cao zuckte mit den Achseln. Der kleine Beta schien sich in der Gegenwart ihres Funds nicht wohl zu fühlen, auch wenn klar war, dass die Maschine – das Schiff – von seinen früheren Besitzern verlassen worden war.

Wie lange das Ding hier wohl schon herumliegt?, grübelte John. Es gab kaum eine Möglichkeit, das festzustellen. Im vermutlich immer gleichen Klima der Höhle konnte es seit gestern oder genauso gut seit hunderttausend Jahren hier stehen.

»Wie haben die das Ding überhaupt hier hereinbekommen?«, fragte er.

»Aus dieser Höhle gibt es zwei Ausgänge«, erklärte Grasse. »Einer ist ein Gang und führt tiefer in den Berg hinein. Der andere war mal sehr breit und vielleicht ein Ausgang nach draußen.«

»Da war mal ein Ausgang?«

»Möglicherweise. Aber er ist komplett verschüttet.«

»Es könnte sein, dass die Höhle eingestürzt ist, Sir«,

fügte Cao hinzu. »Oder die Ahumanen haben den Eingang gesprengt, nachdem sie ihr Schiff hier geparkt hatten. Oder es ist einfach abgestürzt.«

John zog die Augenbrauen hoch. Das alles wurde immer merkwürdiger, und er sah sich außerstande, das Rätsel ihres Funds zu lösen. Und so faszinierend das alles auch sein mochte, er musste sich mit den praktischen Fragen beschäftigen, die vor ihnen lagen. »Wissen wir schon, wohin der andere Tunnel führt?«

Grasse schüttelte den Kopf. »So weit sind wir noch nicht gekommen. Aber ich glaubte, er führt in Richtung Wasser. Ich habe deutlich ein Rauschen gehört.«

»Gut. Wir werden das später herausfinden. Jetzt gehen wir erst mal zurück, und ...«

Licht wie von einer Stablampe fiel von hinten in die Höhle, und John, Grasse und Cao fuhren herum.

»Leutnant Owens? Sind Sie hier?«, ertönte die nervöse Stimme von Lela Sukarno.

»Ja, hier drüben.«

»Bei der Göttin, was ist das denn?«

Der Strahl von Sukarnos Lampe fiel auf das Ahumanen-Schiff.

»Wissen wir auch nicht. Warum sind Sie hergekommen?«

Die Technikerin schluckte nervös. »Wir haben etwas gehört, Sir. Aus den vorderen Höhlen. Wir glauben, dass wir verfolgt werden.«

»Shit!« Gedanken tobten durch Johns Kopf. »Wir gehen sofort zurück und brechen auf.«

Im Laufschritt eilten sie zur Nachbarhöhle und dem leuchtenden See zurück. Zu seiner Erleichterung konnte John sehen, dass Bull bereits die richtigen Anweisungen gegeben hatte und alle dabei waren, sich ihre Rucksäcke wieder aufzusetzen und die Waffen umzulegen.

»Wie sicher sitzen wir in der Scheiße, Rourke?«, fragte er.

»Ziemlich sicher, Sir. In den vorderen Gängen tut sich was, das hab ich vorhin bei einem kleinen Spaziergang gemerkt.«

»Dann haben wir absolut keine Zeit zu verlieren.« John wandte sich an seine Truppe. »Wir ziehen uns tiefer in das Höhlensystem zurück, sobald alle bereit sind.« Er atmete tief ein. »Gleich werden wir durch einen Raum gehen, in dem Cao und Grasse ein Ahumanen-Artefakt gefunden haben«, fuhr er dann fort und versuchte, möglichst unbeteiligt zu klingen. »Leider können wir mit diesem Fund augenblicklich nicht das Geringste anfangen, also beachtet es bitte gar nicht, sondern folgt mir einfach, wenn wir daran vorbeigehen, ja?«

Aufgeregtes Raunen antwortete ihm. John blickte zu Reinhards hinüber, doch der Konzerner schien nicht überrascht zu sein. Für einen Moment glaubte John sogar, so etwas wie Befriedigung in den Zügen des Managers zu erkennen, obwohl das im dämmrigen Licht der Höhle schwierig auszumachen war. *Wenn ich herausbekomme, dass Reinhards von all dem hier wusste, bringe ich ihn eigenhändig um. Das schwöre ich,* dachte er grimmig, bevor er sich seinen Rucksack überstreifte und mit Bull zusammen voraus in die Dunkelheit lief.

Seine Leute folgten ihnen auf dem Fuß, und er meinte, die Angst, die ihnen allen im Nacken saß, beinahe spüren zu können. Als sie den Ausgang der Höhle erreichten und in den kurzen Verbindungstunnel traten, ließ der Leutnant Bull den Vortritt. John konnte hören, wie der Beta scharf den Atem einsog, als er die nächste Kaverne betrat und das fremde Schiff entdeckte. Doch der Beta hielt nur den Bruchteil eines Augenblicks an, dann befolgte er Johns Befehl, ließ die Ahumanen-Konstruktion links liegen und durchquerte stattdessen die Höhle.

Hinter sich konnte John gemurmelte Ausrufe des Staunens und einige Flüche hören, aber niemand blieb stehen oder tat sonst etwas Dummes. Nach kurzer Zeit hatten sie die Höhle passiert und gelangten in den nächsten Gang, den Cao und Nina bei ihrer Erkundungstour entdeckt hatten.

Dieser Tunnel öffnete sich nach vielleicht zweihundert Metern zu einer beinahe kreisrunden Kaverne von den Ausmaßen einer gewaltigen Kathedrale. Schon während sie durch den Gang liefen, konnte John das Rauschen des Wassers hören, von dem Grasse gesprochen hatte, und als sie die Höhle schließlich erreichten, sah er auch den Grund dafür. Aus einem fußhohen Schlitz in der Höhlenwand strömte ein unterirdischer Fluss, sicher fünf Meter breit, der ein Stück weit durch die Höhle führte und sich dann in einem donnernden Wasserfall durch ein breites Loch im Boden in tiefer gelegene Regionen stürzte.

Bull hielt neben dem Wasserfall an, und auch die anderen blieben stehen. Jamie knipste ihre Stablampe an und leuchte mit dem schmalen Lichtstrahl die Wände ab. Um die dreißig Meter weiter unten stürzte der Wasserfall in einen kleinen See, von dem aus ein reißender Fluss ins Dunkel schoss.

»Ich fürchte, wir sitzen in der Falle, Sir«, sagte sie ganz ruhig. »Hier gibt es keinen Ausgang.«

»Was für ein beschissener Mist!«

Rourke stampfte zornig mit dem Fuß auf, fassungsloser, als John ihn je zuvor erlebt hatte. John überlegte fieberhaft. *So kann es nicht enden. Gefangen in der Falle wie wilde Tiere, und bloß die Wahl, ob wir erschlagen oder ersäuft werden wollen.*

»Einen Ausgang gibt es«, sagte er schließlich. »Wir können in den Wasserfall springen.«

»Was?«, fuhr Reinhards auf. »Wir sollen in ein dunkles Loch springen? Woher sollen wir wissen, wohin uns das führt? Wir würden doch sicher ertrinken!«

John zuckte mit den Achseln. »Ob wir ertrinken, kann ich nicht sagen. Aber Wasser fließt nun einmal irgendwo hin, und wenn wir den Sprung überleben, führt uns dieser Fluss vielleicht sogar ins Freie. Ich glaube, das ist unsere einzige Chance.«

Bull schüttelte den Kopf. »Wir können nicht alle springen, Boss. Shakey hier kann das auf keinen Fall schaffen. Und, ganz ehrlich? Leute, die keine Modifikationen haben, sollten es vielleicht gar nicht erst versuchen. Das wäre Selbstmord.«

Shakey, der sich von Jamie und Rourke gelöst hatte,

humpelte vorsichtig zu John hinüber. »Ich kann nicht gerade sagen, dass ich schon mal scharf darauf war, so'n blöden Satz zu sagen, Boss, aber wenn es sein muss, lasst mich eben hier.«

John nickte langsam, dann wandte er sich an den Konzerner. »Mr. Reinhards, ich bin davon überzeugt, dass *ARStac* einige Justifiers sofort und ohne Fragen zu stellen umlegen lassen würde. Aber Sie sind ein verdammt hohes Tier bei *SE*. Wenn Sie sich rechtzeitig zu erkennen geben, besteht eine gute Chance, dass man Sie lieber gefangen nimmt, statt Sie einfach zu erschießen. Ihr Wissen und Ihre Position könnte für unsere Opposition durchaus wertvoll sein.«

Reinhards fletschte die Zähne, unterbrach John jedoch nicht.

»Und wenn Sie nur von nicht aggressiven oder verwundeten Mitgliedern Ihres Teams begleitet werden, die sich sofort und ohne Vorbedingungen ergeben, könnte es sein, dass man diese ebenfalls am Leben lässt.«

»Das ist ja alles sehr schön, Owens«, entgegnete der Konzerner jetzt. »Aber worauf wollen Sie hinaus?«

»Sagen Sie unter keinen Umständen, dass meine Justifiers und ich auch hier unten waren. Behaupten Sie, wir seien in den Dschungel geflohen und hätten Sie im Stich gelassen, oder wir wären längst Futter für die Geier – egal, was, nur verschleiern Sie unsere Anwesenheit.«

»Und dann?«

»Dann schwöre ich Ihnen ... nein.« John sah erst

Reinhards an, dann drehte er sich zu den anderen um. »Ich schwöre *euch,* dass ich das Basislager dieser Bastarde finden werde und euch da raushole. Ohne euch werde ich keinen Fuß von diesem Planeten setzen und alles tun, was für eure Befreiung nötig ist. Entweder ich hole euch raus, oder ich sterbe.«

Stille breitete sich nach seinen Worten aus.

»Das Gleiche gilt für mich«, sagte Bull schließlich.

»Und für mich.« Jamie ließ ihre Lampe verlöschen.

»Bin auch dabei«, erklärte Cao.

»Scheiße«, brummte Rourke.

»Und ich ebenfalls.«

Zu Johns Überraschung hatte Nina Grasse die Stimme erhoben.

Sie wandte sich an Reinhards. »Boss, ab hier kann ich Ihnen als Leibwächterin nur noch nützlich sein, wenn ich lebend hier herauskomme.«

Der Konzerner nickte widerwillig.

»Ich bin einverstanden, Sir.« Sukarno blickte John in die Augen, und er sah, dass sie ebenso viel Angst hatte wie er selbst.

»Gut. Legen Sie die Waffen ab, und warten Sie mit erhobenen Händen auf die Truppen von *ARStac*«, ordnete John an.

»Ich glaube, Sie kommen, Boss«, sagte der Otter-Hybride, und obwohl John selbst noch nichts hören konnte, vertraute er ihm.

»Los, allen Ballast abstreifen«, befahl er und ließ Rucksack und Jacke zu Boden gleiten. John steckte eine Handvoll Knicklichter in die Hosentaschen, nahm das Gewehr in die Rechte und stellte sich an den Rand des Wasserfalls. Das Gefühl, einen Schritt in die bodenlose Tiefe tun zu müssen, machte ihn beinahe schwindelig. Überlaut rauschte das Wasser in seinen Ohren.

»Versteckt unser Zeug in einer der Nischen da. Falls wir wiederkommen.«

Seine Leute nahmen neben ihm Aufstellung.

»Beeilen Sie sich«, sagte Sukarno hektisch. »Sie sind schon ziemlich nah.«

Noch einmal drehte sich John um. Shakey hatte schweigend Haltung angenommen und salutierte, und Sukarno tat es ihm gleich.

»Ich schwöre es«, sagte John gegen das Rauschen des Wassers. Dann trat er über den steinernen Rand und stürzte in die unbekannte Tiefe.

18

Das Wasser war überall. Oben, unten, um ihn herum. Nicht, dass John noch hätte sagen können, wo oben und wo unten war. Er wurde in der Dunkelheit umhergeschleudert, wirbelte den Lauf des unterirdischen Flusses entlang, schabte über Fels, prallte gegen Wände und konnte nur versuchen, seinen Kopf zu schützen. Jeder Schlag drohte ihm die verbliebene Luft aus den Lungen zu treiben.

Er biss die Zähne zusammen, aber sie wurde auch so knapp, brannte in seiner Brust, die sich verkrampfte. Der Drang einzuatmen wurde immer mächtiger, größer und stärker als alle Vernunft, die ihn warnte. Sein Herz schlug rasend schnell, in seinen Ohren klingelte es unablässig. John wurde bewusst, dass er ertrank.

Eine Hand packte ihn. Sie fuhr über seine Brust, griff sein Uniformhemd, doch er rutschte einfach aus dem Stoff heraus. Dann erwischte ihn die Hand erneut und riss ihn zur Seite. Als sein Kopf unvermittelt und unverhofft aus dem Wasser tauchte und er gierig Luft einsog, nahm er dämmrig war, dass die Seite wohl oben gewesen sein musste. Er fühlte sich fester gepackt, dann wurde er an Felsen geschoben, die in den Fluss zu ragen schienen.

Prustend und keuchend zog sich John aus dem Wasser. Um ihn herum war es stockdunkel. Er konnte seine Umgebung nur ertasten. Nasser, rutschiger Fels, scharfe Kanten, die schmerzhaft in seine Haut schnitten. Die Höhle war erfüllt vom Rauschen und Gurgeln des Wassers, das sich seinen Weg durch den Stein bahnte. Mit zittrigen Fingern zog John ein Knicklicht aus der kleinen Tasche an seinem Gürtel und bog es, bis sein bläuliches Glühen die Dunkelheit vertrieb.

Fünf Meter neben ihm lag Bull auf der Seite. Der Beta bewegte sich kaum, aber John sah, dass er noch atmete. Hinter ihm hockte Jamie mit starrer Miene. Sie hatte eine Hand auf Bulls Schulter gelegt.

Aus dem Wasser tauchten Gestalten auf. Es war Cao, der eine bewusstlose Person hinter sich herzog. Johns betäubter Geist benötigte einige Momente, um Grasse zu erkennen. Er kroch auf allen vieren zum Fluss und packte die Frau, während sich Cao am Fels festhielt. Das nasse Bündel Mensch an Land zu ziehen, kostete ihn alle Kraft.

»Danke«, krächzte John, aber der kleine Beta tauchte schon wieder in die Fluten. Grasse hustete, und John drehte sie auf die rechte Seite. Sie spuckte einen Schwall Wasser aus, hustete noch einmal und erbrach sich. Konvulsionen liefen durch ihren Körper, aber nach schier endlosen Minuten beruhigte sie sich und öffnete die Augen.

»Fuck.«

»Präzise zusammengefasst«, murmelte John. »Was für ein Höllenritt.«

Cao tauchte wieder auf, schnappte nach Luft und verschwand sofort wieder. Das Wasser strömte durch die Höhle, war ein reißender, schwarzer Fluss, der sie alle in die Dunkelheit gezogen hätte, wenn sie Cao nicht gehabt hätten.

»Bull?« Keine Antwort. »Sarge? Alles klar?«

»Geht schon«, kam die leise Antwort, fast unhörbar im Rauschen der Fluten.

John ließ sich langsam zurücksinken, lag auf dem harten, nassen Stein und atmete einfach nur, weil er es konnte. Jedes Luftholen schmerzte, aber es war ein guter Schmerz; es war der Schmerz, am Leben zu sein.

»Sie kriegen uns nicht klein«, flüsterte er. »Sie jagen uns, schießen auf uns, treiben uns in die Dunkelheit, aber sie kriegen uns nicht klein.«

Erneut kam Cao an die Oberfläche. Das Tauchen in kompletter Dunkelheit, in einem Strom, der in die Tiefen von Tordesillas führte, schien ihm nichts auszumachen. »Niemand sonst«, rief er aufgeregt. »Ich suche weiter.«

Sagte es und war wieder weg. John hatte keine Kraft gefunden zu antworten, also blieb er einfach liegen. Auf dem Fels war es unbequem, aber das störte ihn nicht. Seine Gliedmaßen waren zu schwer, um sich groß zu bewegen, und es war, als habe ihm jemand die Knochen mit Blei ausgegossen.

Als er die Augen wieder öffnete, kniete Bull über ihm. Jamie stand hinter dem Sergeant. Ihre Kleidung war mitgenommen, aber ansonsten war nicht zu erkennen, dass sie gerade den gleichen Horror hinter sich gebracht hatte wie sie alle.

»Sir?«

John seufzte. Er wusste, dass er nicht länger alles um sich herum ignorieren konnte, so verlockend es auch war.

Langsam und vorsichtig richtete er sich auf. Schon ohne genau nachzusehen, spürte er ein halbes Dutzend Stellen am Körper, die es übler erwischt hatte als den Rest. Und schon dem Rest ging es nicht besonders gut. »Wenn ich das nächste Mal vorschlage, in einen unterirdischen Wasserfall zu springen, kann mich bitte jemand aufhalten?«

Er sah sich um. Grasse hatte sich zu einer Felswand geschleppt und saß daran gelehnt im Zwielicht. Von Cao war nichts zu sehen.

»Er sucht noch«, erklärte Bull, der den Blick bemerkt haben musste.

Die Kraft des kleinen Beta überraschte John, aber eigentlich war er für genau diese Art von Mission ausgebildet worden. *Und gezüchtet*, schoss es ihm durch den Kopf.

»Wir müssen einen Weg hier raus finden«, erklärte er und versuchte so, sich aus seiner Lethargie zu reißen.

Eine Aufgabe würde ihn von den Schmerzen und der Erschöpfung ablenken.

In diesem Moment erschien Caos spitzer Kopf wieder an der Wasseroberfläche. Schnell schwamm der Otter-Hybride an das kleine Ufer und schwang sich elegant an Land. Er trug kaum noch Kleidung; lediglich eng anliegende Shorts und seinen Gürtel hatte er nicht abgelegt.

»Kein Glück, Boss. Wenn noch jemand dabei war ...«

Er musste nicht weitersprechen. Der Fluss würde jeden, der das sichere Stück Land hier nicht erreichte, mit sich unter die Erde tragen. Vielleicht wurde man aus irgendeinem Loch an der Steilwand des Plateaus gespült.

»Ich glaube, Rourke war dabei«, meldete sich Grasse zu Wort. »Aber ich bin nicht sicher.«

»Hoffen wir, dass er oben geblieben ist, und machen uns an den Rückweg. Wir werden klettern müssen.«

Ihr schwaches Licht erlosch langsam, aber John hatte genug Leuchtstäbe dabei. Er zog einen weiteren aus der Tasche und bog ihn einige Male, bis er Licht spendete. Als er aufstand, versuchte er, sich die Schmerzen nicht anmerken zu lassen, aber als seine Schulter hörbar knackte, verzog er dennoch das Gesicht. *Ich werde zu alt für den Scheiß.*

Mit dem Knicklicht in der Hand lief er ihre kleine Insel der Rettung ab. Steil stürzte der Fluss die Höhle hinab. An ihrer Seite gab es einige Felsvorsprünge, die weiter in die Fluten hineinragten und um die schäumend das Wasser floss. Dass sie sich nicht alle an den Hindernissen die Köpfe eingeschlagen hatten, war ein kleines Wunder.

Der Lichtschein reichte nicht weit, aber John sah, dass die Höhle auch nach oben breiter war als der Fluss. Er deutete hinauf. »Da kommen wir entlang.«

Zögernd stand Bull auf, und auch Grasse erhob sich langsam. Sie hatte eine lange Schramme im Gesicht, die sich von der rechten Wange unter dem Augen entlang bis zum Haaransatz über ihrem Ohr zog. Sie ließ den Kopf kreisen und bewegte die Arme, als überprüfe sie ihre Funktionen.

Im Licht der Leuchtstäbe begannen sie zu klettern. Das erste Stück war das härteste; hier machte der Fluss fast schon einen aufgeregten Sturz in die Tiefe, bevor er sich kurz beruhigte, um dann ins Dunkel zu verschwinden. Der Fels war glitschig, immer wieder wurde John von Gischt getroffen. Er trug einen Leuchtstab zwischen den Zähnen und einen an das Unterhemd geknotet. Sein Uniformhemd trieb vermutlich dem unbekannten Ziel des Flusses entgegen.

Die anderen hatten ihre Lichter ebenfalls mehr oder minder provisorisch befestigt. An der Spitze kletterte Jamie, die sich mit geübten Bewegungen den Fels hocharbeitete. Ihre langen Glieder glitten über den Stein, und die sehnigen Muskeln unter der Haut spannten sich, katapultierten sie oft regelrecht hoch. John folgte ihr, so gut er konnte. Trotz seiner Verbesserungen war er langsamer als sie, und er wollte nicht darüber nachdenken, wie es wohl einem normalen Menschen ergangen wäre. *Aber normale Menschen werden auch nicht über unbekannten Planeten abgeworfen.*

Bull schien sich mit schierer Willens- und Muskelkraft fortzubewegen. Er kletterte weniger, als dass er vielmehr der Gravitation trotzte. Cao kam danach, und Grasse bildete das Schlusslicht. John machte sich keine Sorgen um die beiden. Vermutlich ging ihnen die Kletterei leichter von der Hand als ihm.

Nach zehn Metern wurde es einfacher. Endlich erreichten sie ein flacheres Stück, und Jamie hielt an. Sie versammelten sich und legten eine kurze Pause ein.

»Wie weit ist es wohl noch?«

Der Strom hatte sie einfach mit sich gerissen, und John konnte nicht einmal schätzen, welche Strecke sie dabei zurückgelegt hatten.

»Wir sind gleich am Fuß des Wasserfalls. Der ist gut zwanzig Meter hoch«, berichtete Cao.

»Okay.« John wusste nicht, was er sagen sollte, also stapfte er los. Sie mussten aus den Höhlen raus, und so sehr ihn der Gedanke an eine Klettertour von zwanzig Metern in dieser Dunkelheit auch bedrückte, abwarten war keine Option.

Das nächste Stück des Wegs war relativ einfach, zumindest im Vergleich zum bisherigen. Die Höhle war deutlich breiter als der Fluss, und sie hatten neben seinem Bett oft drei, vier Meter Platz. Einmal mussten sie ein kleines Stück springen, dann wieder galt es, sich etwa fünfzehn Meter auf einer kleinen Kante ganz eng an der Wand entlangzudrücken, aber sie kamen gut vorwärts. Inzwischen erfüllte das Brausen des Wasserfalls die Luft, und ihnen wehte ein Dunst aus kleinen Wassertröpfchen entgegen.

»Ah, die Owens-Fälle«, scherzte Grasse.

»Nein, Ma'am«, widersprach er. »Es ist gegen die Firmenpolitik, dass Justifiers Landmarken oder Gegenden benennen. Vor allem nicht nach ihnen selbst. Missionsregelwerk, Artikel Leck-mich-am-Arsch.«

»Leck-mich-am-Arsch-Wasserfälle? Auch schön.«

John griff in die Seitentasche seiner Cargohosen und zog einige nasse Energieriegel heraus. Er öffnete einen und stellte fest, dass die Folie gehalten hatte.

»Jemand Hunger?«, fragte er, während er schon einen großen Bissen nahm.

Er verteilte die Riegel, und einige Minuten lang standen alle schweigend und kauend in der feuchten, dunklen Höhle.

Dann gab er den Befehl zum Aufbruch. Sie überwanden die letzten Meter bis zum Wasserfall. Kommunikation war jetzt nur noch schreiend möglich, aber viel musste nicht gesagt werden. Jeder wusste, was vor ihnen lag. Wieder übernahm Jamie die Spitze, und diesmal befahl John ihr ausdrücklich, einen Weg für alle zu suchen. Sie nickte, dann begann sie mit dem Aufstieg. John wartete einige Momente, dann folgte er ihr. Düstere Gedanken zogen durch seinen Kopf. *Was, wenn es keinen Weg gibt? Wenn wir hier festsitzen? Dann verrecken wir elendig.* Er sandte ein Stoßgebet zum Himmel, und weil er weder religiös war noch oft betete, richtete er es einfach an jede Gottheit, die gerade zuhören mochte. Nicht, dass sich Justifiers großen Illusionen hingaben: Bei ihrem Job war anzunehmen, dass ihnen keine übernatürlichen Wesen sonderlich hold waren.

Sie stiegen auf. Immer wieder hielt Jamie an und sah nach unten, deutete auf Risse, Vorsprünge, Kanten, auf Griffmöglichkeiten. Teilweise hing sie dabei nur an einer Hand, manchmal nicht einmal an allen Fingern. Wie sie es schaffte, nicht abzustürzen, war John ein Rätsel. Er selbst hatte große Mühe, aber Bulls Fluchen nach zu urteilen, tat sich der große Beta noch schwerer als er. Die Kletterei war ein Albtraum und schien kein Ende nehmen zu wollen. John sah weder hoch noch hinunter. Er wusste, dass es nur etwas mehr als zwanzig Meter waren, aber ebenso war ihm bewusst, dass ein Sturz ganz sicher tödlich sein würde; die Höhe war dabei fast egal. Bestimmt landete man wieder im Fluss, und sich noch einmal aus den Fluten ziehen konnte er nicht, so viel war sicher.

Also biss er die Zähne zusammen und kletterte weiter, immer nur auf den nächsten Griff, die nächste Bewegung achtend. Dementsprechend verwirrt war er, als Jamie ihm die Hand entgegenstreckte. Sie hockte an der Kante neben dem Wasserfall, und John war, als spiele ein Lächeln um ihre Lippen. Dankbar ergriff er ihre Hand, und mit einem letzten Schwung war er oben. Er wollte den anderen helfen, aber seine Muskeln in Armen und Beinen zitterten so, dass er es sich nicht zutraute, sondern erst einmal schwer atmend liegen blieb.

»So eine Scheiße«, zischte Bull, als er oben angekommen war. Der Beta kniete auf allen vieren und schnaufte lautstark. Jetzt sah er tatsächlich aus wie ein Stier und hörte sich auch so an.

»Jamie, bist du noch fit?«, erkundigte sich John, und als sie nickte, deutete er zum unterirdischen See. »Kundschafte mal die Lage aus. Und wenn alles sauber ist, schau nach unserem Zeug.«

Ohne zu antworten, schob sie ihren Leuchtstab in ihr Oberteil und lief los. Nach wenigen Schritten hatte die Dunkelheit sie verschluckt.

Schon vorher hatte es kaum eine Stelle an Johns Körper gegeben, die nicht geschmerzt hatte – jetzt schien er komplett in Flammen zu stehen.

»Sind alle Justifier-Missionen so?«, fragte Grasse mit geschlossenen Augen.

»Nein. Manche sind schlimmer«, antwortete er und musste plötzlich lachen.

Sein Team fiel geschlossen ein, selbst Bull, der dabei hustete und schniefte. Sie lagen auf dem harten Stein und bebten vor Lachen, bis John die Tränen aus den Augen liefen. Er wollte aufhören, aber er konnte einfach nicht, obwohl jeder Lachkrampf Wellen der Pein durch seinen Leib sandte.

»Harte Zeiten für Justifiers«, brummte Cao plötzlich, und der sinnlose Satz löste eine neue Runde Heiterkeit aus.

John lachte und lachte, bis er bemerkte, dass Jamie zurückgekehrt war und die humorvolle Runde unbeweglich musterte. Schlagartig wurde er ernst und setzte sich auf.

»Kein Lebewesen. Aber alles da.«

John hatte kaum etwas anderes erwartet. Seine Leute waren gefangenen genommen worden, aber die Gardeure von *ARStac* hatten sich wohl kaum die Mühe gemacht, jede kleine Nische genau abzusuchen. *Wenn alle den Mund gehalten haben, werden sie uns oben im Dschungel vermuten. Das verschafft uns ein wenig Zeit.* Er erinnerte sich an seine Prophezeiung, dass Braddock alle Gefangenen töten lassen würde, und korrigierte sich: *aber nicht viel Zeit. Wir dürfen nicht trödeln.*

»Auf die Füße, Leute«, befahl er, während er seinen geschundenen Körper zwang, mit gutem Beispiel voranzugehen.

»Holen wir unsere Waffen, retten wir unsere Freunde.«

19

Als der Morgen anbrach, kletterten sie das Seil aus Lianen empor. Vielleicht war ihnen doch irgendeine Gottheit gnädig gewesen und hatte ihnen diesen Weg offen gelassen.

An der Kante der Klippe sah John hinab auf die Ebene unter ihnen, die sich grün und einladend vor ihnen ausbreitete. Dann wandte er sich ab und blickte in den roten Dschungel. Dort lag ihr Ziel.

Schweigend überprüften sie die Ausrüstung, sortierten den Teil aus, der den Tauchgang nicht überstanden hatte, und bereiteten sich vor. Es war keine Zeit für große Worte; sie alle waren Profis und wussten ebenso gut wie John, wie ihre Chancen standen. Nicht gut – das brauchte niemand auszusprechen.

Mit dem vertrauten Gewicht des Sturmgewehrs in den Händen schritt John los. Jamie, Grasse und Cao trugen die erbeuteten Laserwaffen des Scoutteams, während sich Bull seinen Blaster und ein Sturmgewehr umgehängt hatte.

Die Munition war knapp, aber das wussten sie, seit sie gelandet waren.

»Wir gehen zurück zur Absturzstelle, und dabei müssen wir mit Opposition rechnen. Ich gehe davon aus, dass Braddock einige seiner Leute am Shuttle gelassen hat, um Nachzügler einzukassieren. Vielleicht sind auch HK-Teams im Wald, wenn sie nicht ihre gesamten Leute in die Höhlen runterschicken wollten.«

Es war ein alter Begriff aus seiner Zeit bei den Interventionskommandos. Damals waren sie HK-Teams gewesen, Hunter-Killer, die Ziele aufspürten, jagten und neutralisierten. Wobei Neutralisieren eher ein Euphemismus gewesen war.

Schweigend liefen sie weiter. Die kurzen Sätze, die gesprochen wurden, waren Johns Befehle und die knappen Bestätigungen der anderen. Er verlangte volle Konzentration von allen, und sie folgten ihm. Trotz ihrer Erschöpfung kamen sie überraschend schnell voran. Tief in sich fand John eine Energiequelle, die ihn seine Schmerzen vergessen ließ, und er ahnte, dass es den anderen ebenso erging.

Er wollte Rache. Vergeltung für die Menschen, die er verloren hatte, obwohl sie ihm vertraut hatten. Rache für die Qualen und die Strapazen. Genugtuung für all das Leid und Pech, das ihnen seit ihrer Ankunft auf Tordesillas widerfahren war. Und bei diesen Gedanken sah er nur ein Gesicht vor sich: Braddock, mit der Zigarre im Mundwinkel, überheblich grinsend. Der Mann war zu einem Symbol für alles geworden, was ihnen zugestoßen war. Selbst der Dschungel, die Kreaturen, der Absturz gingen in Johns Vorstellung auf seine Kappe. Es war an der Zeit, die Rechnung zu begleichen.

Als sie zum ersten Mal haltmachten, dämmerte es schon. Die Kreaturen des Dschungels – bis auf die allgegenwärtigen Riesen-Moskitos – hatten sie weitgehend in Ruhe gelassen. Es war nur der gleiche, mühselige Kampf gegen die Natur gewesen wie auf dem Hinweg.

Zu erschöpft, um weiterzumachen, brachen sie schließlich zusammen. Sie schlangen etwas Proteinbrei herunter, kalt, geschmacklos, aber der Körper verlangte nicht nur, sondern schrie regelrecht nach Nahrung. Dann teilte John die Wachen ein und rollte sich einfach auf dem Boden zusammen. Lange konnte er sich nicht ausruhen, bis er selbst mitten in der Nacht an der Reihe war, Wache zu halten, aber es genügte, um Geist und Körper zumindest etwas zu beleben.

Als er am Ende seiner Wache sah, wie alle mehr oder minder friedlich schliefen, weckte er niemanden, sondern übernahm einfach auch noch die letzte Schicht. Zwar konnte er die Müdigkeit noch in den Knochen spüren, aber sein Geist war zu beschäftigt, um viel Schlaf zu finden, und er gönnte es seinen Leuten, sich nach all den überstandenen Strapazen ein wenig auszuruhen. Er selbst saß auf einem umgestürzten Baumstamm, lauschte in die Nacht und schmiedete Pläne. Verschiedene Szenarien liefen in seinem Kopf ab, die wenigsten davon erfreulich. Nur eines hatten sie gemeinsam: In allen gab es Tote.

Drei Stunden vor Sonnenaufgang weckte John sein Team. Als Bull feststellte, dass er seine Wache verschlafen hatte, gab es einen vorwurfsvollen Blick, aber natürlich sprach der Sergeant seine Gedanken nicht aus, und John übersah die säuerliche Miene des Beta geflissentlich.

»Esst was, dann macht euch fertig. In fünfzehn Minuten ist Aufbruch. Mein Plan ist es, vor Sonnenaufgang am Shuttle zu sein.«

Das Mahl fiel nicht üppiger aus als am Vorabend und bestand nun aus Vitamin- und Proteinriegeln und Wasser. Die Früchte der Urwaldbäume in all ihren abschreckenden, knallbunten Farben sahen zunehmend verlockend aus, aber John wusste, dass der Moment für ein solches Risiko nicht falscher sein konnte.

»Ich hätte auch nicht übel Lust, so ein violettes Ding zu probieren«, sagte Jamie, die offenbar seinem Blick gefolgt war. Sie sahen sich an und grinsten.

Dann schulterte John seine Waffe, sah in die Runde und stapfte los. Die anderen fielen in Marschordnung hinter ihm ein. Nach kurzer Zeit übernahm Cao die Spitze, wurde dann von Jamie und schließlich von Grasse abgelöst.

Noch vor Morgengrauen ordnete John einen Halt an, denn die Absturzstelle des Shuttles war nicht mehr weit. Er teilte seine kleine Gruppe in Teams ein: er und Grasse, dazu Jamie, Bull und Cao. Eine letzte Ermahnung, nicht unvorsichtig zu werden, dann schlichen sie los.

Es war ein Angriff, wie er ihn bei seinen Justifier-

Missionen noch nicht erlebt hatte. Dort war meist die Umgebung die größte Gefahr. Jetzt waren es andere Menschen.

Die beiden Teams trennten sich, näherten sich dem Shuttle von zwei Seiten. Kurz vor dem Rand der Lichtung hielt John inne und sondierte die Lage.

Die Zelte waren teilweise eingerissen worden, nur hier und da wehte noch ein Rest Plane im Wind. Das Shuttle lag noch schiefer als zuvor. Im Lager war allerlei Unrat verstreut, Metallteile, Elektronikschrott, Decken, Essgeschirr, die Überreste der Barrikaden und allerlei sonstige Trümmer. Aus irgendeinem Grund war die Steuerkonsole des Shuttles herausgerissen worden und lag nun auf der Seite im Staub.

Vom Portal konnte John nichts erkennen, aber die wichtigste Entdeckung war ohnehin der bullige Helikopter, der zwischen Shuttle und dem halb fertigen Sprungtor stand. Es war eine Transportmaschine, in einem dunklen, matten Grau lackiert, mit zwei viel zu klein wirkenden Rotoren auf kleinen Auslegern rechts und links des Rumpfs. John schätzte, dass sie etwa zehn Personen samt einiger Ausrüstung fassen konnte, dazu zwei Piloten. Auf den ersten Blick bestand die Bewaffnung aus zwei unter dem Cockpit montierten, mehrläufigen Waffen, hauptsächlich für den Kampf gegen weiche und kaum gepanzerte Ziele geeignet. John tippte auf Laser, war sich auf die Distanz aber nicht sicher.

Auch nach einer ganzen Weile sah er keine Bewegung, was ihn besorgte. Erst als er überlegte, ob ihre ungeladenen Gäste wohl zu Fuß unterwegs waren, vielleicht auf der Suche nach ihnen im Wald, bemerkte er die flach auf dem Shuttle liegende Gestalt. Er gab die Entdeckung mit einigen schnellen Handbewegungen an Grasse weiter. *Eine Wache. Nicht unerwartet, aber auch nicht gut. Wenn sie Alarm gibt, wird das übel.*

Er wollte schon einen Bogen zu den anderen schlagen, um den Angriffsplan weiterzugeben, als sich Grasse hinlegte, ihre kurzläufige Waffe aufstützte und die Wache ins Visier nahm.

John duckte sich neben sie.

»Wie sicher?«, flüsterte er kaum hörbar.

Sie antwortete nicht, sondern hob nur einen Daumen. Als sie zielte, hielt er unwillkürlich den Atem an. Es schien eine Ewigkeit zu dauern, obwohl es nur wenige Sekunden sein konnten. Sie lag ruhig da, fast entspannt. Ihre Atmung beschleunigte sich nicht.

Dass sie abdrückte, war nur an dem kurzzeitigen Sirren zu merken, das ihre Waffe abgab. Sonst geschah nichts. Mit zusammengekniffenen Augen starrte John zum Shuttle hinüber, doch er konnte keine Veränderung entdecken. Grasse erhob sich und sah ihn fragend an.

»Ziel ausgeschaltet«, flüsterte sie nach einigen Sekunden.

Als John ebenfalls aufstand, fiel ihm auf, dass es ein exzellenter Schuss gewesen war – mit einer solchen Waffe, auf diese Distanz. Eigentlich war sie auf kurze Entfernungen ausgelegt, wie im Häuserkampf oder im CQC, dem Close-Quarter-Combat.

Mit einer kleinen Lampe, deren Lichtstrahl er stark gebündelt einstellte, leuchtete John zweimal kurz in die Richtung, in der Team Zwo auf der Lauer liegen musste. Dann rannte er geduckt los. So schnell er konnte, hastete er über die offene Fläche. Jeden Moment rechnete er mit Alarm, mit dem Dröhnen von Waffen. Doch er erreichte die Außenwand des Shuttles ohne Probleme. Mit Grasse an seiner Seite presste er sich gegen das Metall und wartete einen Atemzug lang. Direkt über ihnen baumelte eine Hand über die Kante, mit schlaffen, leblosen Fingern. John schenkte ihr keine Beachtung, sondern lief am Shuttle entlang, bis er zu dem Loch kam, das ihnen in der Zeit seit ihrer Ankunft als Ein- und Ausgang gedient hatte.

Hier zeigten sich die Zerstörungen, die Sukarnos kleiner Trick angerichtet hatte. Das Metall war verbogen und ausgefranst, an einigen Stellen war es geschwärzt, als habe etwas gebrannt. Mit einer kurzen, ruckartigen Bewegung riskierte John einen Blick in den Laderaum. Das Chaos war noch angewachsen. Schon das Dutzend Menschen, das in den Laderäumen gelebt hatte, war unordentlich gewesen, aber jetzt waren durch die Explosionen alle Sachen durcheinandergewirbelt worden und anscheinend später noch einmal durchwühlt.

Hinter ihm gab es eine Bewegung, aber als er herumwirbelte, war es nur Bulls Team, das sie erreicht hatte. Schnell verteilte John per Fingerzeichen die Rollen. Jamie nickte, packte Bull an der Schulter, zog sich an ihm hoch und sprang am Shuttle empor. Der Sergeant griff unter ihre Füße und schob sie weiter, bis sie die Kante erreichte und sich locker auf das Dach schwang. Einige Sekunden blieb sie verschwunden, dann erschien ihr Kopf, und sie hob den Daumen.

Sofort duckte sich John in das Loch und betrat das finstere Innere des Shuttles. Durch den Zugang zum ersten Laderaum fiel ein wenig Licht, sonst wäre es komplett dunkel gewesen. Die Energieversorgung innerhalb des Shuttles war offenbar zusammengebrochen, was angesichts ihres knalligen Abgangs nicht erstaunlich war.

Bei seiner langsamen Bewegung Richtung Laderaum Eins achtete John genau darauf, nicht auf den herumliegenden Müll zu treten. Nicht immer ließ es sich vermeiden, aber er war so leise, wie er nur konnte. Geräuschlos ging es nicht, denn überall lagen Splitter und kleine Trümmerteile verstreut, die unter den Sohlen seiner Stiefel knirschten.

Als er den Durchgang erreicht hatte, lehnte er sich rechts gegen die Wand und wartete, bis Grasse die gegenüberliegende Position eingenommen hatte. Er sah ihr in die Augen. Sie atmete einmal tief ein, dann nickte sie.

John duckte sich durch den Eingang und ließ Waffe und Blick schweifen. Die Eindringlinge hatten ihr Lager hier aufgeschlagen, nachdem sie alles, was Johns Leuten gehört hatte, rausgeworfen hatten. Vier Gestalten lagen in einfache Decken gehüllt auf dem Boden, ein junger Mann in Uniform saß auf einer Metallkiste und hielt ein Datenpad in der Hand. Als John hereinkam, sah er auf. Seine Augen weiteten sich. Hinter John betrat Grasse den Laderaum, gab ihm Deckung.

Das Sturmgewehr war auf die Brust des Gardeurs gerichtet. Ganz langsam formte John ein kleines O mit den Lippen.

»Shhh.«

Die Blicke des Mannes huschten zu seiner Waffe, die an der Kiste lehnte.

John schüttelte den Kopf. Ohne den Blick von seinem Gegner zu lassen, nickte er Grasse zu. Sie ging weiter in den Laderaum, ohne John das Schussfeld zu blockieren, und näherte sich dem Gardeur.

»Ilhan?«

Einer der Schlafenden bewegte sich, drehte sich auf die Seite. John war mit einem Schritt neben ihm und schlug ihm mit dem Kolben vor die Schläfe, bevor er reagieren konnte. In diesem Moment stürzte der Gardeur zur Seite und packte dabei seinen Karabiner. Grasse schoss, doch sie verfehlte ihn. Der Mann hob die Schusswaffe. John wirbelte herum. Sie drückten gleichzeitig ab. In dem Laderaum wirkte das Bellen der Schüsse wie der Schlag von gewaltigen Trommeln. Neben John schlugen Geschosse in die Wand. Seine Kugeln waren besser gezielt – er erwischte den Gardeur mitten in der Brust. Blutige Wunden erschienen, als er mit wild schlagenden Armen nach hinten stürzte.

»Sarge, Raum sichern«, brüllte John, der bereits weiterhastete. Sie hatten das Überraschungsmoment verloren; jetzt mussten sie umso schneller sein.

Er rannte in den kurzen Korridor, der zu den technischen Räumen führte. Im Bruchteil einer Sekunde entschied er, dass es unwahrscheinlich war, dort Feinde zu finden, und erklomm stattdessen die Leiter. Als er den Kopf durch die Luke steckte, jagte ihm einen Schauer über den Rücken. Waren ihre Gegner vorbereitet, erwartete ihn jetzt eine Kugel in den Kopf.

Doch nichts geschah.

Er zog sich hoch, packte seine Waffe und gab Grasse und Cao Deckung, die ihm folgten. Eilig sah er sich um. Das Shuttle, das sonst so klein wirkte, war nun eine verwinkelte Todesfalle. Vorne lag das Cockpit, aber John nahm an, dass dort niemand sein würde. Er rannte zur Krankenstation, die aber geplündert und leer war. *Der Besprechungsraum.* Der Korridor war länger, aber ebenso eng. John lief geduckt, die Waffe im Anschlag. Vor ihm gab es eine Bewegung, ein Gesicht erschien an der Ecke. John feuerte im Laufen, trieb den Feind zurück. Etwas klapperte metallisch – ein kleiner Metallzylinder rutschte über den Boden.

»Granate!«, brüllte John und warf sich nach hinten. Halb landete er auf der Schulter, der Kolben des Sturmgewehrs wurde ihm schmerzhaft in die Seite getrieben. Er öffnete den Mund, so weit er konnte.

Dann wurde die Welt weiß.

Ein schrecklicher Schlag traf ihn, er spürte die Explosion mehr, als dass er sie hörte. Verwirrt blickte er sich um. Vor seinen Augen tanzten weiße Flecken, nahmen ihm jede Sicht, und in seinen Ohren dröhnte ein unablässiges Klingeln, lauter als jede Glocke. Seine Finger suchten die Waffe, aber er wusste nicht einmal mehr, wie man sie benutzte. Er rollte auf den Bauch, sah Grasse halb in den Eingang zur Krankenstation geduckt, Cao im Durchgang zum Cockpit. Seine Waffe schoss, aber sie war zu leise, um das dämonische Klingeln zu übertönen. Grasses Mund öffnete sich, es sah irgendwie skurril aus. Irgendetwas zupfte an Johns Hosenbein. Er hob den Kopf, sah an sich hinab und bemerkte die fremden Menschen, die mit ihren Waffen im Korridor hockten. Eine Frau, sie war noch jung, richtete die Mündung auf ihn. Ein Mann stand halb im Eingang und schoss unablässig über John hinweg. Ein Teil von ihm wusste, dass er handeln musste, aber diese Stimme ging im Klingeln unter. Alles geschah so langsam, so unwirklich.

Dann fiel Jamie von der Decke – einfach so. Die junge Frau wurde zur Seite gestoßen, die Augen weit aufgerissen. Die Waffe fiel aus ihren Händen, die nach dem Griff des Messers suchten, das in ihrer Kehle steckte.

Bei diesem Anblick beschleunigte sich Johns Welt wieder. Zwar konnte er noch immer nichts hören, aber jetzt wusste er, dass es eine Schockgranate gewesen war. Und er wusste auch wieder, wie er seine Waffe abfeuern musste.

Er tat es im Liegen. Jamie war nach hinten gesprungen, aus dem Schussfeld der Feinde, aber einer setzte ihr nach. Johns Feuerstoß traf ihn in die Seite, hob ihn von den Füßen, zerfetzte Uniform, Haut, Fleisch, ließ Blut an die grauen Metallwände spritzen. John ließ den Finger einfach auf dem Abzug, feuerte so wild, dass sich Jamie auf den Boden fallen lassen musste. Hinter sich vernahm John Schritte, dann stand Grasse über ihm, sah herab. Er nickte kurz, und sie zielte auf den Eingang zum Besprechungsraum.

Die noch immer flach auf dem Boden liegende Jamie packte das Bein der jungen Frau, die halb im und halb außerhalb des Zimmers lag und deren Blut über den schiefen Boden bis zur Wand floss. Die Beine zuckten noch, die Hände waren nun fest um das Messer geschlossen. Mit einem Ruck riss Jamie die Frau zu sich heran. Einige Schüsse fielen, aber John sah es nur an den Splittern, die durch die Luft flogen – hören konnte er nichts.

Mit geübtem Griff löste Jamie zwei Granaten vom Gürtel der Frau, robbte durch ihr Blut zur Tür. John feuerte über sie hinweg, um ihr Deckung zu geben. Die Sicherungsstifte flogen davon, und Jamie rollte die Granaten mehr, als dass sie sie warf, durch die offene Tür. Sie sprang zur Seite, über die sterbende Frau hinweg.

Zum zweiten Mal an diesem Morgen explodierten Granaten, aber diesmal war John besser vorbereitet. Als das Leuchten vor seinen geschlossenen Augen verschwand, sprang er auf. Grasse rannte bereits an ihm vorbei, und auch Jamie hatte ihre Feuerwaffe in der Hand. Schulter an Schulter liefen die beiden Frauen in das Besprechungszimmer, dicht gefolgt von John.

Gestalten taumelten umher. In der Enge war die Wirkung der Schockgranaten zerstörerisch gewesen. Ohne Mitleid feuerte Jamie auf einen, der seine Waffe in ihre

Richtung hob, dabei aber orientierungslos wirkte. Grasse trat einer Frau vor die Brust und sandte sie zu Boden. Innerhalb von Sekunden hatten sie ihre Feinde ausgeschaltet und unter Kontrolle gebracht.

Heftig atmend stand John mitten im Raum. Grasse und Jamie zerrten die Gegner alle an eine Wand, wo sie sie auf die Knie zwangen. Erst jetzt bemerkte John, wie schwindlig ihm war, und er setzte sich für einen Moment.

Er wollte laut *Fuck* sagen. Vermutlich tat er es auch, nur hören konnte er es nicht. Als alles unter Kontrolle schien, kam Grasse zu ihm und redete auf ihn ein. Ganz entfernt, wie durch Ohrstöpsel gedämpft.

»John? Alles in Ordnung? John?«

Matt nickte er. Mit dem Zeigefinger machte er einige kreisende Bewegungen vor seinem Ohr.

Sie verstand. »Vielleicht ein Knalltrauma«, erklärte sie. »Ich schaue es mir später an.«

Ihm war bewusst, dass sie ihn nur beruhigen wollte, denn gegen den Effekt würde sie kaum etwas unternehmen können. Dass er schon wieder hörte, deutete darauf hin, dass die Schäden nicht allzu schlimm waren.

»Sichern Sie hier, Jamie«, befahl er und stand wieder auf. Gemeinsam mit Grasse ging er auf den Korridor. Inzwischen war die junge Frau tot. Auch jetzt noch lagen ihr die Hände auf dem Hals, als hätte jemand sie so hingelegt. John wich dem anklagenden Blick ihrer Augen aus und sah sich um.

Im Eingang zum vorderen Bereich lag Cao. Der kleine Hybrid war auf das Gesicht gestürzt. John sah Grasse an, aber sie schüttelte nur stumm den Kopf. Wut stieg in John auf, kalte, gnadenlose Wut.

»Wir schaffen sie alle runter. Schauen Sie sich die Verletzten an, dann gehen Sie dem Sarge helfen, die Gefangenen unten zu fesseln. Kommen Sie danach zurück. Und sammeln Sie alle Waffen ein, jede Knarre, jedes Messer.«

20

Die Gefangenen knieten in einer langen Reihe vor John, den Rücken zur Außenwand des Shuttles. Die Sonne stand bereits tief, und die Schatten der Knienden waren lang. Sie hatten die Toten ebenfalls nach draußen geschafft und mit Planen bedeckt, Cao etwas abseits. Keiner seiner Kameraden hatte ihn neben die Leichen der Gardeure legen wollen. Schräg hinter sich spürte John ihre Anwesenheit, auch wenn sie nicht in seinem Blickfeld lagen.

Die Männer und Frauen knieten mit den Händen hinter den gesenkten Köpfen. Viele sahen angeschlagen aus.

John lief die Reihe auf und ab. Er hatte die Hände hinter dem Rücken verschränkt, spürte aber das Verlangen, sie zu Fäusten zu ballen.

»Sie werden mir auf all meine Fragen wahrheitsgemäß antworten«, erklärte er ruhig, als spräche er über das Mittagsmenü in einem Restaurant. »Ansonsten werde ich mir einige aussuchen, die ich an unseren

Chim gebe. Er hat seinen kleinen Freund verloren und ist sehr wütend.«

Bull, der hinter den Gefangenen stand, verdrehte die Augen und schüttelte das mächtige Haupt, aber John ignorierte ihn. Sie hatten wenig Zeit, und wenn es half, den *ARStac*-Konzernlakaien mit der oft berichteten und doch so unwahren Unmenschlichkeit der Betas Angst einzuflößen, dann würde er genau das tun. John nannte Bull nicht gerne Chim, die abwertende Kurzform von Chimäre, aber er wollte den Gefangenen deutlich machen, dass Bull praktisch ein wildes Tier war, auch wenn es nicht stimmte.

»Wie viele Gardeure sind auf Tordesillas stationiert?«

Niemand sagte etwas. John wusste, warum: Jeder hoffte, in der Anonymität der Gruppe zu versinken. Vermutlich schoss gerade durch jeden Kopf: *Such dir einen anderen aus!*

»Sie«, sagte John und trat vor einen jungen Mann mit kahl geschorenem Schädel. »Viel Spaß mit Bull.«

Er nickte dem Beta zu, der die Arme vor der Brust verschränkt hielt. Erst als John das Nicken drängender wiederholte, packte Bull den Mann am Kragen.

»Sagt ihnen nichts«, kreischte der Mann los, als der Beta ihn mühelos hochhob.

Aufregung durchlief die Gefangenen, einige schienen mit dem Gedanken zu spielen, sich zur Wehr zu setzen, aber John feuerte einmal mit der Pistole in die Luft.

»Keine Bewegung!«

Die Gefangenen erstarrten. John richtete die Pistole auf den glatzköpfigen Gardeur, der über seinen Kopf nach Bulls Armen gegriffen hatte, aber ansonsten wie ein hilfloser Welpe in der Luft hing.

»Niemand will reden? Gut, dann fangen wir jetzt an. Ihr Widerstand ist zwecklos: Wir töten Sie einen nach dem anderen«, log er. »Früher oder später wird jemand seine Haut retten wollen, und alle davor werden umsonst gestorben sein.«

Bull ging ein paar Schritte, als wolle er den Gardeur zur Seite schaffen. Innerlich hoffte John, dass ihr Bluff funktionieren würde, denn ansonsten hätten sie ihre Drohgebärden verspielt.

»Halt! Ich sage Ihnen alles, was Sie wissen wollen.«

»Nein, Jingo, halt den Mund!«

Der Glatzköpfige funkelte den Sprecher an. Offenbar war er tatsächlich gewillt, für seinen Konzern von einer Chimäre zu Tode gefoltert zu werden. John bewunderte seinen Mut und verfluchte seine Dummheit.

»Ist gut, Rico, ist gut«, sagte Jingo matt. Er war älter als die meisten. In seinem kurzen, dunklen Haar fanden sich erste graue Strähnen. »Ich übernehme die Verantwortung.«

»Sind Sie der Chef?«

»Ich bin der Pilot«, erwiderte er. »Derzeit der ranghöchste Offizier. Leutnant Jim Ragivad, Rufzeichen Jingo, Sir.«

»Es freut mich, dass Sie Ihre Leute zur Vernunft bringen, Leutnant. Es muss nicht noch mehr Tote geben.«

Jingo sah auf. Seine Augen lagen tief in den Höhlen, und die Anspannung stand ihm ins Gesicht geschrieben. Er suchte Johns Blick und hielt ihn.

»Ist das Ihr Ernst? Ein ehrliches Angebot.«

»Mein Ehrenwort als Offizier«, bestätigte John. »Wir wollen niemanden töten, wir wollen nur von diesem Drecksball runter.«

»Wer nicht?«

Die Frage stand im Raum, John antwortete nicht. Stattdessen winkte er Jamie und Grasse heran, die den Rest der Gefangenen wieder ins Shuttle führten und in den Besprechungsraum brachten. Bei der Überzahl der Gefangenen ein nicht ganz ungefährliches Unterfangen, aber John traute den beiden zu, jederzeit Herrinnen der Lage zu bleiben. Sie waren schnell, gut ausgebildet und wussten genau, was sie taten.

»Ich werde Ihnen einige Fragen stellen. Wenn Sie mir wahrheitsgemäß antworten, sind Ihre Leute bald wieder frei. Wir haben gar nicht den Willen, sie als Gefangene mitzuschleppen.«

Erst jetzt merkte John, dass der Satz nach Erschießungskommando geklungen hatte, aber Jingo hatte ihn wohl – bewusst oder unbewusst – überhört und nickte enthusiastisch.

»Leben unsere Leute noch?«

Der Pilot nickte abermals.

»Alle?«

»Es gab Verletzte. Ich weiß nicht, wie es um die steht, aber ich habe mitbekommen, dass sie sich ergeben haben.«

»Wie groß ist Ihre Basis?«

»Knapp hundert Leute. Davon vierzig Sicherheit, der Rest Zivilisten oder Kutscher, wie ich.«

Darauf ging John nicht weiter ein. Piloten mit militärischer Ausbildung waren sicherlich keine Zivilisten. Sie mussten also mit mehr kampffähiger Opposition rechnen.

»Was genau wollen Sie auf Tordesillas?«

Jingo blickte auf. Um seine Lippen spielte ein gequältes Lächeln. »Unsere hohen Tiere erzählen uns nicht mehr als Ihre Ihnen. Die Mission hat Priorität. Bestes Material, gute Leute. Die Wissenschaftler machen oft Ausflüge. Was sie suchen, ist unklar. Mineralien? Erze vielleicht? Aber es wurden für deutlich mehr Leute Unterkünfte und Depots gebaut, als schon hier sind. Sieht so aus, als sollte noch ein großer Schwung mehr einziehen. Ausgelegt ist die Basis eher für ein paar hundert.«

Das war interessant, aber nun stellte John die wirklich wichtige Frage: »Gibt es ein Portal?«

»Ja, sicher. Das stand schon, als wir ankamen. Wobei der letzte Trupp von fünf Weißkitteln mit der *Fidanza* eintraf.«

Ein heißer Schauer lief über Johns Haut, und er musste sich eine Sekunde sammeln, bevor er fragen konnte: »Die *Fidanza*? Ein sprungfähiges Schiff? Ist sie noch auf Tordesillas?«

»Ja.«

»Wenn der Plan funktioniert, fresse ich einen Besen.« Bull rückte seinen Waffengurt zurecht.

Doch etwas Gutes war aus der Konfrontation mit *ARStac* entstanden: Sie hatten nun moderne Waffen, Munition, Energie, beste Ausrüstung und Kampfanzüge. *Nun ja, alle außer Bull.* Der große Beta hatte einfach in keines der erbeuteten Kleidungsstücke gepasst und trug immer noch seine mitgenommene Uniform, der man die Strapazen der letzten Tage deutlich ansah.

»Wir kommen unter ihrem Radar rein«, erklärte John mit nur halb vorgetäuschtem Optimismus. »Schnell rein, schnell raus. Die werden gar nicht wissen, was sie getroffen hat.«

Der Wind, der durch die geöffnete Seitentür des Helikopters ins Innere drang, erschwerte das Reden, selbst mit dem internen Kom-System. John saß ihm Cockpit neben Jingo, der die Maschine flog. Der Ritt war holprig, da sie niedrig flogen, aber John hatte es so angeordnet. Der Rest seiner Leute saß hinten auf den Plätzen, die normalerweise Gardeure oder Passagiere von *ARStac* einnahmen. Bis vor wenigen Minuten war noch allerlei Ausrüstung dabei gewesen, die sie einfach achtlos hineingeworfen hatten, aber als John dem Piloten befohlen hatte, auf der Stelle zu schweben, hatten die drei hinten alles aus der großen Tür geschoben. Im Shuttle gab es somit nur einige kleine Waffen, die John im Laderaum zurückgelassen hatte. Nicht viel, aber genug für die Gardeure, wenn sie sich aus dem Besprechungsraum befreit hatten. Er war versucht gewesen, ihnen gar nichts zu lassen, aber seine Erinnerung an den Angriff der einheimischen Kreaturen hatte ihn umgestimmt. Sie waren Justifiers und keine Killer, egal, was man von ihnen dachte.

Der Helm des Copiloten auf Johns Kopf war ungewohnt, aber er musste mithören, wenn die Funkgespräche begannen. Natürlich hatte Bull vollkommen Recht: Ihr Plan war riskant, wenn nicht selbstmörderisch. Aber ihre Optionen waren begrenzt. Ihre Kameraden waren in Gefangenschaft geraten, lebten vielleicht noch, entgegen Johns schlimmsten Befürchtungen. Und wenn die Justifiers aus seinem Team ein Motto hatten, dann war es das gute, alte und simple: *Wir lassen niemanden zurück*. Was ihnen auch bevorstand, welche Sorgen und Ängste sein geschrumpftes Team auch umtrieben, er hatte es in ihren Augen gesehen. Keiner, nicht einmal Jamie, deren Emotionen oft undeutbar waren, oder Grasse, die erst so kurz vorher zu ihnen gestoßen war, wollte die Gefangenen ihrem Schicksal überlassen.

Ihre eigenen Gefangenen hatten sie zurücklassen müssen, aber es gab genug Vorräte im Besprechungsraum, um einige Tage zu überleben, und wenn John und sein Team den Einsatz beendet hatten, würde sich *ARStac* schon um seine Leute kümmern. Und wenn nicht, war es nicht Johns Schuld; er war ihnen gegenüber fairer gewesen, als er es von seinem Gegner erwartete.

Der Helikopter raste über die Ebenen dahin. Schon vor zwei Stunden hatten sie das Hochplateau hinter sich gelassen, und es würde weitere zwei dauern, bis sie sich der Basis näherten.

Hier war der Planet grün, ein regelrechtes Paradies – zumindest vom Helikopter aus betrachtet. Kleine Waldstücke zogen sich über Hügel dahin, immer wieder gab es große Lichtungen und offene Flächen. Wasserläufe führten in geschwungenen Bahnen durch die Landschaft, und hier und da spiegelte sich die Sonne in tiefblauen Seen. Manchmal scheuchte der Lärm des Helikopters Wesen aus den Wäldern auf, meist bläulich-schwarze, elegante Zweibeiner, die in weiten Sprüngen davonstoben. An einigen Stellen gab es fliegendes Getier, das jedoch respektvollen Abstand hielt, so dass John keinen genauen Blick darauf erhaschen konnte. Alles wirkte ruhig und friedlich, selbst wenn der Helikopter knapp über den Wipfeln der Bäume dahinschoss.

Die Maschine hatte zwei kleine, bewegliche Rotoren und dazu noch einen Antigravantrieb. Sie war schnell, leicht gepanzert und einigermaßen bewaffnet. Abgesehen von dem großen, mehrläufigen Blaster an der Seitentür gab es noch zwei auf einer drehbaren Lafette montierte Impulslaser, die der Pilot kontrollierte. Die Zielerfassung erkannte, wohin er sah, und feuerte bei Betätigung des Abzugs unter Einberechnung der relativen Geschwindigkeiten von Helikopter und Ziel genau dorthin.

»MAD One, MAD One, bitte melden. Wir haben Sie auf dem Schirm.«

Vorsichtshalber legte John seine Hand auf die Pistole am Gürtel. Es war eine handliche, gut designte Laserpistole, die sie erbeutet hatten. Mit ähnlichen Waffen, wie der Smith & Smithers *Arclight*, hatte John in seiner Militärzeit gekämpft.

»Basis, hier Jingo«, antwortete der Pilot, ohne den Blick von John zu lassen. »Bitte um Anflugerlaubnis.«

»Hat die Alpha Company die Ziele eliminiert?« In der

Stimme der Kontrollstation schwang nichts außer Neugier mit.

»Negativ, Basis. Wir hatten Kontakt, aber noch sind nicht alle Ziele sicher ausgeschaltet. Wiederhole: Noch sind nicht alle Ziele ausgeschaltet. Ich habe Verletzte an Bord, die versorgt werden müssen.«

Die Flugkontrolle schwieg einige Sekunden lang. John versuchte zu ergründen, ob Jingo auf irgendeine Weise versteckt Alarm gegeben hatte, kam aber zu keinem schlüssigen Ergebnis.

»Bestätigt, MAD One. Anflugerlaubnis erteilt, Landeplatz Zwei. Wir schicken das Sani-Team raus.«

»Danke, Basis. Over and out.«

Der Pilot sah John an, der die Hand wieder von der Waffe nahm. Die erste Hürde war genommen. Aber es war auch die einfachste gewesen, ohne große Gefahr. Sobald sie gelandet waren, würde der Tanz beginnen. Und dann konnte jeder Fehler tödlich sein.

Durch die gepanzerten Plastikscheiben des Helikopters sah John die Basis vor ihnen auftauchen. Das Land war hier hügelig und dicht bewaldet. Flüsse bahnten sich ihren Weg zwischen den Hügeln hindurch, im Sonnenlicht blau funkelnde Bänder. Hier und da ragten Felsen empor, und manche Hügel hatten eine oder mehrere schroffe Seiten.

Auf so einem befand sich die Basis von *ARStac.* Sie lag auf der Kuppe, weit über einem breiten Strom, der sich unterhalb des Hügels in einer weiten Schleife an ihm vorbeiwand. Eine hohe, graue Felswand schnitt geradezu in das Land, und an ihrem Fuß machte der Fluss einen engen Knick.

Direkt darüber standen die äußersten Gebäude. John erkannte, dass ein Teil von ihnen in die Felswand gebaut worden war und diese sogar ein Stück überragte. Er hatte eine temporäre Anlage erwartet, Wohncontainer, Modulbau, aber er wurde überrascht: Die Basis war bereits jetzt für viele hundert Menschen ausgelegt, mit fester Besiedlung. An dem sanften Hang des Hügels auf der Gegenseite zum Fluss war sie einfach zu erweitern. Der Großteil des Platzes wurde von einem Gebäudekomplex eingenommen, der sich die Felswand entlangzog. Verschachtelte Würfel, mehrere Stockwerke hoch, alle in hellem Grau mit dunklen, fast schwarzen Fenstern. Es gab einen großen betonierten Platz an der Flanke der Gebäudefront, auf dem hellgelbe Landemarken eingezeichnet waren. Hinter einem der Gebäudeflügel war noch ein Platz, auf dem Baufahrzeuge standen.

Direkt neben dem Landefeld war eine Terrasse in den Hügel geschlagen worden, deren Fläche noch einmal so groß war. Und darauf stand, inmitten eines Rings aus mobilen Blastschutzwänden, ein elegantes Raumschiff. Es wirkte nicht militärisch, sondern eher wie eine Yacht, mit so hellgrauer Außenhaut, dass sie fast weiß war, und schlanken Formen. Wichtiger jedoch war, dass es im hinteren Drittel die Ausbeulungen hatte, die John mit einem Sprungantrieb assoziierte. *Kurzstrecke oder Langstrecke, ganz egal. Dort steht unser Ticket weg von hier!*

Der Helikopter flog eine langsame Kurve über der Basis, so dass John einen guten Überblick bekam. Es gab noch kleinere Gebäudekomplexe rechts und links des Landeplatzes. Er sah schweres Gerät, dicke Röhren, Antennen, ein kleines Kraftwerk, das noch etwas abseits errichtet worden war.

»Das muss eine absolute Rumpfbesatzung sein«, stellte er fest, und Jingo nickte kurz. Wenn es nicht so war und der Pilot sie reingelegt hatte, würden sie auf so viele Gegner treffen, dass Gegenwehr vollkommen sinnlos war.

Nach einem kurzen Wortwechsel mit der Kontrollstation ließ Jingo den Helikopter über dem Landefeld schweben. Direkt neben den Markierungen stand ein breites und kastenförmiges Antigravfahrzeug, das bis auf eine breite, rote Null-Neun auf dem Dach wenig auffällig war. Jingo deutete darauf. »Das ist das Med-Team.«

»Alles klar.«

»So wenig Gewalt wie möglich. Denken Sie daran«, erinnerte ihn der Pilot an sein Versprechen, das er für seine Mithilfe eingefordert hatte. Es war John leichtgefallen. Unnötige Gewalt lag ihm ohnehin nicht, doch sowohl er als auch Jingo wussten, dass dieser Angriff ganz ohne nicht funktionieren konnte. Aber der Pilot brauchte das Versprechen, um sein Gewissen zu beruhigen und seine Kollaboration vor sich selbst und später vor seinen Vorgesetzten zu erklären.

»Bereit machen«, befahl John seinen Leuten. Die Anspannung, die ihn während des Flugs verlassen hatte, ergriff nun wieder Besitz von ihm. Jetzt ging es um alles, das Leben seiner Mannschaft hing von seinen Befehlen ab. Die Verantwortung lastete schwer auf seinen Schultern, aber er wusste auch, dass er sie stemmen konnte.

Der Helikopter setzte sanft auf. Jingo gab kurz an die Kontrollstation durch, dass sie sicher gelandet waren, dann machte er die Motoren aus. Hinter John hatten Bull, Jamie und Grasse schon die Sicherheitsgurte abgelegt, ihre Waffen gezogen und standen direkt am Seitentor. John warf einen Blick nach draußen. Das Sanitätsfahrzeug kam näher heran, hielt dann allerdings mit etwa zehn Meter Sicherheitsabstand an. Menschen in weißen Uniformen sprangen heraus, öffneten hinten eine große Doppeltür und kamen auf den Helikopter zugelaufen. Zu Johns Freude hielten sie wegen des Winds von den noch ausdrehenden Rotoren die Köpfe gesenkt.

John sah zu dem Hauptgebäude. Hinter den dunklen Fenstern war nichts zu erkennen, aber ihm war bewusst, dass sie keine Deckung haben würden. Wenn jetzt jemand aufmerksam war, würde ihr Täuschungsmanöver auffliegen, bevor es richtig begonnen hatte. *Loki, Hermes, Enki, Legba, Anansi, wer auch immer gerade zuhört, genau jetzt könnten wir ein wenig Hilfe gebrauchen.*

Als das Med-Team schon direkt an der Seite des Helikopters war, gab John das Zeichen. Jamie riss die Tür zur Seite, während Bull und Grasse ihre Waffen auf die Sanitäter richteten.

»Keine Bewegung«, knurrte Bull. »Einfach nicht bewegen.«

Es waren bange Sekunden. Ein Held reichte aus, um ihren Plan zu durchkreuzen – oder ein Idiot, der versuchte wegzulaufen oder Hilfe zu rufen. Doch die Mündungen der Waffen sprachen eine deutliche Sprache. Die Sanitäter, die mit Hilfebedürftigen gerechnet hatten und nun von einem wilden Beta und Fremden bedroht wurden, kamen dem Befehl nach.

»Raus hier.«

Jingo zwängte sich aus dem Pilotensitz und stieg nach hinten, gefolgt von John, der seine Laserpistole nun in der Hand hielt und auf den Nacken des Piloten richtete.

»Wir gehen jetzt alle ganz ruhig zu eurem Wagen da rüber, steigen ein und fahren dahin, wo ihr Verletzte hinbringen würdet.«

»Wer sind Sie?«, fragte ein älterer Mann, der ein großes Diagnosegerät auf Rollen vor sich her schob.

»Keine Fragen, kein Gequatsche. Folgen Sie meinen Befehlen, und alles wird gut«, erwiderte John kalt. »Kapiert?«

Der Mann nickte und wandte sich ab. Seine Leute stiegen aus, ebenso Jingo. John ging als Letzter. Er war sich bewusst, dass sie für zehn Meter wie auf einem Präsentierteller sein würden. Auf einen flüchtigen Blick hätten sie beinahe normal wirken können – wenn Bull nicht wäre. Der Beta überragte alle um Haupteslänge, und seine Hörner waren noch einmal so hoch. Manchmal hatte sich John bereits gefragt, warum sein

Sergeant die lästigen und unpraktischen Dinger nicht einfach absägte, aber er hatte sich immer gesagt, dass es vielleicht mit der Identität des Beta zusammenhing.

Die kleine Gruppe ging steif zum Ambulanzfahrzeug. John bildete das Schlusslicht. Er wollte rennen, wollte sich nach Gefahren umsehen, aber er zwang sich, ruhig zu gehen. Seine Pistole steckte wieder im Holster, und das kurzläufige Lasergewehr hing auf seinem Rücken, aber er war jeden Moment bereit, seine Waffen zu ziehen. Schweiß lief ihm den Rücken hinab. Er konnte jeden Tropfen spüren.

Dann waren sie am Wagen und stiegen ein. John setzte sich in die Fahrerkabine neben eine junge Frau, die das Steuer ergriff, während sich der Rest hinten reinquetschte.

»Keine Heldentaten«, raunte John der Fahrerin zu. »Helden haben schnell unschöne Löcher und bluten.«

Er zog die Pistole und hielt sie auf seinem Schoß in ihre Richtung. Sie schluckte, nickte aber und fuhr los.

»Nehmt ihnen alle Kommunikationsgeräte ab«, rief John nach hinten und hielt der Fahrerin die offene Hand hin. Mit zwei Fingern zog sie sehr langsam ein kleines Gerät aus der Tasche. Dabei ließ sie den Blick nicht von der Pistole.

Schon bald bewegten sie sich auf ein großes Rolltor zu, das sich langsam öffnete, als wäre es ein gewaltiges Maul, das sie zu verschlingen drohe. Dahinter lag eine Halle, die von künstlichem Licht erleuchtet war. Sie fuhren hinein, und für John war klar, dass sie sich direkt in die Höhle des Löwen begaben.

21

Die Halle war groß genug, um ein Dutzend Fahrzeuge aufzunehmen, aber es standen nur zwei weitere Antigravwagen darin. Weiter hinten befanden sich einige Hoverbikes, von denen die meisten allerdings mit Planen bespannt worden waren. In der Halle war es gleißend hell. Auf John wirkte sie nachgerade seltsam, so groß und weitläufig, so grell erleuchtet, aber fast leer.

Der Ambulanzwagen hielt an einem breiten Tor, von dem aus es tiefer in das Gebäude ging. Die Fahrerin sah John unschlüssig an. Außer ihnen war niemand in der Halle, also winkte er mit der Waffe.

»Aussteigen.«

Er folgte ihr nach draußen, während seine Leute die Gefangenen ebenfalls in die Halle bugsierten. Aufmerksam sah sich John um. Es gab Sicherheitskameras und vermutlich noch mehr Sensoren. Wenn jemand aufmerksam an den Monitoren saß, waren sie spätestens jetzt entdeckt. Ihre einzige Hoffnung war, dass die

Sicherheitsleute hier ebenso gelangweilt ihren Dienst versahen wie an den meisten anderen Orten. Routine war jetzt ihr bester Freund. Bislang war nichts geschehen, warum sollte es jetzt also anders sein?

»Zur Krankenstation«, befahl John knapp.

Sie ließen sich durch das Tor führen, gingen einen kurzen Gang entlang, bis sie zu einem kleinen Raum kamen, von dem drei Türen abgingen. Der Raum selbst beinhaltete nur einige wenige Monitore an den Wänden und war ansonsten leer und schmucklos. Eine der Türen stand offen und zeigte ein geräumiges Krankenzimmer mit mehreren weißen Betten.

»Äh, und jetzt?«

Der ältere Mann sah John an. In seinen Augen stand Furcht geschrieben, aber in seiner Haltung zeigte sich Widerstand. Keine gute Kombination.

»Checkt die Räume«, wies John Grasse und Jamie an. Sie wollten sich nicht mit aufsässigen Ärzten herumschlagen, sondern ihre Leute finden und so schnell wie möglich verschwinden. Die beiden warfen jeweils einen kurzen Blick hinter die Türen.

»Operationssaal«, stellte Jamie fest, dann: »Hier ist ein Flur, mehr Türen.«

»Wohin geht es da?«

»Zur Verwaltung«, erklärte die Fahrerin hastig, als John die Pistole hob.

Er fühlte sich nicht gut dabei, diese Leute zu bedrohen, aber er hatte keine andere Wahl.

»Da sind noch einige Krankenzimmer, ein Waschraum, Vorratslager und ein Aufenthaltsraum für uns.

Hier ist die Notaufnahme, das da ist der Aufwachraum.«

Sie wies auf die geöffnete Tür. Fieberhaft überlegte John. In dem Aufwachraum war eine Handvoll Kameras installiert, aber es gab nur den einen Eingang und keine Fenster.

»Da rein«, blaffte er und schob die Frau vor sich her. Der Rest seiner Leute trieb die anderen Gefangenen wie eine Herde in den Raum. John stieg auf ein Bett und verpasste einer der Kameras einen Schlag mit dem Kolben seines Karabiners. Plastiksplitter regneten herab. Methodisch ging er durch den Raum und zerstörte alle Kameras und Sensoren, die er fand. Es gab an jedem Bett Knöpfe, mit denen man Pfleger zu Hilfe rufen konnte. Hier feuerte John jeweils einen kurzen Impuls ab, der das Plastik so stark verschmorte, dass an eine Nutzung nicht mehr zu denken war.

Als er schoss, schrie einer der Sanitäter erschrocken auf, aber Bull hielt ihm die Waffe unter die Nase und brachte ihn so zum Schweigen. Als er mit seiner Arbeit zufrieden war, nickte John den anderen zu.

»Abmarsch.« Dann wandte er sich an die Gefangenen. »Sie bleiben alle hier, dann passiert Ihnen nichts. Ist das klar?«

Einige nickten, andere murmelten leise Zustimmung. John machte sich keine Illusionen. Sobald sie weg wären, würden sie versuchen auszubrechen und Alarm zu schlagen. Die Justifiers mussten eben schneller sein.

»Bei den Gefangenen waren Verwundete. Haben Sie sich um die gekümmert?«

»Ja«, hauchte die Fahrerin.

John fixierte sie mit einem harten Blick und der besten *Ich-bin-ein-mieses-Arschloch*-Miene, die er drauf hatte. »Wohin wurden sie gebracht?«

»In Block Drei gibt es auf Ebene Subzero Käfige für indigene Kreaturen. Dorthin.«

Ein grimmiges Lächeln erschien auf Johns Lippen. Jetzt musste er den Gesichtsausdruck gar nicht mehr vortäuschen. *Indigene Kreaturen*!

Rückwärts verließ er den Raum, dann schlossen er und Bull die Tür. Sie hatte einen einfachen, mechanischen Verschlussmechanismus, der von beiden Seiten zu bedienen war. John ließ den Riegel einschnappen und feuerte dann so lange mit dem Laser auf das Schloss, bis es nur noch ein geschmolzener Klumpen Plastik war. Mit einigem Einsatz war die Tür sicherlich wieder zu öffnen, aber sie würde dennoch ein Hindernis darstellen, das ihnen einige Zeit verschaffte.

Als er sich umdrehte, sah er, dass einer der Monitore zum Leben erwacht war. Grasse stand davor und ließ die Finger über die berührungsempfindliche Oberfläche fliegen. Bilder tauchten auf und verschwanden wieder – sie hastete durch Menüs und Listen.

»Was tun Sie da?«

Sie antwortete nicht, aber nach wenigen Sekunden erschien eine 3D-Ansicht der Basis, die sie mit den Fingern drehte, bis man genau von oben auf sie sah und mit einer weiteren Berührung in ein Gitternetz verwandelte, das Wände, Räume, Korridore zeigte: eine Karte.

»Gute Arbeit«, befand John, und Grasse grinste lässig.

»Infiltration gehört auch zu meinem Missionsprofil.« Dann wurde sie ernst. »Wir sind hier. Das ist die Fahrzeughalle. Die Unterkünfte der Gardeure dürften dieser Block hier sein.«

»Wir müssen in Block Drei, Ebene Subzero«, gab John weiter. »Da werden die anderen gefangen gehalten.«

»Alles klar. Ich versuche, mir den Weg einzuprägen. Leider kann ich die Karte nicht runterziehen; der Monitor hat keinen vernünftigen Ausgang.«

John sah angestrengt auf das Bild – auch er versuchte, sich die Korridore und Wege fest ins Gehirn zu brennen. Er tippte mit dem Finger auf ein Gebäude, das etwas abseits stand.

»Was ist das? Ein Kraftwerk?«

»Ja«, bestätigte Grasse nach einem kurzen Blick. »Direkt daneben sind die Energiezellen.«

»Wenn die ganze Anlage auf Notstrom läuft, fallen bestimmt eine Menge Funktionen aus«, vermutete John laut. In seinem Kopf formte sich ein Plan.

»Team Zwo, ihr geht raus und legt das Kraftwerk lahm. Am besten gleich mitsamt allen Zellen. Wie, ist mir egal – kappt die Leitungen, findet den Aus-Schalter, was auch immer.« Er öffnete den Gürtel mit den Granaten, nahm ihn ab und warf ihn Bull zu. Dann drehte er sich zu Grasse um. »Wir holen unsere Leute da raus.«

Bull und Jamie rannten bereits los. Sie liefen zurück zur Halle, während John und Grasse den Korridor nahmen, an den Krankenzimmern und dem Rest der Station vorbei, bis zu einer Schleuse, die groß genug war, um ein ganzes Med-Team samt Trage und Geräten unterzubringen. Jetzt war sie aber deaktiviert, und als sie die eine Seite öffneten, bewegten sich die Türen auf der anderen synchron und gaben den Durchgang frei.

Dahinter lagen weitere Korridore, in denen automatisch das Licht anging. Offenbar waren sie wenig genutzt, was John nur entgegenkam.

»Da lang«, erklärte Grasse und sprintete schon weiter. John folgte ihr. Sie kamen an zahlreichen Türen vorbei, neben denen kleine Leuchtanzeigen Raumnummern anzeigten, allerdings ohne den Nutzungszweck der dahinter liegenden Zimmer zu nennen. Vermutlich war dieser Trakt für spätere Arbeiten vorgesehen und jetzt noch unbewohnt.

»Da vorne beginnt Block Zwei«, stellte Grasse fest, und tatsächlich waren auf einer großen Feuerschutztür in eckiger Schrift die Zahlen 01 und 02 gemalt. Als John die Tür vorsichtig öffnete, sah er, dass dahinter Licht im Flur brannte. Er bedeutete Grasse, vorsichtig zu sein, und schlüpfte durch den Spalt. Jetzt bewegten sie sich langsamer – Eile würde Aufmerksamkeit erregen. Auf den ersten Blick waren sie ganz normale Gardeure von *ARStac*, sie trugen die richtigen Uniformen und Waffen und bewegten sich wie selbstverständlich durch die Basis. Genau diesen Eindruck wollte John unbedingt erhalten, aber seine Hand rutschte immer wieder zu der Pistole an seiner Hüfte.

Und dann hörten sie weiter vorn Stimmen. Ohne

innezuhalten, gingen sie weiter. *Zwei simple Gardeure. Brave Konzernsklaven, es gibt nichts zu sehen, arbeitet einfach weiter.* Verstellung lag John nicht. Er war darin schon immer schlecht gewesen, und mehr als einmal hatte es den guten Willen seiner Vorgesetzten gekostet, wenn er sein Missfallen über ihre Strategien und Taktiken stumm gezeigt hatte.

An einer T-Kreuzung standen ein Mann und eine Frau und unterhielten sich. Ein Automat war dort aufgebaut, der Wasser mit verschiedenen Geschmackskonzentraten versetzen konnte, und die beiden zapften sich kleine Plastikbecher voll, lehnten an der Wand und führten ein Pausengespräch, wie es in genau diesem Moment im Universum wohl viele tausend Male geführt wurde.

Als Grasse und John in Sicht kamen, verstummten sie. Vermutlich hatten sie gerade über zu lange Arbeitszeiten, unverständige Chefs und dergleichen gelästert. Die Frau war vielleicht Mitte fünfzig und trug einen hellblauen, sackartigen Overall, während der deutlich jüngere Mann einen Laborkittel übergeworfen hatte.

So freundlich er konnte nickte John den beiden zu. Dennoch bemerkte er, wie sich die Augenbrauen der Frau zusammenzogen. Sie war keine Technikerin, und wenn sie während der Arbeitszeit so unpassende Kleidung tragen konnte, musste sie einiges zu sagen haben. Aus einem Impuls heraus zwinkerte John ihr zu, woraufhin sie sich mit angewidert verzogener Miene abwandte.

»Mahlzeit«, brummte Grasse unfreundlich, was der Mann ebenso erwiderte.

John schwieg.

Gemessenen Schrittes gingen Grasse und er weiter. Eine Aura der Selbstverständlichkeit sollte sie umgeben; sie gehörten genau jetzt genau hierhin. Alles war exakt so, wie es sein sollte.

So sehr John auch versuchte, sich das einzureden, so deutlich spürte er die misstrauischen, feindseligen Blicke der beiden. Er sah schon, wie sie die Sicherheit alarmierten, wie sie losliefen, sobald John und Grasse außer Sicht waren, und aufgeregt in die Komgeräte schnatterten. Ihm war in der Uniform viel zu heiß. Da konnte noch so groß *atmungsaktiv* auf dem Label stehen – der Einzige, der angestrengt atmete, war er selbst.

Sie gingen den Gang weiter und erreichten schließlich eine Tür, auf der die erlösenden Zahlen standen: 02–03.

Auch dahinter brannte Licht. Allerdings waren die Wände hier nicht weiß gestrichen, sondern plastbetongrau. Der Bereich wirkte aber nicht unfertig, sondern eher so, als sei es für unnötig empfunden worden, ihn zu verschönern und als Arbeitsbereich einzurichten.

Ein Geruch von Elektronik und Maschinen lag in der Luft, schwer greifbar. Schon nach wenigen Metern führte der Korridor direkt in eine Sicherheitsschleuse mit verstärkten Türen. Mit einem mulmigen Gefühl im Magen öffnete John ihre Seite und trat ein. Wenn sie entdeckt worden waren, würde es der Sicherheit leichtfallen, sie hier festzusetzen. Keine ihrer Waffen hatte genug Feuerkraft, um hier in annehmbarer Zeit etwas auszurichten.

Hinter ihnen schloss sich die Tür. Als sie zufiel, zuckte John regelrecht zusammen. Eine hellrote Alarmleuchte begann sich zu drehen. Gebannt starrten Grasse und John sie an, doch nach zehn Sekunden öffnete sich die andere Seite mit einem Zischen.

Vor ihnen lag ein breiter Korridor, der sich nach kurzer Prüfung als Teil eines ganzen Systems entpuppte. Anscheinend war der Block eine riesige Halle, aufgeteilt durch Wände und Säulen. Hier war alles funktional und grau, mit roten und gelben Markierungen, Warnhinweisen und Beschriftungen. Direkt neben dem Bedienfeld der Schleuse hing eine Sicherheitswarnung über das Tragen von Helmen, neben das jemand einen Comic über einen Mann mit zu großem Helm gepinnt hatte. Weiter hinten in der Halle hingen Ketten aus der Dunkelheit über ihnen herab. Durch die Sohlen seiner Stiefel spürte John das langsame, kaum wahrnehmbare Wummern von Maschinen.

»Wir müssen zu einem Aufzug«, stellte er fest und merkte, dass er sich diesen Teil der Karte nur bruchstückhaft gemerkt hatte. Hastig sah er sich um, aber Grasse lief schon weiter.

»Auf der anderen Seite, bei den Notausgängen«, rief sie ihm über die Schulter zu.

Als sie aus dem Gewirr herauskamen, betraten sie die große Halle. Hier standen allerlei Fahrzeuge herum, hauptsächlich Baumaschinen, brav in Reih und Glied. Aber an einer Wand fanden sich auch zwei Antigravpanzer, die allerdings noch im Transportmodus zu sein schienen, denn sie wirkten, als fehlten noch einige Module. Außerdem kauerten dort zwei große Kampfläufer, an denen die Unterarme mit den Waffenpods noch nicht montiert worden waren. Die Halle bot noch Platz für ein gutes Dutzend dieser schweren Kampfgeräte, und für John stand außer Frage, dass *ARStac* es sich auf Tordesillas für längere Zeit gemütlich machen wollte.

Mehrere große Tore, hoch und breit genug, um noch schwererem Gerät Platz zu bieten, führten wohl nach draußen. Dazwischen gab es auch kleine Türen und, wie John erfreut feststellte, einen Aufzug, dessen Schacht direkt an die Wand gebaut war. Er führte auf jeden Fall nach oben, wo es im Zwielicht metallene Laufstege gab. John schob die ID-Karte von Jingo in den vorgesehenen Schlitz und hielt den Atem an. Die Türen öffneten sich mit einem leisen *Pling.*

»Dann mal los«, sagte John und betrat die Kabine.

Es war ein großer Aufzug, vermutlich eher für Lasten gedacht. Grasse drückte den breiten, unbeschrifteten Knopf unterhalb der Null. Die Türen glitten geräuschlos zu, und der Aufzug setzte sich ohne Ruckeln in Bewegung. Er war nicht schnell, kein Turbolift. John nutzte die Zeit, um den Sitz der Pistole im Holster zu lockern und kurz den Ladestand seines Laserkarabiners zu überprüfen. Die digitale Anzeige sprang von *Ebene 0: Fahrzeughalle* auf *Ebene Subzero* um. Der Aufzug stoppte, dann gab es wieder das helle Geräusch, und die Türen fuhren zur Seite.

Vor ihnen lag ein heller Korridor mit zahlreichen Warnschildern an den Wänden. Auf dem nackten Fußboden waren Bahnen in verschiedenen Farben gemalt, die den Flur entlangführten, bis zu einer Tür, an der groß ein biologisches Warnsymbol prangte.

»Sieht nach Xeno-Gefahren aus«, stellte John fest. »Hier sind wir wohl richtig.«

Langsam ging er den Gang hinunter. Die Tür war dunkelgrün lackiert, und in einem Flügel war eine kleine, verstärkte Plastglasscheibe eingelassen. Er versuchte sie zu öffnen, aber sie war verschlossen.

»Endstation.«

Neben ihm spähte Grasse durch die Scheibe, fluchte kurz, dann setzte sie ein breites Grinsen auf und winkte freundlich.

»Was machen Sie da?«

»Dahinter sind vier Gardeure«, flüsterte sie ihm zu. »Achtung, einer kommt.«

John zog die Pistole und verschränkte die Arme hinter dem Rücken. Er legte ein Lächeln auf, das sich ebenso falsch anfühlte, wie es war.

Ein lautes Klacken ertönte, dann öffnete sich ein Türflügel langsam seitwärts. Durch den Spalt kam ein Luftzug, der nach Reinigungsmitteln roch.

»Ihr seid früh dran«, erklärte eine Stimme ohne Argwohn. »Siebzehn-Zwölf?«

Auf die kryptische Frage wusste John keine Antwort, deshalb improvisierte er: »Nein, es wurden mehr Gefangene gemacht. Der Oberst schickt uns, wir sollen alles vorbereiten.«

»Ah, super, dann sind die Scheiß-Ausflüge vorbei?«

Jetzt stand die Tür weit genug offen, damit der Gardeur sie sehen konnte. Sein Gesicht zeigte Verblüffung. »He, wer ...?«

Weiter kam er nicht. Grasse schlug ihm mit flacher Faust gegen die Kehle und schnitt ihm das Wort ab. Bevor er reagieren konnte, trat sie ihm schräg gegen das Knie, das mit einem hässlichen Geräusch einknickte. John sprang an ihm vorbei, hatte seine Pistole im Anschlag und brüllte bereits: »Waffen weg!«

Leider hörte niemand auf ihn. Zwei der drei verbliebenen Gardeure griffen nach ihren Lasern, die dritte Gardeurin sprang durch einen Eingang in Deckung. John feuerte, traf einen direkt in der Brust. Sein Schmerzenschrei hallte durch den großen Raum, aber der andere feuerte aus dem Handgelenk eine Salve ab, die John zu Boden zwang. Er rollte sich zur Seite, dabei ungezielt Schüsse abgebend. Splitter regneten auf ihn herab, als er die Wand erreichte. Er sah auf. Der überlebende Gardeur hatte sich hingekniet und schoss auf Grasse, die sich hinter den zweiten Türflügel ducken musste. Mit beiden Händen richtete John die Pistole auf den Feind und drückte ab. Der Schuss ging daneben, und aus dem Augenwinkel sah er die Gardeurin mit der Waffe im Anschlag aus dem Eingang auftauchen. *Fuck!*

Noch zwei schnelle Schüsse, während der Mann seine Waffe zu ihm herumschwenkte. Einen Sekundenbruchteil bevor die Mündung auf ihn wies, erwischte John ihn an der Schulter. Der Gardeur fiel schreiend nach hinten, sein Karabiner klapperte zu Boden. John riss die Pistole herum, sah aber nur noch, wie die Frau in einer konzentrierten Salve von Grasse mehrfach getroffen wurde und außer Sicht in den Eingang kippte.

Vorsichtig rappelte sich John auf. Der Gardeur mit der Wunde an der Schulter wälzte sich über den Boden. Seine Schreie waren einem unterdrückten Stöhnen gewichen, in das sich Schluchzer mischten. Grasse kam durch die Tür, trat dem Mann, den sie niedergestreckt hatte, beinahe beiläufig gegen die Schläfe und lief geduckt zum Eingang, wo die Frau lag. John nahm seinen Laserkarabiner in die Hand und gab ihr Deckung. Nach einem schnellen Blick um die Ecke signalisierte sie, dass alles sauber war.

Die Waffe auf die beiden Gefallenen gerichtet, lief John zu ihnen und trat die Laser aus ihrer Reichweite. Dann kniete er sich neben sie, zog Pistolen und Kampfmesser aus ihren Gürteln und warf sie ebenfalls weg. Ein kurzer Blick zur Seite zeigte ihm, dass die Frau tot in einem kurzen Stück Korridor lag.

»Schweine«, presste der Verwundete durch zusammengebissene Zähne hervor.

John beachtete ihn nicht, sondern untersuchte den anderen. Sein Schuss war gut gezielt gewesen – der Mann war tot.

»Versorgen Sie die Wunde«, befahl er Grasse und richtete sich wieder auf. Jetzt erst sah er, dass die Rückwand des Raums von einer Art Jalousie bedeckt war. Er trat an sie heran und fand nach kurzem Suchen eine Steuerungseinheit, mit der er sie hochfahren lassen konnte.

Dahinter war ein großes Plastglasfenster, das in eine

Halle wies. Darin befanden sich vier große, einzelne Zellen, die aus dicken Gitterstäben bestanden. Dämmriges Licht erfüllte die Halle, zu wenig, um Einzelheiten ausmachen zu können, aber genug, um die Gestalten zu sehen, die sich dort befanden.

»Volltreffer«, murmelte John.

Hinter der schusssicheren Scheibe waren seine Leute eingesperrt. Der erste Teil ihrer Mission war glatt gelaufen. Der Weg hinaus musste jetzt schnell gehen.

Genau in diesem Moment begannen die Alarmsirenen der Basis ihren tödlichen Ruf.

In der kleinen Zelle gab es nur eine tragbare Pritsche, die für Shakey hineingestellt worden war. Sein Bein schmerzte höllisch, ein langsames, dunkles Pochen, das sich von seinem Oberschenkel bis in den Fuß und in die Magengrube ausbreitete. Natürlich nur, solange er sich nicht bewegte. Sobald er das tat, war der Schmerz glühend heiß, und dann verfluchte er im Stillen die Sadisten von *ARStac*, die ihm eine ordentliche Dosis Schmerzmittel verweigert hatten. *Vermutlich haben sie es für Verschwendung gehalten. Lange werden sie uns nicht mehr leben lassen.* Wenigstens hatten sie seine Wunde versorgt und verhindert, dass er an Blutverlust und Wundbrand einfach verreckte. Viel mehr hatten sie allerdings nicht getan, und seit Sukarno vor einigen Stunden abgeholt worden war, hatte er sie nicht mehr gesehen. So sehr er auch etwas anderes glauben wollte, wusste Shakey, dass das kein gutes Zeichen war. Rourke hatte es sich auf dem Boden gemütlich gemacht – wie der Ex-Söldner unter diesen Bedingungen ruhig wie ein Baby schlafen konnte, entzog sich Shakeys Verständnis. Ihn selbst hielten die Schmerzen wach, obwohl sein Geist endlos müde und erschöpft war. Immer wieder sah er Bilder vor seinem geistigen Auge, Erinnerungen an vergangene Einsätze, an seine Karriere als Kampfpilot, an Kameraden, längst tot und begraben.

»Wir werden hier alle sterben«, zischte Reinhards, der unablässig auf und ab ging. Er war eine Zelle weiter, allein, aber ansonsten nicht besser behandelt worden als die anderen.

»Der Leutnant wird kommen«, erwiderte Shakey matt. »Mit Bull und Jamie und dem Rest. Sie werden diesen Arschlöchern Tritte genau *dahin* verpassen und dabei Kaugummi kauen.«

»Sie fantasieren im Fieberwahn, Pilot. Wir sind in einem sicheren Komplex, und die sind da draußen im Dschungel, wenn sie überhaupt überlebt haben. Die wissen genauso gut wie ich, dass es Irrsinn wäre, eine Rettungsmission zu starten.«

»Sie werden kommen«, murmelte Shakey. »Der Leutnant lässt niemanden zurück. Und der Sarge auch nicht.«

Unvermittelt driftete er tatsächlich in wirre Tagträume davon und wurde erst wieder wach, als der Alarm losging.

Eine Hand am Kragen des Mannes, in der anderen die Pistole, die er dem Gardeur in den Nacken drückte, schob John ihn vor sich her. »Los, zu den Käfigen da.«

Hinter ihnen ging Grasse, die den Bewusstlosen noch gefesselt hatte. Der Gardeur führte sie in den kurzen Korridor, in dem die Leiche seiner Kameradin mit verdrehten Gliedmaßen lag. Sie stiegen über das makabre Hindernis hinweg, mussten aber in die Blutlache treten, die einfach zu viel Bodenfläche bedeckte.

Auf der rechten Seite war eine breite Tür, die in die Halle mit den Käfigen führen musste. Auf der anderen Seite gab es ebenfalls eine Tür, jedoch kleiner und halb offen. Als sie sich näherten, versteifte sich der Körper des Gardeurs, und John rief: »Grasse, checken Sie links.«

Die ehemalige Leibwächterin lief vor, lehnte sich neben der Öffnung an die Wand, duckte sich schnell herum. John erwartete, sie zurückzucken zu sehen, aber sie erstarrte.

»Scheiße.«

»Meldung!«

»Das ... das müssen Sie sich selbst ansehen«, befand sie und trat mit blasser Miene zurück.

Ungeduldig drängte John den Gardeur weiter, in Richtung Tür, aus der helles Licht fiel. Zuerst sah er nur eine Wand, weiß glänzend. Je weiter er ging, desto mehr sah er von dem Raum. Er war fast kahl, ohne Einrichtung. Wände, Decke und Fußboden waren mit dem gleichen weißen Plastik beschichtet. Abwaschbar. John schluckte.

Und dann sah er sie. Es war Sukarno. Sie hing an zwei dünnen Ketten von der Decke, so hoch, dass ihre herabbaumelnden Zehen gerade eben noch den Boden berührten. Sie war nackt, und John war froh, dass ihr der Kopf auf die Brust gesunken war und er ihr nicht ins Gesicht sehen musste.

Denn in ihrer Nacktheit war die Leiche obszön, ein grausamer Anblick. Sie war gefoltert worden, aber es gab kaum Wunden. Stattdessen hingen noch zwei Drähte an Klammern in ihrem Fleisch, unterhalb der Brüste. Sie führten zu einem breiten Metalltisch, wie John ihn aus Leichenschauhäusern und Konzernkliniken kannte. Auf ihm stand ein improvisiert aussehendes Gerät. Es wirkte wie ein Ersatzteil für eine der großen Baumaschinen, ein Energiepack vielleicht, an das eine kleine Platine samt einiger Schalter angebracht worden war. Für einen winzigen Augenblick sah John vor sich, wie Sukarno zu ihm aufsah, als sie die Blaster einsatzbereit gemacht hatte. Ein stolzes Lächeln hatte auf ihrem Gesicht gelegen. Er wandte sich ab. So wollte er sie im Gedächtnis bewahren, nicht wie sie da hing, an Ketten, wie ein Stück Vieh beim Schlachter.

»Wer war das?« Vor Wut konnte er kaum sprechen. Seine Stimme war kalt, fast emotionslos. Unwillkürlich bohrte sich der Lauf der Pistole fester in den Nacken seines Gefangenen.

»Ich ... wir ... der Oberst«, stammelte der Gardeur. »Sie ... sie hat die Falle gebaut, hat er gesagt.«

»Braddock!«

»Wir müssen weiter, John«, erinnerte ihn Grasse und riss ihn aus seinen Rachefantasien. »Kommen Sie.«

Sie schloss die Tür und verbarg den Anblick von Sukarnos Martyrium. Dann gingen sie zu dritt in die große Halle. John gab dem Gardeur einen Stoß, so dass er nach vorn taumelte und auf Hände und Füße fiel.

»Aufmachen«, knurrte er.

Erst in diesem Moment schienen seine Leute zu realisieren, dass es nicht drei Gardeure von *ARStac* waren, die da kamen.

»Leutnant!« Reinhards presste sich ans Gitter seiner Einzelzelle. »Holen Sie mich hier raus.«

Der Gardeur kroch vorwärts und begann, an dem elektronischen Schloss von Reinhards' Zelle zu fummeln. Der Manager gab ihm ungeduldig Anweisungen. John ignorierte das Schauspiel und ging zur anderen Zelle.

Shakey hatte sich halb aufgerichtet, während Rourke an der Tür stand.

»Ich dachte, Sie wollten springen, Rourke. Wir haben Sie gesucht.«

»Ich wollte auch ... Fuck! Aber ich kann nicht ...«

Seine Stimme verstummte, aber Shakey war nur zu froh, den Satz zu Ende bringen zu können: »Er kann nicht schwimmen, Boss.«

John starrte die beiden an. Rourke hatte den Blick gesenkt, während Shakey feixte. Einen Moment lang wusste John nicht, was er tun sollte. »Wir holen euch hier raus«, sagte er dann so ruhig wie möglich.

In diesem Moment öffnete sich die erste Zellentür, und Reinhards lief ins Freie. Der Manager sah ebenso mitgenommen aus wie der Rest.

Während sich der Gardeur daran machte, die zweite

Zelle zu öffnen, fragte Shakey: »Wisst ihr, wo Sukarno steckt?«

John nickte, unfähig, es auszusprechen. Es war Grasse, die die Neuigkeiten überbrachte.

»Sie ist tot. Cao auch. Der Sergeant und Jamie sorgen für eine Ablenkung.«

»Wir haben Waffen«, fügte John hinzu, um sich von seinen düsteren Gedanken wieder in die Realität zu holen. Er musste sich auf die Aufgaben konzentrieren, die vor ihnen lagen, denn für die Toten konnte niemand mehr etwas tun. Es waren die Lebenden, für die er verantwortlich war. Der Gedanke vertrieb die Erinnerungen, aber er wusste, dass sie wiederkommen würden, später, wenn er all das hier überlebt hätte. Die Toten, die ihn in seinen Träumen besuchten, diejenigen, die er nicht nach Hause gebracht hatte.

»Es gibt ein Raumschiff«, stellte er fest.

»Ich weiß, ich habe es gesehen.«

»Kannst du es fliegen?«

»Ich kann alles fliegen.«

Die Zelle öffnete sich, und die Handvoll Überlebende stürzte hinaus. John packte den Gardeur am Schlafittchen und schleuderte ihn hinein, bevor er die Tür wieder zufallen ließ und einen kurzen Schuss auf das Schloss abgab, der alle Schaltkreise miteinander verschmelzen ließ. Ohne den Mann eines weiteren Blickes zu würdigen, führte er sein Team hinaus in den Wachraum, wo sie die Waffen der Gardeure unter sich verteilten. Selbst Reinhards nahm eine Pistole an sich. Shakey musste halb getragen werden, aber der kleine

Pilot biss die Zähne zusammen und gab sich offensichtlich alle Mühe, sie nicht aufzuhalten.

Die Gruppe lief zum Aufzug. Als sie einstiegen, schloss Grasse die Augen. Ihre Finger fuhren durch die Luft, als versuche sie, etwas zu greifen. »Wir sollten aus dem Tor direkt hinaus«, stellte sie fest. »Dann müssen wir zwar um die Gebäude herum, aber das dürfte besser sein, als den Weg hindurch zu suchen.«

»Roger.« John verließ sich auf ihre Einschätzung. »Grasse und ich übernehmen die Führung. Ihr kommt immer nach, sobald wir unser Okay geben. Deckt euch, und wenn möglich uns. Keine Heldentaten, klar?«

Sie nickten. Die Tür des Aufzugs öffnete sich in eine leere Fahrzeughalle. John warf einen verlangenden Blick auf die Panzer und Läufer, aber sie hatten weder Zeit noch Know-how, die Maschinen einsatzbereit zu machen. Kurz spielte er mit dem Gedanken, ein Baufahrzeug zu benutzen, entschied dann aber, dass es auf Geschwindigkeit ankam. Grasse presste auf den entsprechenden Knopf neben einem der Tore, und es hob sich langsam unter lautem Rattern. Sonnenlicht fiel durch den größer werdenden Schlitz, und es roch nach fremder Vegetation.

Es gab einen dumpfen Schlag, dann fiel mit einem Mal die Beleuchtung der Halle aus, und das Tor kam mit einem letzten Ruck zum Stehen. John lief zu einer der kleinen Türen, aber die Bedienfelder daneben waren ebenfalls ausgefallen, und er hätte den Code ohnehin nicht gekannt.

»Da passen wir durch«, knurrte er, legte sich flach auf

dem Boden und robbte seitwärts. Der Spalt war nicht hoch, und er musste sich mit Gewalt durchquetschen, aber dann war er draußen, und wenn er es schaffte, würden auch die anderen durchkommen. Mit dem Laserkarabiner in der Hand stand er auf.

Vor dem Gebäude standen einige weitere Bauvehikel, hauptsächlich Kettenfahrzeuge, die zum Planieren geeignet waren. Offenbar sollte die Erweiterung der Basis noch fortgeführt werden.

Nach und nach arbeiteten sie sich hinaus, während John das Gelände sondierte. Noch war nichts zu sehen, abgesehen von hellgrauen Wänden und vereinzelten Fenstern. Sie befanden sich auf einem betonierten Platz auf der anderen Seite der Landezone, abgetrennt durch die Fahrzeughalle.

»Erst zum Kraftwerk, dann zum Schiff«, befahl John.

Zum einen mussten sie Bull und Jamie wiederfinden, zum anderen führte der direkte Weg über viel zu viel freie Fläche. Seine Gruppe rannte los, er und Grasse vorneweg, der Rest ein Stück hinter ihnen. Sie waren nicht schnell; Shakeys Verletzung ließ ihn nur gestützt auf einen Arm humpeln. Geduckt lief John ein Stück voraus und spähte um die Ecke des Gebäudes auf den Landeplatz.

Eine Garbe aus einem Maschinengewehr begrüßte ihn. Er hechtete zurück in Deckung, und die Querschläger jaulten um seinen Kopf. Splitter regneten auf ihn herab.

»Deckung«, brüllte er, aber das explosive Bellen der Salve hatte seine Leute schon gewarnt, und sie duckten sich hinter die Baufahrzeuge. Zentimeter um Zentimeter kroch John vorwärts und riskierte schließlich noch einen Blick.

Eine ganze Gruppe Gardeure lief quer über den Landeplatz in Richtung Kraftwerk. Neben ihnen fuhr ein sechsachsiges Allradfahrzeug, anscheinend für Scoutmissionen, das auf dem Dach eine Schützenposition samt Maschinengewehr hatte. Die Waffe spie wieder Blei in seine Richtung, und John zog sich hastig zurück.

Wenn die Gardeure so weiterliefen, würden sie früher oder später freies Schussfeld auf ihn haben, also stand er auf und sprintete die Mauer entlang.

»Opposition, Fahrzeug«, schrie er.

Der Gurt des Karabiners schlug beim Laufen immer wieder peitschenartig gegen seinen Oberarm, aber er beachtete den Schmerz gar nicht. Die Kettenfahrzeuge kamen immer näher – große, gelbe Geräte mit mächtigen Schaufeln. Jeden Moment glaubte er, hinter sich das Tack-Tack von Schüssen zu hören. Dann war er an einer Raupe und warf sich einfach über die fast mannshohe Schaufel. Er prallte gegen das Metall, zog sich hoch. Als um ihn herum Kugeln einschlugen und das ganze Fahrzeug durchschüttelten, dröhnte es. Dann war er drüben und ließ sich in Deckung fallen.

Er hörte, wie seine Leute das Feuer erwiderten, und zog sich hoch. Die Gardeure hatten ihr Panzerfahrzeug etwa hundert Meter entfernt angehalten. Ein Teil war dahinter in Deckung gegangen, ein anderer lugte um die Ecke der Gebäude. Das Maschinengewehr deckte die Baufahrzeuge mit langen Salven ein.

»Grasse! Wir gehen nach rechts, ziehen ihr Feuer auf uns. Die anderen geben uns Deckung, dann arbeitet ihr euch zum Kraftwerk vor. Rourke, hilf Shakey. Auf Drei!«

Eine lange Salve schnitt ihm das Wort ab. Er lehnte sich mit dem Rücken an die Schaufel, spürte jeden Einschlag im Kreuz. »Eins! Zwei!« Tief durchatmen. »Drei!«

Er rannte einfach los. Duckte sich zwischen Baumaschinen durch, nahm an Deckung mit, was er kriegen konnte, und lief ansonsten, so schnell er konnte. An Schießen war nicht zu denken, eher an Getroffen-werden. An der letzten Raupe warf er sich wieder in die Deckung der wuchtigen Maschine. Direkt neben ihm schlitterte Grasse ein Stück über den Boden und knallte dann hart gegen die Kette.

»Auf ihr Zeug achten die aber nicht«, grummelte sie, als sie sich sofort wieder aufrappelte und um die Deckung herum feuerte. »Die machen ganz viele Löcher in ihre Bagger.«

John schoss ebenfalls, erwischte einen Gardeur, der umkippte. »Wir müssen ihnen Zeit erkaufen«, begriff er. »Geben Sie mir Deckung.«

Ohne auf eine Bestätigung zu warten, rannte er los, diesmal zurück zur Fahrzeughalle. Nach zwanzig Metern erreichte er die Kante des Gebäudes und ging dahinter in Deckung. Er holte kurz Luft, dann beugte er sich herum und gab einige schnelle Schüsse ab, die zwar niemanden trafen, aber die Gegner in Deckung trieben. Allerdings waren seine Leute immer noch weiter links durch das MG festgenagelt. Er sah zurück zu

Grasse, konnte sie aber nirgends entdecken. Sie brauchten eine bessere Ablenkung.

Mit einem mächtigen Dröhnen erwachte die Raupe plötzlich zum Leben. Sofort setzte sie sich in Bewegung, sprang gerade nach vorn. Grasse ließ sich nach hinten aus dem Fahrersitz fallen, nutzte die Deckung der Maschine und nickte dann John zu. Er duckte sich auf Kniehöhe um die Ecke und schoss, verteilte sein Feuer großzügig und hörte erst auf, als er Grasse neben sich hörte.

»Gute Arbeit«, keuchte er.

Die Raupe rumpelte an ihnen vorbei, immer noch beschleunigend. Ihre Fahrtrichtung war nicht gut gezielt, sie schrammte gegen die lange Wand. Funken stoben, und es gab ein infernalisches Kreischen, als Lack und Metall abgerieben wurden. Für einen Moment verlor John die Gegner aus den Augen.

»Können Sie das noch einmal?«

Grasse zuckte mit den Achseln. »Vermutlich schon.«

In John keimte eine Idee. »Kommen Sie.«

Er rollte sich wieder unter dem feststeckenden Tor durch, sprang auf und lief in die Dunkelheit der Fahrzeughalle. Nach dem Tageslicht brauchten seine Augen einen Moment, um sich an den Schatten zu gewöhnen.

Wie gezähmte Riesen standen die Fahrzeuge im Dämmerlicht, das nur durch zwei winzige Fenster weit über ihnen hereinfiel. John deutete auf die Baumaschinen. »Schließen Sie eine davon kurz.«

»Ich hätte ja lieber so einen«, erwiderte Grasse und

deutete über die Schulter auf die Kampfläufer, aber sie machte sich gleich an die Arbeit und kletterte in den Führerstand eines Lastwagens, dessen Räder größer waren als John.

Es dauerte keine Minute, da sprang die Baumaschine an. *Auf fremden Welten werden die Leute eben unzuverlässig und denken nicht mehr an Diebstahl,* dachte John voller Häme. Er wies auf die gegenüberliegende Wand.

»Da hin«, brüllte er, um den Lärm des Fahrzeugs zu übertönen.

Der Lastwagen donnerte los. Fast sah es aus, als würde er einen Kavaliersstart hinlegen, aber es waren nur die Reifen, die bei der plötzlichen Beschleunigung auf dem glatten Hallenboden Halt suchten. Er schlingerte zweimal, dann raste er auf die Wand zu. Grasse sprang hinab, rollte sich um ihren Karabiner ab und kam sofort auf die Füße. John beneidete sie um ihre akrobatischen Fähigkeiten, aber dann prallte der Lastwagen auch schon in voller Fahrt gegen die Wand – und durchschlug sie.

Beton brach auseinander, Brocken stürzten hinab, Staub wallte auf. Der Laster bockte kurz auf, als er über die Trümmer fuhr, neigte sich dabei gefährlich zur Seite, dann kippte er um und rutschte noch einige Meter weiter.

John rannte bereits, als das Fahrzeug noch auf der Kippe stand. Grasse sprintete an ihm vorbei, hielt sich einen Arm vor das Gesicht, sprang durch das Loch und verschwand im Staub. John hörte Maschinengewehrfeuer, Schreie. Draußen schien Chaos zu herrschen.

Gut! Er wollte Grasse gerade folgen, als ihn etwas an der Schulter traf, von den Füßen hob und mitten in die Trümmer schleuderte.

Benommen rollte er sich zur Seite, suchte mit seltsam ungeschickten Fingern seine Waffe. Drei Gestalten liefen durch die Halle. Sie waren durch die Schleuse gekommen, zwei hatten kurzläufige Lasergewehre im Anschlag. John sah die Ziellaser im Staub rot aufblitzen. Er warf sich zur Seite, hinter einen Betonbrocken. Seine Rechte fand die Pistole, er nutzte seinen Schwung, drehte sich weiter, nahm einen der Bewaffneten ins Ziel und schoss. Der Angreifer ging ohne einen Schrei zu Boden, aber der andere deckte John mit einer ganzen Salve ein. Heißer Schmerz streifte seinen Unterarm, er schrie auf. Er brachte den Betonbrocken wieder zwischen sich und seine Gegner, kroch hinter diesem davon, in den Staubnebel, wollte das Loch erreichen. Seine Schulter brannte, als hätte man ihm flüssiges Feuer in die Knochen geschüttet.

Neben seiner Hand tauchte ein roter Zielpunkt auf. Instinktiv rollte John nach rechts über den Trümmerhaufen. Spitzen bohrten sich in seine Rücken, seine Schulter schlug gegen einen Stein, und er stöhnte auf. Mit einem Schrei warf er sich vor und riss noch im Sprung seinen Leib herum. Die beiden Feinde waren nah, kaum zehn Meter entfernt. John drückte den Abzug.

Ob Glück oder Können, der Schuss traf den Gegner mit der Waffe in den Bauch. Er taumelte zurück, ließ seinen Laser fallen und schrie, doch John konnte sich nicht über seinen Treffer freuen. Er schlug auf, rutschte das Geröll hinab und schlug gegen eine Metallkante des umgestürzten Lastwagens. Als die Schmerzen unbarmherzig durch seinen Leib tobten, glitt ihm die Pistole aus den Fingern. Die Welt wurde grau, dunkel, verlor erst Farbe, dann Kontur. Er sah Bewegung, aber sein Geist konnte nichts davon erfassen.

Dann wurde er emporgerissen, und ein Schlag traf ihn direkt unter die Rippen. Der scharfe Schmerz riss ihn zurück in die Wirklichkeit, seiner Kehle entrang sich ein Keuchen.

»John, was denken Sie, was Sie hier tun?«

Verwirrt blickte sich der Ex-Soldat um. Ein Mann hielt ihn fest, kantiges Gesicht, graue Haare, Schnauzbart.

»Braddock«, knurrte John und spürte, wie die Wut in ihm aufstieg. Er suchte nach seiner Waffe, aber Pistole und Karabiner waren fort.

»Meinen Sie, ich lasse zu, dass Sie und Ihre Bande von Halbaffen meine Basis auseinandernehmen? Dass ich Sie entkommen lasse?«

»Ich bringe Sie um«, erwiderte John, aber der Oberst schlug ihm als Antwort nur schnell mit der Hand auf die Schulterwunde.

John brüllte wie ein waidwundes Tier, seine Sinne drohten wieder zu schwinden. Braddock stieg über das Trümmerfeld und zerrte John dabei hinter sich her wie ein störrisches Kind.

Draußen war das Feuergefecht noch immer im Gange, konzentrierte sich jetzt aber auf das Kraftwerk. Seine Leute hatten dort Position bezogen und wehrten die Gardeure ab. Noch, denn der Scoutpanzer fuhr langsam vor, gefolgt von einem Dutzend Feinde, das mit ihren Waffen die wenigen Verteidiger in Deckung zwang.

»Sagen Sie Ihren Leuten, dass sie sich ergeben sollen«, fauchte Braddock und hob John mühelos hoch. Die Muskeln in den Armen des Obersts waren gewaltige Stränge, künstlich verstärkt durch die Einnahme chemischer Substanzen, ihr Griff eisern.

»Damit Sie sie abschlachten lassen können?«

»John, ich hätte gedacht, dass ein Justifier wie Sie weiß, dass auf einem solchen Planeten nur das Ergebnis zählt. Sie enttäuschen mich, Leutnant. Wir haben lediglich alle Mittel genutzt, die uns zur Verfügung standen.«

Der Oberst machte ein verdutztes Gesicht, als John ihm die Klinge seines Stiefelmessers in den Bauch trieb. Die Beine des Obersts gaben nach, und sie stürzten beide zu Boden.

»Ich habe gelernt, mit all meinen Mitteln zu kämpfen«, knurrte John, zog das Kampfmesser raus und trieb es Braddock mit einem Ruck durch den Unterkiefer ins Hirn.

Keuchend rollte er von der Leiche hinunter. Er benötigte einige Sekunden, um sich zu sammeln, den Schmerz so weit in den Griff zu bekommen, dass er an etwas anderes denken konnte.

Dann richtete er sich auf. Unvermittelt warf sich Grasse neben ihn ins Geröll. »Ich habe Sie vermisst, Leutnant. Sind Sie jetzt hier fertig?«

Er warf einen Blick auf den toten Braddock, aus dessen Kiefer der Griff seines Messers wie ein besonders seltsam geflochtener Bart ragte. »Ja«, erwiderte er und versuchte aufzustehen.

Grasse packte ihn an der gesunden Schulter und zog ihn hoch. »Das wird auch Zeit.«

Sie liefen bis zu den Baumaschinen nebeneinander her, arbeiteten sich die Reihe entlang vor, dann sprinteten sie das letzte Stück bis zu ihrem Team, das sich im Eingang des Kraftwerks verschanzt hatte. Das Gebäude lag etwas tiefer, und an den Treppen, die hinabführten, lagen die Verteidiger und feuerten auf die Gardeure.

Shakey lehnte sitzend an einer Wand. Als er John sah, dem sein schneller Sprung Schmerzen bereitete, lächelte er.

Aber John sah nur Bull. Der große Beta lag in der Mitte, direkt vor dem Eingang. Die Front seiner Uniform war noch zerfetzter als zuvor. Ein grober Verband lag um seine Brust, schon vollkommen blutgetränkt. *Nein! Nicht Bull!*

Jamie lag lang hingestreckt an der Treppe und feuerte ohne Unterlass. John lief geduckt zu ihr, während sich Grasse bei den Verteidigern einreihte.

»Status?«

Jamie zog sich ein Stück zurück und sah zu Bull. In ihren Augen lag etwas, das John nicht benennen konnte. Rourke feuerte weiter.

»Kommen hier nicht weg. Nicht ...«

Sie musste nicht weitersprechen. Wenn alle unverletzt gewesen wären, hätten sie sich vielleicht bis zum Schiff vorarbeiten können. Es war nicht mehr weit, und das letzte Stück Weg lag in halber Deckung. Aber Shakey und Bull konnten nicht rennen.

»Lasst mich zurück«, sagte Bull ruhig, als fordere er nicht sein Todesurteil ein. »Ich kann euch noch Deckung geben.«

Der große Beta richtete den Oberkörper auf. Die Qual stand ihm ins Gesicht geschrieben. Er konnte kaum atmen, und seine Augenlider flatterten, aber er gab nicht auf.

John und Jamie starrten zu ihm hinüber. Dann packte Jamie Johns unverletzten Arm.

»Bring ihn nach Hause.«

Sie sah ihm in die Augen. Es war eine seltsame Bitte, da niemand von ihnen nach Hause kommen würde, aber John nickte.

Ohne ein weiteres Wort zog sich Jamie die Treppenstufen hinunter zurück, nahm Shakeys Laserkarabiner, wickelte die Gurte der beiden Waffen um die Unterarme und beugte sich zu Bull hinab. Dann sprintete sie plötzlich los. John hatte noch nie jemanden so schnell rennen sehen. Sie flog die Treppe geradezu empor.

»Gebt ihr Deckung«, brüllte er. »Verdammt, Jamie, komm zurück!«

Aber sie rannte einfach quer über den Landeplatz, direkt auf den Spähpanzer zu. Mit einem langen Ächzen erhob sich Bull. Er sah aus wie ein antiker Gott des Krieges, stierköpfig, blutbesudelt, so unglaublich präsent.

»Wir müssen gehen«, befand der Sergeant und rief die Leute zu sich.

John traute seinen Ohren nicht. Er blickte über die Kante zu Jamie, die scheinbar mühelos den Angriffen der Gardeure auswich. Dann wurde sie getroffen, zur Seite geschleudert, aber sie kam nicht einmal ins Stolpern, sondern sprintete einfach weiter.

Eine Hand packte John, zog ihn weg. Seine Leute rannten über den Platz, so schnell sie konnten, auf das rettende Raumschiff zu. Immer wieder musste John über die Schulter sehen und bekam mit, wie Jamie mitten im Lauf einfach absprang und an der Front des Panzers hochlief, als sei sie nicht fast vertikal. Ihre Waffen feuerten noch, während sie außer Sicht sprang, die Beine angezogen, der Körper der wahrhaftig gewordene Tod.

Später konnte sich John nicht daran erinnern, wie sie das Schiff erreicht hatten, wie sie hineingingen, wie Shakey mit Grasses Hilfe die Kontrolle übernahm, wie Bull auf der Brücke zusammenbrach, wie sie abhoben, wie die Hülle des Schiffs unter Treffern erzitterte, aber hielt. Jubel brandete auf, als sie entkamen. Shakey bereitete den Sprung vor. Alle jubelten – alle bis auf Bull und ihn.

22

Als das Grau des Interims verschwand, musste John den Brechreiz niederzwingen. Die Realität schloss sie wieder in ihre Arme. John hielt sich am Pult vor ihm fest, bis der Schwindel nachließ.

Neben John jubelte Reinhards und lief zur Kommunikationskonsole. »Wir sind da! Wir haben es geschafft!« Er packte das Headset und setzte es auf. »*Stellar Exploration?* Hallo? Hier spricht Simon Reinhards, Chief Executive Officer, Division Exploration. Hören Sie mich?«

Einige Momente lang schwieg der Konzerner, dann schloss er erleichtert die Augen. »Verstehe Sie laut und deutlich, Control«, antwortete er auf eine Frage, die nur er hören konnte. »Holen Sie uns rein.«

Vor John rutschte Shakey einfach aus seinem Pilotensessel. Reinhards beachtete es gar nicht; John hingegen kniete sich neben den Mann, der ohnmächtig zu werden drohte.

Grasse hatte sich ihm gegenüber auf ein Knie niedergelassen und presste einen Stofffetzen auf die Wunde des kleinen Piloten. Blut quoll ihr zwischen den Fingern empor.

Shakey schenkte John ein blutiges Lächeln. »Ich hab' doch gesagt, ich kann das«, sagte er verwaschen, und John nickte.

»Das hast du.«

»Denen haben wir einen kräftigen Tritt in den Arsch verpasst, was?«

»O ja.«

Der kleine Pilot schloss zufrieden die Augen. Grasse zog den Verband fest und legte John eine Hand auf die Schulter.

»Er wird es schaffen.«

Ohne aufzustehen, kroch John zu Bull hinüber. Der große Beta lag auf dem Rücken. Seine Augen waren geschlossen, er atmete flach. John zwang sich zu einem Lächeln, obwohl sich ihm die Kehle zuschnürte. Er konnte sehen, wie Grasse Tränen aus den Augen rannen.

»Es wird gut, Sarge.«

Bulls große Augen öffneten sich. Sie waren dunkel, fast schwarz. In ihnen war keine Angst zu sehen.

»Sag den anderen, dass sie uns gerettet hat.«

Bull hustete, Blut benetzte seine Lippen. John schüttelte den Kopf.

»Das sagst du ihnen selbst.«

»Nein, werde ich nicht.«

Bulls Blick wanderte in die Ferne. Schon glaubte John, dass es so weit sei, doch der Beta fing sich wieder.

»Wir waren verdammt gut.«

»Ja. Verdammt gut.«

»Wir sind die Besten. Das beste ...«

Seine Stimme versagte.

»Wir sind ein gutes Team, Bull«, bestätigte John hilflos. Er wusste nicht, was er sonst sagen sollte. Durchhalteparolen klangen schon in seinen Gedanken hohl, ausgesprochen hätte er sie nicht ertragen. »Das beste Team.«

»He, warte auf mich!«

Verwirrt blickte sich John um, doch Bulls Blick mäanderte nur im Nirgendwo umher. Der Beta rollte mit den Augen. »Warte! He, Cao!«

Ein eisiger Schauer lief John über den Rücken. Er erwartete fast, den kleinen Otter-Hybriden neben sich zu sehen. Seine Stimme zu hören. Aber da war niemand.

»Ich komme doch schon«, murmelte Bull. »Bin schon unterwegs, Boss.«

»Ich weiß.« John schluckte. »Sag ihnen, dass ich sie vermisse. Sag ihnen, dass wir ein Team sind. Sag ihnen, dass wir immer ein Team sein werden.«

Noch einmal fixierte Bull John mit seinem unruhigen Blick. Er öffnete den Mund, aber es strömte nur ein letztes, entsetzlich langes Keuchen über seine Lippen. Sein mächtiger Körper erschlaffte, und das Zittern seiner Hand hörte auf.

John blieb neben Bull knien und hielt ihn fest. Um ihn herum geschahen irgendwelche Dinge, doch er nahm sie nur mit einem winzigen Teil seines Bewusstseins wahr und hatte keinen Anteil daran.

Reinhards organisierte eine Rettungsmission, ließ ihr Schiff ins Dock schleppen. John wusste nicht, wie lange er dort mit dem toten Beta in den Armen sitzen geblieben war, aber irgendwann berührten ihn Hände an der Schulter, und er sah auf.

Männer und Frauen in Schutzkleidung liefen über die kleine Brücke. Techniker, Sanitäter, Xeno-Biologen. Einer winkte ihm zu, aber John wollte nicht folgen. Erst als Grasse neben den Mann trat und John die Hand hinhielt, packte er zu und ließ geschehen, dass sie ihn auf die Beine zog. Gemeinsam gingen sie zur Schleuse und in die Station. Sie sagte kein Wort, und John war ihr mehr als dankbar.

Sie befanden sich in einem Quarantäneabteil, wie er rasch feststellte. *SE*-Gardeure in vollversiegelter Panzerung standen in Habtacht-Stellung an den Ausgängen. Überall waren Experten unterwegs, um sie auf Kontaminierung zu testen, das Schiff zu untersuchen und sie in Empfang zu nehmen. Die Aufregung über ihr plötzliches Auftauchen war groß.

Im hinteren Teil des Bereichs befand sich eine große Panzerglaswand, hinter der zwei Dutzend Schaulustige standen. Einige riefen etwas, anscheinend ohne zu ahnen, dass kein Geräusch in das Abteil hineindrang. Mitten in der Menge erblickte John zwei vertraute Gestalten. Ein Wolfs-Beta mit dunkelgrauem Pelz, in der Uniform eines Justifiers, und neben ihm ein Adler-Beta in locker sitzender Stoffkleidung. Als der Wolf seinen Blick bemerkte, riss er den Arm hoch und winkte wild, während der Adler erst kaum merklich nickte und dann salutierte. John hob die Hand an die Stirn und grüßte die beiden Mitglieder seines Teams, die, den Göttern sei Dank, nicht mit auf dem Höllentrip gewesen waren.

Um ihn herum herrschte Chaos und Trubel, aber er empfand nichts und ließ nichts davon an sich heran. Hier war Reinhards nun wieder in seinem Element, der einzig wichtige Überlebende der ganzen Mission. Er gab Anweisungen, verlangte nach Kom-Geräten, nach Nachrichten von *SE*, nach seinem persönlichen Assistenten und nach einem Burger.

Zwei Sanitäter redeten auf John ein, erklärten ihm, dass er ihnen folgen müsse, für die Tests. Grasse legte ihm eine Hand auf die Schulter und drückte sie kurz, bevor sie in eine andere Richtung davongeführt wurde. John nickte stumm. Gerade als er den Eingangsbereich mit den *SE*-Sanis verlassen wollte, trat ihm Reinhards in den Weg.

»Wir haben es geschafft, John! Sie haben großartige Arbeit geleistet«, erklärte er mit sorgsam aufgesetzter, wichtiger Miene, entgegen allen Feststellungen, die er während der Mission getroffen hatte. »Wir werden *ARStac* auf alle Verluste verklagen. Ich werde Sie in meinem Bericht ausdrücklich loben. Sie, und die tapferen Gefallen natürlich auch.«

John musste es nicht überprüfen; er wusste, dass hinter der Scheibe Kameras auf sie gerichtet waren und dass die Bilder ihrer Rettung bald die *Stellar-Exploration*-Konzernbildschirme füllen würden. Genau auf diese Kameras zielte Reinhards verlogene Show.

Der Konzerner strahlte. Er schien alle Streitereien und den Ärger, den sie miteinander gehabt hatten, einfach ausblenden zu können. Vermutlich war das eine der Eigenschaften, die man brauchte, um so weit aufzusteigen.

»Nein«, erwiderte John gelassen. Mit einem Mal war er wieder im Hier und Jetzt, sein tranceartiger Zustand beendet.

»Was meinen Sie? Warum sollte ich nicht ...«

Weiter kam Reinhards nicht. Johns Schlag war schnell und präzise, von unten geführt, mit aller Kraft seines gesunden Arms und einer gehörigen Portion Wut. Seine Faust traf den Manager unter dem Kinn, hob ihn regelrecht von den Füßen. Etwas knirschte und brach, und John wusste, dass ihn dieses Gefühl in den dunklen Nächten, die vor ihm lagen, warm halten würde. Er fühlte sich an seine unehrenhafte Entlassung aus der Armee erinnert, aber diesmal war es nicht die hitzige Aktion eines jungen Mannes, die ihn dazu brachte, einen längst überfälligen Kinnhaken auszuteilen.

Gardeure stürmten auf John zu, wollten ihn von Reinhards wegschieben, aber John versuchte nicht einmal, nachzusetzen. Der Konzerner wälzte sich auf dem Boden. Ein nasses Gurgeln entrang sich seiner Kehle – Musik in Johns Ohren.

Die Wachen drängten John an die Wand, drehten ihm die Arme auf den Rücken. Er ließ es widerstandslos geschehen.

Als sie ihn abführten, erhaschte er noch einen Blick

auf Grasse. Sie stand breitbeinig über Reinhards, Verachtung im Gesicht. Ihre Blicke trafen sich, und sie hob die Hand zum Salut.

Dann schoben sie John in einen engen, grell ausgeleuchteten Gang, der ihn in eine ungewisse Zukunft führte.

DIE JUSTIFIERS KEHREN ZURÜCK IN:

LENA FALKENHAGEN

UNDERCOVER

MARKUS HEITZ

SUBOPTIMAL I

Prolog

1. Januar 3040 a. D. (Erdzeit)
System: 61 Cygni
Planet: Betterday (im Besitz der FEC,
derzeit vermietet an: Konzern SternenReich)
Distrikt: Vierzehn
Stadt: Moreau

»Hier können Sie sehen, wie die verschiedenen Nährmittelflüssigkeiten nach der Produktion durch aufwändige Analysen getestet werden, bevor sie zum Einsatz kommen. Wichtig sind dabei vor allem die ph-Werte und die gelösten Mineralstoffe, die dafür sorgen, dass sich der Beta-Keimling optimal entwickelt. *KrEArtifical* ist bestrebt, die Zeit im Natus-Tank auf ein Minimum zu reduzieren. Je eher die Biester bereit sind, in Dienst zu treten, desto besser für das Unternehmen.« Doktor Ilja Shmiet deutete nach links, und die Köpfe der Besuchergruppe ruckten herum; er musste an Erdmännchen denken. »Wir gehen nun in den Neubau.« Er bog ab und ging auf ein Schott zu, neben dem ein Scanfeld angebracht war; die Männer und Frauen folgten ihm.

Shmiet steckte die Karte in den Schlitz, ein blauer Laserstrahl tastete sein Gesicht inklusive der Augenretina ab; der Eingang öffnete sich. »Was Sie nun zu sehen bekommen, soll ein Ansporn sein. Auf dass Sie in Ihren Laboren bald unter ähnlichen Bedingungen forschen können. Überzeugen können Sie die Konzernleitung unseres Mutterkonzerns *SternenReich* nur durch Ihre Leistungen.« Er leitete sie hinein.

Shmiet machte eine solche Führung einmal im Monat, durchgeschleust wurden wichtige Laborleiter der verschiedensten Niederlassungen von *KrEArtifical*, manchmal aber auch die Kinder von Vorstandsmitgliedern oder andere Verwandte; heute war der Nachwuchs eines Aufsichtsratstypen von *SternenReich* dabei, ein uneheliches Kind, ein Junge von elf Jahren. Bislang war der Knabe erfreulich stumm geblieben. Vermutlich, weil er nichts verstand und dumm wie Pathi-Brot war.

Shmiet blieb bei seiner Mischung aus Motivationsveranstaltung und Peitsche. Er hatte dafür zu sorgen, dass keine echten Geheimnisse aus dem Herzen nach außen gelangten. Die Männer und Frauen sollten staunen, forschen mussten sie selbst. Ehrgeiz war ein perfekter Motor, die gute Bezahlung das Schmiermittel für die Kolben.

Dabei machte es Shmiet einen Höllenspaß, das Ganze zu inszenieren. Die Hälfte von dem, was bestaunt wurde, war nichts weiter als Deko und eigens für die Besucher hingestellt, um gleich nach der Führung wieder in der Requisite zu verschwinden.

Die Gruppe betrat eine riesige Halle, die dem Forschungskomplex neu angebaut worden war.

Der Geruch von frischer Farbe und Reinigungsmitteln vermischte sich bereits mit den Düften der chemischen Reagenzen, die überall auf matt polierten Stahltischen standen und in den unglaublichsten Farben durch die Wände der Glaskolben schimmerten, in denen sie aufbewahrt wurden. Einige trugen die Aufschrift Nährflüssigkeit Typ Alpha 34-B-Max und rochen penetrant nach Formaldehyd; blaue Linien waren auf den Boden gemalt worden.

Weiter hinten erhoben sich hinter einer durchsichtigen Wand ein Dutzend Duraplexglastanks wie dicke Säulen in einem Tempel. Das Innere war schwach beleuchtet, schimmerte mal bläulich, mal grünlich oder bräunlich. Darin schwebten Beta-Keimlinge in verschiedenen Stadien der Reifung.

Shmiet führte sie an den Tischen vorbei auf den Tankwald zu. Er freute sich auf die Gesichter, wenn sie bemerkten, dass die Säulen nur die erste Reihe von vielen weiteren waren. »Sie befinden sich in der neu geschaffenen Abteilung für Experimentelle Aufzucht«, erklärte er. »Hier arbeiten die Disziplinen Genetik, speziell die Vererbungslehre, mit unseren Experten für Nährflüssigkeit Hand in Hand.«

Die koneigenen Arbeiter in der Halle, die letzte Handgriffe am Neubau tätigten, blieben unbeeindruckt von der tuschelnden Ansammlung, die sich bald hierhin, bald dorthin bewegte und alles genauestens begutachtete. Die Laboranten, die in abgeschotteten, klimatisierten Räumen mit Stahlglaswänden saßen, sahen erst gar nicht von ihren Tätigkeiten auf.

Gepanzerte Gardeure, ausgestattet mit Gewehren und Pistolen, standen an den Schotts sowie auf der Galerie. Sie waren zur Kontrolle der Arbeiter gedacht und unterstrichen die Bedeutung der Einrichtung.

Zwei Sicherheits-Bots, die Waschmaschinen auf Gummirädern ähnelten, fuhren langsam Patrouille auf vorprogrammierten Wegen.

»Meine Damen, meine Herren«, rief Shmiet und hob die Arme, um die Aufmerksamkeit der Besucher zu erlangen. »*KrEArtifical* freut sich über Ihr reges Interesse.« Der große, dunkelhaarige Mann mit den sympathischen Gesichtszügen legte eine theatralische Pause ein und blickte in die Runde der Wissenschaftler, die sich wie Schuljungen gegenseitig schubsten und drängelten. »Sie haben nun die Labore gesehen. Jetzt kommen wir zu den Prototypen. Verlassen wir also den vorderen, langweiligen Teil der Halle und begeben uns in die Zuchtstationen, die weiter hinten liegen. Ich darf Sie daran erinnern, dass Sie sich in einem Hochsicherheitssektor befinden. Vermeiden Sie daher jegliches Verlassen der vorgeschriebenen Wege, die mit blauen Linien gekennzeichnet sind.« Er deutete auf die Gardeure um sie herum. »Das Wachpersonal und die Bots haben strengste Anweisungen. Und nun folgen Sie mir, bitte«, sagte Shmiet und ging los.

Nachdem die Wissenschaftler zusammen mit dem Doktor die insgesamt dritte Sicherheitsschleuse in der durchsichtigen Wand passiert hatten, gelangten sie in die Räume der Zuchtstation.

»Willkommen im Tankwald«, sagte Shmiet und weidete sich am Erstaunen der Besucher. »Wir nennen es auch gern unseren Dschungel – weil wir viele exotische Tierchen haben, die Sie so auf keinem Planeten finden werden.« Er sah nach rechts oben, wo Gardeure auf der Galerie standen und sie nicht aus den Augen ließen; grüßend hob er die Hand. Er erntete ein Nicken. »Kommen Sie. Wir erkunden den Dschungel. Aber denken Sie bitte an die blauen Linien.«

Die beeindruckten Männer und Frauen tappten hinter ihm her und betrachteten die Keimlinge mit einer Bewunderung, wie sie Besucher eines Museums normalerweise für Werke längst verstorbener Meister aufbrachten; sogar der brotdumme Junge wurde etwas wacher.

In den röhrenförmigen, durchsichtigen Bassins von vier Metern Durchmesser schwebten jeweils mehrere Kreaturen, von denen sich nicht wirklich vorhersagen ließ, was aus ihnen werden würde. Shmiet wusste es selbst nicht, er gehörte nicht in diese Abteilung. »*KrE-Artifical* hat sowohl verschiedene Tiergene kombiniert als auch menschliche DNA eingebracht. Darüber hinaus war es mit modernsten Mitteln möglich, Zugang zum Erbgut der menschlichen Vorfahren zu erhalten«, referierte er. »Sie können sich ausmalen, dass wir einige Eigenschaften der Homini, vom Neandertaler bis zum Homo rudolfensis, durchaus in einem Beta gebrauchen können. Betterday nimmt eine Vorreiterrolle auf dem Gebiet des Retro-DNA-Composing ein.«

Shmiet folgte den Linien und leitete sie tiefer in den Wald. Die Zuchtstation wurde von den rot getönten Deckenlampen nur spärlich beleuchtet, so dass die Maschinerien und verschiedenfarbig schimmernden Bassins eine gespenstische Atmosphäre schufen. An den Außenwänden der Behälter saßen kleine Anzeigen, auf denen Werte und Kurvenverläufe dargestellt wurden; dicke Kabelstränge liefen daran entlang. »Was aussieht wie Lianen«, sagte er im Vorbeigehen, »sind Leitungen, die alle in einen Großcomputer im Kern des Gebäudes führen. Es wird zentral überwacht und gesteuert.«

»Wie hoch ist der Ausschuss, Doktor Shmiet?«, fragte eine jüngere Frau und zeigte auf die Säule neben sich. »Ich schätze, es sind mindestens fünfhundert Keimlinge. Das sind enorme Summen, die *KrEArtifical* benötigt.«

Er nickte. »Sie haben Recht. Viele Keimlinge sterben in der Anzuchtphase ab, weil sie durch das Composing verschiedener DNA äußerst empfindlich sind. Pro Woche dumpen wir neunzig Prozent der Keimlinge, und von denen, die übrig sind, gehen weitere neunzig Prozent in einer späteren Phase ein. Doch wir lernen auch aus den Misserfolgen und können Fehler Schritt für Schritt korrigieren. Sie werden sehen, dass *KrEArtifical* Beta-Humanoide auf den Markt bringen wird, die andere Konzerne für unmöglich gehalten haben.« Shmiet wollte sich umdrehen. »Die toten Keimlinge werden verarbeitet und dienen als Futter für die Wildzuchten, die wir in Betterday betreiben.«

Die Wissenschaftler murmelten wieder. Sie waren beeindruckt – da hob der Dumm-wie-Brot-Junge schüchtern die Hand.

»Ja?« Shmiet setzte sein freundlichstes Lächeln auf. »Du hast eine Frage?«

»Ich ... Könnten Sie erklären, wie Betas gemacht werden?«, stammelte er und hielt sein elektronisches Schreibpad wie einen Schild vor sich. »Ich muss über meinen Besuch ein Referat halten. Und was für die Schülerzeitung schreiben. Mein Vater hat gesagt, dass Sie mir bestimmt sagen, wie ... Na ja ...« Er hob den Stift und hielt sich bereit, auf das Pad zu schreiben, das sein Gekrakel aufzeichnen würde.

Shmiet unterdrückte den Fluch. Er musste nett bleiben, auch wenn die Männer und Frauen leise aufstöhnten. Grundlagenerklärungen bedeuteten für die Übrigen Langeweile pur. »Also, wir ... Wie ist dein Name noch gleich?«

»Fred.«

»Schön, Fred. Also, wir bei *KrEArtifical* setzen den isolierten tierischen Embryonen einige menschliche Geninformationen zu und beschießen sie danach mit besonderer Strahlung, um eine Verbindung herzustellen. Auf diese Weise kreieren wir eine neue Spezies, die dir unter dem Namen Beta-Humanoide oder Chimären geläufig sein dürfte.« Es fiel Shmiet schwer, seine schlechte Laune aus der Stimme zu drücken. Er wollte so gar nicht den Lehrer für einen Nichtskönner spielen müssen, und doch blieb ihm nichts anderes übrig, wenn er befördert werden wollte. »Sie werden, jedenfalls bei *KrEArtifical*, in den Bassins so weit herangezogen, bis sie voll lebensfähig sind. Im Rahmen des weiteren Verfahrens werden die Beta-Grundhüllen mit Hilfe eines Schnellbrutkastens zu Ende gezüchtet und ihren Talenten entsprechend ausgebildet. Tag und Nacht, im wachen und im schlafenden Zustand. Wie bei allen anderen Firmen auch nutzen wir die Biester und ihre speziellen Fähigkeiten, um *Ster-*

nenReichs Ansprüche zu sichern. Wo und bei was auch immer.«

Fred nickte und kritzelte auf dem Pad herum, das Aufzeichnungssignal leuchtete. »Danke sehr. Ich glaube, das reicht auch schon«, sagte er schnell. »Soll ja nur ein kurzer Bericht werden.«

Eine blonde Frau hob zögernd die Hand, Shmiet nickte ihr aufmunternd zu. »Wissen Sie, eine Sache hat mich von jeher beschäftigt: Diese Kreaturen tragen menschliche Erbanlagen in sich, sind zum Teil also auch Menschen. Aber trotzdem werden sie in Einsätze geschickt, bei denen die Todesrate ziemlich hoch liegt.«

Fred hob den Stift und schrieb mit. Bad news waren good news, auch für Schülerzeitungen.

Shmiet stellte sich vor, wie der Vater des Jungen den Bericht las und welche Figur er als Vertreter von *KrE-Artifical* dabei gemacht hatte. Vor einem Monat hatte er sich zudem für die Versetzung in die Abteilung Öffentlichkeitsarbeit beworben – ein Test des Unternehmens, um seine Schlagfertigkeit zu testen? Er öffnete den Mund.

»Sie treiben vorsätzlichen Missbrauch mit ihnen und betrachten freie Lebewesen als Eigentum.« Die blonde Frau funkelte den Doktor an. »Halten Sie und die *KrE-Artifical* dieses Vorgehen moralisch und ethisch für verantwortbar?«

Shmiet bedauerte bereits, dass er sie zum zweiten Mal hatte zum Sprechen kommen lassen. Seine Antworten waren lange vorbereitet, und er konnte sie einfach abspulen, ohne lange zu überlegen. Seine Chance, sich zu profilieren – sowohl in der Schülerzeitung als auch bei Freds Vater. »Die Betas haben die Möglichkeit, ihren Wert, also das, was sie dem Unternehmen für Aufzucht, Verpflegung, Ausbildung und dergleichen schuldig sind, abzuzahlen. Haben sie den individuellen BuyBack-Wert erreicht, der meistens bei ein paar Millionen liegt, gehen sie in die Freiheit über.« Er formulierte es absichtlich allgemeiner, damit Fred wusste, um was es ging. Der Junge notierte immer noch. »Ich darf Sie daran erinnern, Miss ...«, er las ihren Namen auf dem Besucherschildchen an ihrem Kittel, »... Margrove, dass die Biester außerdem über Rechte verfügen, die vor einigen Jahren blanke Utopie gewesen wären.«

Sie lachte böse auf. »O ja, das Feigenblatt der Konzerne: gewisse Rechte. Warum nicht die vollen Menschenrechte? Warum dürfen Betas zum Beispiel nicht in die Gewerkschaft oder Aktien besitzen?«

»Nicht alle sind klug genug.«

»Sind das Menschen denn immer?«, konterte sie. »Eine Frau hat einem Kind das Leben geschenkt – aber sie besitzt das Kind nicht. Es ist nicht ihr Eigentum wie ein Fernseher oder ein Schrank. Aber genau *das* tun die Konzerne mit den Beta-Humanoiden!«

»Das liegt daran, dass die DNA keine rein menschliche ist. Wir züchten keine Menschen, sondern Werkzeuge.« Shmiet sah zu Fred. Am Pad leuchtete zusätzlich das Lämpchen neben der integrierten Kamera auf. Jetzt filmte er auch noch! Also musste Shmiet mit seiner Performance noch besser werden, wenn er zu den hübschen Frauen in der PR-Abteilung wollte. »Ist es Ihnen lieber, wir schickten richtige, echte Menschen auf lebensbedrohliche Außenwelten, deren Gefahren Sie höchstens in Albträumen zu Gesicht bekommen haben? Sie wollen also den Tod des Homo sapiens, sehe ich das richtig?«

»Ab wann ist denn ein Mensch ein Mensch? Geht es um prozentuale Verteilung in der DNA? Verhalten sich viele Betas nicht menschlicher als verurteilte menschliche Schwerverbrecher?«, gab sie zurück.

Er legte den Kopf schief. »Die Chimären verfügen über genug animalische Instinkte, um sich entsprechend schnell auf die Situationen, mit denen sie konfrontiert werden, einstellen zu können. Menschen hätten dort keine Chance.« Er klopfte gegen den nächsten Natus-Tank, und der Keimling darin zuckte in einem Reflex zusammen. »Sehen Sie, wir verwenden die unterschiedlichsten Tierspezies, die in ihrer Form über Möglichkeiten verfügen, von denen der Mensch heute noch hofft, sie zu erlangen.«

Margrove verzog den schmalen Mund. Es wirkte, als hätte sie sich die Lippen entfernen lassen. »Ich wollte nie Flügel haben.«

Shmiet lächelte sie an. »Das glaube ich Ihnen nicht. Jedes Kind hat mal davon geträumt zu fliegen oder nachts zu sehen oder so schnell zu rennen wie ein Gepard.« Er legte eine Hand gegen die Glasröhre. »Diese Wesen kombinieren den menschlichen Verstand mit ihren angeborenen Eigenschaften und erreichen hin und wieder IQs, auf die jeder Wissenschaftler neidisch wird.«

»Sie halten gerade ein Plädoyer dafür, Beta-Humanoide in die Freiheit zu entlassen oder mit allen Rechten in die Konzerne aufzunehmen. Wo sie uns doch sogar mental überlegen sind, wie Sie sagten. Welche Forschungsergebnisse würden sie wohl erzielen? Und würden Sie den perfekten Menschen in Natus-Tanks erschaffen, um ihn auf fremde Welten zu schicken?« Margrove grinste fies und sah Fred an. »Schreib das auf! Das finde ich gut.«

Shmiet suchte nach einem Ansatzpunkt, um dagegen argumentieren zu können, und verlor zwei, drei wertvolle Sekunden. Er wollte den Test aber unbedingt bestehen und rettete sich in ein: »Äh, das kann man so nicht sagen ...«

»Ich lasse mich nicht mit Leuten wie Ihnen auf eine Grundsatzdiskussion ein.« Margroves Blick schweifte über die verwunderten, irritierten Gesichter der Gruppe, Fred schwenkte das Pad und filmte, was ihm sichtlichen Spaß zu bereiten schien – plötzlich wurde einem was geboten. »Ich glaube, diese Wesen in den Glasbehältern haben ein Recht auf ein freies Leben oder sollten besser sterben, bevor sie für die gierigen Interessen einer Ausbeuterfirma wie *SternenReich* auf irgendeinem Planeten elend zugrunde gehen müssen.«

Allmählich wurde Shmiet stutzig. Zuerst hatte er geglaubt, man hätte eine Schauspielerin engagiert, die eine sehr gute Show ablieferte, doch er bekam Zweifel an dieser Theorie. Der Feuereifer und die Verachtung in ihren Augen wirkten zu echt. Er nahm sein eigenes Pad aus der Kitteltasche und rief die Liste mit den heutigen Besuchern auf, scrollte zu ihrem Eintrag. Hatte er eine echte Fanatikerin vor sich?

Die Züge auf der Anzeige stimmten zumindest mit der Person überein: Anice Margrove kam aus den Feedo-Labs, einer Laborkette, die wichtige enzymatische Trockenbestandteile der Nährflüssigkeiten lieferte. Warum sollten die ausgerechnet eine verkappte Beta-Menschenrechtlerin auf Besichtigungstour schicken?

Das Gemurmel der anderen Wissenschaftler zeigte ihm, dass ihre Gedanken ähnlicher Natur sein mussten.

»Können Sie mir sagen, wieso Sie mit Ihrer Einstellung bei den Feedo-Labs arbeiten?«, erkundigte er sich. Unauffällig löste er über das Pad den Sicherheitsalarm aus; die Gardeure waren in Kenntnis gesetzt. »Anscheinend halten Sie nichts von dem Tun Ihres Geldgebers.«

Vier Schwerbewaffnete bewegten sich den Säulenwald hinab und kamen auf sie zu.

Shmiet atmete erleichtert auf. Lieber war er einmal zu vorsichtig, als dass es zu einer Katastrophe kam. Die Gardeure würden Margrove höflich nach ihrem Ausweis fragen und genauestens überprüfen. Er fand seine Reaktion professionell und achtete darauf, dass er von Fred aufgenommen wurde.

»Man muss von etwas leben.« Aber auch die ungemütliche Margrove hatte die Männer in den Panzerungen bemerkt, die nur noch wenige Schritte von ihr entfernt waren. Sie bückte sich, zog ihre Schuhe aus und schlug die Absätze gegeneinander. Ein Schuh flog weit nach rechts, der andere nach links. »Bis man etwas gefunden hat, für das sich das Sterben lohnt!«

»Was tun Sie da?« Shmiet gab den Gardeuren ein Zeichen, sich zu beeilen. Margrove war verrückt – und der Ort war zu sensibel, um eine Wahnsinnige frei herumlaufen zu lassen.

Ruckartig riss die Frau ihre Handtasche von der Schulter, drückte auf die Schnalle und schleuderte sie ebenfalls mitten unter die Bassins.

Er glaubte, vor dem Wurf ein klickendes Geräusch gehört zu haben. »Bombe!«, rief er und wich zurück. »Bombe!«

Die Wissenschaftler stoben auseinander, Fred wurde umgestoßen und fiel auf den Stahlboden. Das Pad ging unter den Füßen der Flüchtenden zu Bruch.

»Runter, runter!«, dröhnten die Befehle der Gardeure aus den Helmlautsprechern, aber die wenigsten Besucher folgten den Aufforderungen.

»Freiheit allen Lebewesen oder Tod!«, schrie Margrove inbrünstig und langte an ihre Gürtelschnalle.

Shmiet ging in Deckung und beobachtete durch eine Glassäule hindurch, was nun geschah.

Drei der Gardeure eröffneten aus ihren automatischen Schrotgewehren das Feuer. Die Kugeln mähten drei Wissenschaftler nieder, die das Schussfeld behinderten, der vierte hielt sein Gewehr angelegt und wartete, um Margrove mit einem gezielten Treffer zu erledigen. Als er sich sicher war und ihn niemand mehr behinderte, betätigte er den Abzug; der Finger blieb hinten.

Schuss um Schuss löste sich. Die Wucht der zu Hunderten einschlagenden Plastikschrotkügelchen schleuderte die Frau mehrere Meter nach hinten und warf sie gegen einen Natus-Tank. Sie rutschte daran herab und fiel mit dem Gesicht auf den Boden, wo sich sofort eine rote Lache unter ihr bildete.

Einer der Gardeure lief zur Handtasche und warf sich darauf; anscheinend verließ er sich auf den Schutz der Panzerung.

Die erfolgende Explosion zerriss den Mann und verteilte die traurigen Überreste in der ganzen Zuchtstation, doch die Natus-Tanks um ihn herum hielten.

Gleich darauf detonierten die Schuhe, die Margrove von sich geworfen hatte. Shmiet hörte das Splittern aus verschiedenen Stellen des Säulenwalds, gefolgt von einem mehrstimmigen Ächzen, dann sah er einen der großen Tanks langsam kippen, als wäre es ein Baum. Die Beleuchtung im Innern flackerte und erlosch, und das mehrere Tonnen schwere Konstrukt fiel gegen einen anderen Tank und löste einen Dominoeffekt aus.

»Scheiße!« Shmiet drehte sich um und rannte.

Erste Ausläufer der großen Flut umspülten seine Beine, ein kleiner Beta-Keimling trieb an ihm vorbei. Hinter ihm schrien die Wissenschaftler. Alarmsirenen gellten und vervollständigten das Chaos um Shmiet. Etwas Warmes lief ihm die Stirn hinab, und er wischte es weg. Blut. Ein Teil der Panzerung der zerfetzten Wache hatte ihn gestreift und am Kopf verletzt. In seinem Schock hatte er es nicht mal bemerkt.

Die Woge aus Nährflüssigkeit erreichte ihn und riss ihn von den Beinen.

Hilflos wurde Shmiet nach vorne geschwemmt und

prallte gegen die Glaswand, die das Labor von der Zuchtstation trennte. Ein heißer Stich zuckte durch sein Schulterblatt. Auf der anderen Seite sah er die Arbeiter und Laboranten rennen und sich in Sicherheit bringen; einige waren stehen geblieben und gafften.

Shmiet wurde nach oben gedrückt wie Korken in einer Flasche, die Flüssigkeiten hatten sich gemischt und eine rosabraune Farbe angenommen. Er paddelte, hielt den Kopf über Wasser und versuchte, das Schlucken zu vermeiden.

Immer wieder stießen Beta-Keimlinge gegen ihn, manche zappelten und zuckten, weil sie die Umgebung nicht vertrugen, und starben mit seltsamen Lauten. Er fühlte einen Biss am rechten Handgelenk und schlug nach dem undefinierbaren Ding, das seine Zähne in ihn geschlagen hatte. Der dünne, kleine Schädel platzte wie eine Frucht.

Shmiet sah, dass nicht alle Natus-Tanks durch die Sprengsätze und Auswirkungen zerstört worden waren. Fünf tapfere Röhren standen noch, der Rest war zerschellt oder geborsten und erinnerte ihn an eine Ruinenstadt oder eine Stätte der Ancients; das Wasser war auf vier Meter gestiegen.

»Bleiben Sie ruhig«, tönte es von der Decke. »Wir holen Sie gleich raus.«

Shmiet übergab sich und ruderte weiter mit den Armen. Er würde heute nicht sterben. Aber in die PR-Abteilung würde er vermutlich auch nicht kommen.

2. Februar 3041 a. D. (Erdzeit)
System: 61 Cygni
Planet: Betterday (im Besitz der FEC, derzeit vermietet an: Konzern SternenReich)
Distrikt: Testgebiet Delta
Stadt: –

»Kein gutes Wetter, meine Damen.« Sergeant Uwe Neuburg sah auf seine Uhr und richtete den Blick anschließend zum wolkenverhangenen Himmel. Seit beinahe acht Jahren bildete er die Beta-Neulinge für *KrEArtifical* aus und hatte entsprechende Routine, was die manchmal aufbrausende Art der Betas anging. Die Grundausbildung in den jeweiligen Kategorien gehörte zum Service, den das Unternehmen lieferte, die Spezialisierungen musste vom Käufer beziehungsweise vom Besteller selbst übernommen werden. »Sieht so aus, als würde unser letzter Campingausflug ungemütlich werden.«

Die Betas um ihn herum schwiegen. Er hatte ihnen keine Sprecherlaubnis erteilt.

Neuburg betrachtete die Chimären und war zufrieden, dass er sich dieses Mal nicht mit den Problemfällen herumschlagen musste. Seiner Meinung nach waren die Mischungen, in denen Bisons und Rhinozerosse genetisch enthalten waren, am schlimmsten. Diese Kreaturen versuchten ständig, ihre gestellten Aufgaben mit purer Kraft zu lösen, während zahlreiche Vertreter der Raubkatzen-Betas unter permanenter Geltungssucht litten; Löwen kehrten mitunter krankhaft den »König der Tiere« heraus. Bisher hatte Neuburg sie alle im Sinne des Unternehmens erziehen können.

Diese Senga-III-Gruppe umfasste fünf Betas, die nach Ende ihrer Ausbildungszeit einer Justifier-Einheit zugewiesen werden sollten. Das bedeutete Dienst bei *SternenReich* oder einem Tochterkonzern, Fremdplanetenerkundung, Sicherheitsaufgaben und vieles andere mehr. Es konnte auch sein, dass sie von einem Land eingekauft wurde, was sich dann Staatenware nannte. Neuburg kümmerte sich prinzipiell nicht darum, was aus seinen Schützlingen wurde. Er versuchte, keinerlei Bindung zu ihnen aufzubauen. Nicht immer gelang es.

»In Ordnung, meine Damen. Wir bleiben über Nacht hier«, sagte er laut und zeigte auf eine kleine Lichtung, die dreihundert Meter entfernt lag. »Trefft die üblichen Vorbereitungen für ein Außenweltlager unter feindlichen Bedingungen, verstanden?«

Fast geräuschlos verteilten sich seine Schützlinge im Dickicht und arbeiteten sich von fünf Seiten an die gerodete Stelle heran.

Neuburg sah ihnen genau zu und zückte sein Pad, um eine abschließende Bewertung vorzunehmen. Eignungsprüfung.

Er richtete seine Aufmerksamkeit auf Osceola. Mit geschmeidigen Bewegungen glitt das Beta-Panterweibchen ins Unterholz, die Schnurbarthaare zitterten erregt, und die gelb-grünen Augen schienen unentwegt wachsam zu sein.

Neuburg wusste, dass sie ihre Aufgabe sehr ernst nahm und extrem von ihrer Raubtiernatur beherrscht wurde. Ihr professionelles, unerschütterliches Verhalten hatte beinahe dazu geführt, dass sie in die Ausbildung für die Sicherheitsabteilung versetzt worden wäre. Aber sie hatte sich dagegen gewehrt, wo andere Justifiers gejubelt hätten. Sie brauchte die Herausforderung fremder Welten und ungewohnter Situationen.

Neben Kühnheit und Angriffslust hatte sie eine zusätzliche Auffälligkeit zu bieten: Osceolas hochgewachsene, durchtrainierte Gestalt zeichnete sich vor allem durch den eisblau gefärbten Irokesenschnitt aus. Sie und der Fledermaus-Beta Keokuk waren vollkommen den terranischen Indianertraditionen verfallen, die sie zufällig in den historischen Scoutdatenbanken entdeckt hatten. Sie waren der Meinung, dass sich die Lebensweise und Einstellung gut mit den Aufträgen eines Aufklärers vereinbaren ließen.

Neuburg hob das Fernglas und sah nach Keokuk, der eben einen Baum erklommen hatte und sich bereit machte zu fliegen. Osceola und er bildeten ein ungleiches, aber hervorragend abgestimmtes Team, das Neuburg mit ihren indianischen Tricks oftmals verblüffte. Neben den seltsamen Frisuren – Keokuks Irokesenschnitt war dunkelgrün gefärbt – trugen sie immer irgendwelche Talismane mit sich herum, die angeblich vor bösen Geistern schützten.

»Bisher hat es gewirkt«, murmelte er und beobachtete den kleinen Fledermaus-Beta bei seinen gewagten Flugkunststückchen, die er meisterhaft beherrschte. Auch Keokuk, der ihm gerade bis knapp über die Gürtelschnalle reichte, wies eine für seine Spezies untypische Angriffslust auf, die ihn hin und wieder unvorsichtig werden ließ, wenn das Adrenalin mit ihm durchging.

Langsam hob Neuburg sein Funkgerät. »Hier Teamleiter Senga III. Die Überraschungsparty für unsere Pfadfinderinnen kann gleich starten«, sprach er grinsend hinein.

Um Osceola und Keokuk machte er sich keine Sorgen, was den bevorstehenden, finalen Test anging, aber die anderen in der Gruppe würden wohl Nerven zeigen, angesichts der Gegner, die er ausgesucht hatte. Er schwenkte das Fernglas.

Der Schimpansen-Beta Togo hatte seine Versetzung zur Pilotenabteilung schon lange vorher beantragt und absolvierte den Geländegang mehr pro forma. Geschickt hangelte er sich durch die Wipfel der mächtigen Tuntura-Laubbäume und hatte offensichtlich seinen Spaß.

Die Wolf-Betas waren von Neuburgs Position nicht mehr zu erkennen. Tesla und Ferris verfügten über zu wenig Ehrgeiz, um es später zu einem höheren Rang zu bringen, ansonsten hielt ihr Ausbilder sie aber für fähige Aufklärer, die sich in eine Justifier-Einheit gut einfügen würden.

Neuburg hatte allen eingeschärft, dass dic Prüfung hart und unter Umständen blutig werden könnte.

»Hier Überraschungsparty. Ich wollte nur sagen, dass wir jetzt anfangen«, quakte eine Stimme aus dem Funkgerät.

»Bestätigt.« Neuburg nickte und wünschte in Gedanken allen viel Glück. Mindestens so viel Glück, wie der

Eisbären-Beta Ice McCool bei seinen Missionen gehabt hatte. Über ihn gab es eine eigene Serie – heute entschied sich, ob es einer von seinen Schützlingen auch so weit bringen würde.

Keokuk zog in geringer Entfernung zu den Wipfeln der Bäume seine Kreise und stieß unentwegt die für normale Menschen unhörbaren Ultraschallsignale aus, die ihm einen ungefähren Eindruck von der Lage und Beschaffenheit der Lichtung ermöglichten. Er trug eine Tarnuniform mit Aussparungen auf dem Rücken für seine Flügel, darüber eine leichte Panzerung; an der Koppel waren die notwendigsten Utensilien sowie eine Pistole befestigt.

Die Dämmerung war inzwischen so weit hereingebrochen, dass die normale Sicht erheblich eingeschränkt wurde; die schwarzen Regenwolken trugen ihren Teil zur Verdunklung bei. Doch sein Ultraschall verschaffte ihm immense Vorteile.

Bei jedem Flügelschlag knisterte die pergamentartige Lederhaut seiner Schwingen leise. Vorsichtig ging der Fledermaus-Beta in den Sinkflug und landete elegant in der Krone einer besonders mächtigen Tuntura-Eiche. Automatisch krallte er sich fest, presste sich dicht an den Stamm und lauschte, ob in seiner Nähe ein verräterischer Laut zu hören war. Nichts.

Die Eiche, auf der er gelandet war, stand am Rand der gerodeten Stelle, die seiner Meinung nach nichts Ungewöhnliches aufwies. »Hier Keokuk. Bin dicht an der Lichtung. Kein Kontakt«, gab er über Funk an den

Rest der Gruppe durch. »Ich beobachtete weiter die Umgebung.« In ihm kribbelte es. Am liebsten wäre er losgeflogen und hätte das Lager allein klar gemacht.

Aber er musste warten.

Ferris und Tesla saßen zweihundert Meter von Keokuks Position in einem Wald aus dichtem Farn und folgten dem Bericht ihres Freundes mit gespannter Aufmerksamkeit.

Obwohl sie schon Dutzende Male ein Lager unter Außenweltbedingungen angelegt hatten, blieb trotz der Routine ein winziger Rest Unsicherheit. In diesem Abschnitt von Betterday war ihre Gruppe zum ersten Mal.

Sie wussten, dass Testgebiet Delta extra nicht kultiviert worden war, um die Natürlichkeit so weit wie möglich zu erhalten. Ein gewaltiger Elektrozaun umschloss die vielen Quadratkilometer, jeder Schritt, den sie machten, wurde von einem Satellitensystem überwacht. Es wirkte zwar, als wären sie allein, aber die unsichtbaren Augen waren überall.

Tesla und Ferris wussten sehr wohl, welche Arten von Lebewesen vorzugsweise im Delta Testgebiet lebten – besser gesagt: ausgesetzt worden waren. Biologen nannten sie Huntclaws, eine karnivore, clevere Echsenart der übelsten Sorte, die in etwa Menschengröße erreichte, aufrechten Gang bevorzugte und als die schnellsten Jäger im dichten Unterholz des Delta-Gebiets galten – neben den ganzen anderen Viechern, die den zukünftigen Justifiern nicht wohlgesonnen waren.

Huntclaws verständigten sich untereinander, wenn es Beute zu holen gab, und hetzten ihre Opfer nach Wolfsmanier zu Tode.

Das ausgeprägte Gruppengefühl der Huntclaws machte es fast unmöglich, ein einzelnes Exemplar anzutreffen, wobei der Intelligenzquotient der Echsen leicht über dem der herkömmlichen Primaten lag. Zu den natürlichen Gefahren stießen die Secutoren, eigens ausgebildete Betas, die den Neulingen im Auftrag des Konzerns aufs Zahnfleisch fühlten.

»Bereit?« Ferris hob sein Gewehr, ein UI RapidFire, das wie die gleichnamige Pistole mit Simulationsmunition geladen war. Beim Aufprall platzte ein Kügelchen und markierte den Treffer. Gegen die Gokifffs hatten sie Dolche und das aufgepflanzte Bajonett. Tesla knurrte kurz ihre Zustimmung.

Die Wolf-Betas legten den Weg unter größter Wachsamkeit zurück und gaben sich gegenseitig Deckung.

Urplötzlich verharrte Ferris und starrte in eine Unterholzansammlung, die Ohren richteten sich gespannt auf.

Tesla unterdrückte den Wunsch zu knurren, fühlte aber, wie sich ihr Fell sträubte. »Was ist?«, flüsterte sie und sog prüfend die Luft ein. Auf ihren Geruchssinn konnte sie sich bestens verlassen, auch wenn es scheinbar nichts zu sehen gab.

»Ich dachte für einen Augenblick, es hätte sich etwas im Gebüsch gerührt«, erwiderte er ebenso leise und schwenkte den Lauf der großkalibrigen Waffe hin und her.

»Keine Witterung«, stellte die Beta enttäuscht fest. Unvermittelt glaubte sie, eine huschende Gestalt aus den Augenwinkeln erkannt zu haben. Nur nicht nervös werden! Sie brachte ihr Gewehr in Anschlag. »Kontakt auf neun Uhr, verschwunden elf Uhr.« Dieses Mal knurrte Ferris zur Bestätigung. Tesla langte auf den Rücken und zog zwei Magazine hervor. Eins davon reichte sie dem Beta. »Hier.«

»Denkst du, ich hätte vergessen ...« Er sah die massiven Geschossspitzen. »Woher hast du die?«

»Ein Gefallen vom Typen aus der Waffenkammer«, sagte sie grinsend. »Ich wollte gegen diese Echsen nicht ohne echte Munition ausrücken. Diese Biester sind mir zu gefährlich.«

Ferris zögerte. »Ist das nicht Betrug?«

Sie zuckte mit den Achseln. »Wären wir etwa ohne echte Patronen auf einem Fremdplaneten?«

Er nahm das Magazin und tauschte es gegen die Simulationspatronen aus, sie wechselte ebenso. Rücken an Rücken tasteten sie sich vorwärts. Weitere fünfzig Meter wurden von den beiden bewältigt. Es blieb ruhig, abgesehen vom leise raschelnden Farn, der vom auffrischenden Wind bewegt wurde.

Teslas schlechtes Gefühl hatte sich ein wenig gebessert, und ihr dunkelbraunes Fell lag glatt an. Die echte Munition gab ihr mehr Ruhe. Ganz anders hingegen verhielt er sich; Ferris Blicke schweiften ständig umher.

Regen setzte ein, und die dunklen Wolken spien eine lang anhaltende Serie von lautlosen Blitzen auf die Erde.

Im gleißenden Licht der Energieentladungen sah Tesla einen Huntclaw, der wie aus dem Nichts vor ihr aus dem wogenden Farnmeer aufgetaucht war und in leicht nach vorn geneigter Haltung auf sie zuraste; die Reptilaugen glitzerten kalt, während die gespaltene schwarze Zunge vor und zurück schnellte. Dann donnerte es laut, das Krachen verschluckte ihre gefunkte Warnung an den Rest der Gruppe.

Die Beta-Wölfin blieb ruhig, kniete sich hin und zielte in aller Ruhe auf den heranstürmenden Angreifer. Als sie den Kopf des Huntclaws sicher im Visier hatte, zog sie den Finger zweimal nach hinten und spürte zufrieden den Rückschlag in ihrer Schulter.

Die Echse wurde von den Projektilen getroffen, geriet ins Stolpern, fiel und rutschte durch den Schwung etliche Meter durch den Farn. Der leblose Körper stoppte vor Teslas Knie, hinter ihm war eine Schneise aus geknickten Halmen und aufgerissener Erde.

Ferris blickte unbeirrt nach vorn. »Alles in Ordnung bei dir?«

»Kein Huntclaw wird mich so schnell überrumpeln«, antwortete sie und erhob sich. »Gehen wir weiter. Es regnet mir zu viel. Das schadet meinem gepflegten Fell.«

Der Beta grinste.

Quicksilver, ein Berglöwen-Beta, hatte die Reaktion der Wölfe während des Jagdechsenangriffes von seinem Versteck aus im Baum über ihnen genau studiert und kam zu dem Schluss, dass er eine anspruchsvolle

Aufgabe bewältigen musste. Woher sich das Duo die echte Munition besorgt hatte, wusste er nicht, aber es schreckte ihn auch nicht. Er war nicht umsonst ein Secutor.

Ganz in der Nähe sah er einen Schimpansen-Beta in Tarnuniform, der sich geschickt durch die Äste des Waldes hangelte, was Quicksilver zu einem wohligen Schnurren veranlasste. Dieses Kerlchen mit dem lächerlichen Namen Togo würde er zuerst erledigen.

Ein paar schnelle Sprünge und Sätze von Ast zu Ast brachten den Secutor elegant zurück auf den Boden. Die Verfolgung der Beute begann.

Der Schimpanse bemerkte nichts von der drohenden Gefahr, strengte sich auch nicht sonderlich an, ungesehen durch die Luft zu schwingen.

Quicksilver ließ ihn vom Boden aus nicht aus den Augen und wartete, bis Togo bei seinem Pendeln weiter nach unten gelangte, in die niedrigeren Baumbereiche. Der Berglöwen-Beta drückte sich ab, landete auf einem Ast und schloss von hinten zu seinem Opfer auf.

»Hallo, kleines Äffchen«, grollte er. »Du bist raus!« Dann schlug er zu.

Gerade mit dem Umgreifen beschäftigt, erwischte Quicksilver den Neuling vollkommen unvorbereitet. Trotz der enormen Geschicklichkeit gelang es Togo nicht, dem wuchtigen Hieb des Secutors auszuweichen. Seine Finger lösten sich, und er stürzte. Ein Busch bremste seinen Fall, so dass der Schimpansen-Beta beim Aufschlag sicherlich mit leichten Prellungen davonkam.

Quicksilver lachte und sprang neben ihn, zog ihn am Kragen der Tarnuniform auf die Beine und lächelte. »Du warst total miserabel, Kleiner.«

Schlecht gelaunt klopfte Togo den Dreck ab und zeigte seine weißen Zähne. »Ich wusste gar nicht, dass die Secutoren die Neulinge umbringen sollen.«

Ungerührt nahm Quicksilver eine Spraydose von seinem Kampfgeschirr und sprühte einen sichtbaren roten Streifen quer über Togos Anzug. Das Zeichen der Verlierer. »Bis später«, grüßte er, drückte ihm die Dose in die Hand und hetzte los.

Fassungslos starrte Togo auf die Farbe. »Hey! Musste das wirklich sein?«, rief er ihm nach. »Ich hasse Rot! Hätte es ein kleiner Punkt nicht auch getan?«

Auf eine Antwort wartete er vergeblich.

»Meine Güte. Es wird Zeit, dass ich diesen Scoutmist endlich aufgebe«, murmelte er. Mit hochgezogenen Schultern und verdrossenem Gesicht machte sich Togo auf den Weg quer durch den Wald und hoffte, die richtige Richtung zum Sammelpunkt eingeschlagen zu haben.

Das Rascheln im Gebüsch hinter sich bemerkte er nicht.

Osceola kauerte im Schutz eines umgestürzten Baums und sondierte sorgfältig ihre Umgebung. Vor wenigen Minuten hatte Keokuk neue Meldungen durchgegeben, die in höchstem Maße beunruhigend waren.

Der Fledermaus-Beta sprach von acht bis neun Huntclaws, die sich geschickt um die zu erreichende Lichtung platzierten und ständig eigene Späher aussandten, um die Positionen der Neulinge zu erfahren. Verwunderlich an diesen Aktionen der Jagdechsen war für Osceola allerdings, dass sie nahezu militärisch koordiniert handelten, was für den Aufstieg in eine neue Entwicklungsstufe sprach. Oder steckte sogar mehr dahinter?

Togo war aus dem Spiel, wie er selbst mitgeteilt hatte, somit verblieben nur noch vier aus der Senga-III-Truppe, die von dem Secutor verfolgt wurden. Von Quicksilver. Der Schimpansen-Beta hatte ihr den Namen verraten.

Osceola kannte Quicksilver recht gut und akzeptierte den Beta als begabten Jäger, der nicht nur Neulinge prüfte, sondern für *SternenReich* schon einige Abtrünnige zur Strecke gebracht hatte. Denn ein Konzern akzeptierte es nicht, wenn sich eines seiner Geschöpfe ohne Erlaubnis in die Freiheit entließ, und das, ohne seine Schulden, den BuyBack, zu begleichen.

Vor dem entwurzelten Waldriesen tauchten zwei schlanke Huntclaws auf.

Osceola zog sich weiter zurück und nahm den größeren in den Sucher ihrer automatischen Armbrust, die sie anstelle des Schnellfeuergewehrs benutzte. Die Schüsse, die Tesla vorher abgegeben hatte, waren vermutlich noch in drei Meilen Entfernung zu hören gewesen. Osceola wollte die eigene Position auf keinen Fall verraten; außerdem hatte sie sich rechtzeitig Pfeile mit echten Spitzen besorgt.

Doch die Echsen verschwanden wieder.

Sie atmete tief ein, entsicherte ihre lautlose Waffe und ging behutsam weiter.

Ferris warf einen Blick auf sein Pad, auf dem die Landkarte des Gebiets angezeigt wurde, und fluchte. Neugierig sah ihm Tesla über die Schulter. »Diese Huntclaws haben sich so verteilt, dass wir an mindestens zwei von ihnen vorüber müssen, um den Lagerplatz zu erreichen. Wenn die Alarm schlagen, haben wir in wenigen Sekunden die ganze Meute am Hals.«

Sie lachte leise. »Eine verdrehte Situation für uns zwei. Normalerweise hetzen wir. Das hat doch was.«

Ferris packte das Pad weg. »So witzig wie du finde ich unsere Lage nicht. Die können uns den Arsch aufreißen. Aber so was von.« Er deutete nach oben. »Soweit ich mich erinnern kann, sind sie keine besonders begeisterten Kletterer. Daher schlage ich vor, wir hangeln uns wie Togo von Baum zu Baum.«

Tesla blickte misstrauisch den gewaltigen Stamm der Tunturaeiche hinauf. »Habe ich schon erwähnt, dass ich ebenfalls kein begeisterter Kletterer bin?«

»Wir haben nicht genug Kugeln, um sie alle fertig zu machen. Also hinauf mit uns«, entgegnete Ferris und zog sich an den untersten Ästen nach oben.

Tesla folgte ihm. Ihr gefiel es gar nicht, sich wie ein Affe zu benehmen. Sie hob den Kopf und sog prüfend die Luft ein. Für sie roch es entschieden zu stark nach Katze. »Ferris. Ich glaube, wir werden verfolgt. Witterung auf drei Uhr.«

Vorsichtig balancierte er den schmalen Ast entlang

und ging neben der Beta in die Hocke. »Ich schaue nach, während du mir Deckung gibst«, flüsterte er. »So leicht wie mit Togo machen wir ihm das Spiel nicht.«

Elegant drückte er sich ab. Die kräftigen Finger schlossen sich um die Zweige des benachbarten Tunturabaums, sicher landete der Scout auf einer breiten Astgabel.

Die Beta empfand den Raubkatzengeruch nun beinahe als aufdringlich. Ferris gab ihr das Signal, nachzukommen.

Tesla hatte gerade die ersten Schritte vorwärts getan, als sich etwas Kaltes, Schneidendes um ihre Kehle legte, das sie ruckartig zurückriss. Sie fiel mit dem Rücken gegen den Stamm des Baums, wobei das Gewehr von der Schulter rutschte und klappernd im Dunkel unter ihr verschwand.

Verzweifelt schlug sie nach ihrem heimtückischen Angreifer, der den Druck der Metallschlinge um ihren Hals erhöhte.

»Du hast verloren, Tesla«, raunte ihr Gegner und ließ sie urplötzlich los.

Sie stolperte nach vorn, krallte sich wahllos in den Zweigen fest, um nicht abzustürzen, und schnappte nach Luft.

»Was ist?« Ferris zielte auf die Stelle hinter ihr. »Ich kann niemanden erkennen.«

»Vielen Dank für deine Hilfe«, krächzte Tesla und sah auf den rechten Arm, der mit roter Farbe besprüht worden war. »Er hat mich erwischt, großer Wolf, ohne dass du eingegriffen hast. Wolltest du es ihm nicht so leicht machen wie bei Togo?« Wütend begann sie mit dem Abstieg. Sie überwand die letzten Meter bis zum Boden durch einen Sprung. Ihr taten die harschen Worte jetzt schon leid, denn ihr Partner konnte nichts für ihre Unachtsamkeit. »Schon gut, Leitwolf«, beschwichtigte sie. »Ich habe die Katze gerochen und hätte vorsichtiger sein müssen. Es war meine Schuld. Wir treffen uns später am Sammelpunkt.«

Er lächelte und tippte sich an einen imaginären Hut, dann setzte er den Weg zur Lichtung fort.

Tesla suchte nach ihrem RapidFire-Gewehr, fand es allerdings nicht. Beunruhigt machte sie sich auf den Weg, den ständigen Regen verfluchend.

Ferris wurde von Quicksilver schon wenige Minuten später ausgeschaltet.

Zwar gerieten die beiden noch in ein kleines Gefecht, das den Wolf-Beta eher an ein Spiel erinnerte, das sich der Secutor mit ihm erlaubte. Das Katzen-Gen brachte den Berglöwen dazu, mit seinem Opfer zu spielen und nach allen Regeln der Kunst zu vertrimmen. Nach einem unerwarteten Schmetterschlag gegen das Wolfskinn war es für Ferris aber vorbei, und er bekam den roten Streifen der Verlierer verpasst.

»Ich hatte keine Lust mehr«, meinte Quicksilver und grinste den Scout an, dessen Kopffell ziemlich zerpflückt war.

Ferris lachte rau, sein Kinn schmerzte dabei höllisch. »Das dürfte der beste Kampf in meiner Ausbildungszeit gewesen sein. Nur das Ende der Auseinandersetzung kam etwas ... plötzlich.« Er rieb sich die Stelle, die nach dem Treffer des Secutors verdächtig geknirscht hatte.

»Ich mag den Regen nicht besonders«, konstatierte Quicksilver und schüttelte den Kopf. Wassertröpfchen flogen von den Schnurrbarthaaren. »Gehen wir ins warme HQ-Zelt und gönnen uns mit Neuburg und den anderen eine heiße Brühe. Nach fedujanischem Rezept: extra Fleisch.«

Ferris lief der Speichel im Mund zusammen. »Gute Idee«, stimmte er zu und folgte dem Berglöwen-Beta, der sich bereits in Bewegung gesetzt hatte.

»Außerdem möchte ich nicht mit den Huntclaws in ein Gefecht geraten«, meinte der Secutor beiläufig und zog vorsichtshalber seine schwere Pistole. »Wenn die Biester sehen, dass man bewaffnet ist, werden sie meistens friedlicher. Es sei denn, sie sind hungrig.«

Ferris dachte an den Zwischenfall vor ein paar Minuten und entsicherte sein Sturmgewehr ebenfalls. »Wer verfolgt eigentlich die Restlichen der Senga-III-Einheit?«

»Er nennt sich Aidem und stieß erst kürzlich zu uns. Ich habe ihn noch nie gesehen, aber was ich so gehört habe, lässt auf einen neuen Beta-Typen schließen.«

»Ist er besser als du?«

Quicksilver stieß ein kurzes Pumagrollen aus. »Bestimmt nicht. Keiner ist besser als ich. Aber seine Testergebnisse sind beeindruckend. Wenn ich abtrete, wird er die Nummer eins sein.« Er grinste. »Senga III wird viel Spaß mit ihm haben.«

Zufrieden mit der Antwort schaltete Ferris sein Funkgerät ab und hoffte, dass Keokuk und Osceola die Informationen verstanden hatten und von nun an noch vorsichtiger waren.

Keokuk überblickte die Lichtung mit Hilfe seines Ultraschallorgans nahezu vollkommen: Die Anzahl der Huntclaws unter seiner Eiche hatte sich inzwischen verdoppelt. Die Echsenwesen warteten scheinbar ruhig ab, wann sich ihre Beute zu ihnen bewegen würde, und versuchten erst gar nicht, Osecola zu fangen.

Keokuk wusste, dass Osceola nur noch wenige Meter von der waldfreien Fläche entfernt in einer Erdmulde lag und auf eine günstige Gelegenheit wartete, um ungesehen an den Huntclawposten vorbeizukommen. Gebannt sah er auf die Stelle, wo er seine Blutsschwester vermutete.

»Keo«, meldete sie sich über Funk, »ich werde in exakt zehn Sekunden losschlagen. Bitte, gib mir Bescheid, wenn sich etwas Unvorhergesehenes ereignen sollte.« Gewohnheitsmäßig benutzten sie in ihrer Gefechtsunterhaltung den lange ausgestorbenen Dialekt der Mohawks, um der Gefahr des Abhörens vorzubeugen. Sie hatten ihn aus den Datenbanken gesucht und sich beigebracht; es gab niemanden, der sie auf Anhieb belauschen konnte. »Countdown ab – jetzt!«

Der Fledermaus-Beta zählte von zehn rückwärts und bemerkte diesmal eine Bewegung nach Ablauf der Frist.

Als sie sich geradlinig in den Rücken zweier Huntclaws begab, verschmolzen die Tarnkleidung Osceolas und das schwarze Fell ihre Gestalt mit dem Dunkel des Waldes. Ohne seinen Ultraschall hätte Keokuk sie nicht gesehen. In sicherer Entfernung für einen gezielten Schuss hob sie ihre automatische Armbrust und feuerte.

Lautlos brach die erste Echse zusammen. Die andere reagierte einen Sekundenbruchteil zu spät und lag kurz darauf ebenfalls leblos im matschigen Untergrund.

Keokuk sah Osceola hinhuschen und sich vergewissern, ob beide tot waren, dann lief sie geduckt an den Rand der Lichtung.

»Check«, funkte er knapp – und entdeckte etwas, das eine Warnung wert war: Schräg hinter seiner Blutsschwester erschien ein Huntclaw aus dem Dickicht und richtete unvermittelt ein Sturmgewehr auf ihren Rücken. Dieses Exemplar trug zu seinem Erstaunen eine Tarnuniform mit dem Emblem der *KrEArtifical* und dem Abzeichen eines Secutors!

Bevor Keokuk funken konnte, stieß die Echse ein zischendes Geräusch aus und schoss eine Salve direkt über Osceolas Kopf, die daraufhin zur Seite hechtete. Das RapidFire röhrte laut, das Mündungsfeuer tanzte vor dem Lauf und verjagte für Sekunden die Dunkelheit in der Umgebung.

»Ich komme!« Keokuk ließ sich fallen und breitete seine Schwingen aus. Er segelte an den verdutzten Huntclaws vorbei, ging in den Sturzflug über und attackierte den Secutor.

Mit eiskalter Echsengelassenheit zog Aidem das Gewehr nach oben und betätigte in schneller Folge den Abzug.

Der Schutzengel aller Scouts musste unmittelbar vor Keo herfliegen, denn er erhielt lediglich einen winzigen Streifschuss in den Oberschenkel, der ihn ein wenig aus der Bahn brachte. Doch bevor Aidem ein weiteres Mal abdrücken konnte, hatte Osceola ihn erreicht.

Keokuk sah, wie die übrigen Huntclaws allmählich am Ort des Geschehens eintrafen und dem Zweikampf zuschauten, ohne für ihren seltsamen Artgenossen in irgendeiner Weise einzugreifen. »Beeil dich, Schwester!«, funkte er.

Osceola und Aidem wälzten sich derweil ineinander verkeilt im Schlamm und tauschten Schläge aus. Jeden Hieb der prankenähnlichen Hände, den der Secutor erhielt, zahlte er mit einem Angriff seiner Klauen zurück; nach wenigen Sekunden bluteten die Kontrahenten aus zahlreichen kleineren Wunden. Plötzlich schaffte es Osceola, sich auf Aidems Bauch zu rollen. Sie zog ihr Breitschwert und stieß den Knauf der Waffe mit aller Kraft zwischen die Reptilienaugen des Secutors.

Augenblicklich erlahmte dessen Gegenwehr, besinnungslos sank er zurück.

Die restlichen Huntclaws wandten sich enttäuscht ab und verschwanden in verschiedene Richtungen im Wald.

»Was war das denn?« Keokuk landete hinter Osceola und ließ sein Sturmgewehr sinken. »Ich dachte schon, die freundlichen Zuschauer würden zum Vorteil des Secutors eingreifen.«

Schwer atmend und aus mehreren Wunden blutend stand sie auf, nahm Aidems Waffe sowie die eigene an sich und betrat die Lichtung. Kein einziger Huntclaw zeigte sich. Es gab nicht einmal ein leises Rascheln oder Stängelwackeln im Farn, das ihre Anwesenheit verraten würde. Sie waren weg.

»Es wäre jedenfalls ein schönes Stück Arbeit geworden, alle Huntclaws zu erledigen, die hier durch die Pampa schleichen.« Der Kampf gegen den neuen Beta-Typus schien sie stärker erschöpft zu haben, als sie zunächst angenommen hatte. Sie taumelte, das rechte Bein knickte leicht ein. »Mir ist schwindlig. Ich ... « Sie lehnte sich an den Baum und beugte sich vor, stützte die Hände gegen die Oberschenkel.

»Du brauchst einen Arzt. Auf der Stelle.« Keokuk deutete in den Himmel, an dem sich rasch bewegende Lichtpunkte auszumachen waren. Rotorengeräusche dröhnten heran und übertönten das Rauschen des Regens. »Ich besorge dir ein Taxi.« Er zog seine Signalpistole und gab einen Schuss ab, um ihre Position anzugeben.

»Den nehmen wir besser mit.« Müde löste sich Osceola von ihrer Stütze und zerrte den bewusstlosen Aidem heran, ließ ihn zu Boden fallen. Interessiert betrachtete sie den reglosen Körper vor sich. »So hundertprozentig scheint mir der Huntclaw-Beta noch nicht entwickelt zu sein. Warum hat er sein Gewehr eingesetzt? Ich dachte, die Secutoren dürfen die Neulinge nur im Nahkampf überwältigen?«

Der erste der drei Skylord Helikopter senkte sich langsam auf die freie Fläche. Schwer gepanzerte Gardeure von *SternenReich* verließen das Innere der Flugmaschine und gaben sich gegenseitig Deckung, bevor zwei Ärzte in dicken Panzerungen aus dem Laderaum gerannt kamen; einer von ihnen schob eine Antigrav-Liege vor sich her. Die anderen gaben ihnen Deckung; die beiden Hubschrauber blieben über ihnen und sicherten ebenfalls.

»Ganz schöner Aufstand für zwei Justifiers auf ihrer Abschlussprüfung«, kommentierte Keokuk. Er konnte nicht verhindern, dass er zum bewusstlosen Aidem hinsah. »Wetten, dass da viel mehr dahintersteckt?«

»Das fragen wir am besten Neuburg«, meinte Osceola. »Komm schon. Ich habe Hunger und will die verdammten nassen Klamotten loswerden.«

Die Sanis bugsierten Aidem auf der Liege in den Hubschrauber, Fledermaus- und Puma-Beta folgten ihnen. Die Gardeure kehrten in das Luftgefährt zurück, das gleich darauf in die Höhe schnellte.

Auf dem Flug entging Keokuk nicht, dass sich am Boden unter ihnen sieben kleine Kampfläufer vom Typus Bronco mit flammenden Scheinwerfern durch den Wald trampelten. Sie waren ungefähr dreimal so hoch wie ein großer Beta – eine Art stählerne Riesenrüstung, in der speziell ausgebildete Gardeure saßen, die sie bedienten, in einer Kanzel oben im Kopf oder in der Brust der Maschine. Selbst gegen die Huntclaws bedeuteten die Broncos mit ihrer Bewaffnung extreme Gewaltanwendung. Die eingebauten Raketenlafetten, Automatikkanonen und Laser waren gegen Panzer, Festungen und Flugzeuge gedacht.

»Schwere Geschütze auf elf Uhr.« Mit einem Nicken machte er Osceola auf sie aufmerksam, und in ihren Augen sah er die gleichen Gedanken wie in seinem Verstand: Etwas war beim Abschlusstest schiefgelaufen.

Gründlich schiefgelaufen.

Alle Scouts der Senga-III-Gruppe saßen im beheizten Besprechungszelt. Sie trugen bequeme Jogginganzüge in den rosa-grünen Konzernfarben von *KrEArtifical*, die ihnen anstelle der durchweichten Tarnuniformen gegeben worden waren. Schüsseln mit dampfend heißer Aufbauflüssigkeit standen vor ihnen, in der dicke Echtfleischbrocken schwammen. Leise wurde gelöffelt, manche schmatzen und schlangen dafür umso lauter.

Neuburg stand am Eingang des Zelts und wartete auf den Leiter der Secutoren, Major Philip Akkaran, der ein Schlussprotokoll über den Einsatz liefern und die Tauglichkeitsgrade verteilen sollte; seinen eigenen Bericht hatte Neuburg schon abgeliefert.

Osceola schlürfte leise an ihrem Getränk und blickte gedankenversunken auf einen Hartplaststützpfeiler, während Keokuk den Verband am Oberschenkel zurechtzurrte. Die Wolf-Betas unterhielten sich über ihre Kletterpartie in den Tunturaeichen, Togo hörte den beiden gelangweilt zu.

»Achtung«, rief Neuburg. »Er kommt!«

Die Scouts stellten ihre Unterhaltung ein und sahen gespannt auf den Eingang, durch den sich die eindrucksvoll große Gestalt des Majors schob.

Er trug die tiefblaue Uniform der Secutoren, wie sie bei offiziellen Einsätzen benutzt wurde, die mit schlichten Rangabzeichen und einigen Auszeichnungen dekoriert war. Das Gesicht zeichnete sich nicht durch besondere Markanz aus, doch die grün-braunen Augen versprühten förmlich die Energie, die in dem Mann pulsierte. Neuburg hatte schon immer den Verdacht gehabt, dass Akkaran früher ein SuperSoldier gewesen war. Der Statur nach würde es ihn nicht wundern. Die linke Hand war mechanisch-elektronisch, ein Kybernetikersatzteil. Wo er das Gliedmaß verloren hatte, wusste niemand.

Knapp grüßte Akkaran die Anwesenden und setzte sich an das Kopfende des Tisches. Neuburg blieb absichtlich im Hintergrund. Die Sache ging ihn nun fast nichts mehr an: Seine Leute hatten sich bewährt und würden in den regulären Dienst von *SternenReich* übernommen werden, daran zweifelte er keine Sekunde.

»Togo.« Der Major reichte ihm einen Umschlag. »Darin befindet sich ihre sofortige Versetzung ins Pilotenausbildungszentrum. Es macht dir hoffentlich nichts aus, dass du die Scoutprüfung versiebt hast?«

Togo stand auf und nahm Haltung an. »Nein, Major!«

»Sehr gut. Wegtreten und zum Abflug in einer halben Stunde bereit machen.«

»Jawoll, Major Akkaran!« Der Schimpansen-Beta wandte sich auf den Absätzen herum und stiefelte mit einem erfreuten Grinsen aus dem Zelt.

Neuburg musste ein Lachen unterdrücken, als man von draußen Togos lauten Jubelruf vernahm.

Akkaran räusperte sich. »Nun zum eher erfreulichen Rest der Senga-III-Einheit. Alle haben die Prüfung bestanden, mit mehr oder weniger gravierenden Einschränkungen. Ferris und Tesla: Trotz der Niederlage gegen Secutor Quicksilver nehme ich euch beide offiziell in die Dienste von *SternenReich* auf. Ihr werdet ebenfalls in einer halben Stunde zu einer anderen Einheit verlegt.« Er gab ihnen ihre Zeugnisse, einmal gedruckt und auf einem Chip abgespeichert, der unten auf dem Blatt eingeprägt war. »Alles in allem war die Vorgehensweise routiniert und durchdacht. Es hat mir sehr gut gefallen, wie ihr vorgerückt seid und den Huntclaw ausgeschaltet hat. Weggetreten, Scouts.«

Auch sie verließen das Zelt sichtlich erleichtert und zufrieden.

Osceola und Keokuk wechselten schnelle Blicke.

Akkaran legte die Hände zusammen, musterte zuerst den Fledermaus-Beta, dann die Panter-Beta. »Ihr beide habt mich mit eurer Aktion gegen den Secutor am meisten beeindruckt«, sagte der Major schließlich. »Es ist schon eine Leistung, einen speziell ausgebildeten Huntclaw-Beta zu überwältigen, der zudem noch bewaffnet ist. Und schießwütig. Ich würde das nicht sagen, wenn ich es nicht so meinen würde, doch bildet euch nicht zu viel darauf ein. Versteht es als gelungene Generalprobe für die gefährlicheren Aufträge, die euch erwarten.« Akkaran schob zwei Umschläge über die Tischplatte. »Hiermit seid auch ihr, Osceola und Keokuk, in die Justifier-Einheiten von *SternenReich* aufgenommen. Für die erbrachten Leistungen wird eine Woche Sonderurlaub gewährt.« Er lächelte. »Weggetreten.«

Neuburg dachte, ihn würde ein Büffel-Beta treten, als er sah, dass die Panter-Beta stehen blieb. »Sir, ich hätte eine Frage.«

»Nur zu.« Akkaran nickte.

»Die Sache mit dem Secutor – es war das Gewehr von Tesla, das er sich genommen hat. Wieso wurde er nicht zurückgepfiffen, Sir?« Sie zeigte auf Keokuk. »Es hätte den Kleinen beinahe erwischen können. Muss der Secutor den doppelten BuyBack zahlen, wenn er einen von den Neulingen kaltmacht?«

Neuburg betrachtete seinen Vorgesetzten, der viel zu ruhig blieb.

»Wir hatten alles unter Kontrolle, Osceola«, lautete seine Antwort. »Es wäre niemand zu Schaden gekommen. Nun, sagen wir: umgekommen.«

»Die Bronco-Kampfläufer, die wir vorhin draußen gesehen haben, Sir«, warf Keokuk ein. »Was suchen sie im Wald? Können wir vielleicht helfen?«

»Eine Übung der Gardeure. Nichts Bedeutsames.« Akkaran zeigte auf den Ausgang. »Los, wegtreten zum Sonderurlaub, bevor er verfällt.«

Die Betas salutierten und gingen hinaus. Neuburg schickte sich an, ihnen zu folgen. Er wollte ihnen die Hand schütteln, weil sie das seltene Kunststück fertiggebracht hatten, einen Secutor auszuschalten.

»Sie bleiben, Neuburg.«

Er blieb vor dem Ausgang stehen. »Sir?«

»Setzen Sie sich.« Der Major deutete auf den kargen

Hocker neben sich. »Sie haben sich bestimmt gewundert.«

»Über was, Sir?«

»Meine beliebigen Antworten.«

»Sie werden Ihre Gründe haben, Major«, erwiderte Neuburg vorsichtig. »Ebenso für die Ausreden, was die Broncos im Gelände sollen.« Er lächelte. »Es steht keine Übung an. Ich habe es geprüft.«

Akkaran bleckte die Zähne, und die Pupillen wurden von einer Sekunde zur nächsten so klein wie eine vurinische schwarze Kaviarperle. »Ich mache Sie jetzt zum Geheimnisträger, Neuburg: Der neue Beta-Typ Huntclaw ist eine sonst zuverlässige Spezies. In ihren Eigenschaften ähnelt er dem bisher bekannten Komodowaran-Betas.«

»Aha, Sir«, antwortete Neuburg aus dem Drang heraus, etwas sagen zu müssen. Der Ausbilder ahnte, dass er gleich unangenehme Dinge hören würde. Müsste.

»Das Verhalten von Secutor Aidem hat mich stutzig werden lassen: aggressiv, zu forsch, hat nicht auf Befehle reagiert. Es wich von dem ab, was die Genetiker implantiert hatten. Besser gesagt: Er hat von dem, was sie haben wollten, zu viel. Er ist kaum mehr kontrollierbar, wenn es zu Stresssituationen kommt.« Akkaran legte einen Stapel Listen vor Neuburgs Nase. »Daraufhin wurden alle Kleinigkeiten im Lebenslauf des Huntclaw-Betas abgecheckt.«

»Ein Fehler in der Nährflüssigkeitszusammensetzung, Sir?«, steuerte Neuburg bei. »Falsche Hormonsteuerung?«

Akkaran schüttelte den Kopf. »Es ergaben sich keine Unstimmigkeiten, keine defekten Steuerungsapparate oder falsch zusammengestellte Nährflüssigkeiten, die das enorme Aggressionspotenzial des Betas erklären könnten. Zufällig stolperte ein Hilfswissenschaftler über einen Vorfall, der sich während der Reifungsphase zugetragen hatte.« Er nahm sein Pad aus der Tasche und entrollte es vor Neuburg, dann drückte er die Play-Taste. »Eine Attentäterin von PrideFur sprengte in der Zuchtstation einen Gardeur in die Luft und richtete verheerendes Chaos in einer Forschungsabteilung an.«

»Ich erinnere mich. An dem Tag saß ich in der Kantine«, sagte er.

Akkaran rief die Bilder vom damaligen Vorfall auf und spielte eine Art Best-of der Überwachungskameras ein. »Die Bröckchen des Unglücklichen verteilten sich im ganzen Raum und in einigen Bassins, die die Explosion überstanden hatten. Die Reagenzglasschüttler gehen davon aus, dass bei diesen Betas die ungewohnte Nahrung in dem Stadium ihrer Entwicklung zu abnormem Verhalten führen könnte.« Er sah zum Eingang. »Sie nehmen weiter an, dass sie eine Vorliebe für Menschenfleisch entwickeln könnten – sollten sie jemals durch einen Zufall darauf gebracht werden.«

Neuburg holte tief Luft. »Schöne Scheiße, Sir.« Unglücklicherweise hatte er nicht das Gefühl, dass es das war.

Akkaran zog die Nase hoch, und die Pupillen weiteten sich wie sich ausbreitende Lachen und drängten das Augenweiß zurück. »Die Scheiße wird noch beschissener: Ihre zwei besten Leute, Osceola und Keokuk, gehören ebenfalls zu diesen Betas, die in den Genuss des Gardeurragouts kamen.« Er deutete auf die entsprechenden Listen vor dem Ausbilder.

Neuburg zog die Brauen zusammen. »Ich nehme an, dass die beiden direkt eliminiert werden. Wegen der Gefahr, die von ihnen ausgeht. Wenn in die Öffentlichkeit gelangt, dass der Konzern Menschenfresser gezüchtet hat, dann ...«

Akkaran hob die Hand. »*KrEArtifical* hat beschlossen, diese sogenannten Flesh-Betas nicht zu vernichten und als misslungenes Experiment abzustempeln. Die Konzernetage von *SternenReich* lässt sie sozusagen als Test weiter bestehen, und bald werden ihnen einzelne Spezialaufgaben zugedacht.«

Neuburg redete im Geist weiter, weil er wusste, wie *SternenReich* tickte. Wie jeder Konzern tickte: Sollte sich diese F-Spezies als tauglich erweisen, würden diese menschlichen Zusätze in der Reifungsphase öfters eingesetzt. Ihm wurde schlecht. Er blätterte in den Ausdrucken, um seine Abscheu zu überspielen, und schluckte. »Ich hoffe, *KrEArtifical* hat genug Gardeure, die sich freiwillig sprengen lassen.«

Akkaran lachte kurz. »Sie haben einen herrlichen Humor.« Der Major erhob sich und sammelte die Listen ein. »Es versteht sich von selbst, dass nichts von unserem Gespräch bekannt wird.«

»Selbstverständlich, Major.« Er hatte das dumpfe Gefühl, dass genau das Gegenteil passieren sollte. Hatte der Major ihn ins Vertrauen gezogen, *damit KrEArti-*

fical mit seiner neusten Entdeckung aufflog? Sollte Neuburg den Judas spielen, der an die Medien ging? Aber weswegen? Hatte Akkaran vielleicht Geld von einem anderen Unternehmen bekommen, damit er jemand dazu brachte, die Beta-Entwickler zu ruinieren?

»Schön, Neuburg. Wir haben uns verstanden, wie ich sehe. Sollten Sie allerdings plaudern wollen, werde ich melden müssen, dass ich einen Kandidaten für den Nährflüssigkeitszusatz habe. Es müssen ja nicht immer gleich Gardeure gesprengt werden. Ausbilder werden es auch tun.« Der Major verließ das Besprechungszelt.

»Du mich auch«, flüsterte Neuburg und setzte sich fassungslos vor eine der Gasheizungen. So sehr ihm heiße Luft entgegengeblasen wurde, die Kälte wollte nicht aus seinem Inneren weichen.

Aber eines wusste er sicher: Er musste eine Entscheidung treffen, die sein Leben nachhaltig beeinflusste. Aufrichtiger und der Wahrheit verpflichteter Verräter oder schweigsamer, loyaler Verbrecher?

Neuburg fuhr sich mit beiden Fingern durch die kurzen Haare. Potenzial für eine eigene Serie war definitiv vorhanden, wie bei Ice McCool. Leider durfte er das niemandem erzählen. »Was mache ich nur?«, flüsterte er.

TO BE CONTINUED ...

GLOSSAR

AHUMANE Bezeichnung für nichtmenschliche Rassen; früher »Außerirdische«

ANCIENTS Nicht mehr existente Hochkultur, die lange vor den Menschen Raumfahrt betrieben hat und deren Relikte/Artefakte sich auf anderen Planeten finden; solche Artefakte sind heiß begehrt

ANDROID/GYNOID Bezeichnung für äußerlich menschengleiche männliche bzw. weibliche Roboter

ANTIGRAVITATIONSPULSATOR Modul, das ähnlich einer Düse ein begrenztes Feld von geringer bis null Schwerkraft unter sich schafft

AROMATA-SPENDER Kleines Gerät mit Pillen, die den Geschmack eines Essens/Getränks verändern

ARSTAC Breit aufgestellter Konzern, im Bereich Erforschung und Besiedlung neu entdeckter Planeten tätig

BANGASH INDUSTRIES (BAIN) Asiatischer Forschungskonzern

BETA oder **CHIM(ÄRE)** Abfällig für Beta-Humanoide

BOT Kürzel für Roboter/robot

CEO Chief Executive Officer (Generaldirektor)

CHEMICAL Meist missgebildete Personen mit starken psionischen Fähigkeiten; oft geht die Missbildung auf den Missbrauch von genverändernden Medikamenten der Eltern während der Schwangerschaft/Zeugung zurück

CHIMÄREN/BETA-HUMANOIDE Mischwesen aus Tier und Mensch, Laborzüchtungen von Konzernen und Regierungen; ein bis drei Meter groß, je nach verwendeter Tier-DNS; der Anblick erinnert an die klassischen Werwesen aus Horrorfilmen

CHURCH OF STARS (COS) Zusammenschluss christlicher Konfessionen zur interstellaren Mission

CODRIVER Person, die von einem Driver in Besitz genommen wurde

COLLECTORS Außerirdische Fremdrasse; gebräuchlich ist auch der Begriff »Samariter« aufgrund der ersten Begegnung mit ihnen

COLLIE, COLLIES Kürzel für »Collector«

DRIVER Geistwesen, das in Symbiose mit dem menschlichen Verstand lebt

EASTERN STARS (EAST) Indien, Pakistan, Vereintes Korea, Japan, Taiwan und die Emirate

EMP Elektromagnetischer Impuls, stört oder zerstört elektronische/elektrische Anlagen

EXEC Abk. für Executive Officer, hochrangiger Konzernmitarbeiter in leitender Funktion, bspw. als Gouverneur

FEC Feudal European Coalition, bestehend aus Deutschland, Polen, Russland und England

FERROPLASTRIEMEN Fessel aus extrem hartem Plastik

FIRST CONTACT Begriff für das erste Zusammentreffen zwischen Menschen und einer Fremdrasse

FUBAR Militärslang: vermutlich Abkürzung für »Fucked up beyond all recognition«; Bedeutung: »völlig aussichtslose Situation«

GARDEUR Begriff für einen Sicherheitsmann eines Konzerns

GAUSS INDUSTRIES (GI) Europäischer Forschungskonzern

GUSA Greater United States of America

HARDBALL Körperbetontes Spiel; Mischung aus Fußball, Rugby, Lacrosse und Catchen

HARDCASTLE & CO Regierungskonzern der GUSA

HOCHREGALHORT Lager mit einer gewaltigen Ansammlung von Hochregalen (mehrere Kilometer hoch), Ausdehnung über viele Quadratkilometer

HOLO-KUBUS/3DCUBE/CUBE Würfel, in dessen Inneres Filme und Bildaufzeichnungen in 3D projiziert werden. Es gibt verschieden große Modelle

IC Identity Card, engl. »Ausweis«; enthält allgemeine Angaben und biometrische Daten

IJAS Indian Japanese Arabian Syndicate, ein Forschungskonsortium

INTERIM Die Sphäre, durch die man sich bei einem KSP und einem LSP bewegt

ISOWASSER Mineralwasser mit geschmacksneutralen isotonischen Zusätzen

JUSTIFIERS Einsatzteam eines Konzerns für Angriffe, Planetenerkundung etc.; überwiegend militärisch

KNOWLEDGE ALLIANCE Konzern

KSP Kurzstreckensprung

LSP Langstreckensprung

MEDIATOR Eine Person, die sich in Gedanken und Gefühle anderer Individuen, vornehmlich ahumane, einklinken kann

MEDICS Abk. für Medical Doctors, Ärzte

MINISTRATOR Leiter der Church of Stars

NATUS-TANK Behältnis, in denen Betas gezüchtet werden

NOTE-PAD Kleincomputer, ungefähr DIN-A6 groß

ORDER OF TECHNOLOGY (2OT) Orden mit dem Ziel der Abschaffung des anfälligen menschlichen Körpers, um dem Verstand durch Technisierung mehr Möglichkeiten zu geben

RAK-LAFETTEN Abk. für Raketenlafetten

RESPIRATOR Atemmaske mit integrierter Sauerstoffkapsel

SCHRAUBENDREHER Ugs. Mechaniker

SNAFU Militärslang: Abkürzung für »Situation normal, all fucked up«; Bedeutung etwa: »alles wie immer, nämlich katastrophal«

SORULIT Künstlich erzeugte Universalzelle, aus der verschiedenste Dinge gezüchtet werden können

STARLOOK Interstellares Nachrichtenmagazin

STEHKRAGEN, GOTTESANBETERIN Abfälliger Spitzname für Mitglieder der Church of Stars

STELLAR EXPLORATION (SE) Konzern, der auf Exploration und Besiedlung von bislang unbekannten Planeten spezialisiert ist; Teil der *Knowledge Alliance*

SUPERSOLDIER/SUPRAKRIEGER Genetisch oder medikamentös verbesserte Soldaten, meistens Gardeure; heute sind die dafür verwendeten Medikamente illegal

TAB-SHEET Millimeterdünne Folie, auf der wie auf Papier gemalt werden kann; ist mit einem Mini-Chip ausgestattet, der die Bilder aufzeichnet

TERRA TRANSMATT SPECIALITIES INC. (TTMS) Ein gewaltiger Konzern mit TransMatt-Monopol

TOI Währung

VEEP Abk. für Vice President; stehen unter den Execs

VHR Vereinte Humane Raumfahrtnationen, eine Art UNO-Ersatz fürs Weltall

ZERO G LONG COMBINATION VEHICLES (ZG LCV) Zugmaschinen mit mehreren Aufliegern, angehoben durch Antigravitationspulsatoren; können bis zu dreihundert Meter lang sein und neunhundert Tonnen bewegen

Der neue russische
Bestseller-Autor
HEYNE
DMITRY
GLUKHOVSKY
METRO
2033
ROMAN
Es ist das Jahr 2033.
Nach einem verheerenden Krieg liegen weite Teile der Welt in Schutt und Asche. Die letzten Menschen haben sich in die riesigen U-Bahn-Netze der Städte zurückgezogen. Doch sie sind nicht allein...
»Ein phantastisches Epos!«
Sergej Lukianenko